JN307458

新選組 幕末の青嵐

木内　昇

集英社文庫

新選組　幕末の青嵐　目次

新選組　幕末の青嵐

遠景の光

暗闇

土方歳三

疑問を抱えながら、歩くだけの毎日だ。

どこまで歩いても、目の前には茫漠《ぼうばく》とした暗闇《くらやみ》しかないようだった。

乱暴に土を擦《こす》る草鞋《わらじ》の音に、賑《にぎ》やかな金具の音が重なる。背負い込んだ葛籠《つづら》にくくりつけた剣術道具が、先程から無遠慮に音を立てているのだ。前を見つめて一心に歩き、己に集中している。なのにいつになっても、実体は見当たりそうもなかった。

「おい、歳《とし》。少しは休まねぇと、おめえのように早足で歩いたら、とてもじゃねえが俺《おれ》のほうがもたねぇ」

あがった息の下で、後ろからついてきている老人が剣呑《けんのん》な物言いをした。

土方歳三《ひじかたとしぞう》は振り返るでもなく、ただ詫《わ》びを入れる風に軽く斜めに頷《うなず》いて、その場に無言で荷を降ろした。しゃがみ込んだ老人が竹筒に入った水をずるずると飲む音を傍らに聞き、悠々と流れる多摩川にぼんやり目をやる。抜けのいい風景は、苦しいほどに明るかった。朝日が川面《かわも》に乱反射して、目を細めないと眺めていることすら難しい。

今日はここから上って調布まで行商に行く。石田散薬という家伝の薬を売りに行く。

それが今の彼には、たったひとつの仕事だった。

葛籠に薬を詰めて、八王子や田無《たなし》、調布といった近郊、ときには甲州や諏訪《すわ》まで足を延ばして売り歩いている。武州《ぶしゅう》石田村の実家近くで採れる牛額草《ぎゅうかくそう》を乾燥させ黒焼きにしたこの薬は、打ち身によく効いた。酒と一緒に飲み下すと一層効き目があり、故に行商は酒売りの爺《じじい》とともに行く。爺相手では道々話すことなどさほどなく、考え事をしているとうっかり一人旅でもしているような気になって、しばしばこうして諌《いさ》められる羽目になる。

「その剣術の道具は……」

やっと人心地ついたのだろう、老人が歳三の荷を顎《あご》でしゃくった。

「なんのために持っている？　また道場荒らしかい？」

道場荒らしではない。道中のめぼしい道場に立ち寄って、稽古《けいこ》をつけてもらっているのだ。

そう言いかけたが、言葉にはしなかった。これ見よがしに剣術道具をぶら下げている割には、理由を訊《き》かれると気恥ずかしくてたまらなくなる。だいたい、これほど剣術に励んだところで、なにかになれるわけでもないのだ。

「お前、喜六《きろく》さんがぼやいてたぞ。一旦《いったん》行商に出すと、なかなか帰ってこねぇ、って。道中で俺とはぐれたのも一度や二度じゃねぇよ。こっちが責められるんだ。いったい、どこに消えているんだ」

ほとほと困っているのだろう。拝むような口調になった。確かに、この老人をまき、そこから十日ばかり道場を巡って帰らないことはよくあった。行商を任せている兄の喜六が文句を言うのもわからなくはない。

「だいたい、お前の歩き方っていうのは、商人《あきんど》らしくねぇ。剣術のせいか、すり足でよ、腰も据わって、俺にはどうもそれが馴染《なじ》めねぇなぁ。後ろから見ていると落ち着かないんだよ」

歳三は、老人の言葉を聞き流して、足下の小石をひとつ、川に投げた。

もともと口数が多いほうではない。いくら言葉を尽くしても、本心が正確に伝わることはないとどこか諦《あきら》めている。なにも自分のことを他人にわかってもらう必要もないのだ。ましてや己の大志を誰彼構わず語るなど。

――それに、語るべき大志も、俺にはないしな。

十八にもなってまだ、歳三には進むべき方向がまるで見えてこなかった。農家の末っ子だ。当然家を継ぐことはできない。丁稚《でっち》には何度か出たが、すべてしくじった。自分のそういう体《てい》たらくに呆《あき》れて、家族の者がしようがなく任せているのがこの薬の行商だった。

このままこうして、一生涯薬を売り続けていくのだろうか。

先のことを考えると、ひどく憂鬱《ゆううつ》になった。

二言目には身分だ家柄だというばっかりで、世の中というのはちっとも思うままに渡れそうにない。このまま行商を続けるか、百姓をやるか。もうそのくらいしか道は残されていなかったが、この手の仕事が性に合っているとは到底思えなかった。とはいえ、今まで就いたいくつかの仕事にしても一度もしっくりきたためしがないから、きっと自分に大きな欠陥があって渡世がきついのだろうと、最近では妙な後ろめたさまで芽吹いてくる始末だった。

長兄の為次郎《ためじろう》は、そうした歳三の心の内を見透かしたかのように、

「まあ、なんだっていいさ。なにしたって生きられるさ」

と言い、実際この盲目の兄は自らその言葉を裏付けるようにして、奔放に生きていた。

「あんだけ好き放題やって、あれで目が見えてねぇなど、誰も思わねぇさ」

為次郎の代わりに家督を継いだ次兄の喜六はよくそう言って嘆息したが、歳三はこのふたりのように自分の人生を受け入れることすら、まだできていなかった。

天然理心流《てんねんりしんりゅう》、というあまり聞いたことのない剣術の流派に出会ったのは、今から三月ほど前だったろう。

日野宿にある佐藤彦五郎《さとうひこごろう》の屋敷に立ち寄ったとき、そこで行われていた剣術の稽古をのぞき見たのがきっかけだった。彦五郎というのは、歳三の姉・のぶの夫で、豪快な器量人である。歳三はその人柄を慕って、最近では肩身の狭い実家よりも、この義兄の家に入り浸ることが多くなっている。

剣術なんぞ武士がやるようなことは自分には関係がないと決め付けていたのだが、稽古風景をはじめて見て、どうしたものか無性に血がたぎるのを感じた。木刀でガツガツと打ち合う音や、擦れ合う竹刀《しない》の音も含めて、剣を振るう動作そのものに魅了された。

けれど、内に湧《わ》いた感情に抗《あらが》うように、「百姓が剣術など、世の中には酔狂な奴《やつ》が多いんだな」と、彦五郎には言った。なんにしても手放しに賛同できないのは昔からだ。熱くなりかけると、途端に冷めた目が開く。

だいたい、百姓があれほど稽古を積んだところでどうなるわけでもない、護身に役立てるのがせいぜいだ。

心の内では否定しているのに、剣術への興味は脳にこびりついたままで、それどころか剣を振るいたいという衝動は日増しに抑えがたいものになっていった。それでも今更地元の知り合いに混じって剣術を教わるのは癪《しゃく》であった。流派なんざ関係ないのだ。ただ斬《き》り合って勝てばいいのだろう。だったら、あんな風に寄り集まって型だなんだと稽古をつけられることもない。そう考えた挙げ句、行商のついでにめぼしい道場をひとり訪ねては、稽古をつけてもらうことにした。

薬を売っているばかりでは気が腐る。途中、少しは楽しみがあってもよかろう。

そのくらいの軽い気持ちで、荷を増やしている。

ところがこういう半端な態度が、商売ではてきめんに徒《あだ》となった。剣術をはじめてからというもの薬は見事に売れ残り、この世で自分に与えられたおそらく最後の仕事まで不可の極印《ごくいん》が押されそうになっている。

「歳に任せるとちっともはけねぇ」

兄の喜六は四六時中愚痴を言い、黙ってそれを聞くうちに、

「俺はなにも行商をやりたいわけじゃない。剣術の稽古に通うついでに薬も売ってやっているんだ」

などという本末転倒な思いが生まれて、また一層膨らんだ負い目から逃れるように、最近ではもっぱら「自分の本分は剣術だ」と信じ込むようになった。喜六の小言も右から左に流していたが、案外そういう所懐は態度に出るものである。

「おい、歳よ。まともに薬も売れねぇような奴に、他にできることなどなにもないぞ」

喜六はひどく冷めた目でそう言った。

なにを言いやがる。人には向き不向きというものがあるだろう。胸の内で反駁《はんばく》したが、確かに自分はこの家で二進《にっち》も三進《さっち》もいかない穀潰《ごくつぶ》しであることには違いない。奉公に出れば暇を出され、おまけに稼業でも役に立たない。

ただ、自分はどこか人と違った生き方をすると、歳三は信じていた。

きっと、人とは違うものを持っているはずだ。もともとこんな田舎《いなか》に収まっている人間ではないのだ。

「特別」の片鱗《へんりん》を、けれど、他人は見出《みいだ》さない。そこにいい知れない焦燥を感じる。ときどき、このままか、という思いが脳裏をかすめる。そんなはずはないと言い聞かせて、ぼんやりとした現実を打ち消していく。

浦賀に黒船が入港したといって、世の中は大変な騒ぎになっているらしい。鎖国をといて、幕府がアメリカと交易をするなどという滅茶苦茶《めちゃくちゃ》な話も出ているという。それに反対して、「夷狄《いてき》を攘《はら》う」という攘夷《じょうい》の思想がさかんだという噂《うわさ》も聞いた。

世情が、どうも、大きく変わろうとしているようだった。

でも、そんなことはどうでもよかった。

歳三には、国も思想も、いずれも遠い話だ。それよりも自分の行く末を探り当てるほうが、遥《はる》かに危急で重要だった。

からない。

このまま燻《くすぶ》って終わりたくはない。なんとかひとりで立ちたい。だが立つ手だてがわからない。

——こうなったら剣で身を立てて、武士にでもなんでもなってやる。

そういう飛躍した発想だけが、自分が抱《いだ》くことのできる唯一の将来となった。どう考えても、ただの逃げだ。百姓が武士になるなど、どだい無理な話なのに。だいたい、どうしてそこまでして武士にこだわるのかも、はっきりとはわからなかった。

自分でわからないものを、周りに解《わか》ってもらえるはずもない。

薬売りの自分と武士とを結ぶ唯一の糸が、我流の田舎剣法である。その糸の今にも断ち切れそうな細さに、歯がみする。

自分の手で摑《つか》んだものは、なにひとつ持っていなかった。

ただ、ジッと口をつぐんで竹刀を振るよりほかに、成すべきことはなにもないと思っていた。

武州

佐藤彦五郎

まさか、異国船が来て開国を迫られるなんてことがこの世に起こるとは、夢にも思わなかった。提督・ペリーを乗せたアメリカの蒸気船は、砲台を陸《おか》に向けて浦賀に碇泊《ていはく》していたらしい。

幕臣たちは慌てふためき論議を重ねたが、開国派と攘夷派に分かれたまま。老中の阿《あ》部《べ》正弘《まさひろ》は、ペリーの脅しに近い開国要請を受け、幕臣から諸大名にまで広く意見を訊いた。土佐の山内豊信《やまのうちとよしげ》のように海防を強化しての徹底抗戦を唱える者、薩摩《さつま》の島津斉彬《しまづなりあきら》のような開国論者、幕府の意向に従うという多くの大名たちの消極的な姿勢。意見は見事に四散した。

日米和親条約締結後、今度はアメリカ総領事館・ハリスが来日し、日米間の修好通商条約を結べ、と言ってきた。阿部の後を引き継いだ首座老中・堀田正睦《ほったまさよし》は、条約締結に天皇の勅許《ちょっきょ》を得ることにしたそうだ。そうすることで、幕府の責任を免れたかったのかもしれない。ところが朝廷は、排外論者の孝明《こうめい》天皇をもって攘夷を唱え、首を縦に振らない。

幕府がもたついている間に、「天皇を尊び夷狄を伐《う》つ」尊皇攘夷の思想がさかんになり、草莽《そうもう》の志士が、長州や土佐、水戸を中心に立ち上がっていった。彼らの中には混乱に乗じて幕府を潰してしまおうと画策している過激派もいるという。一方では薩摩のように、強固な国体を作ることをまず大事とし、朝廷と幕府が結びついてひとつの政権を担う「公武合体」を主張している藩もあると聞く。

様々な思いが交錯して、世の中は日々、目まぐるしくその形を変えていった。

不穏な空気は、江戸から離れた武州、日野に住む佐藤彦五郎のところにも漂ってきている。

甲州道中を下ること約十里。起点の江戸日本橋から行くと、内藤新宿、下高井戸、上高井戸、布田《ふだ》五宿（国領・下布田・上布田・下石原・上石原）、府中宿、その次がこの日野宿となる。本陣の近くには問屋街、普門寺。普門寺の裏手には郷蔵《ごうぐら》がひとつと備蓄米が蓄えられた御米 計屋《はかりや》。

彦五郎は、この日野宿の名主《なぬし》である。日野本郷三千石を、父親の逝去によりわずか十一歳のときから取りまとめている。

時勢や国事にも関心が高く、こまめに報を集めては自分なりに思いを巡らせるのを道楽としていた。ひとりで考えたいときは大抵、自宅の長屋門に設《もう》けた道場にこもる。農家なのに道場があるのは、ここを開放して剣術の出稽古を受けているからだ。

武州という土地は独特で、農民でも武芸に通じている者が少なくない。開府以来、甲州・信州筋から江戸への入り口となる八王子、日野にかけての地域は、要塞《ようさい》としての機能を課せられていた。多摩川と浅川《あさかわ》、二本の川に囲まれ、甲斐《かい》の国に隣接している武州の地は、外敵の進入を防ぐに適していたからだ。

もっとも、彦五郎が剣術をはじめたのは、ひとつの忌まわしい事件がきっかけになっているのだが。

嘉永二（一八四九）年の正月、日野に大火が起こった。火は強風に煽《あお》られ、轟音《ごうおん》とともに彦五郎の屋敷へと近づいてくる。延焼を防ごうと一家総出で消火にあたっていたとき、佐藤家に一方的な恨みを持った男が乱心し、火事のどさくさに乗じて彦五郎に斬りつけてきたのである。すんでのところでかわしたものの、男はそのまま屋敷の裏手で荷物番をしていた彦五郎の祖母を斬り、追いすがった若衆までも斬殺《ざんさつ》した。

その場にいながらなにもできなかったという悔いだけが、彦五郎の中に残った。彼が本格的に剣術を習うことを決心したのは、そのときだ。

ここらには気骨のある人間が多い。地元の若い衆でも、剣術を習いたい者は多いだろう。農閑期にこの屋敷を開放して道場とし、師範を呼んでみなで教わればよい。そうやって、村や家族を守るための剣術を会得できればいい、そう考えた。が、どの流派に指南を請うべきか。

「天然理心流が、一番良いのではないか」

助言したのは、半農半士で発足された八王子千人同心《はちおうじせんにんどうしん》の世話役、井上松五郎《いのうえまつごろう》である。天然理心流というのは多摩の農民たちの間で流行《はや》っている流派で、彼らも今年に入って、理心流三代目宗家・近藤周助《こんどうしゅうすけ》という人物の出稽古を受けるようになったという。

八王子まで出稽古に来てくれるなら、この日野に寄っていただくこともできよう。早速井上松五郎を介して周助に面会し、理心流の教えを受けることになった。

近藤周助は、主に農閑期を選んで、江戸の市ヶ谷甲良屋敷《こうらやしき》にある試衛館《しえいかん》という道場から通って来た。温顔で人のよい老人である。それでもひとたび剣を持つと、凄《すさ》まじい気合いで門人たちに稽古をつける。農民たちはみな木刀を持つだけで嬉《うれ》しいらしく、振り回してはしゃぐのだが、周助は決して村人の無知を馬鹿にすることなく、剣客《けんかく》らしい佇《たたず》まいから細やかに指南していった。その人となりを誰もが尊崇し、剣術以上に周助の話を聞くのを楽しみに来ている若者もいるほどだった。

周助が出稽古に来られないときには、彼の養子である島崎勝太《しまざきかつた》という青年が師範代としてやってくる。これまた、周助に見込まれただけあって、やけに折り目正しい、礼節を重んじる男で、筋肉質な体軀《たいく》とピンと張った背筋が、その内面を映しているように見えた。胆力があり、寛容で、純粋に剣に没入している姿は、傍《はた》から見ていても気持ちがいい。その上、稽古をつけるのも天才的に上手《うま》い。

彦五郎は何度か会ううちに、勝太のまっすぐな人柄をすっかり気に入った。馬が合うのは向こうも一緒だったらしく、出稽古のたびに剣術や国事に関して語り合うのをお互い楽しみにするようになった。

「この天然理心流をもっと有名にしてぇなぁ」

角張った顔で、勝太はよく言っている。彦五郎より六つ年少のこの青年は、どんな夢でもてらうことなく語る癖がある。

調布の農家の三男坊に生まれた勝太を、養子にと嘱望したのは、周助のほうだという。勝太の腕は、十五歳で入門したときから抜きん出ており、周助の教えを砂地が水を吸うがごとく吸収していったそうだ。そのうえ、この実直な人物だ。実子の無かった周助が、跡目を継がせたいと考えるのは当然のことだろう。

勝太にとってもこの申し出は、この上ない僥倖《ぎょうこう》だったに違いない。農家の次男三男というのは家督を継ぐわけにはいかなかったから、どこかに丁稚に出るか養子に入るかして、各々食う道を確保せねばならない。それなりに夢があっても、なりたいからといって必ずしもその方面に進めるわけではない。第一に身分の問題がある。選べる仕事は、生まれた時点で限られている。

その点勝太は、果報者だった。自分の好きな剣術を生業《なりわい》とする道が開けたのだから。

「でも彦五郎さん、俺はいずれ、武士になりてぇんだ」

「武士になるったって、お前……」

「どうやったらなれるのかはわからねぇが、それが俺の本当の夢なんだ」

冗談を言っているようには見えなかった。

勝太はどうやら、子供の頃夢見た「武士」という存在への憧《あこが》れを、未《いま》だ解くことができずにいるらしかった。百姓が武士になどなれるはずがない。だが、周りの嘲笑《ちょうしょう》にも、当の本人はケロッとしていた。

「俺はなれると念じていれば、ちゃんと叶《かな》うと思っている。なんだってそうだ。なれると思わなきゃなれねぇんだ。俺はちゃんと本気でなれると信じているんだから、いつか本物の武士になれるはずだ」

無茶苦茶な論法だった。

「俺が剣を学ぶのは護身なんかのためじゃない。いずれ天下に聞こえる働きをして、直《じき》参《さん》になるためなんだ」

臆面《おくめん》もなく言った。

勝太には、世の習いや己の立場が見えていないわけではなかったろう。ただ、一度夢を見はじめると、どこまでも楽観的にそれを信じてしまう性分らしい。幼い頃から九郎《くろう》判官《ほうがん》や関羽《かんう》といった英傑たちの物語を読んできたというから、つい自分も軍書の主人公にでもなった気分で夢想してしまうのかもしれない。

けれど、愚直なまでに行く先の明るさを信じている勝太の夢物語を聞くうちに、どういうわけか、本当にこの若者はいずれ夢を叶えるのではないか、と思えてくるから不思議であった。確かに勝太の器量は、一通りのものではないのだ。それに、これだけ一心に自分が思い描いた将来を信じられるというのもひとつの才だ。

勝太の存在は、不穏で先が見えずどこにも拠《よ》り所のない今の時代に、まるで似合っていない。彦五郎にはそれが、とても痛快に思えた。

それに比べて……。

いつの間にか屋敷に上がり込み、勝手に囲炉裏端《いろりばた》で休んでいる男の後ろ姿に目を向け、嘆息する。

歳三というこの義理の弟は、彦五郎にとって頭痛の種だった。

もう二十四にもなったというのに、まったく生き方が定まらない。ふらふらしてばかりで、ろくな働きもしない。実家にいるより居心地がいいのか、姉ののぶを訪ねて彦五郎の家に入り浸ることが多いのだが、といって進んで手伝いをするわけでもない。命じれば嫌々仕事はするし、あからさまに反抗的な態度をとるでもないが、その実、何を考えているのか皆目見当がつかなかった。普段、明快で裏表のない勝太などと接していると、同じ年頃でこうも違うか、とよけい不安になる。

歳三の生家は、日野宿から歩いて半刻《はんとき》ほど南に下った、浅川に沿って広がる石田村にある。あたりでは「お大尽《だいじん》」で通った豪農で、馬に乗ったままくぐることのできる大きな長屋門から通じる広大な土地には、母屋、離れ、立派な蔵まで建ち並んでいる。

父親は歳三が生まれる前に亡くなり、母親も彼が六つのときに他界した。親の縁には恵まれなかったが、次兄の喜六が親代わりになり、裕福な家で何不足なく育てられたのだ。ところが歳三は、斜に構えて世に接するばかりで、見えない壁のようなものに覆われた気難しい若者に成長してしまった。

その萌芽《ほうが》は、奉公に出た時分からあったのだろう。

はじめての奉公は、歳三がまだ十一歳のときだった。

月並の奉公先ではない。江戸は上野にある松坂屋。名門の大店《おおだな》で、ここはよほどしっかりした家柄の者でなければ奉公に上がることさえできなかった。一流どころ故、手代になるまでにゆうに六年はかかるうえ、年季奉公が終わると一旦家に戻され、店側が吟味の末に秀でた者数人だけをやっと番頭に取り立てるという厳しさである。それでもこんなに恵まれた奉公先、滅多にあるものではなかった。

それを歳三は一年もしないで飛び出して、ひとり十里もある道のりを下って家に戻ってきてしまったのだ。わけを訊いても、はっきりしたことはなにも語らず、「とにかく俺はもう戻らねぇ」の一点張り、彦五郎や喜六がいくらなだめてもすかしても、決して店に戻ろうとはしなかった。

十七歳のときには、大伝馬町《おおでんまちょう》の呉服屋に奉公に出たが、今度はそこの女中に手をつけたとかで、また店を追い出された。ここも、一年と持たなかった。このときばかりはさすがに彦五郎も歳三を叱《しか》りつけ、女の始末は本人につけさせたが、「もう俺は戻らねぇよ。店に頭を下げるのは嫌だ」と言ってきかなかった。

大方、人に使われるのが性分に合わないのだ。

「あんな強情っぱり、どこも引き取り手はねぇよ、まったく」

喜六はほとほと嫌気が差したらしく、歳三が彦五郎の家に入り浸っているのをいいことに、折に触れ小言は言うだけでさほど干渉をしなくなった。この弟のことは半分諦めているのだろう。長兄の為次郎と喜六が家を盛り立て、三男の大作《だいさく》は医者になった。あの家では歳三だけが半端者だ。今後も奉公は無理だろう。齢二十四で、使ってくれる御《お》店《たな》もあるまい。しょうがないので石田散薬の行商をやらせているが、これまたしっくりきていないのが傍目《はため》にも明らかだった。

無理になにかの枠にはめようとすると、途端に奴の内側でいびつな破裂音が鳴り出すみたいだ。そのくせ、「何になりたいのだ」「どうしたいのだ」と訊いても、歳三は口をつぐんで答えようとしない。将来が決まらぬことに焦燥も絶望もないようで、むしろ、どこか開き直って悠然と構えた風でもある。


「おめぇ、いっぺん道場をのぞいてみねぇか」

彦五郎がそう声をかけたのは、歳三が二度目の奉公に行く前か出戻ったあとか、そのくらいの頃だったんじゃなかろうか。なにも定まらない義弟にきっかけを作りたかった。同世代の青年が剣に励む姿を見れば、もうちょっとはしゃんとするだろう、と考えたのだ。


「百姓が剣術などやってなにになる。俺は、そんなままごとに付き合う暇はねぇからな」

あんなに暇を持て余しているくせに、歳三はここでも素直には応じなかった。それでもしつこく言うとようよう重い腰を上げ、長屋門をのぞきにきた。さらに驚いたことに、「天然理心流に入門する」とまで言い出した。

いい兆候だった。きっと興味を持ったのだろう。なにか夢中になれるものがあれば、腰がすわらないこの男にも少しは自信がつく。そうすれば、仕事にも精が出るかもしれない。

歳三に剣術の素養があるのも一目瞭然《いちもくりようぜん》だった。皮胴《ひどう》を着け、竹刀をとると、もともと剣を知っていたかのように堂に入った。

師範代の勝太も歳三の太刀筋《たちすじ》を見て、「これは素晴らしい。素質がある」と例のまっすぐな口調で言い、顔をほころばせた。

「おい、歳。今日な、四代目がお前の剣を褒《ほ》めていたよ」

彦五郎が言ったのは純粋な意味で、別に裏のあることではなかった。確かに歳三と勝太は年でいえばたったひとつ違いだ。片方が師範代で、もう片方がまったく初心者の門人かもしらんが、それはいはじめた時期の問題でしょうがないことだ。

ところが、この日を境に、歳三はパッタリと道場に来るのをよしてしまった。

悪い癖が頭をもたげた。

たいして年の違わない奴に褒められたのが気にくわなかったのだろう。ただでさえ他人からの評価を受け付けない人間だ。褒められようがけなされようが、紋切り型にとらえられるのを極端に嫌う。詰まるところ、天の邪鬼《あまじやく》なのだ。

「俺は別にあんな道場で教わらなくたっていい。自分のやり方で剣を覚えていくさ」

そう強がって、薬の行商にかこつけては各地の道場を巡っているらしい。そんなに剣術に興味をもったのなら素直に出稽古に来て習えば楽なものを、この男は他人と同じ歩幅でいくことに抵抗があるのだろう。

安政五（一八五八）年、日野の鎮守午頭天王社《ちんじゅごずてんのうしゃ》に納められた、剣術上達祈願の奉納額には、天然理心流の門人の名がずらりと書き連ねてある。近藤周助以下、井上松五郎を筆頭に、佐藤彦五郎、島崎勇《いさみ》（島崎勝太）、井上源三郎《いのうえげんざぶろう》、沖田惣次郎《おきたそうじろう》と名が続くが、ここに歳三の名はない。歳三が、あのときまともに剣術修行を続けていれば、入門からすでに六年の月日が経っていることになる。天然理心流は免許皆伝までに、切紙《きりがみ》、目録《もくろく》、中極位《ちゅうごくい》目録、免許、印可《いんか》、指南免許という順で伝系を得てゆく。歳三はひとつの伝系も得ぬまま、勝手に天然理心流を見切って独自の修行に走ったのだから、奉納額に名が載るはずはない。そのくせ、あとになってこの額を見つけたらしく、

「なんで俺の名を載せねぇんだ」

と無体な言葉を吐いた。自分ではいっぱしの剣客気取りなのだ。つくづく面倒な男だ。

商売では、その容貌《ようぼう》の良さと如才なさを武器にしてそこそこやってはいるらしいが、いつまで経っても地に足が着かない。たまに腹を割って話しても、肝心なことははぐらかされるばかりである。所帯を持てば落ち着くか、と、戸塚町にある三味線屋の娘で評判の別嬪《べっぴん》、琴に話をつけて引き合わせても、「いずれやりたいことがある」というあやふやな言い訳で逃れてしまう。

いったいこれから先、どうするつもりなのか……。

ついこの間も、彦五郎が案じずにはいられぬことがあった。

ついでがあって石田村の土方家に立ち寄ったときのことだ。ふと見ると、珍しく歳三がいて庭の土をいじっている。

「庭仕事かい?」

声を掛けると、慌てて植えていたものを隠そうとした。

見ると、矢篠《やしの》のようだった。矢篠というのは、矢の材料となる竹である。武士のたしなみとされ、大抵武士の家にはこれが植わっている。

——もしやこいつは、武士になりてぇなどと思っているのではあるまいな。

嫌な予感がした。そんな無謀な夢を見て、このままずっと風来坊では埒《らち》があかない。

歳三にそのことを問いただしても、この頑固な男はただ、

「俺には俺のやり方があるんだ」

と、突き放すように言うきりだ。

やはり未だに、先のことなど少しも真面目《まじめ》に考えてはいないようだった。

試衛館

沖田総司

「お前の言うことは、わけがわからぬ」と言われることがたびたびあるのだが、どうしてうまく言葉が通じないのか、惣次郎にはその理由がわからなかった。

天然理心流の道場、市ヶ谷甲良屋敷の試衛館に食客《しょっかく》として住み込んだのは九歳のときからで、道場に出入りする門人たちからしょっちゅう同じことを言われた。さすがにもう慣れたが、はじめのうちは大人の中にひとり混じっていたから、「年が違うせいだろうか」と少しだけ気に病んでいた。けれど十八になった今も、同じ年頃の門人にやはり同じことを言われるので、「もういいや」と思うことにした。

この頃試衛館の道場主は、四代目へと移行している。すぐに七十を迎える周助は、二十七歳の立派な若者に成長した勝太に安心しきって道場を任せ、周斎《しゅうさい》と名を改めて楽隠居の身となった。勝太は、その名を近藤勇と改め、この小さな道場の主《あるじ》となった。

勇の代になって、新たな塾頭にと目されていたのが惣次郎だった。それでも正式に決まる前、近藤勇は思案顔で、惣次郎を部屋に呼んだのだ。

「惣次郎。お前いくつになる?」

「もうすぐ十九になります」

「だったら、もうちょっと落ち着かねぇといけねぇよ」

近藤の顔を見ながら、惣次郎は「四角いなぁ」と思っていた。顔がすごく四角い。見事に曲線が見当たらない。

「なあ、惣次郎。おい、聞いているか? おめぇのように四六時中冗談ばかり言ってはしゃいでちゃあ、剣客の威厳ってものがないのだぜ。いいか、そんなことじゃ、門人たちに馬鹿にされる。お前ほどの腕を持つ奴は、そうそういねぇんだ。そこを肝に銘じろ。剣というのは腕だけではない。佇《たたず》まい、風情《ふぜい》から人物を大きく見せることも大事なんだ」

意味はよくわからなかったが、口答えすると長くかかりそうだったので、適当に頷いた。なにも自分を大きく見せる必要はない。それで勝っても面白くない。勝負には、自分のままで勝たないと。

剣で一番になりたいな、とずっと思っている。他には特に望みもなかった。どこへ行けばこの世で一番になれるかな、とよく考えたが、とりあえず自分の剣を振るえるようになるには、ここにいるのが一番いいというのはわかっていた。

江戸には、名高い三つの道場がある。いわゆる「三大道場」。各藩から遊学という形で、英才たちが学びに来るほどの盛況ぶりだと聞く。

まずは北辰一刀流《ほくしんいっとうりゅう》の玄武館《げんぶかん》。神田お玉が池に門を構え、初代道場主は千葉周作《ちばしゅうさく》。同じ流派の小千葉道場は、土佐の坂本龍馬《さかもとりょうま》が学んだという。

幕府の講武所でも採用された流派として一躍脚光を浴びたのは、鏡新明智流《きょうしんめいちりゅう》の士学館。土佐の武市半平太《たけちはんぺいた》や岡田以蔵《おかだいぞう》がここで剣を修得している。

神道無念流《しんとうむねんりゅう》、斎藤弥九郎《さいとうやくろう》の練兵館は、主に長州系に人気が高く、桂小五郎《かつらこごろう》らが学んで突出した剣の才能を開花させていた。

こういう一流どころに比べたら、天然理心流はその名すら世に聞こえていない無名の流派だった。でも惣次郎はそれを、まるで気にしなかった。他流派の剣客には野試合で会えるし、いざとなれば立ち合いを求めて道場の門を叩《たた》けばいい。

どこにいるかよりもなにをするかのほうが、剣客として進んでいくには重要だ。

惣次郎の父親は、白河藩士だった。二十二俵二人扶持《ににんぶち》の下級武士。江戸の下屋敷に詰め、生活は決して豊かではなかった。

そのうえ惣次郎が四歳のときこの父が死に、母親も後を追うようにして亡くなった。ふたりの姉、九歳年上のみつ、その下にきん、そして惣次郎。三人の暮らしはますます困窮を極めた。家督は本来、長男の惣次郎が継ぐべきところだが、まだ幼かったこともあって、長姉のみつが日野宿の井上林太郎を婿養子にとり、なんとか家を維持していた。

惣次郎に天然理心流の存在を教えたのは、この林太郎だ。日野にいた時分から出稽古を受けていたという義兄から話を聞くうち、惣次郎はまだ見ぬ剣術というものに出会ってみたくなった。

「私も一度、その剣術というのをやってみたいなぁ」

家族に打ち明けたのは、惣次郎がまだ八つか、せいぜい九つになりたての頃。

林太郎に連れられ、はじめて試衛館を訪れたとき、惣次郎はまず自分の夢想と現実との隔たりに驚いた。

道場というから、立派な門構えの重々しい建物を想像していたのに、仰ぎ見た試衛館は隙間《すきま》だらけの古い小屋といったほうがぴったりくるようで、壁の裂け目から中が見えるところが何カ所もあった。こぢんまりとした造りで、上げてもらった稽古場もそれは小さなものである。

——なんだ、うちと同じようなものか。

そう思ったら、がっかりするより楽しくなって、道場に集った厳《いか》つい大人たちを見ても、まるで緊張しなかった。

素足で板の間に立ち、渡された竹刀を一振り。

瞬間、面白い、とすぐにわかった。これまで自分が感じてきたたくさんの「面白い」

の、遥か上をいっていた。

惣次郎が正式に家督相続を放棄し、白河藩を脱藩して試衛館に住み込んだのは、それからすぐのことだ。姉さんにとっては口減らしになるから、ちょうどいいかな、と思った。それ以上に、そのときはもう、剣しかないなぁ、とも思っていた。

剣で抜きん出ることは、はじめたときからわかっていた。才能とはなんだろう、ということを一度も考えることなく、剣術というのは自分のために用意されたものだ、と当たり前のように感じていた。不遜《ふそん》でも傲慢《ごうまん》でもなく、まったく自然にそれと知った。あっという間に、切紙、中極位目録、と腕を上げ、十八歳のときにはすでに免許皆伝。近藤勇ですら、惣次郎がまともに立ち合えば負けるかもしれない、と周囲が漏らすほどの腕である。

なにしろ剣の速さが尋常ではない。特に突きは得意中の得意で、三度突くのが一度にしか見えないほどの速さ。天然理心流の平正眼《ひらせいがん》は左肩を下げ半身を引いて正面に構える。が、惣次郎の構えは、剣先が右に流れていて隙があるように見える。ところがその空いた懐に斬り込もうとすると、目にも留まらぬ突きであっさりやられてしまう。

勝つのは当然、いかに早く相手を倒すか、ということだけが惣次郎にとっての勝負だった。人を倒すことに毛ほどの感傷も持たず、勝負のうえで感情的になることもない。勝負というより、剣そのものにすべてが集約されていく瞬間が、滅法好きだった。

それだけに人に教えるのが苦手である。言葉で言ってもうまく通じないし、型で見せると「速すぎてわからない」と言われる。教えるコツが今ひとつ摑めず、気が付くとひどくぞんざいになっている。門人たちが、乱暴で手荒い惣次郎の指南を受けることを嫌がっているのも知っていたが、でも上手く伝わらないのをどうすればいいかは、考えたところで答えに辿《たど》り着けるわけではなかった。

「怖《こえ》えぼうやだなぁ」

日野の本宿に出稽古に行くと、名主の佐藤彦五郎がよくそう言ってからかった。

「お前はいいよ。ひとつ教えると、いつの間にか十以上のことをこなしちまうもの。お前の剣はさ、まるで竹刀が生きてるみてぇに、柔らかく動くだろう。でもそれは簡単なことじゃないんだよ。だから、誰もが自分と同じようにできると思っちゃ駄目だ。もうちょっとちゃんと人を見ねぇとな」

なにかと諭されることも多かったが、惣次郎は、彦五郎がとても好きだった。言葉にちゃんと情があるのがわかって、まるで父と接しているような心持ちになるからだ。

名主なのにその役目だけに囚《とら》われず、広く世の中を見ているところも面白い。幕府が江戸湾に砲台を作ったときに献金したと聞いたし、江戸にコロリが流行ったときも私財を投じて薬剤を寄付したと言っていた。自分の財産にあまり固執しない人なのだろう。円転滑脱な彦五郎との会話を通して、惣次郎は世の中にあるたくさんのことに気付くことができた。

　私の周りはいい人ばかりだな、と惣次郎はしばしば思う。

　二人の姉も、剣術へと導いてくれた義兄・林太郎も、そしてこの試衛館に集っている食客も、みながみな、すこぶる愉快だった。

　少し前まで惣次郎は、本当に時々、もしかしたら自分は人に比べて不幸な身の上なのかもしれない、と思うことがあった。貧乏暮らしはどんどんひどくなっていくし、両親を亡くしてからの姉の苦労が一通りではないことにも気付いていた。自分の将来にはなんの後ろ盾もない。食っていけるのかも定かでない。

　ただ、そんなときでも世の中は、ぼんやりと眺めているだけで十分に面白かった。

　試衛館に住み込むようになって、剣術に明け暮れて、多くの剣客たちに出会って、よけいに視界に入ってくる景色が明るくなった。言葉がうまく通じないときは多いけど、言葉がなくともわかり合える人が、剣をはじめて随分増えた。たとえ不運でも決して不幸ではない、ということを自分でちゃんとわかるようになった。

　だからたまに他人から不憫《ふびん》がられると、かえって申し訳ないような気になる。それから、表面的な環境や状況だけで、周りから「かわいそう」と決め付けられるのは厄介だな、とも思っている。

試衛館には六、七十人の門人がいる。それが朝から入れ替わり立ち替わりやってきては稽古に励んでいた。木刀を打ち合う音、甲高い気合いの声、暢気《のんき》な笑い声に混じって、最近では時勢について議論を交わす門人たちのやりとりが多くなった。

中でも山南敬助《やまなみけいすけ》は、政局のことをよく知っていた。なんでも世の中は今、大きく変わろうとしているらしい。黒船が来て、幕府は右往左往し、そうこうするうちに、長州や土佐の人たちは次々に藩を脱して、天皇を中心にした世の中を作ろうとしているのだ、と山南は教えてくれた。

「大老となった井伊直弼《いいなおすけ》が、朝廷の意向を無視して、勅許なしで日米修好通商条約に調印してしまったろう。しかも、尊皇攘夷を掲げる志士たちを処刑する、安政の大獄を行った。水戸の浪士たちは、これに怒ったんだ。もともと尊皇攘夷思想は、水戸の徳川光圀《とくがわみつくに》が生み出したものだからね。それでこの間、水戸浪士が井伊大老を桜田門外で斬殺する、という事件が起こったんだ」

「斬殺……。どういう斬り方をしたのでしょう？　相手が駕籠《かご》に乗っていたとしたら、私なら初太刀は突きですが」

「……いや、惣次郎。そういう話じゃないんだよ。いいかい。白昼堂々、御公儀の大老が斬られるなど、今までは考えられないことだったんだ」

「御公儀は駄目になったということですか？」

「まあ、駄目というか……」

「そうなったらどうなるのです？」

「倒幕ということはさすがにないだろうが、公武合体といって朝廷と幕府が一体となって政《まつりごと》をするという流れはある。今盛んに言われている尊皇攘夷が目指すところは、本来その方向だと私は思うんだ。もちろん尊攘派の中でも過激なことをする連中はいるが、極論に走るのではなく、今までの枠に囚われずもっと大きな次元で物事を考えないといけない時代に来ているのかもしれないね」

惣次郎より九歳上で仙台藩を脱藩してきた山南は、字引みたいな存在だった。訊けばなんだって答えてくれる。学があって、いろんなことを詳しく知っていた。柔和な丸顔で、根っからの親切者で、誰もがその人となりを慕っていた。剣は北辰一刀流を使う。一流の流派で免許皆伝になったというのに、わざわざ試衛館にやってきている。

「近藤先生の人柄に惚《ほ》れ込んだんだ。ああした人格者にはそう会えるものではないから、ここで剣を学ぶことにしたんだよ」

話し口調も優しかった。冗談を言うときは語尾を上げるのが癖で、難しい政の話を惣次郎に聞かせるのにも少し冗談めかして言う。そのほうが惣次郎の頭に入ると思ってそうしてくれている。それはわかるのだけれど、時勢や政にさほど興味が持てぬ惣次郎は、ついぼんやりと聞き流してしまうこともしばしばだった。そんなとき、山南は決まって言うのだ。

「惣次郎、お前さん他人事《ひとごと》みたいな顔をしているが、そのうち私たちにも活躍の場ができるかもしれないんだよ」

これからは藩や身分を超えて、志ある者が活躍できる時代が来る。

そう言って目を輝かせた。話の内容よりも、先のことを語っているときの山南を見るのが惣次郎は好きだった。この小さな道場にいながら、ずっと遠くまで見えているようだ。こういう雰囲気を持った人は今まで周りにはいなかったから、山南に接するときはいつも貴重な場に佇んでいるような感覚を抱いた。よく飲み込めない話でも、こうして語らっている時が、惣次郎の中ではとても大事なものだった。

道場主の近藤は、一見威風堂々としているのだが、時局を語る以前に「俺は武士になりてぇ」の一点張りで、惣次郎がはじめてこの道場に来たときから、かれこれ十年も言っていることが変わらない。

「加藤清正《かとうきよまさ》と同じで、口に拳固《げんこ》が入る」

ということを何故《なぜ》か心の支えにしているらしく、自分がいずれ武士になることをまったく疑おうとはしなかった。

随分と単純な人だ、と惣次郎は近藤のことを十年近く思ってきたわけだが、それに輪をかけて単純なのが、松山藩を脱藩してきた原田左之助《はらださのすけ》という男だった。年は二十一歳で惣次郎よりふたつ上。その割にやや老けて見えるのは、転変を繰り返した苦労人だからかもしれない。

松山藩士時代は、生意気で破天荒で手がつけられない荒くれ者で、目上の藩士から目の敵にされていたという。蘭式《らんしき》銃陣に使う太鼓を肩から下げて裸体で町を練り歩いたり、酒に酔ってくだを巻いたりと枚挙にいとまがなく、しまいには藩の若党と喧嘩《けんか》になって「腹を切る作法も知らない」と面罵《めんば》されたのにいきり立ち、その場で自分の腹を掻《か》き斬ってしまった。幸い一命は取り留めたものの、腹には今でも真一文字に切腹の跡がある。その周りには、プップツと糸の縫い跡まである。しかもそれが原田にとっては負い目ではないようで、着物の前をくつろげては「俺の腹は、金物の味を知っている」と自慢した。種田宝蔵院《たねだほうぞういんりゅう》流を修めていて、剣以上に槍《やり》ができる。癇癪《かんしゃく》持ちで短絡的な性質を惣次郎はしょっちゅうからかっていたが、よくよく見ると彫りが深く整った顔立ちではある。

「いくら端正でも、性格があれだけ荒いとそうは見えねぇな。あいつは伊予《いよ》にいた頃にゃ、死に損ねの左之助、などと呼ばれていたらしいぜ。みっともねぇ」

永倉新八《ながくらしんぱち》は淡々と原田を評し、しばしば惣次郎を笑わせた。

この男は松前藩脱藩者だが、江戸の藩邸長屋に育った生粋の江戸っ子である。神道無念流を使い、十八歳で免許皆伝になってから藩を抜け、四年あまり全国流浪の武者修行に出たという。江戸に戻ってからは、牛込界隈《うしごめかいわい》で随一といわれた剣客、心形刀流・坪内《つぼうち》主馬《しゅめ》に見込まれて師範代を務めたこともある。

試衛館を訪れたのもきっと武者修行の一環だったのだろうが、どうもここの居心地がよかったらしく、そのまま客分に収まった。さすがに剣の腕は抜きん出ていて、惣次郎と互角に立ち合えるのは試衛館の中ではたぶんこの永倉くらいだろう。六尺近い長身で、上段に構えるとグッと大きく、独特の威圧感がある。

普段は冷静なのに無類の酒好きで、同じく酒豪の原田あたりを誘っては、稽古後にしこたま飲んで前後不覚になるのは悪い癖だ。先に寝ている惣次郎を叩き起こし、

「俺は、攘夷をやり遂げるんだよ、なぁ、おい！」

などと気勢をあげることしばしば。これにはさすがの惣次郎も閉口していた。

永倉の言っている、「攘夷」というのは夷狄《いてき》、つまり異人を討つ、ということらしい。

夷狄を討つといったって、果たしてどうやって？

向こうは凄まじい装備を積んだ船でやってきている、と山南は言っていた。異人は剣を使うのだろうか？　もしそうなら、剣で勝負がつくけどな。流派や出身や国や身分の垣根を超えて剣が振るえるのなら、それはそれで面白そうだ。

みなの大志は、自分が抱いている「剣で一番になる」という志よりずっと複雑だ、と惣次郎は思っていた。永倉が言う「攘夷」は山南のように思想的ではなく、ほとんど勢

いだけらしく、細かいことを突っ込むと大抵口をつぐむのだが、そういう姿を見て、やはりみな、いずれは世の中に聞こえる活躍をしたいのかと、ここに集う男たちの思いを意識することも少なくなかった。みな継ぐ家もない脱藩者や百姓の次男三男で、それだけに己の実力だけで功名を求めようとしているのだろう。それは理解できるけど、やっぱり自分には世の中を変えようという気はさらさらないな、ということも惣次郎は同時に自覚するのだ。

この試衛館に通ってくる門人の中に、ひとりだけ志が判然としない者がいた。気まぐれに道場をのぞきに来る長身の男だ。

——彦五郎さんのところでは何度か見たが、あんまり熱心に通ってきていないようだったな。

もう二十五、六歳になっているのだろうか。寡黙であまり自分のことを語らぬので、どんな人物なのか、惣次郎はよく知らない。だいたい、神文血判帳《しんもんけっぱんちょう》に名を連ねて、正式に天然理心流に入門したのもほんの最近のことだ。近藤とは昔からのよしみらしく妙に馴れ馴れしい口をきくが、他の門人たちとは一向に打ち解ける様子もない。

「あれで昔はもっと気難しかったんだ。俺がなにを言ってもまともにとりあっちゃくれなかった」

近藤が、この土方歳三という男にはじめて会ったのは、まだ十代の頃だったそうだ。一目で剣の素質があることがわかったが、ちっとも修練しない。それを、時をかけて説得してやっと正式に入門させたという。

「おととし牛頭天王社に奉納額を納めたろう。あそこに自分の名がないと怒って、やっと入門を決心したらしい」

土方が道場に通うようになったきっかけを、近藤はそう語った。

だとしたらかなり都合のいい話だ、と惣次郎はおかしかった。まったく道場に来ないで、正式に入門もしないで、天然理心流の門人たちの上達祈願をした奉納額に名を連ねられるはずがない。

ただでさえ異彩を放っていたのに、はじめて土方が道場で竹刀を持って立ったときはさらに強烈だった。惣次郎はこのときの試合を、未だによく思い出す。

手合わせの相手には、永倉新八が立った。

いきなり永倉さんじゃ、いくらなんでもかわいそうだ。そう思ったのも覚えている。

正眼に構える永倉に対し、土方は半身を開き左に剣をだらりと持った珍妙な構え。片手で剣を持つなど打ち込まれたらひとたまりもないが、なぜか隙はなく、百戦錬磨の永倉も剣を構えたまま動かなかった。

睨《にら》み合いが長いこと続いた。永倉の剣先がわずかに動いたときだ。

垂らしたままだった土方の右手が凄まじい速さで動いた、と思ったら、石の礫《つぶて》が永倉目掛けて飛んでいったのだ。とっさにかわした永倉が体勢を崩しながら、「なにすんだ！」と怒鳴りかけたときすでに、土方の剣が大上段から永倉の面に振り下ろされていた。たまらず永倉は転倒し、一本の形になったが、土方はそこで止めずに、さらにもんどり打って転げた永倉の胴をまるでトドメでも刺すように突いた。

「それまで！」

と立ち上がった近藤の顔は朱を注いだようで、土方に近づくなりその面を拳固で殴りつけた。

「おめぇは、なんて手を使うんだ。もっと武士らしく戦わねぇか！」

道場で見物していた全員は肝を潰して、ただ口を開けているだけだ。

土方は近藤を睨みつけ、

「斬り合うのに、武士らしいも、らしくないもあるか」

とだけ言うと、永倉に謝りもせず、ぷいっとどこかに消えてしまった。

「あんな喧嘩剣法を使いやがって。あれは多摩に伝わっている投石法ってヤツだ」

近藤は「困った奴だ」と苦々しく繰り返したが、惣次郎は試合を見て、土方という人物にひどく関心を持った。

体面ではなく、勝つか負けるか、そこにしか焦点が合っていない。自分と同じだ。それに土方は、少々癖はあるものの相当の使い手であるらしい。

——あんな手を使わなくても、永倉さんに勝てたかもしれないな。

土方が中極位目録まで到達したのも、ほんの短期間のことだった。この上に「免許」「印可」「指南免許」と三段階あるので、免許皆伝の惣次郎より格下ということになるが、その実まったく引けを取らない腕前である。型にはまらぬ変な構えはなかなか直らず、相変わらずの我流も曲げることはなかったが。

土方はすぐに出稽古で師範代を務めるようになり、惣次郎と一緒に多摩や調布まで出向く機会が増えた。道すがら、面白がってあれこれ話しかけるとはじめは鬱陶しそうにしていたが、どこか通じるところがあったのだろう、次第に打ち解け、普段は見せない表情をのぞかせるようになった。

話してみると、思っているよりずっと柔軟で優しい人だった。無口で一筋縄ではいかないから周りからは敬遠されがちだけれど、決して偏屈ではない。広く物事を感じているし、無関心を装いながら人のこともちゃんと見ている。稽古に入ると例の手段を選ばぬやり方に立ち戻って、教え方も荒々しかったから、門人には惣次郎以上に恐れられたが、根を詰めて稽古をつける割には絶対に謝礼を受けようとはしなかった。

「金とか、そういうことでやっているんじゃないんだ」

つっけんどんに言って、懐手《ふところで》で歩き出してしまう。よくわからないが、きっとなにか自分の中で一本筋が通っているんだろう。

今年に入って、府中六所宮《ふちゅうろくしょぐう》での型試合後に納めた剣術上達祈願の奉納額には、正式に理心流に入門した土方の名が今度はしっかり刻まれている。それを見た途端、普段からは想像もつかないようなはしゃぎ方をし、下戸のくせに旅籠《はたご》で酒を飲み、勢い込んでまた六所宮に戻って竹刀を振ったりしていたのも、惣次郎にとっては意外だった。

――単純なんだか、複雑なんだか、よくわからないな。

五尺六寸の上背で、おまけにきりっとした二重の整った顔立ちだから女にもてるらしく、訊いてもいないのに、誰に惚れられたの、かれに恋文をもらったのと自慢をするのも奇妙な癖だ。吉原にも足繁《あししげ》く通い、いつも同じ店のきんつばを土産《みやげ》に持って気を配っているらしい。普段こんなに無骨なのに、そういうところではまめなのか……。

府中や八王子に繰り出しては、適当な相手を見つけてしょっちゅう喧嘩を売っている、という噂も聞く。

「喧嘩ができれば、相手は誰でもいいのさ。なまじっか恨みなんぞ背負って戦うのは興ざめだぜ。目と目が合ってこっちがその気になれば、それで十分喧嘩の種になる」

物騒なことばかり言う人だった。

それでも惣次郎は、土方への興味が尽きることがなかった。彼には、群衆の中にあってもいつも独りで立っているような風情がある。なににも侵されない自分を確立している風にも見える。それはきっと作り物ではなく、生来のものだ。そういう人は案外少ない。そう思うからだ。


六所宮での献額の翌年、惣次郎は二十歳になった。試衛館の塾頭を務めるようになり、この機に幼名を改めることにした。

沖田総司《おきたそうじ》。そう名乗った。

自分ではこの字面をたいそう気に入り内心得意であったが、他の門人たちは相変わらず「惣次」や「総司郎」などと誤った字を書いて、いつまで経っても適当に覚えている風なのが、不満といえば不満である。

策　謀

清河八郎

――頭の悪い人間が、世の中には多すぎる。

苦り切って、清河八郎《きよかわはちろう》は諸国を行脚《あんぎゃ》している。まともに時勢を語り合える人間など、これだけ歩いても滅多に出会えるものではなかった。

相手がいくら凡庸でも説けばいずれわかってくれると最初は信じていた。実際、清河の熱弁にほだされる連中は多かったし、その思想に付き従う支援者も出てきた。しかし、「理解」というのは得てして一方的なもので、大筋を曲解して手前勝手な解釈をして悦に入ったり、たいしてわかってもいないのに「時世を変える」という派手な煽り文句にだけ反応して賛同する者がほとんど、本質的なところまで真意を解してくれる人物など皆無というのが実状だった。

今こそ国を大きく変えるときだというのは、時勢の読みとして間違ってはいない。自分には、これからの世を先導していく存在として十分な資質がある。ところが信頼できる同志がいない。これだけは努力でどうにかなる問題ではなかった。

——どうせ伝わらぬのなら、うまく利用すればいい。

行き着いたのは、救いがない結論には違いなかった。

けれど、全員が深いところで繋《つな》がった同志である必要など、もともとないはずだ。ひとりの賢者が、大勢の凡庸な者の世話をしている。世間というのはそうやってなんとか回っている。一部の貴重な人材を活《い》かすために、他の連中を従順な一兵卒として働かせる構図を作ったほうがずっと、効率はいい。自分の手足となって働く人間が集まれば、事は成せる。現実はきっとそういうものだ。

一旦そう悟ったら、ひどく気が楽になった。

清河が、故郷の出羽国《でわのくに》庄内藩清川村を飛び出したのは十八のときだった。郷士《ごうし》の家に生まれ、暮らしぶりにも家にも不満はなかったが、穏やかすぎる日々が耐え難くなったのだ。

江戸に出て安積艮斎《あさかごんさい》に師事し、各国の秀才が集まることでも名高い昌平坂学問所《しょうへいざかがくもんじょ》にも学び、剣は千葉道場で北辰一刀流を修得した。いずれも一流どころに身を置き続け、非の打ち所のない経歴を重ね、しかも若いうちにすべてを成した。独立して、神田三河町に私塾を開いたのもまだ二十五歳のとき。建物が火事で焼けるなどの災難には見舞われたものの、その塾が評判になったのも早い段階。ひとつ事を成すと、すぐに次の野心が湧《わ》き起こる。やるべき事も、学ぶべき事も、考えるべき事も、山とあり、いつも刻が足りなかった。この自分が、日々の生活にただ追われているだけの民と同じ刻しか与えられぬなど、世の摂理というのはつくづく不公平にできている。

「虎尾《こび》の会」という結社を作ったのもこの頃のことだ。

桜田門外の一件を聞き、清河には悟ったことがふたつある。幕府の弱体化が確実に進んでいる、ということ。そして、一介の浪士でも世の中を動かすことができるということ。これから、尊皇攘夷思想によって新たな時流が呼び込まれる。今回の黒船来航のような危急の事態に速やかに対応できる、強靭《きょうじん》な国体が求められる時代になる。格式に縛られた古老ばかりの幕臣に任せていたら、阿片《あへん》戦争で英国に攻め込まれた清国《しんこく》の二の舞になる。今こそ、自ら攘夷の魁《さきがけ》として動くときだった。そして、近く必ず幕府を倒す。

といって、井伊直弼を殺し、その後責任をとって自刃した水戸浪士のようなやり方は愚だ。新たな世が生まれたとき自らが中心に立てるよう、上手く立ち回らねば意味がない。「虎尾の会」では、薩摩や彦根から江戸に出てきている同輩や、山岡鉄太郎《やまおかてつたろう》のように幕臣でありながら幕府の在り方を憂慮する人物とも交流を持った。彼らが先鋒《せんぽう》となって行動を起こし、自分は陰に回って綿密に指示する。そうした体制も早い段階で作っていたはずだった。

それだけに、文久元（一八六一）年、日本橋新右衛門町《しんえもんちょう》の往来で執拗《しつよう》に絡んできた町人を衝動に任せて斬り捨てた己の落ち度が悔やまれた。たかが町人ひとりのために、積み重ねたものをふいにした。御公儀のお尋ね者となり、捕吏から逃れるため江戸を落ちねばならなくなったのだ。

事件のあとで山岡鉄太郎が耳打ちしたことも、清河を鬱々とさせた。

「貴殿の行動は随分前から、幕府の偵吏《ていり》によって目を付けられていたようだ。新右衛門町で斬った町人も、どうもこちらの行動を見張っていた下っ引きらしい」

西国に逃げながら、江戸に残したお蓮《れん》と離れて暮らさねばならない不運を思って苛立ちに拍車が掛かる。

お蓮は以前、庄内の遊郭にいたのを清河が見初めて身請けした。わけあって芸妓《げいぎ》になったが、もともとは医者の娘だという。それだけにどこか凜《りん》とした気風を漂わせていた。まるで泥中の蓮《はす》のようで、お蓮と名付け江戸に連れてきたのだ。

清河の活動に必要な資金をこっそり内職でこしらえ、黙って渡すような女である。仕事の愚痴を漏らしても、笑みをたたえながら包むように聞いてくれた。どんなくだらぬことでもお蓮にならなんのてらいもなく話せた。

そのお蓮が今、牢《ろう》に繋がれているという。清河の居場所を聞き出すための、厳しい拷問に耐えていると聞く。あの華奢《きゃしゃ》な体で自分の代わりに酷《ひど》い目に遭っているのかと思えば、不憫でならなかった。けれど、身を挺《てい》してお蓮を迎えに行く気にはどうしてもなれなかった。天下国家のことを考えれば、今は身内を案じるときではない。ふた言目には情だの真心だのといって繋がりを重用する人物もいるが、そんな曖昧《あいまい》で形が見えないものに頼るのではなく、まずは形あるものから世界を導き出してみたかった。

「倒幕というのは、いささか飛躍しすぎであろう」

西国を遊説した清河が、幾度となく志士たちから浴びせられた言葉である。尊皇攘夷の思想が盛んな西国ですら、このありさまだ。いつまで自分は、時勢も見えぬ木偶《でく》と相対さねばならぬのだろうか。権威を恐れ、決断も、行動も二の足を踏むのは、幕臣も志士たちも似たり寄ったりなのだろう。

唯一、京で出会った攘夷志士・田中河内介《たなかかわちのすけ》は、清河の倒幕論に賛同し、九州遊説に付き合うという。彼は、朝廷の侍従・中山忠愛《なかやまただなる》中将の側近でもある。中山中将の名を借りて浪士を募れば、説得力も増すだろう。真偽などあとからどうとでも辻褄《つじつま》を合わせることができる。まずは煽動《せんどう》し、事を起こすことだ。

過激な攘夷論者として名高い真木和泉《まきいずみ》と接触できたことも収穫だった。彼は生ぬるい攘夷論をすでに見切っており、「佐幕派には天誅《てんちゆう》を下す」と言って憚《はばか》らず、そのための行動を着実に推し進めている。

「近く、島津公が兵を率いて京に上られるらしい」

という噂を聞いたのも、薩摩の過激派と通じている真木からだった。

前藩主の島津斉彬亡きあとも、彼が提唱した尊皇攘夷の思想は、その異母弟で、今や国父として藩政を担っている島津久光《ひさみつ》に引き継がれている。

「倒幕の勅許を天朝にいただくために、行動を起こすと聞いておる」

「我らもそれに乗じて、倒幕の兵を挙げることができれば」

清河が気色ばむと、真木が頷いた。

「万事、ここで片が付く」

真木の押し殺した声が、熱く流れ込んだ。長い活動の中でようやく得たまともな響きだった。

清河が再び諸国を回り、檄文《げきぶん》を飛ばしたのは、真木との話し合いのすぐあとのことである。

「憂国の士は京に集まり、倒幕のため決起する」

噂はまたたく間に広まり、島津久光の上洛《じょうらく》を含んだためか、清河の煽った言辞も信《しん》憑性《ぴょうせい》を伴って薩摩や長州の志士たちを動かしていった。京には続々と尊攘派の志士が潜入してくる。その状況を見つつ清河は、京に入った真木和泉と決起の方策を詰めた。

文久二（一八六二）年の四月。

一千の兵を挙げて上洛した薩摩勢の魁となるべく、佐幕派に天誅を下す、というのがその策である。見せしめとして血祭りに上げるのは、佐幕派の関白・九条尚忠《くじょうひさただ》、京都所司代の酒井忠義。そこで倒幕の声を上げるだろう薩摩藩兵と合流し、一気に江戸へ進軍する。

寺田屋には薩摩の志士・有馬新七、田中謙助ほか、約三十名もの同志が結集し、出立の構えで待機していた。

清河はしかし、寺田屋には入らず、未だ京で尊攘派の志士たちを募っていた。ギリギ殺傷沙汰《さつしょうざた》に至るまで同志を増やすことに費やしたい、という意志による。それ以上に、自らが関わる必要はない、とも思っていた。矢面に立てば火の粉をかぶる。軌道に乗るまでは身を伏せて動き、日の目を見たら表舞台に出て行けばよい。

吉報を待ち望んでいた清河にもたらされたのはしかし、予想もしなかった悲報であった。

島津久光の側近、奈良原喜八郎、大山格之助、道島五郎兵衛《みちじまごろべえ》ほか八人が、寺田屋に駆けつけたことで、この計画が頓挫《とんざ》したというのである。

「決起をすると聞くが、まず止《とど》まられたい」

奈良原たちは寺田屋に入るなり、ひどく慌てた様子でそう言ったそうである。

「おのおの方の策は薩摩藩の意向とは違っておる。勝手な動きをされては、斉彬公からの藩政に支障が出る。久光公もご立腹である」

「これは異な事を申される。ならば久光公はなぜ、挙兵して上洛された?」

「挙兵ではない。朝廷に上申するため藩士を率いただけのことだ」

「上申の内容が、倒幕の示唆ではないのか?」

「否。久光公が見据えているのは、倒幕などではない。公武合体、幕府と朝廷が組むことである。こたびのご上洛はそのために朝廷にご意向をうかがうものであり、薩摩藩はこれを機に政の中央を担いたいという意向である」

奈良原は早口で捲《まく》し立てた。

薩摩急進派の田中謙助がジリジリとして言う。

「そういうお考えならばそれは承伏いたす。が、我らには我らの思想がある。お手前どものご意向とは別に、決起はする」

平行線ならば、議論を続けるのは時間の無駄だ。このまま問答が長びけば、せっかく細密に練った計が狂う。

田中謙助がまず、奈良原たちの制止を振り切って立ち上がった。

と、その身体《からだ》がはじかれたようにのけぞり、そのままゆっくりと後ろに倒れた。

説得に応じぬ急進派に業を煮やした薩摩藩士・道島五郎兵衛が、抜き打ちに田中を斬り下げたのだ。周囲は水を打ったように静まり返り、次の瞬間、寺田屋は凄絶《せいぜつ》な斬り合いの場と化した。

真木和泉も、このありさまに閉口するよりほかなかった。同藩同士、目の前で斬り合っているのである。急進派の死者は六名。真木も田中河内介も薩摩藩によって捕縛された。もはや決起どころではなくなった。清河らが密《ひそ》かに進めてきた倒幕計画は、またもや不本意な形で幕を下ろさざるを得なくなった。

斉彬とは比べものにならないほど、鈍重で保守的だという久光の噂を思い起こし、あれだけ自分が労力を割いたのはなんだったのかと虚《むな》しくなった。凡人によって、革新の道が阻まれ続けている。どこかでこの堂々巡りから抜け出す必要があった。といって、雄藩も動かぬ、志士たちはすぐに検挙される。まだまだ佐幕派の権威が強いでは埒があかぬ。

——ならば幕府側につく、というのはどうか。

突拍子もない案が浮かんだのは、寺田屋事件のすぐあとのことだった。

倒幕の思想を捨てるのではない。要は正攻法で事を成すか、周囲を欺き、逆から攻めるか、やり方の差異でしかない。体制に付くように見せかけて、最終的にそこで得た武力や財力を倒幕のために使えばいい。

——一か八か、だ。

急ぎ江戸に戻り、旧知の幕臣・松平主税介《まつだいらちからのすけ》を通じ、幕府政治総裁職の松平春嶽《しゅんがく》に献策した。

「京では今、過激派浪士たちが天誅と称して佐幕派を斬りまくっている。このままでは、京の治安は勿論《もちろん》、幕府の面目にも関わる問題。ここは幕府管轄の浪士組を結成し、彼らに京の過激派を取り締まらせてはいかがか」

すんなり通ることはなかろうと覚悟していた。「虎尾の会」での活動は目を付けられていたし、西国遊説の折には幕府は偵吏まで送っていたのだ。清河自身が尊皇攘夷の急先鋒ということは、とうに知られている。

ところが、意外にもこの案が取り上げられたのである。いともたやすくこちらの弁舌に騙《だま》されてくれた。どさくさに紛れ、浪士組の条件に「大赦」を加えると、これもあっさりと通った。これで町人を斬って出奔した自分の罪もお咎《とが》め無しになる。

そうと決まったら、できるだけ多くの浪士を集めることだ。駒《こま》となって働く者は数いればいい。どうせ集まってくるのは学も思想もない食いっぱぐれだろう。京に連れていってしまえば、尊攘派を斬ろうが、佐幕派を斬ろうが、その違いがわかるはずもない。幕府にしても、江戸で燻っている厄介者を一掃できれば御《おん》の字だろう。

浪士募集の告知を出してすぐに、世話人の松平主税介の元には、かなりの者が子細を訊きにきたという。「浪士組に参加すれば旗本になれるのか」。そう訊く輩《やから》も多いらしい。今更旗本になってどうする。そんなもの、新しい世になればなんの価値もなくなる。中には、「士道を極めたいと思っている」と哀願するような目で訴えた者もいると聞く。いつの時代に「士道」などという古くさい言葉を吐いているのだ。

とにかく質ではなく、数だ。大勢集めれば事足りる。そいつらをうまく利用すればいい。

世を変えるのは、自分でしかない。それは未だ一貫して揺るがぬ、清河の中での確信だった。

ところで、お蓮のことである。彼女は幕吏に捕らえられたその年のうちに、厳しい拷問に耐えかねて獄死した。清河はその死を悼み、自分の実家の母に宛《あ》て、筆を執った。

「さてお蓮こと、まことに悲しきあわれのことといたし、残念限りなく候《そうろう》。何卒何卒《なにとぞなにとぞ》私の本妻と思《おぼ》し召し、朝夕の回向《えこう》御《おん》たむけ、子供とひとしく思し召し下されたく、くりごとにも願い上げ申し候」

手紙をしたためながら清河は、無性に侘《わ》びしくなった。自分の本当の言葉を聞いてくれたのはこの世の中で唯一お蓮だけだった、という真実を、見つけてしまったからだった。

浪士組

近藤　勇

金のことで頭はいっぱいである。試衛館を任されたはいいが、なにせ金がない。門人は増えても、貧乏道場に変わりはなく、ついこの間も首が回らなくなって、沖田を使いにやって実家に金を借りたばかりだった。それなのに、またうっかり食客を増やして、大飯食らいの男たちに身上を潰されかけている。自分で引き入れた門人たちだ、今更断れぬ。しかもみな、世間では知られていないが、名うての剣客と信じて置いているのだ、一応は。

いてもらわねば道場として成立しないが、いればいるで金がかかる。

考えは、脳の中の同じ回路を巡って、なんの解決も見ないまま、最後に決まってため息《いき》となり吐き出された。

「御公儀が浪士を募集する、って噂がありますよ」

永倉新八が飯のときそう言ったのを、考え事をしていた近藤勇は一瞬聞き逃した。反射的に「ほう」と相づちを打って、飯を頰張《ほおば》り、汁をすすり、香の物を一嚙《ひとか》みしてはじめて、

「なんと言った?」

と色めき立った。

「だから、浪士を募集しているらしいのです、幕府が。なんでも将軍警護のために京に上るのがお役目のようで、身分は問わずに尽忠報国《じんちゆうほうこく》の有志は参加できるらしい」

なんだってこんな大事なことを告げるのに、そんなに淡々としている。永倉のいつも変わらぬ冷静な様子は、直情的な近藤を時折苛立たせる。

将軍上洛の噂は、近藤の耳にも入っていた。開国か攘夷かで世論は揺れ続け、ついに幕府は公武合体をもって朝廷の力を借り、この危機を乗り切る策に出たという話を聞いたとき、近藤は大いに落胆した。幕府の威信も落ちたものだ。将軍御自《おんみずか》ら上洛など、三代家光公以来ではないか。天領で育った近藤は、幕府の権威をなにより信奉している。時勢や政の話は抜きにして、いずれは旗本になりたいという夢も未だ変わりはない。

「永倉さん、その浪士組というのは、いつ募集されたのです？」

近藤より先に、藤堂平助《とうどうへいすけ》という若い門人が訊いた。

この小柄な青年は、塾頭の沖田総司よりひとつかふたつ年少だから二十歳前のはずだったが、すでに北辰一刀流の目録を持っている。それをわざわざこうして試衛館に通ってきているのは、きっと道場主である自分の才覚に惚れ込んでのことだろう、と近藤は信じていたが、土方あたりは「どうせ千葉道場で落ちこぼれたんだろう」と夢のないことを言った。この青年は、藤堂和泉守《いずみのかみ》の御落胤《ごらくいん》というまことしやかな噂があって、本人はなにかにつけてそれを持ち出すものの、実のところ真偽のほどははっきりしないらしい。書物をよく読むせいかやけに理屈っぽく、国事や思想を語るときの杓子定規《しゃくしじょうぎ》な理論は、近藤には大概難解すぎた。しかも、議論になるととことん突き詰めたくなるようで、相手が同調するまで執拗に迫る。最近では「尊皇攘夷こそがこれからの考え方です」と捲し立てることが多く、確かに近藤もそれには同意するのだが、まずは幕府のために武士として働くつてを得たいというのが先決なだけに、藤堂の説く喧嘩腰の思想はしち面倒でついつい敬遠しがちである。

「もう募集はかけているんだ。主立った道場には知らせがいっているらしい」

永倉の言葉を聞きながら、近藤は舌打ちをした。

まただ。またうちはのけ者だ。

これだけの規模、これだけの門人を持って、実力だって他流派に引けを取らない自信があるのに、いつになっても三流道場扱いだ。一度名を上げれば中身にかかわらず許されていくのに、無名の者がいくら力を蓄えても、世の中というのは懐疑的な目で見るばかりだ。

「それは俺たちも加わらねばならないだろう。御公儀のために働けるのなら、是も非もなかろう」

「いや近藤さん、参加するにしても、詳しく事情を聞いてからのほうがいいでしょう」

その場にいた山南敬助は神妙な顔つきで言い、井上源三郎が、

「江戸を去るのはどうも気が進まねぇが」

とボソッと呟《つぶや》いた。

この井上は、八王子千人同心である兄の松五郎とともに、早くから天然理心流を学ん

できた男である。千人同心の跡目は松五郎が継ぎ、本人は家業の百姓を手伝いながら試衛館に通ってきていた。齢三十半ばながら枯れた風情を漂わせ、喧嘩や諍《いさか》いを嫌い、およそ剣術をやっている人間には見えぬ物静かで温厚な人物である。そのくせ人一倍練習熱心で、面ずれがはっきりとできている。

浪士組の徴募は幕府単独の草案ではなく、清河八郎とかいう出羽浪人の男が発起人になっているらしかった。

「清河……聞いたことがある。確か同門だ」

山南の言う「同門」は、彼がかつて修行を積んだ北辰一刀流のことで、決してこの天然理心流のことではない。

「そいつは、どういう男だ？」

「さあそれが、通った時期が違うのでよくは知らんのです。なんでも自ら私塾まで起こした、かなり博学の方だということですが」

幕府側の責任者には、講武所の松平上総介《まつだいらかずさのすけ》が立つ。

「少し前まで主税介と名乗っていらした方ですよ。講武所の師範役に昇格したというから名を変えられたのでしょう。幕臣にあって、旧態依然の幕府を瓦解《がかい》するため奔走している斬新なお考えの持ち主だと聞いたことがあります」

藤堂の言うことは、どうも小難しい言葉が多くていけない。しかし、みな、世間のことをよく知っている。いったい、どこからそんな報を仕入れるのか。

「で、その上総介ってのは、いい人物なのか、悪い人物か？」

近藤が訊くと、藤堂はあからさまに顔をしかめた。

「人のいい、悪いは、お役を全うするうえで関係がない。ともに大事を成すのです。要は仕事ができるか、そうではないか、そちらのほうが重要だ」

「そうはいうが人となりは大事だ、そう割り切ったもんじゃあるめぇ」

近藤の抗弁にうなずいたのは井上くらいで、山南も藤堂もこれには返事をしなかった。藤堂は相変わらず「解《げ》せない」という顔を作っていたが、山南は根っからの好人物である。合点はいかなかったのだろうが、それを態度に出すことはしなかった。

「近藤さん、私たちにも好機が巡ってきたのかもしれません。ただ、軽挙すればあとで取り返しのつかないことになる。近藤先生の場合は、京に上るとなれば、試衛館をどうするか、周斎先生のこともありますし、お内儀やお子のこともありますでしょう。ここはひとつ、上総介殿に直《じか》に面談を申し込み、子細を伺うことにしてはいかがです」

笑顔を絶やすことなく山南は言った。確かに近藤は気を逸《はや》らせるばかりで、妻子のことも、試衛館のことも意識の外だった。

山南は直截《ちょくさい》な物言いをすることは滅多になく、噛んで含めたような言い方をするのが常であり、今まで一度だってそこに悪意や他意が含まれていたことはなかった。自らの博識を誇示することもない。無学ということに一方ならぬ引け目を感じている近藤が傷つかないよう、ちゃんと言葉を選んで助言してくれる。そうした細やかな心配りが、近藤にはいちいち身に染みてありがたかった。

ともかく、松平上総介に面会を申し出る。そこからだ。

世の中のことは正直よくわからぬことも多いが、武士という立場を得て、幕府の役に立てるのなら、すべてをなげうつことになっても構わなかった。

永倉が浪士組の報を伝えたとき出稽古で留守にしていた土方歳三と沖田総司を、あとからつかまえて改めて意見を訊いてみると、

「そんなの怪しいぜ。騙されるんじゃねぇか？　だいたい身分も学もない俺たちに、そう簡単にお声がかかるもんじゃない。なにをさせられるかわからんぜ。いかに幕命だとしても、納得のいかないことをやるのは、俺は絶対嫌だからな。近藤さん、あんた、もっと物事を選べよ。自分が今やっていることに矜持《きょうじ》を持てよ」

と土方は言い、

「しかし、京には一度上ってみたいなぁ。武士になる、ならないはどうでもいいが、京の道場は巡ってみたい。とてつもない剣客がいるかもしれません。そうだ土方さん、あちらには水菜といって随分と歯触りのいい食べ物があると聞きました。いくら好きだか

らって沢庵《たくあん》ばかり食べていないで、他のものも試してみちゃどうです」

と沖田はまるで本旨とは関わりないことを言って、なにがおかしいのかケラケラと笑い出してなかなか止まらなかった。

山南に比べ、なんと不粋な奴らだ。

とにかく、武士になる。きっかけさえあれば全部試してやる。いずれ日本外史に出てくる武将のような活躍をして、誰もが認める立派な働きをしてみせる。

ずっと無心に夢みてきたものが、身分や家柄のことで叶わぬという現実は、どうしても受け入れがたかった。人の思いや努力に勝るものがあるなどとは、今の近藤には、まだまだ信じることができなかった。

今の若い者は

鵜殿鳩翁

粉骨砕身、長く組織に仕えた結果がこれである。

鵜殿甚左衛門長鋭《うどのじんざえもんながとし》は、中山道《なかせんどう》を歩きながら密かにため息をついた。号を鳩翁《きゅうおう》と名乗ることの幕吏は、すでに五十を超えた老人である。長い奉公を終え、引退して穏やかな日々を送っていたのに、わざわざ呼び出されて有象無象と共に京へと上っている。

かつて幕府の海防掛《かいぼうがかり》を務めたこともある。アメリカやロシアの使節とも互角に渡り合って折衝した。華々しい遍歴、と自分では思っていた。能吏である、とも自負している。幕府は、自分無しではここまで滑らかに機能することはなかろう、自分が欠ければみな往生するだろう、どこかでそう思い込んでいた。

けれど結局組織など、人ひとりが欠けたところで、なんの影響もないのである。これだけ長い歴史を持った大所帯ならなおのこと。自分では年を重ねるにつれ組織の中で不可欠な人材になっていく気がしていたが、実はその間にも優秀な若い人材はどんどん出てきていたわけだ。彼らは、今までにない斬新な考え方をし、素早く行動し、幕府の古き体制を改革しようとしている。幕藩という単位ではなく、国という大きな次元で物事を見ていた。

結局、取り残されていたのは自分だった。

新しい風潮を学ぼうとも思ったが、頭も体もすでに凝り固まっていて、そこから抜け出すことは難しかった。一昔前の幕臣なら、こんな努力は無用だったはずだ。今まで自分がしてきた経験を若い者に伝え、惜しまれながら引退する。それで十分だった。

けれどもう、そういう世ではない。幕府も今までのように、延々同じ事を繰り返していたのでは成り立たなくなってきている。

時世の変化の中、自分だけが気付かぬうちに「一昔前の」「不必要な」人間になっていたということだろう。

そうして与えられた仕事がこの、浪士取扱役という損な役回りだった。

もとはといえば、松平上総介が突然、役を降りてしまったのがいけなかった。

身分を問わずに浪士を徴用し、勤王過激派の活動が日増しに激しくなっている京都の警護に当たらせる、という話が具体化したのは、昨年、文久二年の暮れのことだ。

なんでも清河八郎という浪人が献策した案が取り上げられたらしい。この清河というのも臑《すね》に傷持つ男らしく、松平春嶽も何故そんな男の案を取り上げたのか知らないが、江戸に多勢いる浪士たちの処遇と、京都で殺生を続ける不逞《ふてい》浪士の処分に頭を悩ませていた幕府にすれば、相殺するのもよいと考えたのかもしれなかった。といって、いち浪士である清河にすべてを任せるわけにはいかない。

そこで取扱役に講武所の松平上総介が就任した。老中・板倉勝静《いたくらかつきよ》より正式に許しが出ると、上総介は詳細を決め、主立った道場を中心に浪士募集の告知を出した。集める人数は四、五十人。支度金はひとり五十両もあれば十分だろうから、二千五百両の予算があれば問題はない。そう、読んでいた。

ところが蓋《ふた》を開けると、集まったのは三百近い人数である。集会場となった小石川の伝通院《でんづういん》には、浪士だけではなく、俠客《きょうかく》や賭博師《とばくし》、百姓まで含めたまさに烏合《うごう》の衆が、「当然、直参に取り上げてくれるのだろう」と勝手に決め付けて押し掛けた。

とんだ見当違いだった。とてもじゃないが、そんな金は用意できない。といって頭数を制限することは、なぜか首謀者である清河が一貫して拒んでいる。多ければ多いほどいい、というのが清河の意見である。

さて、どう収拾をつけるつもりか？

鳩翁は、半ば興味本位で高みの見物を決め込んでいた。ところが、なにも片が付かず、なんの方策も打ち出さないというのに、ずっと中心になってこの献策を引っ張ってきた松平上総介がすべてを投げ出し、辞職してしまったのである。

「上総介の代わりに浪士取扱役を務めてほしい」

鳩翁が上から言われたのは、そのすぐあとのことだ。

傍観していたら、突然渦中にほうり込まれた。

つまり、上総介は幕府に守られたということなのだろう。今の状態で京に上れば、なにかしら問題が起こるのは間違いない。その責任をとる羽目になる前にはずされた。代わりに、責任を負わせるようなことになっても差し支えなかろうと判断されたのが、この自分なのだ。鳩翁はそう悟った。悟ったけれど、異を唱えることはできなかった。この組織以外で自分が生きる場などないことを、よくよく知っているからだ。

取扱役の補佐役には山岡鉄太郎、松岡萬《まつおかつもる》という若い幕臣がついている。山岡は清河と密に通じ、尊皇攘夷活動に熱心だという噂がある。幕臣でありながら、幕府の在り方を公然と憂いてもいるらしい。そんな危うい思想を持った、まだ二十代半ばのこの男と自分とが通じ合える部分はひとつもないだろう。きっととんでもなく飛躍したことを言い出して、憂鬱な気分にさせられるのが関の山だ。若い連中の考えをわかろうとすること自体、無意味なことだ。できるだけ関わらないに限る。ただもう、無事に京まで行ければいい。厄介な事件が起こらなければ、それで十分だった。

烏合の衆を連れた旅である。万一の時を考えて、人で賑わう東海道は避け、中山道を行くことにした。早春の頃、寒さは厳しく、遮るもののなにもない野原では急速に体温が奪われた。峠の険路を越えることも頻繁な、厳しい旅路である。

案の定、浪士同士の喧嘩も絶えず、時折姿の見えなくなる者もある。面倒なことが次から次へと起こる。予想もつかない暴挙に出る輩もあとを絶たない。

中でもひどかったのは、江戸から二十二里ほど離れた本庄《ほんじょう》という宿場町での事件だ。宿が軒を連ねた往来の真ん中で、ひとりの浪士がごうごうと火柱を上げ、焚き火《たびび》をしはじめたのである。

三番組小頭、水戸脱藩の芹沢鴨《せりざわかも》。

悠然と構えて火の前に腰を据え、「尽忠報国の士　芹沢鴨」と名を刻んだ大鉄扇を手にして、時折それを凄まじい音でふるって夜気を割いている。

ことの発端は、宿割だった。係の手違いで、芹沢の名が宿割から漏れていたことに腹を立て、「今晩、俺はここで焚き火をして野宿をするから、宿はいらぬ」とくだらない意地を張っているらしかった。

宿割の係は、平隊士の近藤勇。

この男は、浪士組の募集を掛けるとすぐに松平上総介の元を訪れ、意気軒昂《いきけんこう》に攘夷論を語り、「己の士道を貫きたい」と涙を流さんばかりの表情で決意を訴えたというが、その割には役に立たなかった。聞けば、試衛館とかいう聞いたこともない三流道場の道場主らしい。細かい仕事にも向いていないのだろう。もっとも単純な宿割という作業でしくじった。ただ、彼は事後処理まで緩慢だったわけではない。潔く己の過失を認め、即座に芹沢に詫びて急ぎ宿の手配に走っている。

ところが大人げないのは芹沢である。

些細《ささい》なことで腹を立て、いつまでも引っ張るというこの男の悪質は、江戸を出立したときから露呈していたのだ。肥《ふと》り肉《じし》の図体を揺らして歩き、気に食わないことがあると三百匁《もんめ》の鉄扇を振り回す。二言目には、自分は水戸の天狗党《てんぐとう》にいた、とがなって刀を抜く。

水戸藩にいた頃も札付きのならず者だったという。気に食わぬ党員三人を並ばせ、さしたる理由もなく首を刎《は》ねるという事件を起こし、そのまま投獄されたのは最近のことらしい。小指が少し欠けているのは、牢に入っている間に自ら噛み切って、その血で辞世の句をしたためたからだという。当然、死罪になるはずだったが、浪士募集に伴う恩赦が出て、今この隊列に加わっている。

道中、芹沢の度を超した無謀に誰もが手を焼き、下手《へた》に関わらないよう気をつけるのが暗黙の了解になっていた。

それなのに、よりにもよって近藤が引っかかった。

鳩翁から見ても、今時珍しい不器用な男である。要領ばかりいい人間が増える中で、実直すぎるきらいがある。このときも他にやりようがありそうなものを、火に薪《まき》をくべる芹沢の横に張り付いて、見ていて気の毒になるくらい土下座を続けていた。

「近藤さんに土下座などさせやがって。俺が叩き斬ってやる」

近藤と一緒に浪士組に参加した、原田とかいう背の高い男がそう言って鯉口《こいぐち》を切ったのが目に入った。冗談じゃない。斬り合いにでもなったらそれこそ収拾がつかなくなる。

本庄の宿主たちも、火がいつ軒に燃え移るかと恐れおののき、なんとか騒ぎを収めてくれと鳩翁に泣きついた。やむなく鳩翁は、山岡鉄太郎と、取締付として同道していた清河の同志・池田徳太郎と一緒になって、平身低頭芹沢を説得し、なんとかその場を収めたのである。

天下の幕臣が、一介の浪人風情に頭を下げるなど……。こんなことをするために、長年幕府に仕えたわけではない。なんともいえない虚しさがこみ上げて、自分の人生はなんだったのだろうと、大げさな悲愴感に襲われた。


仕事は辛《つら》い、ひどく疲れもする。しかもなんの見返りも期待できない。

途中の和田峠では雪の残る悪路を膝《ひざ》までぬかるみながら進み、やっと下諏訪の宿にたどり着いたときは、鳩翁、息も絶え絶えというありさまで、ひたすら悄然《しょうぜん》としていた。

そんな中でも、芹沢だけは意気軒昂で、横暴も影を潜めることがない。この男の乱暴には、まったく理由が見当たらなかった。傍若無人な振る舞いをしなければ、自分の存在が消えてなくなるとでも思っているのだろうか。黙していても一目置かれる人物はいる。雰囲気からして異彩を放つ男もいる。芹沢にはきっと、そこまでのものがないのだろう。それを自分でもわかっていて、均衡が崩れたような行動をとるのだ。そんな人物にこれ以上振り回されるのは、御免だった。が、彼をたしなめるだけの威厳は、すでに自分には残されていないことも事実だ。

――芹沢のことは見なかったことにしよう。

鳩翁はそう心に念じ旅を続けていたが、加納宿《かのうじゅく》に入った夜、意外なことに山岡鉄太郎が動いたのである。

「芹沢氏。貴殿のように問題ばかり起こす者に関わるのは今後一切御免である。さすれば拙者、江戸にとって返し、すべて報告のうえ責任をとる」

これには鳩翁も驚いたが、もっと驚いたのは当の芹沢であろう。山岡がこの一隊の要であることは、今回の旅を通じて浪士たちの身に染みていたはずである。長刀を下げて隊列の前へ付き後ろへ付きしながら行く清河八郎は浪士たちと話すこともない、取扱役である鳩翁はひたすら疲れ果て、すべて見て見ぬ振りを決め込んでいる、実質、こまめに働いていたのは山岡ひとりである。この烏合の衆がここまで無事に来られたのも彼の尽力によるものだというのは、明らかだった。

山岡が抜けることは芹沢にとっても損失でしかない。また、途中で帰参したとなれば、責任をとって切腹ということもあり得る。それとわかっていて山岡を返すわけにはいかない、とっさにそう判断したのだろう。

芹沢は答えに窮しながらも一通り山岡を引き留め、その後は派手な言動を慎むようになった。

あとになって芹沢を鎮静した労をねぎらうと、山岡は苦笑いを浮かべて述懐した。

「あれは窮余の一策です。私もさすがに江戸にとって返そうと本気で思っていたわけではありませんが、ああでもしなければ芹沢は収まらないでしょう。浪士組全員があの男の蛮行に耐えている。このままでは、なんとか旅程をやり過ごすことができても、京に着いてからどんな悶着《もんちゃく》が起こるかわかりませんから」

あの近藤とやらの腹心の中には未だに芹沢を腹に据えかね、隙あらば斬ろうと話している者もいるという。公方《くぼう》様を警護するための浪士組なのに、京に入って内部分裂を起こしては本末転倒だ。

「争いの芽は、少しでも早く摘まねばなりますまい」

この若者も、これで案外苦労をしているのか。黙って上からの命に従ってきた自分とはまったく異なる考えを持つ男だと思ってきたが、やり方が違うだけで目指しているところはもしかしたらそう違わないのかもしれない。

時世が、彼ら若者の思考を作るのだ。

柔軟性のある若い人間が、時代の空気に鋭敏に反応して新たな発想をするのは、きっと当然のことなのだろう。むしろ、自分のような年寄りと同じ考えで、既成の枠の中だけで生きているようでは駄目なのだ。そんな単純なことにも気付かずに、若い連中に対して一様に「不可解」の烙印《らくいん》を押して避けてきたのだな、と思った。自分の若い頃も、何度も「今の若い者は」と年寄りたちから苦言を呈された。あの頃鬱陶しく思っていた気持ちを忘れて、今自分がまったく同じことを繰り返している。

経験は積んできたかもしれないが、感覚はその場その場に置き去りにしてきてしまった。

それではなにもならない、と鳩翁はふと我に返るような心持ちになった。組織内での評価に振り回されるだけで目一杯の月日だった。でもそんな評価は、もしかすると人生においては些末なことなのかもしれない。

――自分の尺度で、もう一回世の中と繫がってみようか。

山岡と話すうち、鳩翁はそんな思いを抱いていた。


京は、すぐそこだった。清河は相変わらず得体が知れず、芹沢は不気味におとなしく、山岡は慌しく仕事をし、気候は随分と緩やかになった。江戸を出てもう二十日近くが過ぎていた。

途中の茶屋で休んでいると、道端で一息入れている浪士たちの楽しげな笑い声が響いてくる。彼らも長い行程を経て、打ち解けたのだろう。

そのうちのひとりが、陽気な声でこんなことを言うのが聞こえてきた。

「あの芹沢という人は最近おとなしいようですが、それではつまらない。だってあんな暴君、滅多に出会えませんよ。次はなにをしでかすかと、せっかく面白く見物していたのになぁ」

驚いて見ると、確か沖田総司とかいう少年である。自分が属した道場の主が、芹沢のために大勢の前で面罵され恥を掻かされたというのに、飄々《ひょうひょう》と言ってカラカラと笑っていた。

今の若い者は……。

鳩翁は先程の決意も忘れ、うっかりそう思う。実際、こういう不可解な若者も確かにいるのである。

いや、いちいち深く考えるのはよそう。

とにかく今は、京まで無事に上ること。それから先は、そのとき考えればいい。

もう経験則だけでどうにかなる時代でないことは、鵜殿鳩翁も痛いほどわかっている。

京

山南敬助

山南敬助は、つくづく清河八郎に心酔していた。

はじめて彼を見たのは小石川の伝通院でのことで、二百名以上の浪人たちの中にあって、その姿は水際立っていた。目鼻立ちの整った顔には思慮深い内面が浮き出しており、目は賢明さをたたえている。

人物の格が違う。一見してそう思った。

浪士組の発起人としてその意図を説いた口調も、静かなのに熱いものがたぎっており、あれほど見事な演説は聞いたことがなかった。

国を救いたいという清河の信条が、山南にも痛いほど伝わってきた。

自分にも、清河と同じ尊皇攘夷の志がある。浪士組でならきっと、今まで寸暇を惜しんで学んできた剣も学問も活かすことができる。

文久三（一八六三）年の二月四日。森閑とした寒さに身は凍っていたが、山南の内面は昂揚にたぎっていた。隣にいた沖田総司にその興奮を伝えると、彼は吹き出して、

「山南さんは学がある割には、案外簡単に人を信用するんですね」

と言う。ならば沖田は浪士組に参加しないのか、と訊けば、

「参加しますよ。だって試衛館の面々はみんな京に上るんでしょう？　だったら一緒に行ったほうが面白いじゃないですか」

と、まるで屈託がなかった。

永倉新八から浪士組の話を聞いたとき、試衛館の面々は一様に半信半疑だった。

――そんなうまい話があるわけがない。

誰もがそう思った。道場主の近藤だけが「是が非でも参加する」と先走って、その姿

を見て山南はよけい不安になった。近藤はかつて、幕府に辛酸を舐《な》めさせられている。今回も、同じことになるのではないかと危惧《きぐ》したのだ。

一年ほど前のことだ。講武所で、剣術の教授方の募集があった。講武所というのは、幕府が安政三（一八五六）年に開設した機関で、有事に備えて御家人《ごけにん》に対し武芸の鍛錬をするのを目的としていた。先祖が御家人株を買って直参になった男谷精一郎《おだにせいいちろう》を講武所奉行並《なみ》にするなど、身分にこだわらぬ革新的な人事をすることでも有名で、このときの教授方募集も、剣の実力さえあれば身分を問わず採用する、という触れ込みだった。

近藤は噂を聞きつけ、「我こそは」と手を挙げた。少しでも武士に近づきたい、という野望を抱き続ける彼にとって、千載一遇の好機であった。自分が講武所に取り立てられることで、「天然理心流」という流派が少しでも有名になってくれれば、という思いもあったのだろう。

だから、念願叶って教授方に御取立の通知が来たとき、近藤の喜びようは一通りではなかった。

「俺はなぁ、幕臣の生え抜きたちには負けねぇんだ。はなっからなんの苦労もなくいい教育を受けてきた者に、地道にやってきた俺が負けるわけにはいかねぇ。俺がちゃんとやらないと、いつまで経ったって『やっぱり身分だ』ってことになっちまう」

近藤は傍から見るより、遥かに多くのものを背負っているのかもしれない。

「腕はあるのに、流派が違うだけで差別されるのは御免だ」

職人のようなことを言って、よく嘆いた。努力しても努力しても、田舎剣法だ、百姓剣法だと馬鹿にされる実状を、自力で覆そうと躍起になっていた。

ところが、教授方採用の知らせを受けて幾日も経たないのに、近藤のもとに採用取り消しの通達が来たのだ。

どんなに腕が立っても、御家人でもない者が旗本や直参の子息に剣術を教えるのはまずかろう、という講武所側の判断らしい。身分は問わないといって募集をかけたのに、結局、身分で引っかかった。

喜びが大きかっただけに、近藤の落ち込みようは尋常ではなかった。

それから半年弱、彼は試衛館の稽古にもあまり顔を出さなかったほどだ。近藤にとっては、ただ講武所の教授方になれなかった、というだけのことではない。自分の出自ではどれほど努力しても武士にはなれない、という事実をはっきりと知らされたに等しい出来事だったからだ。

今度の浪士組の話も、また身分で引っかかるのではないか、という猜疑心《さいぎしん》が山南にはあった。あのときのように幕府の言うことに翻弄されて、近藤がひどく落ち込む様を見るのは嫌だった。

近藤とは、山南が他流試合を望んだのがきっかけで知り合った。

玄武館で北辰一刀流を修めたあと、めぼしい道場の門を叩いてはその師範や塾頭と手合わせし、自分なりの修行をしていた時期が山南にはある。ただ、「腕試しがしたい」という多くの剣客が抱く希求とは少しわけが違って、むしろ自分の中にぽっかり空いた穴を埋めるためにそんなことをしていたような気がする。

仙台藩を脱藩し、江戸に出て千葉周作に師事したときは、一流どころの雰囲気に昂揚し、稽古が楽しくて仕方なかった。剣を学ぶのもそうだが、それ以上に、遊学に来ている諸藩の精鋭たちと交流することも大いに刺激となった。彼らの幅広い思想はすなわち、この国の大きさを表しているような気がして、議論の時を惜しまなかった。

ところが免許皆伝になった頃には、その昂揚も色褪《いろあ》せたものになってしまった。ひとつの目標を成し遂げたものの、次の目標が見えてこなかったからだ。国事の議論や勉強を重ねたが、得た知識をどう活用すればいいのか？　これだけ修練したが、いったいこの剣をなにに活かせばいい？　剣はあくまでも、目的ではなく手段のはずだ。人を斬るという短絡的なことではなく、もっと大きな目的のために使われるべきだ。

しかし剣の先にあるはずの目的が、山南には見えなかった。

自分がなにをしたいのか、どこへ向かおうとしているのかも、よくわからない。千葉道場にいる、なんの疑いもなく剣にいそしむ同輩たちを見ながら、疎外感だけが唯一の実感になった。

人や場に馴染めないわけではない。誰とでもうまくやっていける自信はある。が、常に「自分にはもっと相応《ふさわ》しい場所があるのではないか」という思いがこびりついており、それがひとところに草鞋《わらじ》を脱ぐことを止まらせる。結局、自分の意志が摑めないから、こうして惑うのだろう。

他流派の道場を渡り歩いていたのは、その答えをなんとか見つけようと焦っていたからだ。なんのために自分は剣を学んでいるのか、それだけでも知りたかった。

試衛館という、それまで聞いたことのないみすぼらしい道場に試しに立ち寄ったのも、そんな旅の途中でのことである。手合わせには、ひとりの堂々とした男が立った。「道場主の近藤勇」と、男は名乗った。いきなり道場主が出てくるなど、無名の流派だけあって、門人も手薄なのだ。すぐに勝負はつくだろうと高をくくっていたが、あっという間もなく竹刀を叩き落とされたのは山南のほうだった。にもかかわらず近藤は、微塵《みじん》も尊大な態度をとることなく、「是非、他流派の方の御意見も伺いたいから」と茶をいれて山南をもてなしてくれた。

変わったお人だ、とその人物に圧倒されたのを覚えている。

剣をとって立ち合うとき、相手の太刀筋しか見ない人間もいれば、その太刀を操る人物全体を見ている者もいる。近藤は明らかに後者だった。そして立ち合いが終われば、寛大に相手のすべてを受け入れた。決して有名ではない試衛館に、これだけ多くの門人や食客が居着いたのも、この道場主の人徳に拠るところが大きいのだろう。

近藤は、多くの剣客がそうであるように、剣の力を信じて疑わない純真さを持っていた。

そして、この不安定な時勢の中、「武士になる」というまっすぐな目標を持ち続けることで、揺るがぬ自己を築き上げていた。

この男が使う剣の先には、「武士」がある。

彼にはちゃんと「その先」があるのだ。

浪士組に関して、講武所の松平上総介に直接話を聞きに行くことになったのも、俄然《がぜん》乗り気の近藤と、他の門人たちの反応に、やや開きがあったからだ。特に土方歳三という食客の態度はあからさまで、浪士組の話にまともに取り合うことすらしない。

「清河などという、どこの馬の骨とも知れねぇ浪士が発起人だというじゃねぇか。そんなもの、俺には、きな臭ぇ《くせ》匂《にお》いしかしねぇがな」

ひどい多摩弁で、土方は言った。

彼は、近藤の昔馴染みらしいが、性格的にはまったく対照的である。

純朴な近藤に対し、土方はなにかにつけ懐疑的だった。こと人付き合いに対しては顕著で、誰にでも門戸を開き多くの意見に素直に耳を傾ける近藤に比べ、土方は人の話をまともに聞くことすら滅多になかった。試衛館の中でも、気易《きやす》く話すのは近藤、沖田、井上程度。無口で、嫌な威圧感もある。

もし土方に、「自分のやりたいことがまだはっきりわからない」などと胸の内を打ち明けたら、なんと言って笑われるだろう。

ちなみに沖田にうっかりこの思いを漏らしたとき、彼は小首を傾《かし》げながらこんな風に言っていた。

「剣の先にあるものなんてなんにもないですよ。どこまでいっても剣しかない。相手を倒すことしかないんだ。私はただ、剣がもっとうまく使えるように、それだけを考えていますけどね。それ自体が終わりのない旅だけどなぁ」

松平上総介はまったく飾らない人物で、試衛館の面々を牛込二合半坂の自邸に上げ、一通り疑問に答えてくれた。

浪士組というのは、来春上洛する将軍・家茂《いえもち》公警護のため結成されるものだということ。「天誅」といって佐幕派のみならず町人まで斬る、京に横行している不逞浪士を取り締まること。そして、憂国の士であれば身分は問わず無条件に取り立てること。

どうやら間違いなく、待ち望んでいた仕事であった。

「御公儀に関わる仕事ができるなら、ただでもなんでもいい」

近藤は尋常ならざる興奮を表に出し、永倉や原田は「いよいよ自分たちの時代が来た」と騒いでいた。

山南は、といえば、上総介の器量に感服していた。高い地位にある人物なのに、突然訪ねた浪士風情の自分たちを客間に通し、丁寧に応対してくれたのだ。

さすが、幕臣は層が厚い。世の中には傑物がまだまだたくさんいるのだろう。ひとりでも多くの傑物と巡り会うことで、己がすべきことに気付けるかもしれない。内省ばかりしたところで、なにか見えてくるとは思えない。どんどん優秀な人間に会って触発されるべきだ。

浪士組に加われば、松平上総介や清河八郎の下で働ける。多くを学ぶ機もあろう。

ところが最初の集会から四日後の二月八日、出立の日、伝通院に松平上総介の姿がなかった。その場に居合わせた幕臣・山岡鉄太郎に訊くと、上総介は役を降りたという。理由はわからぬが、代わりに鵜殿鳩翁という人物が取扱役に据えられていた。雄々しい上総介とはまるで異なる、いかにもしょぼくれた老人だった。

しかも鵜殿鳩翁は、集まった浪士の前に立つなり、こう断ったのだ。

「おのおの方への手当金が不足している」

こちらは金目当てで集まっているわけではない。途端に気持ちが冷めていくのを感じた。

また、ここも自分の居場所ではないのだろうか、という不安もよぎる。それでも浪士組には試衛館を挙げて参加している。今ここで、ひとりだけ離脱するわけにはいかない。それにまだ、清河八郎がいる。彼には学もある。剣も使える。その自在な発想を学べばよい。

寒風吹きすさぶ中、浪士たちは三十人ずつ七つの組に分けられて、京都目指して歩を進める。

各組に伍長《ごちょう》といってまとめ役の人間が付いたが、近藤は「道中先番宿割」という面倒な役目を仰せつかっただけの平隊士扱いである。これにはさすがの山南も臍《ほぞ》をかんだ。あれほどの人物なのに無名の道場主であるが故に、こんな烏合の衆にあっても平隊士として軽んじられてしまう。

当然、山南たちの扱われ方もひどいものだった。特に山南が所属した三番組の伍長・村上俊五郎《むらかみしゅんごろう》という男は、人を人とも思わぬひどく馬鹿にした態度で接してきた。

試衛館の面々が少しでも愚図つくようなことがあると「これだから田舎者は」「無名どころは困る」と公然と言い放つ。ただでさえ旅の疲れで気が立っているところへ連日愚弄《ぐろう》されるのである。山南は直情派ではなく、内側で感情を蓄積するたちである。それがなにかのきっかけで一気に吹き出す。

この旅では、草津宿でそれが出た。

「お前ら田舎道場の百姓は、ろくに仕事もできないのか」

村上の嘲笑が引き金となった。

「非礼を詫びろ！」と怒鳴ったが最後、頭に血が上っているせいで、山南は村上への罵声を止めることができなくなった。

「すごい、すごい！　山南さんが怒っている」

椀《わん》を片手に物見に来た沖田の姿が見えたが、そんなことに構っていられなかった。てっきりおとなしい人物だと甘く見ていた山南の怒気に当てられ、村上は顔面蒼白《がんめんそうはく》になり、その騒動を取り囲んだ原田や永倉は刀の柄《つか》に手をかけて待機している。

幕臣の山岡鉄太郎が、二人の間にすかさず割って入り、大事には至らずに済んだが、義侠心の強い原田あたりは、

「京に上るまでに、俺が村上を斬ってやるからな」

と山南に耳打ちした。試衛館の面々、もっとも土方は知らぬ顔だったし、沖田は飄々としているのでわからぬが、他の男たちはみな、同じ気持ちであったろう。道中で自分たちが冷遇された不満が、この事件をきっかけにすべて村上に向けて噴出された形になった。

自分が後先無く怒りを爆発させたことが、思いがけず周囲に影響を及ぼしたことに山南自身戸惑ったものの、同時にこんな扱いを受けるのは金輪際御免だ、とつくづく思っ

ていた。人の価値は、本来身分などとは関係ないはずなのに。偏見に勝つには、早く自分自身の立ち方を見つけるしかない。それさえ摑めば、どんな時代が来ようが、どんな待遇を受けようが、揺らぐことなどなくなるはずだ。

二月二十三日、長い旅程を終え、一行は三条大橋から京に入った。

京の町はさすがにどこもかしこも洗練されている。自然すら東国とは比べものにならないほど美しく整っていた。歴史の重さというのは風景にまで息づくのか、と山南は息を呑《の》んだ。

落ち着き先は、洛外の壬生《みぶ》という小さな農村である。一帯、畑が広がった長閑《のどか》な風景で、すぐそこに二条城が臨める。

当面の宿として割り当てられたのは、この村に古くから続く郷士・八木源之丞《やぎげんのじょう》邸である。この屋敷も門構えからして立派で、繊細な工夫が隅々まで凝らされた町屋造りも美しい。母屋と離れがあり、手入れの行き届いた庭まである。京は、すべてにおいて格が違った。雅《みやび》やかで品がよい。

八木邸の離れでくつろいでいると、山岡鉄太郎が長い体を折り畳むようにして入ってきた。あとには殊勝な顔をした村上俊五郎が続いている。腰には大小を差していない。敵意がない、ということを表している。

山南の前に来て端然と座した両名は、道中の不手際を深々と詫びた。

そういえばこの山岡という男は、道中、芹沢のことも嫌がらずに面倒を見ていた。なにもしない鳩翁に代わってこまめに働いていた。しかも直参がこうして一浪人の自分に頭を下げているのである。いつまでも臍《へそ》を曲げているわけにもいかぬだろう。

山南は、山岡の労苦に免じてすべてを水に流した。

なにも村上などという器の小さい人間に、こだわっている局面ではないのだ。

もうすぐ、清河八郎が我々の当主として、なんらかの指示を出すだろう。彼の頭には、幕府を盛り立てつつ公武合体の先鋒として働くための斬新な手筈《てはず》が詰まっているはずだ。その類稀《たぐいまれ》な政治力で、きっとこの浪士組を今までにない組織に作り上げる。その中で、自分が今まで学んできたことを活かして存分に活躍できればいい。

「自分はこのために生きている」

そう言い切れるものを、ひとつでいいから手にしたかった。

頼みの綱は清河八郎だ。

彼こそが自分の運命を見晴らしのいい場所へと導く唯一の存在だと信じて、山南敬助は「その先」が現れるのをひたすら待っている。

裏切り

土方歳三

八木邸の離れで旅の埃《ほこり》を落としていた土方歳三は、京の美しさ素晴らしさを大仰に讃《たた》える山南敬助を、内心苦々しく思っていた。

身分など関係ない、志が高ければそれが人物の格になる、と山南はしばしば言うが、その割に権威に弱い、と土方は見ている。流麗に弁をまくし立てるような一番いかがわしい人物に傾倒して、瞬《また》く間に影響を受ける。

事は、ただ、起こせばいい。弁など、無用の長物でしかないだろう。

だいいち、景色に一流も二流もあろうはずがない。「京の景色は隅々まで洗練されている」という山南の言は、自分が田舎者だという後ろめたさの裏返しだ。はじめて見るものに感激するのは結構だが、今までいた場所を悪《あ》し様《ざま》に言うことはない。人でもものでも景色でも、山南は世間一般の価値基準をもとに接している。それは、一番さもしいことだと土方は思っていた。

八木邸のすぐ斜め向かいにある新徳寺に集まるよう、浪士組全員にお達しがあったのは、京に着いたその夜のことである。

「清河先生からお話があるということです」

嬉々《きき》として山南が報告し、近藤も同じように喜色を丸出しにしていそいそと仕度をはじめた。


清河という男は、言っていることが立派な割には、胡散臭《うさんくさ》く、ひどく薄っぺらい。そう見切ってからはこの男に関して、詮索《せんさく》する気も、どうこうと考える気も起こらずにいる。ひとつの事象をこねくり回して裏の裏まで考えることは嫌いではなかったが、この浪士組で立ち回るにはいかんせん経験が乏しすぎることも自覚していた。ついひと月ほど前まで小さな道場でぼんやり暮らしていた自分がいくら頭を使ったところで、はじめてのことだらけの現実にそうそううまく対処できるはずもない。要は、幕府がこの弁士を信頼して浪士組の献策を取り上げた、という事実があるだけだろう。ならば、取り敢えずそれに乗ってみるのもいい、その程度の覚悟しか持っていなかった。

だいたいはなから、浪士組に対して思い入れも希望もないのだ。

土方がこうして京まで上ったのは、近藤が浪士組に参加したいと言っている、それだけの理由でしかなかった。

まだ十代の頃、佐藤彦五郎の屋敷の道場で初めて近藤を見たときは、剣の速さや剛胆な人物に圧倒された。自分とさして年は違わないのに、すでに剣術を指南して、将来を嘱望されている。あのとき稽古をやめてしまったのは、そういう差が許せなかったからだ。入門すれば、どうせあいつと比べられるのだろう、近藤と違って素人同然の自分の腕を周りは笑うだろう、と勝手に思い込んだ。

だが、歪《ゆが》んだ考えしか抱けぬ土方に対しても、近藤は少しも構えることなく、まったく素直に接してきた。

「たまには道場に顔を出せよ。剣術というのは案外役に立つのだぜ」

道端や佐藤の家で偶然行き会うと、屈託ない笑顔を作って飽きもせずにそう言った。それでいて「おまえのために言っている」とか、「俺が見込んだ腕だ」というような鬱陶しいことは決して言わなかった。ただただ「剣術は面白いぜ」と、一辺倒に説き続けたのだった。

近藤は一事が万事その調子で、「武士になりたい」という自らの夢も、誰の前でも公言してはばからない。「そんなの無理に決まっている」と周りから嘲《あざけ》られても、ひねくれることも僻《ひが》むこともなく「武士になる」と言い続けた。

土方は、武士になりたい、という野望を、一番身近な彦五郎にすら打ち明けられなかった。そんな無謀な夢を正直に口外すれば、自分が恥を掻く。

近藤はありのままでいながら、抜きんでた強さを持っていた。ひとつことに挑戦するのに、あらかじめ逃げ場を作っておくような姑息《こそく》な真似《まね》は決してしなかった。その驚くほどの率直さ、裏表のなさを猛烈に羨《うらや》ましく思うときがある。自分はどんなに努力しても、ああいうなんの汚れもない強さを持つことはできないだろう。そういう意味では、友人や同志というより英雄を見るような気で、近藤のことを信用しているのかもしれない。

彼の天真爛漫《てんしんらんまん》で物怖《ものお》じしない姿は、えてして疑心暗鬼にさいなまれて身動きできなくなりがちな自分の扉を、今までずっと押し開いてきたのだ。

新徳寺の本堂には、旅の埃も疲れもまだ落としきれていない浪士たちがざわざわと集結していた。

こんな大勢の中で他人の話を聞くこと自体うんざりしたが、山南などは異様に張り切って、手際よく近藤や沖田の分まで場所をとって待っていた。やや小太りで丸い顔をしたこの男には、こうしたこまめな行いがひどく似合う。

しばらく経って、清河八郎が恭しく入ってきた。

中央に座した彼は、おもむろに懐から回状を取り出し、全員を睨《ね》め回してから、ひとつ咳払《せきばら》いをした。

土方は、こういう弁舌巧みな人間たちがやる、意味のない芝居じみた動作がもっとも苦手だった。こんな茶番に短い間でも付き合うのかと思うと、己が哀れになる。原田左之助などは「どうせ新徳寺の本堂に全員入れる余裕はねぇ。誰かが代表で聞けばいいさ。悪いがその間俺はひと寝入りする」と言ってここには来ていない。極度に大雑把な男だが、今回ばかりは原田の判断も間違ってはいないだろう。

清河は回状をはらはらと広げ、一息つくと、朗々とした声でなにやら読み上げはじめた。

「謹みて言上奉り候。今般、私共上京仕《つかまつ》り候儀は、大樹公《たいじゅ》においても御上洛の上、皇命を尊戴、夷狄を攘附するの大儀、御雄断なし遊ばされ候御事《おんこと》につき草莽《そうもう》中これまで国事に周旋の族《やから》は申すに及ばず、尽忠報国の志これ有るもの既往の忌諱《きい》に拘《かかわ》らず、広く天下に御募り……」

土方は、どうも話に集中できない。隣で山南が、清河の一言一言にうんうんとうなずくのが目の端に入るからである。山南のこういうところが、土方にはたまらなかった。悪い人間ではないと思うが、とことん追いつめてやりたいという衝動に駆られる。曖昧にしておけばいいものを、そうやって白黒つけるまで突き詰めてしまうのが自分の悪いところだ、ということも、同時によくわかっている。

清河の演説は淀《よど》みなく続いた。

「右に付幕府御召《おめし》には相応じ候共、禄位《ろくい》等は更に相承不申、只々《ただただ》尊攘之大儀のみ奉相《あいきしたて》期《まつり》候間、万一皇命を妨げ、私意を企て候輩於有之は、たとえ有司の人たり共、いささかも用捨なく真を立て、一統仕るの決心に御座候間、お聞き置きくだしなされ、徹底仕り候様、天地に誓って懇願奉り候」

ぼんやりとした土方の意識が、蘇生《そせい》した。

隣では山南のうなずきが、止まっている。

清河は大変なことを言い出したのである。

「幕府の命を受けて上京はしたが、自分たちは幕府から給金をもらっているわけでもなんでもない。ということは幕府のためにのみ働かなくてもいい、ということである。幕臣であれ、皇命を妨げることはできない。だから私共はここに尊皇攘夷の思想を掲げ、天朝のためにご奉公すべきである」

明らかに幕府への反逆行為だった。

「天朝に御取上を願い出る上書をすでに用意してある。あとは浪士全員の血判を押した証書とともに、学習院に提出し建白書として取り上げられれば、晴れて我々は天朝の下で働くことができる」

清河は幕府の力で浪士を集め、幕府に金を出させて上京し、浪士組もろともあっさり勤王へと寝返る策を講じたのである。

えらい狸《たぬき》だ。

隣にいた沖田は「謀《はか》られましたね」とおかしそうに耳打ちし、近藤はどういうことだかよく飲み込めていないらしくせわしなく周りを見回していた。山南は、口を開けたまま清河を見ている。

前の方では鵜殿鳩翁という浪士組取扱役の老人が、慌てふためいた形相で腰を浮かすのが見えた。が、浪士のほとんどは、旅の疲れで頭が回らぬのだろう、ただぼんやりと清河が手にしている血判書を見ているだけである。池田徳太郎という清河の腹心が、「話が違う！」といきり立って席を蹴《け》った他には、一言の異論も質問も出なかった。山岡鉄太郎も、鉛のように固まって動かなかった。

この場では血判を押すしかなかろう、と土方は思っていた。

今、騒いでも仕方がない。清河が腹心まで欺いて進めてきた策なら、今、考え無しに動いても割を食うだけだ。上書が学習院に取り上げられぬかもしれないし、仮に勅許が得られて本格的な勤王集団になるようならそのとき隊を脱すればいい。

清河の、蒼白な額に浮かんだ青筋を見ながら、離脱するにしても今ではない、と感じていた。相手が一番張りつめているときに刃向かうのは愚だ。向こうが気を抜いたところで隙をつけばたやすい。「お互い万全の体勢で、正々堂々と」という正攻法が、土方にはどんな意味があるのかわからなかった。そこが近藤とはもっとも違うところかもしれない。

血判を押し、散会になった。

おぼろ月夜の中、宿として割り当てられた八木邸に戻る途中、山南のほうをそっと見やると、気の毒なくらいにうなだれて何度もため息をついていた。

自分の行くべき方向を他人になぞ委《ゆだ》ねているから、こうして落胆するのだ。常識や格式でがんじがらめになっているから、真だと思っていたものが偽だったときに、いちいち自分を見失うのだ。そうやっていつまでも自分の核があやふやだから、世の権威にばかり依存するのだ。

山南のことを、哀れ、とは思わなかった。

それよりも、これからどう動くか。

清河が策をめぐらしてくるなら、こちらもそれ以上の方策を練る必要がある。あんな影の薄い胡乱《うろん》な人間の掌《てのひら》で転がされるのは真っ平だ。誰にも頼らぬまったく新しい組織を自らの手で作り、奴の上に立ってやる。

――面白い。

浪士組に加わってはじめて、血が騒いだ。好機にではなく、逆境に反応する自分の習性を厄介だと思いながら、成すべき事が、ようやく目の前に現れたことを知った。

離脱

近藤　勇

幕府を裏切る、というのもそうだが、近藤勇は清河八郎のやり方が許せない。

新徳寺の会合は一瞬のことで、正直、よくわからなかったのである。八木の屋敷に戻ってから、博学の山南に詳細を訊こうと思ったら、頭が痛いと早々に床に入ってしまった。仕方なく土方に訊いて、どうやら清河が自分たちを裏切った、ということが判然としてきた。永倉が言うには、どうせ清河ははなから勤王の目的でこの浪士組を集めたのだ、ということである。

しかし、だったらなぜこんなややこしい真似をするのだろう。朝廷と結託して幕府を倒そうとするのなら、はじめから嘘《うそ》などつかずに正々堂々、朝廷に頼めばいい。幕府のために働こうと、勇んで浪士組に参加した多くの有志を巻き込むことはないだろう。

「しかし、ああいう策士っていうのは、これからたくさん出てくるんでしょうね。どうやらそういう時代らしい」

沖田までがいつものとぼけた口調で、そんなことを言った。

それにしても、どういうことだ。新徳寺での清河の言辞を、みな一遍で理解している。事態が飲み込めなかったのは俺だけということか。

この動乱の時期、近藤の頭の中もにわかに混乱している。

まず、黒船来航のドタバタに乗じて、幕府主導で安泰だった世の中に、反目する勢力が出てきたあたりから実はよくわからなくなっていた。

朝廷主権の国家を作り、幕府を倒そうとしている長州や土佐の連中は、攘夷のために事を起こしているらしい。攘夷の志は近藤も同じである。でも、それがなぜ倒幕に繋がるのかまったく理解できない。自分が思っている尊皇攘夷と、西国の人間たちが考える尊皇攘夷は違うのだろうか？

「最近では尊皇攘夷思想の魁を作った水戸学が、反幕府的な思想を打ち出しています。西国の浪士たちも同様の考え方でしょう。しかし倒幕というのはあまりに突飛。今は幕府と朝廷が結んで、より強靭な国体を作るべきときです。公武合体を成さねば、新たな時代は来ない」

山南はまあ、そのような感じで難しいことを言っていたが、思想的なことよりも、近藤には勤王派のやり方が解せなかった。佐幕派、つまり徳川幕府支持者を暗々裡に斬り捨て、「天誅」といっては気に食わない商人を晒首《さらしくび》にするなどやりたい放題である。なかには京都を焼き討ちにするなどという途方もない計画を立てる者もいるとかで、そこまでいくと単に騒いで目立ちたい俠客と同じである。

これは道義に反している。今の世の中に不満があるなら、大義名分を持ち出さなくとも、自分の立場で正々堂々と発言すればよい。策を練ったり、裏を搔いたりする行いは、武士としてふさわしくない。

自分だけは絶対にこうした勤王派の連中のような小賢《こざか》しい行いはすまい、とかねてより心に決めていたのに、清河などという策士のせいで知らぬ間に同じ轍《てつ》を踏まされるところだった。あんなに用心していたのに、いつしか軌道がずれている。これだから世の中というのは気が抜けぬ。


新徳寺での集会の後、清河の動きはつとに慌ただしかった。腹心である草野剛三、宇《う》都宮《つのみや》左《さ》右衛《え》門《もん》、河野音次郎、和田理一郎、西恭助、森土《もりと》鉞四郎《かんしろう》を呼び集めては四六時中議論して、朝廷の議政所である学習院へ頻繁に使いを出しているらしい。

「建白書が受理されなければ腹を切るつもりで行け！」

鬼気迫る清河の声が、外に漏れ聞こえることもたびたびだった。

その上書が受理されると、今度は朝廷に対し、浪士組の東下を願い出たという。

清河の動きを傍らに見ながら、近藤は思わず弱音を吐いた。

「俺はこんなことのために京まで上ったんじゃねぇのに。このままじゃ俺たちも、将軍警護もできぬまま江戸に戻ることになっちまう」

八木家の離れには試衛館一派と、芹沢鴨の一派総勢十三名が寄宿している。あとの浪士たちは壬生にある他の屋敷に分宿していた。

「近藤さん、そんなしょげるまでもねえよ。斬ればいいさ、清河なんて奴は」

新徳寺の会合に顔を出さなかった原田は、いきさつを聞いて義憤に駆られたようで、相変わらず短絡的な意見を吐いた。

頼みの山南は調子が悪いと床につき、ここにはいない。沖田は、どちらでもいいと思っているのか、まともに話し合いに加わらない。

「鵜殿鳩翁や山岡鉄太郎の動きを見定めてから我らも動きを決めたほうがよい。今、先走って動いたところで得はないぜ」

永倉新八は語った。

相手は策士・清河である。確かに、ここは慎重にいくべきだと思いながらも、この際、はっきり悪いものは悪いと公衆の面前で言ってみたいという気持ちが近藤にはある。間違っているのは清河のほうなのだ。できれば奴に、道義に外れていることを諭したいという衝動にさえ駆られている。

土方の意見は相変わらず的外れだった。

「こんなことがなくたって、清河の手先になって働くのはくだらねえさ。いずれ離脱するのさ。俺たちだけで浪士組を作る。そこで改めて幕府に取り上げてもらうんだ」

簡単に言うが、自分たちはまったく無名の徒だ。清河が松平上総介と繋がっていたから幕府だって浪士組を認めたわけで、なんの後ろ盾もないこの面々だけで離脱して、改めて幕府に取り立ててもらうなど到底叶う話ではない。

「なにも今すぐ幕臣になろうというんじゃない。独自に組織を作って、いずれ俺たちの働きを幕府に認めさせる。長い目で考えろよ」

土方の話は、だいたいにおいて突拍子がなかった。はじめから前例とか慣習を飛ばして物事に当たるからだ。

「じゃあ、清河をどうする？　俺たちを欺いた男を、このままにしておくのか」

「放っておけばいいさ、あんな小者。清河に取り入っている西恭助という男がいるだろう。あいつは、俺がいた組の小頭だったが、どう贔屓目《ひいきめ》に見ても中身のない青二才だ。あんな男を気に入っていること自体、清河はたいした人物じゃない」

鼻で笑った土方に、近藤が反論しかけたとき、無遠慮に襖《ふすま》が開いて芹沢が顔を出した。同宿である。こちらでなにやら話している気配を察して様子を見に来たのだろう。

近藤は芹沢の顔を見ると、未だに冷や汗が出る。

本庄の宿場町でさんざんな目に遭ったことが、生々しく脳裏にこびりついているのだ。芹沢はしかし、そんなことはとうに忘れたような顔をしていた。

「なんの寄り合いだ。夜逃げでもするのか?」

車座になってボソボソ話している近藤たちを見回して、哄笑《こうしよう》する。

嫌な奴だ。どこまでも上からものを言う。この男にだけは、こちらの考えを悟られまい。どうせまた、とんでもない厄介ごとに巻き込まれるだけだ。

「嫌だなぁ、夜逃げなんかじゃないですよ。清河先生の話です」

さっきまでろくに話も聞いていなかったくせに、止める間もなく沖田が答えてしまった。

「そうか。あれは斬らなきゃならないな」

芹沢もまた、世間話でもするような調子で言って、ピシャリと襖を閉めて消えた。

——そうか、芹沢も清河を許せぬか。

そうと知ったら、俄然意気に燃えた。確かに、ここで幕府を裏切った清河を始末するのが武士としての筋だろう。そうすれば自分たちの名も上がる。幕府からも感謝されるに違いない。

「芹沢氏の言う通りかもしれねぇ。清河の件は俺たちが落とし前をつける。それが幕府への忠誠心ってもんだ。尽忠報国ってことだ」

勢い込んで言うと、その場にいた原田や永倉、藤堂、井上は即座に賛同した。

「そう簡単に同調するものじゃないぜ。あんたが大将なんだ。人に引きずられて事を起こすことはない。だいいち清河は、わざわざ俺たちが手を汚さなくともいずれ誰かに斬られるぜ」

　土方だけが苦り切っていた。


「清河に天誅を下すから貴殿らにもお手伝い願いたい」

芹沢鴨が改めてそう言ってきたとき、すでに近藤の意は決していた。

芹沢にすれば、自分で斬るとは言ったものの、幕府と朝廷両方に食い込んでいる清河を始末するというのは少々ややこしい仕事になると思ったのだろう。相応の討ち手も必要であり、綿密な準備がいる。同じく清河のやり方に憤慨している近藤たちを仲間に引き込むことを思いつくのは、自然な流れである。

山南はしばらくの間悄然としていたが、計画を聞くとはじかれたように「決起する！」と言い放った。他に異論は出なかった。単なる意趣返しというだけではなく、さすがに勤王の徒をこのまま野放しにしては尽忠報国の志に背く、という正義感もそれぞれにあったのだろう。土方だけが清河暗殺の決行直前まで煮え切らない風だったが、最後は近藤に従った。

　機会は一度。

清河が大仏寺に土佐の知人を訪ねたという情報を得て、その帰りを狙《ねら》う。

二組に分かれ、清河を待ち伏せる。

芹沢一派と藤堂、山南を加えた一群は四条堀川で清河を待つ。

近藤、土方、沖田、原田、永倉、井上は仏光《ぶっこう》寺通《じどおり》で身を潜めた。

近藤はジリジリとして待つも、清河はなかなか現れない。

こちらが討てば功名が立つ。好機を芹沢に奪われるのは同志とはいえ癪だった。なんとかこの機をものにしたいが。しかしこれほど遅いということは、四条堀川を通って芹沢たちにやられたのだろうか。いや、仮にそうだとしたら、向こうについている藤堂あたりが結果を知らせに来てもおかしくはない。

「これは来ねぇよ、近藤さん」

もともと乗り気でない土方は、そう言ってのっそりと立ち上がった。

「馬鹿！　目に付くだろう」

「ここまで待ちが長くちゃ、奴が来たとしても勝負にならねぇ。待ちすぎた俺たちが先走ってしくじるのは目に見えている。準備不足だ。あいつらの行動をしっかり摑んでいなかった俺たちの負けだ」

この男には義俠心というものがないのか、と近藤は時折不安になる。

正々堂々と戦う、命を懸けて守る、という意志の片鱗《へんりん》すら、長い付き合いの中でも見たことがない。どんな手を使っても、ただ勝てばいいと考えている。形勢不利になったたと見切るや、見栄や意地などないかのようにあっさりと諦める。

結局清河は、山岡鉄太郎と連れだって芹沢の待ち伏せている四条堀川を通ったということだった。暗殺決行に至らなかったのは、山岡が浪士募集の御朱印状《ごしゆいんじよう》を持っていることに芹沢が気付いたからだ。

清河を斬るとき、山岡とも斬り結ぶことになる。そうなれば彼の懐中にある御朱印状に血が付いてしまう。御朱印状を汚すことは、将軍に唾《つば》する行為と同じである。そこで急遽《きゆうきよ》、決行を中止したというのである。

その過程を後から聞き、清河を討ち漏らした無念も忘れ、近藤は密かに愕然《がくぜん》としていた。もし自分が芹沢の立場だったら、山岡の御朱印状まで気が回っただろうか。芹沢はもとが水戸藩士だ。歴然たる武家の出だ。くだらぬ無法者だと思っていたが、きっとその身体には士道が染みついているのだ。でなければ、とっさにそこまで気が回るはずもない。

武士になる、という夢は一貫して変わらなかったが、それ故農民という己の出自を折に触れ意識させられる。士道に照らして自分のやり方が正しいのか、時折心許《こころもと》なくなるときがある。思い込みだけでこんなところまで来てしまったが、よくよく考えれば自分は、武士のなんたるかをまるでわかっていないのではないか。

再び新徳寺へと集まるよう通達が回ってきたのは、前回の集会から十日ほど過ぎた日のことだ。

　本堂に入ると清河は、建白書が学習院に受理されたという結果を、頬を紅潮させて報告した。

「ついては、帰府して江戸の治安のために働くことになった。早々に出立するので各自仕度をするように」

　近藤は、やはり合点がいかなかった。自分たちは、将軍警護のために、幕命を受けて上京したのである。

　土方は「離脱には機を見ることが必要だ」と言った。今はその機ではないかもしれない。一旦江戸に戻って出直したほうが得策かもしれない。

　それでも清河の顔を見ているうち、後も先もなく、近藤はつくづくこの男が嫌になった。これほど姑息な策を巡らして、それがうまくいったからといって臆面もなく喜色を漲《みなぎ》らせている清河の、男としてのはしたなさが我慢ならなくなった。

　口角泡を飛ばして語る清河を遮るように立ち上がると、近藤は、

「我々はこのまま京に残り、予定通り将軍上洛の警護にあたる」

と言い放っていた。独特の甲高い声で淀みなく言い切った。

　突然のことに試衛館の面々ですら面食らった様子だったが、近藤の表情を見てみな黙って立ち上がった。芹沢一派も同じく離脱を宣言した。

まさかこんなに正面切った反論があるとは思わなかったのだろう。清河は、黙って近藤の顔を見つめたままである。

新徳寺は、しんと静まり返った。他に、近藤に賛同する者は出なかった。

浪士たちはもうすぐ、清河とともにまた江戸へと帰る。彼らが京に滞在したのは、ひと月にも満たなかったことになる。

旅の仕度を整える浪士を横目に、近藤はひとり暗澹《あんたん》としていた。

また勢いであんなことを言ってしまった。京に残ったところで、なんの当ても資金もないのに。食っていくことすら困難だっていうのに。

今回浪士組に加わった試衛館の門人でも、沖田林太郎など妻子のある人間には江戸に帰るよう勧めたのは、ここに残ってもなんの約束もないからだ。近藤にも妻子はあるが、言い出しておいて退《ひ》くわけにはいかない。

残留を決めたのは、土方歳三、沖田総司、山南敬助、永倉新八、原田左之助、井上源三郎、藤堂平助。彼らは一様に、自分たちの浪士組を作る、と意気軒昂だった。

しかし芹沢派と合わせてたった二十人程度で、いったいなにができるというのか。

先々の不安に打ちひしがれて、縁台に腰掛けぼんやりしていると、土方がふらりと前を通りかかった。

る。

「なんだ、ここにいたのか」

ぶっさき羽織を肩に掛け、高下駄を履いている。特に気を遣っているわけでもなかろうが、この男の出で立《いた》ちはいつでも洗練されていた。薬売りをやっていたときの着流しひとつ取っても、野暮ったさがまるでなかった。漆《うるし》のような髪を大たぶさに結って、整った顔立ちで、仕草は常に悠々としている。発想は飛躍しがちだったが、思慮深くはある。

本当は自分などより、こうした人間が上に立つべきなのかもしれない。

「さっき祇園《ぎおん》のほうまで行ってみたが、この町はどうも正体が知れなくていけねぇな。武州のように馴染むまでには、時がかかりそうだ」

京に残ると決めたら、さっさと市内探索をしている。縁側で陽に当たりながら、先だっての軽率を悔いているのとは大違いだ。

「なぁ、歳よ。俺はつい勢いで京に残る、なんて言っちまったが……」

たまらずそう言いかけると、土方は急に近藤に向き直って、言葉を遮るように言った。

「京に残る、と清河に言ったあんたの姿は実に見事だった。あの姿を見たからこそ、皆が残ろうと決めたんだ。自然の行いが人を惹《ひ》きつける、そういう人物は限られている。将器というのは望んで得られるものではない。持って生まれた才能だ」

言った目が、なにか決意のようなものを含んでいるのがわかった。

この男は意味のない言葉を決して発さなかった。その言葉はしばしば複雑な思惑をはらんで近藤を惑わせるが、ここぞというときには決まって、最上の確信を与え、最後の一押しをする。このときの一言もまた、後ろを向いていた近藤の目線を前へと引き戻すことになった。

「京に残ることになったのはなにかの因果だぜ、きっと。それも近藤さん、いい意味での因果だ。俺にはわかる」

なんの根拠があって土方はそんなことを言うのかと訝《いぶか》る間もなく、たった一言だけのことで、不安は霧散しつつあった。そうやってすぐに切り換えられる性分は、近藤が内包している才能のひとつだ。

庭を眺めながら、これから先に続く自分たちの活躍を空想した。陣羽織を着て、大軍を指揮している自分を夢想した。

自然、笑みが、こぼれる。

笑うと、両頬に笑窪《えくぼ》ができる。

いかつい顔にはそれが、あまり似合わなかった。

組織と個人と

山岡鉄太郎

山岡鉄太郎は、人生で最悪の胃の痛みをこらえていた。

清河八郎が新徳寺で突然勤王を宣言したときは一瞬失神しそうになったが、ここ数日でなんとか落ち着きを取り戻した。鵜殿鳩翁はすぐさま事態を老中・板倉勝静へ知らせ、それから山岡のことを白い目で見た。まるで山岡も清河の謀り事に参画したと言わんばかりの目つきである。

山岡はしかし、清河の本意など、このときまでまったく知らなかったのだ。

清河もおそらく、山岡を裏切っているという意識は毛ほどもないだろう。虎尾の会でともに時勢を語っていたときから、山岡には、幕臣としてではなく、一個人として接してくるのが常だった。立場などに囚われずもっと大きな目で時勢を読み、変革を遂げなければいけない、という彼の考えは正しい。その野心に満ちた顔を見ると責め立てる気にはならないが、山岡は幕臣という自分の立場を無視できるほど達観した視点は未だ持てずにいる。

それでも清河を支持し続けたのは、この英才の手を借りて、旧態依然の幕府に新しい風を送り込みたかったからだ。

それが、裏目に出た。

板倉勝静は鵜殿鳩翁からの知らせを聞いて、浪士組を江戸に戻せ、と大喝したという。浪士組をこのまま京に滞在させれば必ず大きな問題を起こす。そうなる前に江戸に戻し、早々に解散させるつもりだろう。勤王のために体よく利用されたのでは、幕府の面目は丸潰れである。

清河は清河で別の目論見《もくろみ》があるようで、学習院に提出した建白書に、東下を願い出た文面を加えたと言っていた。

名目はこうだ。

「昨年横浜の生麦《なまむぎ》で、英国人が薩摩藩士に斬られるという事件があった。薩摩・島津久光の大名行列の前を馬上のまま横切ろうとしたので、家臣が無礼討ちにしたのだ。いわゆる生麦事件である。英国はこれを機に攻撃を仕掛けてくるかもしれない。その前に浪士組一同江戸に戻り、攘夷を成す」

京に上ったのはあくまで建白書を受理してもらい、自らの尊皇攘夷活動を天朝に認めてもらうことが目的。活動の基点は江戸に置いて、異人が集まっている横浜で攘夷の魁を作る。これが、はじめから清河の描いていた筋書きだったらしい。幕府はまんまとそれに乗せられて、金まで出したことになる。

正式に勅諚《ちょくじょう》が下ると、浪士組は再び江戸に向けて出立することになった。

鵜殿鳩翁に任せるのは穏やかではない、と上は考えたのか、新たな取扱役には高橋泥舟《たかはしでいしゅう》という山岡の親族にあたる旗本が任命された。

「この責任をとって、我らは帰府したら切腹を申しつけられるやもしれん」

鳩翁はしつこいほどに山岡の眼前でため息をつく。もしそうなったとしても申し開きはできまい。

気候が穏やかになったお陰で、復路の木曽路《きそじ》を行くのは随分と楽になった。それでも山岡は、道中ずっと重い気分を引きずっている。気が気でないことが、山積みだった。

帰ってからの自分の身の上。それから清河のことも。

早晩幕府から命を狙われるだろうこの友を、なんとか守りたいと思っていた。やり方に問題はあるが、清河はこれからの世に不可欠な人材である。失うようなことは断じて避けたかった。

方々へ気がいく性分は、組織の中で生きるにはかえって仇《あだ》となることも多かった。出世を望むには少しばかり甘すぎるかもしれない、と山岡は自分でも思うときがある。

浪士出役にも新たに数名、幕臣が任命されている。この中に、佐々木只三郎《ささきただざぶろう》と速見又四郎《はやみまたしろう》という幕府講武所教授方の名があった。講武所でも双璧をなす剣客。会津藩出身の佐々木は、入洛後盛んに、京都守護職・松平容保《まつだいらかたもり》の元を訪ねていた。容保は密接に幕府と繋がっている。清河暗殺の密命が佐々木に下っている可能性もある、と山岡は見ていた。これだけ大胆なことをしでかしたのだ。江戸に帰り着く前に始末してしまう、という判断があってもおかしくはない。

清河もそれを察して必要以上に用心していたし、彼自身北辰一刀流を修得した使い手である。事件は起こらずに済んだものの、道中、清河にじっとりと張り付いた佐々木の殺気だった目に出くわすたびに、山岡は身の凍る思いをした。

江戸に戻って沙汰《さた》を待つ間、山岡は、清河を自分の屋敷に置くことにした。己の損得よりも、清河の命を案じたからである。

その思いに反して清河は、ますます増長してやりたい放題だった。

朝廷に建白書を受理されたことで攘夷運動の正式認可が下りたとでも思っていたのか、一刻も早く結果を出したいと焦っていたのか。活動のための軍資金と称して、めぼしい商家や問屋に行き、半ば強奪のようにして寄付を集めた。近いうちに横浜の異人館を焼き討ちにする、などという途方もない計画も立てている。取り巻きにも、村上俊五郎、清河の実弟である斎藤熊三郎など過激な人物を従え、さらに勤王の士を募るべく様々な場所を自ら訪ね歩き、得意の弁舌で同志を増やしていった。

そういう活動の疲れがたまっていたのだろう。

ここ二、三日、清河は風邪《かぜ》で高熱を出し、寝込んでいた。にもかかわらずその日に限って、真っ青な顔をして朝風呂《あさぶろ》へ行くという。

「風邪なのに風呂なぞ入る奴があるか」

「出掛けるから仕方ない。勤王の連名帳に名を連ねたいと言ってきた人間がいるんだ」

麻布一之橋にある出羽・松平山城守《やましろのかみ》邸の長屋にいる、金子与三郎という人物に会うという。金子が清河に「大事な話があるので、できれば供を連れずにひとりで来ていただきたい」とわざわざ言ったというのが、山岡には引っかかった。

「今日はやめておけよ。風邪が治ってからでもいいだろう」

「そうはいかん。異人館焼き討ちもすでに決まっている。それまでに少しでも多く同志を募らなければいけない」

もともと生き急いでいるような男だが、このところ、拍車がかかっている。ともかく決起。そこに向けて他のことなど目に入らない様子だった。

清河は湯の帰りに高橋泥舟の家に寄ったらしい。泥舟も清河の顔色を見て外出に反対し、さらに登城の刻になると、妻に「絶対に行かせるな」と厳命して家を出た。清河はけれども、反対を押して金子与三郎の元へと出掛けていった。その去り際に、いくつかの歌を詠んだという。

〈魁けてまたさきがけん死出の山
迷いはせまじすめらぎの道〉

この一首がなにやら辞世の句めいているのが、山岡には気になった。無粋かもしれないが、清河が戻ってきたらこの歌の意を訊いてみよう、そんなことを思っていた。けれど、山岡のこの疑問がはらされることはついぞなかった。

帰ってきたとき、清河は首だけになっていたからである。同志の石坂周造が羽織にくるんだ清河の首を山岡に届けたのは、その日遅くのことである。

石坂は、清河が出掛けるときに往来で偶然行き会ったという。具合は悪そうで、おまけに今日に限ってひとりも書生や同志を連れていない。それを案じると、「大袈裟《おおげさ》な。平気だよ」と明るく笑って背を向けたという。

馬喰町《ばくろちょう》の宿に戻った石坂が、近くで暗殺された者がある、と聞いたのはその日の夕刻のこと。清河ではないか、と胸騒ぎがした。現場に走りながら、ふと連名帳のことを思い出した。もし殺されたのが清河で、その遺体からあの勤王連名帳が見つかるようなことになったら、仲間まで一斉に挙げられてしまう。当然自分の名も、中に、ある。

慌てふためいて現場に辿り着くと、やはり亡骸《なきがら》は清河のものであり、すでに現場を検めていた幕吏に、「この者は親の敵だからせめて首を取らせてくれ」と出任せを言って骸に近づいた。そう言った手前、仕方なく清河の首を刎ね、それを羽織に包みながら密かに懐中を探り連名帳を抜き出してきた、と興奮のあまり途切れ途切れになりながら石坂は語った。

石坂は山岡の義理の弟にあたる。お互いの妻が姉妹なのだ。だから彼は、山岡を頼ってきたのだろうが、さすがに清河の首がここにあってはまずい。幕吏に見つかればことだ。盟友の死を哀しむ間もなく、山岡は彼の首を砂糖漬けにして隠す手はずを整えはじめた。黙々と手を動かしながら、「これは、金子が売ったな」と感じていた。金子与三郎の元に清河が行くことは、おそらくあらかじめ幕府に内通されていた。それを誰かが待ち伏せて斬った。清河の腕に対抗できる者である。大方、佐々木只三郎あたりだろう。幕府は、異人館の焼き討ちなどという暴挙を起こす前に、清河を消してしまいたかったのだ……。

実際、手を下したのは、佐々木只三郎だった。

そのことを、山岡は、しばらく経ってから漏れ聞いた。

佐々木たちは、清河が金子の長屋から帰ってくるのを茶屋に座って待っていた。向こうから清河が歩いてくるのを見ると、何喰《なにく》わぬ顔で立ち上がり、その道を清河の方へと歩きだした。傍らには、同じく講武所剣術教授方の速見又四郎がついている。討ち手は他に四人。いざというときのために、物陰に潜んでいる。

清河は心なしか足下がふらついていた。これは金子が計画通り、うまく酒を飲ませたのだ。

「これは清河先生」

佐々木がまず声を掛けた。清河は、その声に気付いて、それから少々面倒だ、というような顔をした。相変わらず不遜な態度であった。簡単に会釈だけして通り過ぎようとすると、佐々木が、かぶっていた陣笠《じんがさ》をわざわざとって丁寧に挨拶《あいさつ》をする。清河も仕方なく、自分の陣笠の紐《ひも》に手を掛けたときだった。

物陰に控えていた刺客が、清河に斬りつけた。衝撃によろめきながら清河が刀の柄に手を掛けようとした刹那《せつな》、佐々木は間髪を容れず抜き打ちに斬り捨てた。息絶えたのを見届けると、彼らはまるでなにごともなかったかのように速やかに現場を引き上げた。

清河の首は、山岡が時機を見て伝通院にあるお蓮の墓の隣に埋葬をした。清河はずっと忙しくしていたから、生前、お蓮の墓に参ることもあまりできなかったのではなかろうか。

山岡は、この伝通院に集まった浪士たちを前に、立派な演説をしていた清河を思い出していた。あのときから、わずかに半年ほどしか経っていないのか、と思うと、重い吐息が漏れた。

清河の死後、山岡は謹慎閉居となり、長い不遇の時代へと入ることになる。

これだけ清河と行動をともにしていたのだ。相応の処分だろう。ただ自分は、幕府を思う一家臣として、力を尽くしただけだった。革新的な提案はしてきたが、幕臣としての規律や常識を踏まえ、動いたつもりだった。清河の思想に賛同しても、自らの立場を忘れることはなかった。けれどそうしたどっちつかずの態度が、結果的に亀裂や歪みを生み出してしまったのかもしれない。大志を同じくした友を失い、自分の命も惜しくないと必死に尽くした組織からはお払い箱になった。

一体、組織の意向と個人の意志というのは、どこで折り合いをつければいいのだろう。変革というものはどうやって起こすべきなのだろう。組織とそこに属す個人の間にある距離というものを、どうやって埋めていけばいいのだろう。

日がな一日、さしてすることもなく漫然と過ごす中で思い出すのは、新徳寺でのことである。

「京に残る」と口火を切った試衛館の近藤勇は、緊張のせいか声がうわずっていた。それでもすぐに威厳を取り戻し堂々として、刀の柄に手を掛けて怒り出した清河を前にしても、がんとして意志を曲げなかった。

あの男はきっと、なにも守られていないのだろう。

どこにも属していず、何者の庇護《ひご》もうけず、なんの保証もない。

その代わり、なににも囚われずにいられる。学問や家柄や、そういったものに頼らずに、自らの腕だけで道を切り開こうとしている。地位や世間体やしがらみとは無縁だから、あそこまで直截な行動に出られる。純粋に己の意思に沿うことができるのだろう。

なにも持っていないということは、実は強い。こうした動乱の時期こそ、なにも持たぬ者からなにかが生まれてゆくのかもしれない。幕臣として奉公してきた自分は今更、あそこまでの更地に立てるとは思えない。あのようになりたいとも思ってはいないはずだった。

それでもなにかの拍子に、素朴で屈強な近藤たちを思い出すことが、最近、やけに多くなった。わずかな憧れを持って、彼らの勇姿を浮かべることが、数少ない楽しみのひとつになった。

足下の薄氷

壬生浪士組

芹沢　鴨

組織に属さず、なににも縛られなければ、己の意志のままに生きてゆける。……と盲目的に夢見られるほど、芹沢鴨は馬鹿ではなかった。

名の通ったところに属さずにおれば結局、ダラダラと暇だけを蓄積し、そのくせ身内で固めたようなこぢんまりとした範囲すら出ることもままならず、似たような日々を繰り返す羽目になる。そんなぬるま湯に長く浸《つ》かっていれば、極めて厄介なことになる。金も権力も名前もない。いざ、成すべきことが見つかっても、それを成すためのつても土壌もなく、動き方もわからない。到底自分の願いが叶《かな》う状況にはないのだ。

枠から解かれることよりも、何事も意のままに動かせる、大きな力を得ることだ。

清河八郎は業腹《ごうはら》だ。

はじめて見たときから気にくわなかった。事を成すのに綿密な策を用いること自体が姑息《こそく》である。あんな人間に従ってきたのは間違いだった。

それでも、清河暗殺に失敗した時点で、芹沢はすべてを仕切り直すために一旦《いったん》江戸に戻る気でいた。

別段、事を成すのが浪士組であらねばならない道理もないのだ。

水戸藩にいるとき、癇癪《かんしゃく》を起こして三人の部下を斬《き》り、死罪を言い渡されて牢《ろう》に繋《つな》がれていた。が、そこに浪士募集の大赦令が出た。浪士組に加われば死なずに済む。それに飛びついただけのことだ。お咎《とが》めなしの身にさえなってしまえば、浪士組などという付け焼き刃の集団に固執することもない。今回ともに京まで上った平間重助《ひらまじゅうすけ》や新見《にいみ》錦《にしき》といった腹心とともに、江戸に戻って、他の道を模索したほうが合理的だ。江戸には多少の人脈もある。京の地に馴染《なじ》む手間を考えれば、そのほうが話は早い。

今まで暮らしていた地に比べれば、京は考えられないほど雅《みやび》やかで美しく、それが逆に、上京以来芹沢の気をくさくさとさせていた。

自分の風体《ふうてい》がこの町ではどうも浮いているようで、落ち着かない。入洛《にゅうらく》早々、鵜殿鳩翁や山岡鉄太郎に命ぜられて御所参拝に赴いたときも、埃臭《ほこりくさ》い自分たちを、町人が侮蔑《ぶべつ》を含んだ目で見ているような気がしてならなかった。確かに浪士組の出《い》で立《た》ちは、いずれもひどいものだった。江戸から二十日ばかり旅をしてきた、そのままの着物である。袖《そで》や袴《はかま》の裾《すそ》はすり切れてボロボロになり、汗と埃を存分に吸った布地は独特の悪臭を放っている。といって、幕府の支度金が少なかったせいで、着物を新調する金もない。

上方の者からすれば、自分たちはどれほど田舎《いなか》じみて見えようか。町人たちがコソコソと話すのを見ると、悪口を言われているような気がしてならない。自分の常州訛《なま》りまで気になり出す。ここに残れば人間が卑屈になると知る。

ところが、江戸帰参を決めた矢先、今度は持病の瘡《かさ》（梅毒）が悪化した。

「無理をして旅をすることもなかろう。ここはひとまず京に残って計画を練ればよい」

平間や新見は、芹沢を諭した。

清河が江戸帰参を正式に発表し、それに怒った近藤勇ら試衛館組が京に残る、と言い出したのに便乗することになったのは、そういう理由だ。

病のせいばかりでなく、新見錦がどこから聞きつけたのか、残留に有利な情報を仕入れてきたことも決断を助けた。

「鵜殿たちが、京都守護職・松平容保の元に、京に残る浪士の受け入れを談判に行ったそうだ。うまくすれば、会津藩の庇護《ひご》を受けられるかもしれん」

新見はまだ二十代半ばと芹沢より十近くも下なのだが、なにかと頼りになる男だった。機転が利き、情報をつかむのも早い。幕臣でも藩士でも商人《あきんど》でも、もっとも勢いのある人物の情報を素早く仕入れ、すかさず擦り寄って取り入る器用さも持っていた。

浪士取扱役の鵜殿鳩翁が京都残留派を募っているのはおそらく、将軍上洛と入れ違いのようにして浪士組全員が江戸へ戻るのはいくらなんでもまずい、との考えがあってのことだろう。京に上る道中では覇気のない爺《じじい》だとしか思わなかったが、誰かしらの指図もあるのか、この件に関してはなかなか俊敏に動いている。

会津藩のお預かりになれば、支度金も出るだろうし、世間から認められる地位も得られるはずだ。そのうえ清河や浪士組を率いてきた幕臣が江戸に帰ってしまえば、自ら残留組を牛耳ることも不可能ではない。となれば、京に残る利もあろう。

試衛館の面々は、こうした鵜殿の動きを知りもせず、なんら手だても打たず、上洛した家茂公のことばかり気に掛けていた。京の治安を守る、などとほざいて、誰に頼まれたわけでもないのに毎日律儀に市中巡邏《しちゅうじゅんら》に出掛けていく。資金の目処《めど》もついていないのに、よく働く気になる。まるで滅私奉公だ。

あの近藤とかいう田舎者は、二言目には言う。

「私らは、義を尽くして働きたいのです」

しかし、どこにも属さぬ、主君もいない自分たち浪士が、いったい誰に対して義を尽くすというのだ。なんの布石も打たずにひたすら義を重んじるなど、百姓上がりが考えそうなことだ。まず、自分たちの立場をはっきりさせることが先だ。仕官先を一刻も早く決めなければ、「続き」はないというのに。

鵜殿を通じて会津藩に言上してもらうだけでなく、ここは自分たちも直接京都守護職に嘆願書を出したほうがよいだろう、と芹沢が判断したのは浪士組が江戸に帰る、二、三日前のことだった。

一応近藤に相談すると、目を輝かせて「それは妙案ですな」と飛びついた。妙案ではない。こんなことは定法だ。

早速文書をしたためて、三月十日会津藩邸に提出した。鵜殿もかなり動いたようだし、講武所の教授方で会津藩出身の佐々木只三郎も、松平容保に残留派のことを口添えしているという噂《うわさ》もある。あとは沙汰《さた》を待つよりなかろう。


京都守護職という役ができたのは昨年、文久二（一八六二）年のことだと聞いている。もともと治安維持は京都所司代が当たっていたが、京の町はすでにその程度の取り締まりで追いつく状態ではなくなっていた。佐幕派が昼夜を問わず、斬られる。町人たちは勤王派による押し借りの餌食《えじき》となる。

そこで新たに守護職を置くことになり白羽の矢が立ったのが、将軍家と縁戚《えんせき》関係にあった会津藩主・松平容保だった。病を患っていたために一度は辞退したというが、幕府からのたってての要請で仕方なく重い腰を上げた。まだ二十八歳と若いが、徳のある逸材だと聞く。

守護職に就任した容保が一千の兵を率いて上洛した日、京の人々は沿道を埋め尽くして歓迎したという。

芹沢はしかし、この話を聞いたときも、どこか釈然としない気持ちを抱《いだ》いたのだ。自分たちの目的も一応不逞浪士《ふていろうし》の粛清にある。言ってみれば、京都守護職となんら変わりはないわけだ。ところが浪士組はさっぱり歓迎されないどころか、「壬生浪《みぶろ》」と呼ばれて馬鹿にされ、忌み嫌われている。会津藩士と、後ろ盾のない浪人の差というのは、これほど歴然としたものなのか。

京という都に佇《たたず》んで我が身を思うと、己の矮小《わいしょう》さを突きつけられる気がした。今までなんでもできると思っていたのに所詮《しょせん》井の中の蛙《かわず》だったのだろうかと、すべてが馬鹿らしくなる。


芹沢たちが会津藩邸に嘆願書を出した同日、老中・板倉勝静も動いて、浪士組残留派を京都守護職の管轄下に置くよう改めて松平容保に要請したらしい。容保としても、警備を強化するために少しでも人手が欲しかったらしく、両者の利害が合致して、嘆願書は受理されることになった。

十二日には、京都守護職のお預かりとなるという通達が正式に下り、浪士組が江戸に発ってから二日後の十五日には、芹沢、近藤一派他新たに加わった隊士も含めて、京都守護職の本陣がある黒谷《くろだに》の金戒光明寺《こんかいこうみようじ》へと赴き内命を受けることになった。

近藤はよほど嬉《うれ》しかったのだろう。よかった、今までやってきた甲斐《かい》があった、とまるで天下でもとったような喜びようである。

ところが守護職本陣に出向く段になって、まともな着物がないことに気付き真っ青になった。仕方なく、八木家に上下《かみしも》と着物一式を貸してもらうよう頼み、情けないことに全員同じ家紋をつけて黒谷へと向かう。

こうやって、人から上下まで借りるような暮らしはこれで最後だ。人の情けに頼って細々とやりくりすることや、耐えて忍ぶ精神などうんざりだ。

武士の義も勇も忠誠も、地位を得てはじめて実現できる。いつまでも下っ端のまま、力もない、金も満足に使えずに、義士も志士もないだろう。自分ではいっぱしに世間に対して牙《きば》を剝《む》いているつもりでも、その実、自分の頭の上の蠅《はえ》も追えぬ連中が仲間同士で囁《ささや》き合う、「世が間違っているのだ」という負け惜しみなど虫酸《むしず》が走る。欲しいものがあれば、力尽くでものにすればよい。それが駄目なら、そのときは腹を切ればいい。世を変えたいのであれば、偉くなるしかない。そんな単純なことを、見識だの常識だのに照らしてややこしく考える連中の気が知れない。

光明寺に着くと、会津藩家老の田中土佐《たなかとさ》と横山主税《よこやまちから》が芹沢たちを待ち受けており、酒と肴《さかな》を出して歓待してくれた。一介の浪士にとっては、破格のもてなしである。所用があるとかで松平容保の姿は見えなかったが、それでも近藤などは感激の余り杯を持つ手が震えていた。

芹沢も信じられぬ思いで、この光景の中に身を置いていた。半年前まで牢に繋がれていた自分が、今こうして会津藩のお預かりになって、家老と酒を酌み交わしている。

——人生など、どうとでもなる。

耳の内で、いつもの傲岸《ごうがん》な声が囁いた。胸の内に自得の境地が再び湧《わ》き出したのを感じ取った。

これから新生浪士組の頭目となり、芹沢組を作る。誰からも蔑《さげす》まれない地位を手に入れる。とり澄ました京雀たちに、力を見せつける。

新見錦や、平山五郎《ひらやまごろう》、平間重助といった、水戸時代からの同志も、顔を上気させ嬉しそうである。この連中にも、自分の右腕となって存分に働いてもらわねばならない。

あとは試衛館の一派をどう手なずけるか。

いや、所詮武士のなんたるかも知らぬ輩《やから》だ。右も左もわからずにすぐにこちらを当てにしてくるだろう。そう思ったら無性に愉快になった。

ほろ酔い加減で光明寺をあとにして、壬生に戻っても、一行は興奮も酔いも醒《さ》めやらなかった。芹沢も上機嫌で、隊士たちに大呼した。

「みな、とにかく今宵《こよい》はとことん飲んで騒ごう」

言ったまではよかったが、よくよく考えれば、自分たちには酒代もなかった。

仕方なくまた八木家に酒を所望した。

酒代さえない生活は、本当に今日で最後だ。芹沢鴨の名を聞けば、誰もが黙って酒を差し出す世を早々に作ってやる。


この翌日、八木邸の門には、八木家の人間も知らぬ間に勝手に表札が掲げられていた。

「壬生浪士組屯所《みぶろうしぐみとんじょ》」

やけに大きな一枚板に、堂々とした墨字で、そうしたためてあった。

恍惚

斎藤　一

その日は朝から、腹の調子がよくなかった。

斎藤一《さいとうはじめ》は、淀川《よどがわ》に浮かぶ涼み舟の上で人知れず腹痛に耐え、脂汗を流している。

大坂町奉行所から出張要請があったのは、壬生浪士組が結成されてから三月ほど経った文久三（一八六三）年の六月。将軍上洛もあって警備の厳しくなった京を避け、活動拠点を大坂に移した勤王派の取り締まりを命ぜられたのだ。

壬生浪士組の大坂出張は、これが二度目だった。

最初の機会は、上洛した将軍・家茂公が摂海（大坂湾）視察のために下坂したとき。道中の警護に、結成したばかりの壬生浪士組が当てられた。もともとが将軍警護のために発足した集団だったわけだから当然といえば当然の任務だが、幕府の役に立つ、将軍を守るために働いている、という事実は、浪士組の面々に絶大な昂揚《こうよう》をもたらした。役目を無事終えたとき、危険を未然に防いだわけでも、大立ち回りをしたわけでもなかったが、ひとつことを成し遂げた感覚を誰もが等しく得ていた。

ともかく、壬生浪士組にとっては、すべてがはじめての出来事である。将軍の警護も、市中の見回りも、そうして武士として振る舞うことも。ほんの少し前まで海のものとも山のものとも知れず、周囲は勿論《もちろん》、家族からも厄介者だと疎んじられていた浪士たちにとって、これは劇的な変化だった。

そして、二度目の大坂。

芹沢鴨、近藤勇、山南敬助ほか、十名の隊士が、常宿にしている大坂八軒家《はちけんや》の京屋《きょうや》忠兵衛《ちゅうべえ》方に滞在して、終日市中を見回り、不逞浪士を捕縛している。

今年の夏は、特に暑かった。少しでも暑さをしのごうと、ほとんどの隊士は稽古着《けいこぎ》姿《すがた》で隊務についたが、それでも気力を奪うほどの猛暑である。蒸した空気が全身に粘り着き、さしもの猛者《もさ》たちもみな往生している。

涼み舟に乗ろう、と言い出したのは芹沢鴨だ。

夕暮れ時になると淀川には涼をとるための舟が出る。それに乗って暑気払いをしよう、というわけである。

芹沢鴨という肥《ふと》り肉《じし》の男は、壬生浪士組が結成されるとすぐに、まんまと局長に収まった。

が、斎藤一は、どうもこの人物を好きになれない。

裏表はない、と思う。策謀に身を投じる姑息なたちでもない。むしろ己の欲望をところ構わず晒《さら》している風である。ただ、こと芹沢に関しては、その身体《からだ》から放たれる欲望がひどく下卑た臭気を帯びていて、そこがどうも相容《あいい》れなかった。

壬生浪士組を結成した日も、みなが楽しく飲んでいる中、ひとりで京に対する愚痴まみれの嫌な酒を飲み、それを取りなそうと腹心の野口健司《のぐちけんじ》や平間重助がおだてると途端にいい気になって、自ら名乗り出て局長に就任してしまった。酒の席のことである。ただの戯事だろう、と誰もが聞き流しているさなか、土方歳三だけは慌てて芹沢に向き直り、「初手からひとりで局長をこなすのはなにかと苦労も多かろう」と曖昧《あいまい》な理由を作って、その場で同じく局長職に近藤勇を推した。

おそらく土方は、この場のいい加減な口約束が徒《あだ》となって、芹沢に浪士組を牛耳られてはたまらない、と考えたのだろう。

——この男は、こんな如才なさをもっていたのか。

江戸の頃は斜に構えてなかなか話もしない男だったが。

結局、局長には芹沢鴨、近藤勇が並立し、副長には土方歳三、新見錦、山南敬助の三人が立った。横暴な芹沢と真面目《まじめ》一筋の近藤の反りが合うとは思えなかったが、もっと意外だったのは副長の三人である。追従《ついしょう》ばかり達者で浮薄を絵に描いたような新見と、寡黙だが勘のいい土方、人が良く学者肌の山南では、三人三様、事に当たったとき意見が合うとは思えない。実質、隊士への命令は、副長が下す。三人の息が合わなければ隊は混乱する。芹沢が新見を推し、近藤派として土方と山南が立ったという事情だろうが、この体制がいつまでも続くとは思えなかった。

副長の下に、副長助勤という役が付く。副長を補佐しつつ、平隊士を管轄する役どころである。斎藤一はこの副長助勤を任ぜられていた。

近藤や土方、沖田といった連中を、斎藤は昔からよく知っている。江戸にいた一時期、試衛館に入り浸っていたからだ。

明石藩《あかしはん》の足軽出身ながら御家人株《ごけにんかぶ》を買って幕府の直参《じきさん》になった父の言い付けで、斎藤は幼い頃から剣を学んでいた。流派は無外流《むがいりゅう》だったが、数々の道場を渡り歩くうち亜流の使い手となった。試衛館に出入りしていた頃にはすでに、永倉や沖田と立ち合っても引けを取らない腕であった。

江戸を出奔したのは、十九歳のとき。人を斬って、身を隠さねばならなくなったからだ。些細《ささい》なことで諍《いさか》いになり、どうしても相手を斬りたくなった。斬ってしまえば江戸での暮らしは続けられなくなる。わかってはいたが、衝動を抑えることができなかった。当時名乗っていた山口から斎藤へと姓を改め黙って京に上り、試衛館の面々ともそれきりになった。

京ではつてを辿《たど》って吉田道場という町道場の師範代を務めていた。安穏とした暮らしに飽きはじめていたとき浪士組の噂を聞き、早速様子を見に壬生を訪ねて、近藤や土方といった懐かしい顔に出くわしたのだ。不逞浪士の取り締まりというそのお役目を聞き、斎藤は迷わず入隊を決めた。同時に胸の内で快哉《かいさい》を叫んだ。

——これで堂々と本意が遂げられる。

斎藤の本意とは、攘夷《じょうい》でも旗本になることでもなく、人を、斬ることである。

真剣での勝負以外、興味がない。道場で竹刀《しない》を使って勝ったところで、なんの面白味もないと思っていた。だから、早く実戦で、しかも人を斬っても咎人にならずに済む正当な環境で、腕を試してみたかった。武士だの義勇だのといったことなどどうでもいい。ともかく、腕一本でどこまで生き延びられるか、それだけが先に繋がる関心事である。

剣に入れ込んでいるからこそ、無駄な斬り合いは断じてしない。真剣での斬り合いは、野試合のように一本取られてもまた次の機会がある、というわけではない。一度斬られればそこで終わりだ。だから、武芸を知らない連中がよく口にする「実戦を積みながら修行する」という甘い考えは、剣に対しての冒瀆《ぼうとく》としか思えなかった。そうした中途半端なぬるさや下手《へた》な感傷が入り込まないところが気に入って、斎藤は剣を選んだのだ。

ただ、とことん技を磨く。そのうえで実戦に臨む。そして常に万全でいる。調子が悪かった、などという言い訳も、斬り合いになれば無効だろう。

そうしたギリギリと張りつめた毎日を過ごすことは、斎藤にとっては少しも苦ではなかった。むしろ、無上の喜びだった。


この大坂で涼み舟に乗った日の斎藤は、故に、珍しく不覚をとっていたということになる。舟に揺られるうち、涼むどころか腹の痛みでダラダラと汗が吹き出してくる始末である。

「や、斎藤君、珍しいなぁ。どうも青い顔をしている。いつも閻魔顔《えんまがお》なのに」

冗談を言って暢気《のんき》に笑う沖田の声で、同乗していた山南や永倉がやっと斎藤の異変に気付いた。舟が鍋島河岸に着いたときのことだ。いつもは強がる斎藤も、このときばかりは具合が悪いのを認めるしかない。「ならば、もう舟は降りよう」と一同相成って、川縁《かわべり》を涼みがてらそぞろ歩きをはじめた。

この日、舟に乗っていたのは、隊士八名ほど。芹沢鴨、平山五郎、野口健司という芹沢一派、山南、永倉、沖田といった試衛館組、それから島田魁《しまだかい》という新規入隊の大男である。近藤と井上は、なにかあったときのための宿詰めで、涼み舟には乗っていない。

一行が目指すのは、北新地にある花街。

「座敷に上がって、斎藤の介抱をせねばならん」

迷惑そうに芹沢が言って行き先が決まったが、自分が飲みたいだけじゃねぇか、と斎藤は内心毒づいていている。

蜆橋《しじみばし》にさしかかったとき、細い道の向こうから、ひとりの角力取《すもうと》りが歩いて来た。余裕をもってすれ違えるだけの道幅はない。芹沢がいつもの傲岸な態度を剝き出して「端へよれ!」と大喝した。角力取りも少しもひるまず、「そっちがどけ」と対抗してきた。

まったく他愛《たわい》のない諍いである。特にこうした賑《にぎ》わった場所では、珍しくもない出来事のはずだった。が、力士からすれば、相手が悪かった。

芹沢は、力士に近づいたと思う間もなく、抜き打ちに斬り捨てたのである。

「なにをするんだ、いったい……」

土煙を上げて倒れ、そのまま息絶えた巨体を見て、惚《ほう》けたような声を出したのは永倉だけで、あとはみな途方もない顚末《てんまつ》にただ閉口していた。

芹沢の狂気は、日を追うごとにひどくなっている。京に上る道中から無法を繰り返していたことは近藤や永倉から聞いていたが、会津藩お預かりになった途端、その醜行にますます歯止めが利かなくなった。

なにかに対する怒りのようなものが絶えず根にあるからかもしれない。というのも、芹沢は豪放な性格とは裏腹に、恨みがましい台詞《せりふ》を吐くことがたびたびあったからだ。どんな負い目が根底にあるか知らないし、そんなものは知りたくもないが、刃向かってくる相手に感情をぶつけるときのいびつさを見る限り、かなり根深いものがあることだけはわかる。

馬鹿な奴《やつ》だ。自分が気にしているほど、他人は自分のことなど気にしていないのに。他人の反応に過敏になって、ひたすら力を振るうことで自己顕示する。なんの技も手に入れていないから、なにかに怯《おび》えるようにして暴力を振るう。

あれが壬生浪士組の局長だ。自分が属しているこの集団の一番上だ。

芹沢の悪行は、京や大坂の市中で既に評判になっている。

はじめは、金のことだった。

会津藩お預かりになっても、壬生浪士組は相変わらず困窮していた。給金など雀《すずめ》の涙、八木邸にただで寝起きできているからまだ雨風はしのげたが、煙草《たばこ》ひとつ買うにも難儀した。土方は、郷里の佐藤彦五郎など縁者を頼って細々と活動資金を得ていたが、芹沢にはそういうこともどかしかったのだろう。面識もない大店《おおだな》へ突然乗り込んで、半ば強奪するように金を用立てさせる方法を取りはじめた。はじめは平野屋五兵衛《ひらのやごへえ》という大坂の豪商が標的になった。

「会津藩お預かり壬生浪士組の局長だ。天下の義軍を率いている。町の治安を守ってやっているのだ、献金は当然のこと」

鉄扇を振り回しながら、傲然と言い放った。

平野屋が渋々百両を差し出すと、芹沢は一存で、夏服と、隊服だといって浅黄色《あさぎいろ》の羽織を人数分作ってしまった。まともな着物も買えず、初夏だというのに冬物を着ていた浪士たちにとって新たな着物は助かったし、赤穂浪士《あこうろうし》を真似《まね》ただんだら模様の羽織は士気を上げるには役立った。が、土方あたりはこの隊服を嫌がって、決して着ようとはしなかった。

「あんなものを揃《そろ》いで着るなんざ、田舎臭《いなかくせ》ぇ」

というわけである。

これに味を占めた芹沢は主立った豪商を渡り歩き、押し借りを続けた。あとで話を聞いた松平容保が、驚いて立て替えの金を用意するほど、借り方は派手になっていった。

強奪と暴力、無益な殺生。この日力士を斬った仕業など、まさに今の芹沢を象徴するような事件だ。たかだか、舟遊びをして登楼するまでの間にこれだけの事を起こすのだ。これからこいつは、どれだけの平凡を忌まわしい騒動へと転化してゆくのだろうか。

だいたい芹沢の剣には、無駄が多すぎる。

あれは剣客《けんかく》の剣ではない。俠客《きょうかく》の剣である。

無差別に斬るなど、素人のやることだ。さっき力士を斬ったときにも、周りには一部始終を見ていた町人がたくさんいた。簡単に足がつくような斬り方をして、力士の仲間が意趣返しに来るようなことでもあれば、面倒なことになるのは目に見えている。

一刀ですべてを断ち切るのが剣だ。

なんの痕跡《こんせき》も残さず、相手が斬られたことも気付かぬ速さで終わりにする。一振りにすべてが凝縮されるから面白いというのに。あか抜けない芹沢のやり方をこうしつこく見せつけられては、自分の剣まで錆《さ》びていくような気になる。

北新地の住吉楼に登楼するも、芹沢一派以外は、みな苦い顔で杯を重ねていた。いつまでこんな男の下で暴徒まがいの行いに付き合うことになるのだろう。沈鬱《ちんうつ》な思いがそれぞれの胸にたれ込めているのは間違いなかった。

斎藤は輪に加わらず、座敷の隅に出してもらった蒲団《ふとん》で横になっている。先程よりは幾分か和らいだが、腹の痛みで頭の働きも鈍くなり、薄目を空けて酒肴《しゅこう》の様子を見るのがせいぜいである。

「大丈夫か？　なにか薬を用意するか？」

山南が横に張り付いて世話を焼いてくれるのだが、具合の悪いときになにかと話しかけられることほど鬱陶しいものはない。そんな心配顔で張り付かれたら、ますます具合が悪くなる。斎藤は、この親切な男の勘の鈍さに苛立《いらだ》ちはじめている。

一刻《いっとき》ほど過ぎた頃だった。

階下のほうでどやどやと乱雑な足音が鳴り、怒号がせり上がってきた。それに続いて手に手に八角棒を持った力士たちが階段をかけ上ってくる。

さっき芹沢が斬った力士の仇討《あだう》ちに来たのだ、ということはすぐに察しが付いた。身体を起こして外を見ると、五十人はいる。大坂は角力興行の期間だ。力士たちが、仲間を募って押し掛けたのだろう。

飲んでいた浪士組はたった七名。しかし全員俊敏だった。

真っ先に刀を摑《つか》んで跳ねるように立ち上がったのは、沖田。それに続くように、永倉が抜刀して相手を退ける。とはいえ、この件は明らかにこちらの落ち度である。ましてや相手は、自分たちが取り締まるべき不逞浪士ではない。ふたりともそれを心得ていて、なんとか力士たちを斬らずにこのまま退散させようと、剣を頭上で回転させて威嚇しながら、出口へと追いやっていた。

芹沢だけが、「田舎浪士が」という力士たちの捨て台詞に発憤し、「全員余さず斬れ！」と狂ったような声を発して斬りかかっていた。

この、理不尽な局長命令に律儀に従ったのが、山南だった。

いい人物だが、判断に甘いところがある。

余裕が、ないのだ。常に、どこか煮詰まっている風でもある。

このときも、戦っているうちに反射が思考を超えてしまったのかもしれない。芹沢の声に反応するやいなや、目の前の、しかも逃げようと背を向けている力士を力任せに叩《たた》き斬った。

目をつり上げ、血管を浮き上がらせている山南の度を超した必死さは、勇猛果敢というより切なさを醸し出す。それが、斎藤には前から気にかかっていた。あれだけの学と知識を持っていながら、まるで拠《よ》り所《どころ》がない。その浮遊感を楽しんでいる風でもないのに混沌《こんとん》とした内面を包み隠して、周りの人間の世話まで焼いて。

暴君の芹沢や、ずば抜けた胆力を持った近藤、目的を遂げるためには手段を選ばぬ土方といった際だった個性の中にあって、山南の存在はひどく希薄だ。

この日、力士の死者は五人。芹沢や平山、そして山南の剣が骸《むくろ》を生んだ。

斎藤は、といえば、刀を握りながら一歩も動くことができなかった。臆《おく》したのではない。腹痛が凄《すさ》まじい勢いでぶり返していたのである。脂汗の浮かぶ額を右手で拭《ぬぐ》い、左手には抜き身の刀を持ち、荒れ狂う住吉楼の一角で、ただジッと山南を見ていた。

拠り所がない、という点では、同じかもしれない。でも自分はたぶん、あの男とは真逆の生き方をするだろう。なににも囚《とら》われることなく浮遊したまま、納得のいく剣を、ひとつの間違いもない完璧《かんぺき》な瞬間に振るうのだ。

あの恍惚《こうこつ》の一瞬を他人の判断に委《ゆだ》ねるほど、馬鹿げたことはない。

斎藤一はこのとき、二十歳を迎えたばかりだった。

やっとひとつの方角を、手にしたような気がしていた。

局中法度

井上源三郎

京に上ってまだ日も浅いのに、井上源三郎は武州に帰りたい、と思うことがよくある。

こう言っては元も子もないが、壬生浪士組のような、剣の技量で世の中渡っていくような仕事が、自分に向いているとは思えずにいる。

江戸にいた頃だって、天然理心流を習いはじめた時期こそ早かったものの、いつまで経っても上達せずに、後から入ってくる奴にどんどん抜かされてきた。浪士組では副長助勤を務めているが、それだって単に、近藤や土方が、彼らより五つも年長の自分に気を遣ってくれただけのことだ。平隊士を束ねる素養など到底あるはずもないのだ。

壬生で送る毎日は、井上にとって、少しばかり窮屈なものだった。発足したばかりで形が定まらない上に、厄介事ばかり起こる日々に疲れも感じている。

住吉楼での力士たちとの斬り合いにしても、井上にしてみれば降って湧いた災難だった。あの日は近藤とともに宿に詰めていて、現場にはいなかったからだ。

「源さん、また芹沢がやらかしたらしい」

近藤は頭を抱え、それでも速やかに事後処理をした。こちらから頭を下げれば過失を認めたことになる。結成したばかりの浪士組に泥が付く。近藤は苦肉の策で大坂角力の年寄役に詫《わ》びを入れさせ、それを許諾する形を取ってなんとか表向き折り合いを付けた。その代わり、浪士組を挙げて大坂角力を援助することを約束したらしかった。以前から確執があった京角力《きょうずもう》との間を取りなして、洛中で行われる両者合同の興業を取り仕切る役目まで買って出たのも近藤らしい。

芹沢があちこちで問題を起こして、壬生浪士組の評判がどんどん悪くなる。近藤や土方はその心象を払拭《ふっしょく》するのに必死だ。芹沢が勝手に金策した商家にはなにかと便宜を払い、余裕があるときには金も返すよう尽力し、それによって商家との結びつきを絶やさぬようにもしていた。

近藤は、転んでもただでは起きなくなっていた。

もともと簡単に屈することのない男である。粘り強さもあるし、肝も据わっている。ただ、昔はもっと単純で、夢だけ食って生きている青年だと思っていたが、ここへきて随分と思慮深く、行動にも軽率なところがなくなった。

もちろん近藤ひとりの心慮ではないだろう。近藤が同じく局長職にある芹沢の腕力に巻き込まれることを危惧《きぐ》して、人格者として振る舞うよう指示しているのはたぶん土方だ。喧嘩《けんか》っ早く、破天荒なことばかりしていたこの男は、壬生浪士組という活躍の場を得て、冴《さ》え渡った参謀になった。芹沢とは違う重厚で賢明な局長・近藤勇の像を周りに植え付けようと、裏で手綱を引いている。

このふたりは、武州にいた時代より、少し変わってしまったのかもしれない。こと土方は、どこで覚えたのか、巧みに組織を統制している。山南のように学があるわけではないから、きっと想像でやり方を模索しているのだろうが、どうやらその方策は間違っていないらしい。少なくともこの烏合《うごう》の衆が、彼の采配《さいはい》によってまとまりかけている。

今や壬生浪士組の隊士数は五十名を超えている。結成以来精力的に新規隊士の募集を行った成果だ。とはいえ、まだまだ無名の組織、人を選んで入れる余裕はない。技能を持った個性的な面々が集まればいいが、癖が強いばかりでまともな働きもできぬ人間のほうが多いというのが実状だ。これでは人数ばかり集まったところで組織としてまとまるはずがない、と土方は思ったのか、局中法度《きょくちゅうはっと》と呼ばれる隊規を作り出した。

一、士道に背き間敷事《まじきこと》
一、局を脱するを不許
一、勝手に金策致不可
一、勝手に訴訟取扱不可
一、私の闘争を不許
右条々相背　候者《そうろうもの》切腹申付べく候也《なり》

隊規に背けば、すべて切腹だった。

一同の前で土方がこの条項を読み上げたとき、会津藩のお扶持《ふち》がもらえると甘い考えで加わった食い詰め浪士たちは、一様に青くなった。もとからいた隊士は「やりすぎだ」と不平を漏らした。

「なあ、歳よ。これはいささか厳しすぎるんじゃないかい？」

井上もさすがに、土方に言ったのだ。

随分と蒸す夕暮れだった。土方は隊士たちに剣術の指南をしたあとらしく、井戸の脇《わき》に立って汗まみれの身体を拭《ふ》いていたが、井上のほうを見て、子供が悪戯《いたずら》を見つけられたときのような不思議な表情をした。京に上ってから冷徹を保っているこの男は、本当にたまにこういう茶目っ気のある顔を見せる。根っこは武州にいた頃と変わらないのだろう。切迫した環境に身を置きながら、そのあわいで面白がっている風でもある。もっともそんな感慨を漏らせば、他の隊士たちは驚くだろうが。

「隊士を野放しにしては、それこそ芹沢のような狼藉《ろうぜき》を働く者が他にも出てくる。そうすれば壬生浪士組の評判は地に落ちる」

身体をゴシゴシとこすりながら土方は言った。

「幕府や会津藩から見れば、俺たちなんざ、末端の集団に過ぎないだろう。浪人や百姓、身分の低い無頼漢《ならずもの》だけが集まった一群を、問題を起こし続けても守ってくれるほど、権威というのは悠長でも寛大でもない。律していかなければ、いずれ解散を申し渡されてもおかしくないことが起こる。せっかくの好機を、そんなくだらねぇことでみすみす逃したかねぇんだ」

会津藩お預かりになったと浮かれている芹沢とは、まるで違うことを土方は考えているようだった。

「しかし切腹というのは、いささかやりすぎだ」

「武士みてぇだろ?」

「それであんな隊規にしたのかい?」

「いや、その逆だ。俺があの隊規を作ったのは、下手をうって死ぬ隊士が出るのを防ぎたいからだ。放っておけば、無法をやって犬死にする人間が出る。わざわざ骨を折ってそんなつまらん組織を作ることもねぇさ。切腹させられるとなれば、みな締まる。それだけだ。俺には切腹してことを収めるという武士のやり方は、よくわからねぇ。だいたい、死んで片が付くことなんざ、たかが知れているんだ」

誰もそんな意図が含まれているとは、思いもよらないだろう。土方の考えは、いつでも遥《はる》か先から降ってくるのだ。

沖田あたりもそんな真意は知らないから、あからさまにこの隊規に難色を示していた。もっともこの男の場合、真意がわかっていても同じ感想を漏らすかもしれないが。

「別段、規則なんか決めなくたってよさそうなものだ。土方さんだって、ずっと規則が嫌いだったのにおかしなことです。ぜんたい、『士道』っていうのが、私にはよくわからない。気が付かないで、私も士道に背いているかもしれないな」

確かに井上も、「士道」を説明しろと言われれば、言葉に詰まるしかなかった。

武士道というのは、この局中法度のようにはっきり項目立った決まり事ではない。長い時をかけて武士の間で徐々に形を成した心構えのようなものである。主君に忠誠を誓い、面目を保つために命を惜しまず、恥を知る。抽象的ではあったが歴史の中で浸透したその思想は、心棒のごとく武士たちの精神を貫いていた。

ただそれ故に、武士ではない者が士道を深いところで解する、というのは至難の業だった。近藤あたりも、書物で接した士道に漠とした憧《あこが》れを感じてはいるようだが、その実体がいかなるものか完璧には把握していないのではないか。

「士道に背きまじきこと」

漠然とした隊規の一項目はしかし、隊士たちの意識を高め、規制していくのに次第に効力を発するようになる。

この隊規が持ち出されるたび、井上は「士道」というものを体で学んでいるような気になった。もちろんそれは、この壬生浪士組という集団内でしか通らない「士道」ではあったが。

八王子千人同心を務める井上の兄・松五郎が、将軍・家茂公の行列に付いて京に上ってきたのは、ちょうど壬生浪士組が発足したばかりの時期である。半農半士とはいえ、一応は武士である千人同心には、こうしたお役目も与えられる。目的を同じくして働いていた浪士組と千人同心は、京で頻繁に交流を持った。沖田や近藤は、単純に昔馴染みに会ったのが嬉しいらしく、暇を見つけては松五郎の元に赴いて酒肴を楽しんだ。ただ、松五郎と話すことを誰よりも楽しみにしていたのは、土方ではなかったろうか。大勢で徒党を組んで飲みに行くのは好まぬようで、大抵は隊務が一区切りつくと、井上のところに顔を出して「行かねえか」と小さな声で囁いた。

土方は、松五郎を前にすると決まって、昔語りに興じる。薬の行商をやっていた時分の天衣無縫な青年の表情に戻って、普段の寡黙さからは考えられぬほど、次々と言葉を継いだ。石田散薬の原料となる牛額草の採集で苦労したこと、佐藤彦五郎の屋敷の居心地のよさ、長兄・為次郎の剛胆な逸話。

「あいつは目が見えないのに、見えている奴より大胆に動く。まったく大人物だよ」

遠くを見るような目つきでそう言った。

本当は昔語りを好む男ではなかろうが、と井上は思いながら、土方の横顔を見ている。松五郎は、井上の兄だけあって穏和な人物で、土方の昔語りに合わせて頷《うなず》きながら、ちびりちびりと酒を飲んだ。土方は、それを見て、安心して語り続ける。そうして笑い話が尽きると、神妙な面持ちで嘆息を漏らした。

「俺はね、松五郎さん。あの頃より随分とくだらないことで頭を悩ましてんだ」

自嘲《じちょう》するように言ってから、畳に寝ころんだ。芹沢の汚したあとを必死に清める毎日だ。どんなに先回りして問題を起こさないよう計らっても、芹沢の行いにはムラがあってその隙《すき》をついてくる。

「芹沢なぞと追っかけっこをするために、俺は京に上ったんじゃないんだぜ」

傍目《はため》には、まるで元からの居場所だったと言わんばかりの才を発揮して副長という仕事をこなしているが、本人も気負って無理をしていることも多いのだろうか。

慣れない地で、ついこの間まで百姓だった人間が、武士として働いている。誰も細かな指示をしてくれるわけではない。自分たちの手だけで独立した一隊を間違いのないよう動かさなければならない。組織作りもはじめて、直参や会津藩士たちと渡り合うのもはじめて。心労がないはずはなかった。

下戸のくせに酒を舐《な》めて土方が寝てしまってから、兄弟ふたりしばらく話をするのもいつものことだ。

松五郎はよく懐から雑記帳を取り出しては、筆先を舐めてなにやら書き記している。訊《き》けば、日々あったことを記している、と言う。道中でも日記をつけたし、こうして歳三に会ったことも忘れないように記しておくんだ。そう言ってせかせかと手を動かした。

羨《うらや》むような心持ちで、井上はこの筆まめな兄を眺めていた。

「忘れないように、記しておくんだ」

書くことで、出来事は思い出になる。思い出にしよう、と思えることがある毎日というのはどれほど穏やかな日々だろうか。壬生浪士組にはまだ、思い出になるものがなにもない。芹沢鴨の問題も、隊士の結束を高めることも、会津藩との関係も、不逞浪士たちの取り締まりも、なにひとつ決着が付いていない。

昨日のことを今日まで繰り越す毎日だ。

土方は微動だにせず、傍らで熟睡している。

松五郎は笑みを浮かべながら、書く手を止めて酒をあおった。

自分は、松五郎のような日々を送るべき器のはずなのに、と井上は心のどこかで思っている。それは明白なのに、この壬生にいる。近藤や土方のように、武士にこだわっているわけでもない。大きなことをしたい、という野望もない。彼らに比べれば才能が乏しいこともわかっている。千人同心である兄を助け、百姓をしながら武州の地に留《とど》まっていたほうが合っていたろう。けれど家督を継げるわけじゃない。農家の三男だ、自ら生き方を探さねばならない。壬生浪士組にはそういう人間が数多くいた。だから自分も、ここにいるのかもしれなかった。

そういえば昔、府中の六所宮での野試合のあと、みなで先のことを語り合ったことがあった。近藤や永倉は「攘夷だ!」と叫び、沖田は「剣で日本一になる」と歌うように言って、土方は確か「思い描いたことをまず現実にする」と曖昧な物言いをしていた。

現実はいつでも、自分たちには手強《てごわ》くできている。

今の壬生浪士組もまた、土方が思い描いたものではないのだろう。ならば、せめてこの組織がみなの思い描いた通りのものになるときまで、ここにいて彼らを支えることができればそれで自分はいいのかもしれない、と井上は思った。

とてもよく似たこの兄と、壁を隔てた場所で生きていく寂寞《せきばく》を頭の片隅に意識しながら、そう、思っている。

回り道

永倉新八

夏の雲が、気味悪く盛り上がっていた。

空気は、止まったまま動く気配を見せない。この盆地には、こうした不気味な静寂が度々ある。

江戸で吹きっさらしの道を行き来してきた永倉新八は、京がどうも苦手である。江戸では随分と様々な音に取り囲まれていた。民家や屋敷が入り組んで建っている路地に立つと、赤ん坊の泣き声や煮炊きの音や諍いの声が、空気を伝って届いたものである。

「浅草のあたりなんざ、いつ行っても賑わっていたしな」

ぼんやりと独り言が漏れた。観音堂裏の楊弓場《ようきゅうば》をのぞいて、ちょいと気味の悪い浅《あさ》草溜《くさため》を通り過ぎ吉原まで通うのに、町の様子が小気味よく変わるのも好きだった。名物の天麩羅茶漬《てんぷらちゃづ》けをかき込んだり、目当ての女がいる菜飯茶屋で田楽を頬張《ほおば》ったり。往来にはいつも威勢のいい声が飛び交っていた。

ところがこの都では、すべてがやけに整っており、とても静かだ。紅殻格子《べんがらごうし》のはめ込まれた建物は森閑として、ひょいとのぞいても細長い町屋の奥は洞穴のごとき闇《やみ》を浮かべているだけだ。誰もいない通りにひとり立っていると、ひどく頼りない心持ちになった。

暑さはひどいが、蟬《せみ》の声は遠い。

隊務が厳しいうえにこの暑さ続きで、永倉はこのところどうも体がしゃんとしない。

「今日も芹沢のお守りだ」

口に出して呟《つぶや》くと、諦観《ていかん》がのしかかって、一層だれるような気分になった。

一月ほど前のことだった。芹沢の蛮行を見かねた土方が、永倉を呼んで「なるたけ芹沢と一緒にいて監視して欲しい」と耳打ちした。

確か七月の頭、島原の料亭での一件があったすぐあとだ。

この料亭での酒席にしても、芹沢が強引に行ったものである。もとはといえば水口藩《みなくちはん》の公用方が会津藩邸で壬生浪士組の狼藉を話したことが発端だった。それを汲《く》んだ会津藩から注意を受けた芹沢は烈火のごとく怒り出し、永倉や原田を水口藩邸に差し向けた。悪評を立てた水口藩公用方を詮議するから召し取って来いというのである。

——なんだよ、面倒臭ぇ。人が陰でなにを言おうが、どうでもいいじゃねぇか。

永倉は思ったが、仕方なく命令に従い、わざわざ召し取ることもあるまいと勝手に判じ、公用方には謝罪文を一筆書いてもらって済ませることにした。ところがしばらくすると、今度はくだんの公用方が「書状を返して欲しい」と言ってきた。この件が藩主に聞こえるようなことになれば切腹ものだ、というのである。最終的には、戸田栄之助という直心影流《じきしんかげりゅう》の道場主が間に立って事をとりなし、「どこか料亭で一席設け、そこで書状を返す」ということで折り合いが付いた。つまり壬生浪士組を挙げての島原での酒席は、水口藩公用方の接待、ということになる。

この日も、芹沢の騒ぎ方は相も変わらずひどいものだった。陽気な酒ではない。酔うと誰彼構わず罵詈雑言《ばりぞうごん》を浴びせる。近藤は沖田を伴って早々に席を立った。その前に土方となにやら小声で話していたから、芹沢の様子を見届けるように言い置いて自分はさっさと退散したのだろう。

近藤は局長になってから、芹沢とは周到に距離を置いている。仕事の話は厭《いと》わないが、芹沢の遊興に付き合うことはほとんどない。酒席をともにしても大概はこうして中座する。自然、隊士たちも、芹沢と近藤の格の違いを認識するようになった。もちろん、その剛胆で快活な人柄に惚《ほ》れて、芹沢にすり寄る者もいるが、近藤の慎み深い行動に一目置く隊士のほうが俄然多かった。ただ、試衛館の時代から近藤を知る永倉には、まるで昔の軍書に出て来る武士のごとく振る舞う最近の近藤になにやら芝居じみたものを感じて、鼻白むこともある。

ともかく近藤が帰ったあとの芹沢は、ますます荒れたのだった。

悪いことは重なるもので、この日座に着いた仲居が、この日だけよそから手伝いに来た女だった。それに気付いた途端、芹沢は「馬鹿にするな」と喚《わめ》きちらし、例の大鉄扇を振り回して什器《じゅうき》や食器を片っ端から粉々にした挙げ句、鴨居《かもい》まで叩き壊し、店の態度が悪いと難癖を付けて七日間の営業停止処分を勝手に決めてしまったのである。

平山や新見は、一緒になって囃《はや》し立てた。

永倉は、騒ぎを眺めるよりほか、なにもする気が起こらなかった。

土方も、ただ黙している。

誰ひとりとして手がつけられず、そして誰も驚かなかった。芹沢の暴挙は、もはや壬生浪士組にとって日常と化しつつあったのである。

芹沢の監視を永倉に言いつけた土方は、気が咎めたのだろう、くどいほどに疫病神を押しつける理由を説明した。

「永倉は、他の人間と違って妙に冷静なところがある。いつだって平静を保っているだろう。そういうところがこの役に向いているんだ」

確かに永倉は、動揺したり取り乱したりすることが滅多になかった。強さを盾にした剣客ならではの冷静さ、ともいえるのだが、むしろ生来の性質のほうが強いだろう。喜怒哀楽もそれほど大きくはなく、激情に任せて我を忘れることもない。

「なにがあっても、なんとかなるだろう」

気が付いたらこの考え方が、伴走するようにして永倉の傍らにあった。自信の出所は不明だが、これによって冷静さを損なわぬ余裕は、保つことができた。人を勧善懲悪で見ないことも、激情に走らぬひとつの理由になっているのかもしれない。

芹沢にしても、困った人物だが悪い男ではない、と永倉は思っている。京に上って四月も経つのに周囲からいっかな認められず、田舎の浪士呼ばわりされることに芹沢は業を煮やしているだけだ。

彼は酒席で必ず、水戸藩にいた頃自分はどれほど重宝されたか、藩にとってどれほど大事な存在であったか、ということを繰り返し話した。講談のように同じ弁舌でまくし立てるので、永倉や、芹沢側近の野口や平山といった連中はその講釈をそらんじることができるほどだった。

芹沢はしかし、本気で水戸の時代を懐かしんでいるわけではないのだ。それに、その話にしても事実ではないことくらい永倉も勘付いている。ただ、そこまでの地位にあった自分がわざわざ加わった壬生浪士組は価値のあるものなのだ、ということを上方の人間の前で吹聴したいだけなのだ。永倉には、そういう稚拙なことをしてしまう芹沢の心境が、なんとなくだが理解できる。

負い目さえ取り除ければ、芹沢は大将としての魅力を持った人物だ。ことによっちゃ近藤よりも遥かに将器はあるかもしれない。近藤は大将になるには少し単純すぎる。人の意見を鵜呑《うの》みにするし、言葉巧みな上辺だけの人間にほだされる。あいつが全権を握るようになったら、壬生浪士組は路頭に迷う。なんとか芹沢がまともになってくれればいいのだが。

そう思っていた矢先、結局この男はまた事件を起こしてくれたのである。

七月。大坂の町奉行所からの依頼で、三度目となる大坂市中の巡邏に出掛けたときのことだ。

今回、六月の出張時には来なかった土方がわざわざ同行したのは、この間の出張で力

士との事件を起こした芹沢を監視する目的もあったのだろう。

土方の目が光っているせいか、芹沢はやけにおとなしかった。おまけに隊務が一段落付くと、「みなで吉田屋に行って一席設けてはどうだ。疲れを癒《いや》せよ。俺はまた暴れるといかんから、今夜はおとなしく先に寝るが」などと驚くようなことまで言い出した。

吉田屋というのは大坂でも有名な貸座敷、他の隊士は大喜びである。芹沢になにか目論見《もくろみ》があるのか、それともいつもの気まぐれか測りかねたが、それでは遠慮なく登楼しようと一同相成って、ああこれでしばらく芹沢から解放されると浮かれながら永倉も仕度をしていると、土方と目が合った。嫌な予感がした。土方は仏頂面を崩さぬまま、つと寄ってきて耳元に囁いた。

「おめぇは、ここに残れ。奴はなにかたくらんでいるのかもしれねぇから」

「……また、お守りか？」

「すまぬがそうしてくれ。この仕事は、お前に一番適しているんだ」

いつもと同じ会話だった。

みながさっぱりいなくなったあと、永倉は京屋の一室でひとり腐った。

——この集団に俺がいる意義というのは、いったいどういうことになっているのだろう。

芹沢のように中心に立つべき存在ではない。近藤のように己の夢に忠実でもないし、

土方のように仕事に徹する裁量もない。斎藤一のように孤高ではなく、藤堂平助のように高邁《こうまい》な思想を持っているわけでもない、沖田ほどさばけていないし、山南のように博識でもなく、井上のように穏和でいい人物でもなければ、原田ほど単純馬鹿ではない。

結局、滅法普通なのである。

剣の術に秀でていることは自分でもわかっているが、他はこれといって特徴がないのだ。案外よそから感化されやすく、事を起こすときも、ひとりではなくついつるんでしまう。

うんざりした気分になって部屋に寝ころんでいると芹沢が入ってきて、「一献どうだ」と言う。

……結局飲むのか。

「ここに花魁《おいらん》でも呼んだほうが楽しめる。土方がいるとどうも気詰まりで飲んだ気がしねぇからさ」

なるほど、そういうことだったか。

芹沢の酒の飲み方は常軌を逸している。持病があるらしく、それを紛らわすためにあんなに酒を飲むんじゃねぇか、と井上源三郎がぽそりと言ったことがある。もしそうなら、荒れるのも致し方ないかもしれないが。

吉田屋から小虎太夫《ことらだゆう》という芸妓《げいぎ》とお鹿という仲居を呼び、酒席に妓《おんな》が加わった途端、

芹沢は赭顔《しやがん》をほころばせ上機嫌に飲み続けた。永倉も元来酒好きである。同調して楽しんでいたが、酩酊《めいてい》状態になってしまえば芹沢にとっていい酒もなにもなくなってしまうのだろう。どうも目が据わってきた、と永倉が気付いたときにはすでに、いつもの狂気に火がついていた。杯を投げつけ、太夫にいちゃもんをつけはじめると、もう止まらなかった。

太夫も太夫で、乱暴な田舎者への軽蔑を隠そうともしない。芹沢が収まらないと、今度は遠回しになじりはじめた。

収拾がつかない。このままいくととんでもない騒ぎになる。

恐れた永倉が必死に間に入り、なんとか取り繕って散会へと持ち込むのに、それから一刻もかかった。

芹沢が酔って寝てしまったあとで、吉田屋から戻ってきた土方と斎藤を摑まえてことのあらましを報告すると、斎藤はふんと鼻を鳴らしたきり押し黙り、土方は永倉に寄ってこう言った。

「たぶん芹沢は近々、意趣返しに吉田屋に乗り込む。そのときはおめぇも一緒についていってくれ」

永倉は短く嘆息した。もう抗《あらが》う気も起こらなかった。

土方の読みというのは、大概的中する。しかも悪いことがよく当たる。

「永倉君、ちょっと吉田屋まで行かぬか」

翌日、日が暮れかかった頃、やはり芹沢は声を掛けてきた。

吉田屋には、土方の指示で昨日のうちに渡りが付けてある。「選《え》りすぐりの芸妓を呼んで芹沢をもてなして欲しい」。別格の接待を受ければ芹沢も機嫌を直すだろう。そこに、望みを繋ぐしかない。問題を起こし続ければ先がないこともいい加減わかっているだろう、芹沢もさすがにそこまで馬鹿ではあるまい、と期待した。

吉田屋に向かいながらふと後ろを見ると、土方と斎藤が、見え隠れしながらついてくるのが目の端に映った。土方の配慮も、今回ばかりは杞憂《きゆう》に終わればいいのだが……。

芹沢は鼻歌混じりで歩いており、たまに力んだように調子が外れるのは気になるが、さほど機嫌は悪くなさそうだ。歌が止《や》むと、今度は饒舌《じょうぜつ》に話をはじめた。うまくすれば、今日はこのまま機嫌よく飲み直してくれるのではないか。吉田屋の軒先まで来たとき、永倉はわずかな希望を抱けるようになっていた。

戸口の前には犬が一匹、寝ている。空とぼけた寝顔が愉快である。

「随分暢気そうに寝ておりますなぁ」

四方山話《よもやまばなし》を継ぐつもりで永倉が言いかけたときだった。

ビュンと耳元で空気が割ける音を聞いたと思ったら、大鉄扇が凄まじい勢いで犬目掛けて振り下ろされるのが見えた。犬は鳴くこともできずに息絶え、芹沢はそのまま乱暴に戸を開け、無言で吉田屋に上がり込んだ。顔は怒りに波打っている。

永倉は、目の前が真っ暗になった。

奴がそう簡単にわだかまりを流せるはずもなかったのだ。さっきまでの快活は、破裂寸前の怒りを押さえ込むためのものだったのだ。

居並んで迎えた芸妓に目もくれず、「小虎太夫、お鹿をここへ引き出せ」と大声で喚く芹沢を見て、これはふたりを斬るかもしれない、と永倉は恐々とした。女子供を斬るなど、そんな情けないことに関わりたくなかった。吉田屋の主人が平伏したまま引き下がり、しばらくすると奥から両女の泣き叫ぶ声が聞こえてきた。

「とりあえず」と通された座敷で、小虎太夫、お鹿を待ちながら、永倉は万策尽きた思いで押し黙るしかなかった。いったい何処《どこ》から来るかわからぬが、芹沢の執拗な怒りを収める術《すべ》など、自分は到底持ち合わせていない。

鉄扇で掌《てのひら》を叩《たた》く音。座敷には先程からそれより他に音はない。楼内も静まりかえっている。

「永倉君、ここか？」

障子の向こうで声がして、土方が入ってきたのを見たとき、永倉は思わずすがりつきそうになるのを堪《こら》えた。なんて絶妙の間合いで現れるのだ。いつもは土方の周到さを鬱陶しく思っていたが、このときばかりはひたすらありがたかった。

「これは芹沢先生もご一緒でしたか。斎藤君とそぞろ歩きをしていたら、永倉君がここに上がるのが向こう筋から見えたので、一緒に飲もうかと我々も上がらせてもらいました」

いつになく愛想のいい面を作った土方は、見え透いた嘘《うそ》をついて永倉をチラと見やった。

芹沢はよもや京屋からつけられていたことは知るまいが、土方の登場にバツの悪そうな顔をした。無口で誰にも迎合しない斎藤一が一緒にいるのも疎ましかったはずだ。けれど土方の後ろにはもうひとり、芹沢派の平山五郎が続いている。芹沢の顔に安堵が浮かんだ。こうした人員の配置や役の割り振りが、土方は天才的にうまかった。これが近藤派だけで固まっていたら、芹沢は一層機嫌を損ねていたに違いない。

形ばかりの酒宴が始まってしばらく、吉田屋の主人に諭されてようよう、小虎太夫とお鹿が姿を見せた。ふたりとも泣きはらした目を虚空に漂わせ、もう命はないと諦《あきら》めているようだ。憔悴《しょうすい》しきった姿を見て芹沢も溜飲《りゅういん》が下がったのだろう、勝ち誇った面を作って言った。

「命は助けてやる。その代わり、髪を剃《そ》って坊主になれ」

言いながら自分の脇差を抜いたものだから、ふたりの妓はけたたましい悲鳴を上げた。

永倉は慌てて止めようと腰を浮かしたが、それよりも機敏に動いたのが土方だった。

「局長自ら手を汚すことではない、ここは私が」

ゆるりと言って立ち上がると、芹沢と妓たちの間に割り込むように立ち、自ら脇差を抜いた。

芹沢が言葉を挟む間もなく、土方は素早く妓たちの髪を切り落とし、永倉に向かって、

「このような無様な姿をいつまでも晒すな。早く局長の目を汚さぬ所へ連れて出よ」

と冷たく言い放つ。言いながら、芹沢には見えないように、軽い目配せをしている。

「早いところ、この女たちをどこかへ逃がせ」とその目が言っていることはすぐに察しがついた。


両女を促し、別室で落ち延び先を段取り、芹沢のもとには十数人の芸妓を上げる手配をした。座敷のほうが賑やかになり、芹沢の磊落《らいらく》な笑いが響きはじめた頃、宴を抜け出したのだろう、斎藤一が様子を見にやってきた。怯える妓たちを見やって「うまく切ったな」と言う。確かに結っていたものが解《ほど》けているがふたりの髪はほとんど切られることなく済んでいる。

「形だけ切って芹沢をごまかして、遺恨なくふたりを逃がそう、という配慮だろう」

「そうだろうが……。しかし徹底しているな、あの人は」

斎藤が言う、土方の「徹底」を永倉も痛感していた。己のやり方で目的を遂行するやり方を、その巧みさと恐ろしさを、日々肌で感じるようになった。京へ来て、一番化けたのは土方かもしれない。それとも、元来そういう資質を含んでいたのか。

隊の中で新たな立場と役割を負って、隊士たちは徐々に性質や関係性を変えていく。試衛館ではただの仲間だった者たちの間に、如実に上下関係が生まれ、付き合いが気詰まりになった。一緒に仕事をしているのだ、ずっと昔のままの関係を保つことなど無理に決まっている。それに、やるからにはこの壬生浪士組も、天下に聞こえた一流の集団を目指すべきだ。それはきっと一世一代の大仕事となる。

それでも永倉は、隊務にだけ焦点が絞られた今の状況を、回り道ばかりしていた昔と比べて随分と味気ない、と思うこともよくあった。仕事のためだけに人生の様々な要素が削《そ》ぎ落とされていくというのはどうなのだろう。徹底して自分の在り方を一本化していくことに、永倉はさして魅力を感じられずにいる。「自分にはこれしかない」と思い込むことなど意味がない。自分らしさは自ら決め込むものではない。他人が勝手に判断すればいいことだ。

碁盤の目のように整った京の町は無駄なく美しいが、やはり自分は曲がりくねった路地だらけの江戸の町並みが好きである。完璧な組織は、無味乾燥で息が詰まる。整っていないものにこそ、思いがけない強さが宿るものじゃなかろうか。特に、自分たちのような曖昧な生い立ちを辿った者に極端な戒律を設ければ、小さなことに囚われ、それがために大きな流れを見失う。

芹沢の狼藉にも困惑していたが、京に上って日々変容していく試衛館の面々にも、永倉は戸惑うときがある。どんどん絞り込まれる日常を憂鬱に思うこともある。

そしてこんな風に、時流に乗れず、己も打ち出せず、目的のために鬼になることもできず、情も捨てきれずに悶々《もんもん》としていること自体、自分はまったく普通の人間なのだ、と改めて思い、一層鬱々とするのである。

ぐったりした妓たちの世話を焼きながら、

「俺は人物が並だから、こんな仕事ばかりお鉢が回ってくる」

と永倉はつい呟いた。

傍らでそれを聞いていた斎藤は、永倉を見ようともしなかった。それでも、つと立ち上がると鴨居の螺鈿細工《らでんざいく》を手でなぞりながら、独り言のように言った。

「普通でいられる奴が、一番強い。大仰に動いて、斬り結んで果てるなんざ、美談にはなるかもしれねぇが一文の得にもならんぜ。俺はさ、最後まで生き残らなきゃ嘘だと思っている。どんな世だってそれは同じだ。常軌を逸すれば、そこで終わる。生き残るには、普通でいることとだ」

言い終わるとはじめて永倉を振り返って、少し笑った。片方の口角だけを持ち上げて笑うのは、斎藤の癖だった。

永倉は、年少のこの男の、不気味な逞《たくま》しさを思う。平凡だと思っていることが、他人にとっては特異だということもあるかもしれない。変わることのできない自分を、負い目に感じるべきではないのだろう。その代わり、曖昧なまま個を失して、激変していく世情にただ飲み込まれるのは避けなければならない。

やりたいことがこれだけ明確なのに、世の中で立っていくというのは想像以上に難しいことだった。

自分は、いつ、どこに着地するのだろうと、永倉は気が遠くなった。

八月十八日の政変

原田左之助

沖田総司のことは、かねがね腹に据えかねていた。

だいたい、年長の者をつかまえて、あの口の利き方はなんだ。山南敬助や土方歳三にはやけに素直に従うくせに、俺のことは軽んじている。

原田左之助はひたすら苛ついていた。

幾日か前のことだってそうだ。市中巡邏から戻って屯所のすぐ近くにある壬生寺の境内を横切っていると、子供たちと遊びに興じる沖田に行き会った。暇なら稽古でもしろよ、と声を掛けると、

「だって土方さんが指南しているから怖くって」

と、ニコニコしながら答える。八木邸とともに勝手に屯所に使っている前川邸の一部を、近頃勝手に道場に改装した。八木も前川も、一文の金にもならないのに屋敷を使われたうえに道場まで作られて、考えてみればよく我慢している。その寛大さに甘えて好き勝手しているのは自分たちだから、まあなんとも言い難いのだが、とにかくその道場ができてから盛んに剣術稽古が行われるようになった。中でも土方の指導は厳しく、新規加入の隊士はまずこの洗礼を受けることになっている。もともと稽古嫌いの沖田が逃げるのも無理はなかった。

いつまでもガキみたいなことを言う、と内心思いつつ原田が通り過ぎると、子供のひとりが「今のお人はなんていう名？」と沖田に訊《たず》ねる無邪気な声が、背中に聞こえた。

「あれはね、『小さい芹沢先生』さ」

沖田は確かに、そう答えたのである。

小さい芹沢……。

頭に大量の血が波打ちながら上っていった。

ただではおかぬ、と振り向いたが、すでにそこに沖田の姿はなかった。わざと聞こえるように言って逃げやがった。

原田は奇声を上げて抜刀し、闇雲に空《くう》を斬った。参拝をしていた村人が侮蔑を含んだ目でこっちを見ていたが、そんなことは構わなかった。


芹沢と自分は似ても似つかぬと思っているのだが、粗野なところ、乱暴なところ、短気なところが近い、と以前にも永倉新八に指摘されたことがある。永倉は機嫌に上がり下がりがなく冷静で、それだけにいちいち一言が重く、なにやら真実めいて聞こえて気が塞《ふさ》いだ。芹沢と一緒にされるのは断じて御免である。尽忠報国の志は自分のほうが遥かに高いはずだし、武士としての節度だって自分のほうが上だ。だいいちあんな無法、断じてしない。

今まで己を鑑《かんが》みることなどなかったのに、浪士組で働くようになってそういうわけにもいかなくなった。集団の中で、自分がやるべき事や立ち位置を手探りで模索していかねばならないからだ。

隊務の市中巡邏は交代制で、刻から巡回経路まで細かく決まっている。副長助勤の原田は、配下の者を仕切って職務をこなし、隊規に則《のっと》って動けばいい。けれど、それさえやっていれば安泰という役人のようなわけにはいかなかった。一応は会津藩お預かりだが、ほとんど自主運営の組織である。隊務をこなしていく中で、割り当てられた仕事だけ、などと悠長なことも言っていられない。次々に起こる予期せぬ事件にも柔軟に対処していかなければならないし、自ら率先して仕事を見つけ、合理的なやり方を編み出すことも必要だった。

それだけで十分脳味噌《のうみそ》を消耗しているというのに、さらに厄介なのは、この集団が思いのほか政治的な要素を含んでいる、ということだった。

だいたい、局長がふたりいること自体、不自然だ。おかげで結成当初から、二極化した派閥ができており、未《いま》だに双方、どうも根っこから信頼し合っていない様子である。だからみなが裏と表を使い分けるようになる。しかし、この「使い分け」が、原田にはできなかった。正攻法以外、身体が受け付けないのだ。会話に含みを持たせる、ということがまずできない。相手の言葉がやんわりとなにかを含んでいても気付かず、随分経ってからその真意を悟ってげんなりしたことも一度や二度ではない。

周りに比べて単純過ぎる自分自身を、引け目に思うことも多くなった。

博学の山南にそんな困惑を打ち明けると、山南も、私も政治的な動きは苦手さ、と薄い笑いを浮かべた。

「政《まつりごと》というのは知識だけじゃ難しいようだ。たぶん、法則があるものではないのだろう。嗅覚《きゆうかく》が優れていないと、その時々の判断はとてもできないようだね」

珍しく消極的な意見を言った。

剣の腕だけで時世を乗り切るはずだったのに、より綿密な計算と駆け引きが必要である現実に、原田は歯がゆさを感じている。

複雑、というのは、面白くない。脇目も振らず、ただまっすぐに歩きたかった。


「京の空気は止まることが多くて嫌だ」と、隣に立った永倉が呟いた。

八月十八日の朝だ。

前川の庭で、原田はぼんやりと夏雲を眺めた。

「もう八月だっていうのに、いつまでも暑くていけねぇ。空気が流れねぇのよ。こっちの空気は東よりねっとりしているのさ」

この夏何度、同じ台詞を永倉から聞かされたろう。江戸を愛して止まないこの男は、いつまで経っても、京には馴染めぬらしい。

「また、昨日と同じような日がはじまるよ」

ため息混じりに吐き出した。永倉はこのところ芹沢に張り付いている。大方上からの命令だろうが、本人はそれが辛《つら》くて仕方ないようだ。その割には淡々として、芹沢の暴挙を目の当たりにしても、少しも動じた様子を見せないのだが。

　さて朝稽古でもするか、とどちらともなく声を掛け合ったとき、馬のいななきが聞こえて北の長屋門のあたりが騒がしくなり、ひとりの会津藩士が慌ただしく屋敷の中に入っていくのが見えた。

　しばらくすると土方が隊士を集め、珍しく気色ばんだ様子で言った。

「出陣の用意を。会津藩からの要請だ。長州と戦になるかもしれない。御所を固める。着込みと鉢金《はちがね》を各自用意するように」

　興奮しているせいか、言葉がブツブツと途切れていて、原田にはなんのことかさっぱりわからなかった。大きな戦に参戦することになったらしいが、なぜ御所を固めるのか、長州がなにをしたのか、把握できない。

　まともな具足《ぐそく》はまだ壬生浪士組に揃っていなかったから、小具足を付けつつ、「どういうわけかわかるか？」と山南に訊くと、会津と薩摩が組んで長州を陥れたのだ、と緊張した面持ちで答えた。

　長州藩は、懇意の三条実美《さんじょうさねとみ》他勤王派の七卿《しちきょう》を通じ、孝明天皇の大和《やまと》行幸《ぎょうこう》を計画していたという。伊勢神宮《いせじんぐう》などを参拝するための行幸である。ただし、これには裏があった。孝明天皇が京を留守にした間に倒幕の兵を挙げ、そのまま江戸へ行軍することこそが、長州、尊攘派の目的だった。

「家茂公がわざわざ京まで上って公武合体を推し進めたのに、朝廷は、幕府の意向を無視し続けた。馬鹿にした話だ。その朝廷内の尊攘派を陰で操っていたのが長州だ。今ではすっかり調子に乗って、表舞台へとしゃしゃり出てきている」

山南も尊皇攘夷の思想を持っているが、倒幕を見据えた長州の強引なやり方には抵抗があるらしい。

ところがこの長州の計画に、松平容保が気付いた。そんな暴挙を許せば大事になる。すぐに公武合体を提唱している薩摩藩と手を組み、会津、薩摩両藩に通じた中川宮朝彦親王《なかがわのみやあさひこしんのう》に接触。事情を聞いた中川宮が急遽参内《きゅうきょさんだい》して、長州の策謀を孝明天皇に告げた。

当然天皇は行幸を取りやめ、策謀に関わった三条実美をはじめとした七卿を御所から閉め出した。慌てた長州勢が御所に押し掛けたときには、すべての御門は会薩系の兵によって固められていた。それでも長州藩兵は遠巻きに御所を取り囲んでいる。衝突を懸念して、少しでも多くの兵力が必要となった。そこで壬生浪士組にも出陣要請が来たという経緯《いきさつ》だった。

隊士たちは一様に張り切っていた。はじめての戦である。誠の一文字を染め抜いた隊旗を高々と掲げ、浅黄色の隊服を身にまとい、先頭には近藤勇が立って御所へと向かう。政治的なことは相変わらずよくわからなかったが、原田は次第に気持ちが華やいでいくのを感じていた。

みなで揃いの羽織を着、戦場へと行軍する。

こういうことを俺はずっとやりたかったのだ。まるで武士への花道を歩いているみてえだ。

そう思ったら血がたぎってきて、日頃の隊務で抱えた些末な悩みなどどうでもよくなった。

御所周辺は会津藩兵、薩摩藩兵がものものしい出で立ちで固めており、まさに、絵巻物でしか見たことのない合戦の模様が目の前に広がっている。

会津や薩摩にとっても、壬生浪士組が応援に駆けつけたとなれば、どれほど心強いか。この日、隊列を組んだ浪士組隊士はおよそ八十名。二十人にも満たない人数ではじまった半年前からすれば、桁違《けたちが》いの規模だ。だんだらの羽織の意味は、もうみなが知るところだろう。特に会津藩兵は万感の思いで自分たちを迎え入れるだろう。

意気揚々と御門に近づくと、そこを固めていた会津藩兵がいきなり先頭にいた近藤の鼻先に槍《やり》を突きつけた。

「何者か！」

「……壬生浪士組である」

近藤も意外に思ったのだろう。消え入りそうな小さな声で隊名を名乗った。

「壬生浪士組だと？　聞いたことはない。どこに属しておる」

会津藩士の言葉に、原田は愕然《がくぜん》とした。

すでに壬生浪士組は名の通った一隊になっている、武士として大局を担っていると信じて疑わなかったが、もっとも身近なはずの会津藩の連中にもその名は聞こえていないのか……。政治だ、画策だと、狭い局内で苦悶している日常を鑑みて、やりきれない気持ちになった。所詮出来合いの小隊なのだ。報せがなかなか来ずに大事な戦局にも遅れて馳《は》せ参じ、味方に助勢を拒絶されている。その理由は「知らない」である。

胆力だけは誰にも引けを取らない近藤も、さすがにガッカリしたのだろう。槍を向けられたまましどろもどろに説明をしている。

隊列の中程から巨体が躍り出たのは、そのときだった。例の大鉄扇を振るって、近藤に向けられた槍を力任せに払って言った。

「会津藩お預かり、壬生浪士組である！　貴藩からの要請で、参上仕《つかまつ》ったのだ」

凄まじい大喝だった。

芹沢は、会津藩兵の態度にまったくひるむことはなかった。むしろ自分たちを知らぬなどなんという痴《し》れ者《もの》だ、と言わんばかりの形相である。その迫力に門兵も絶句し、うろたえはじめる。そこに、会津藩軍奉行の西郷十郎右衛門《さいごうじゅうろうえもん》が駆けつけて間を取りなし、先の会津藩兵が詫びてことが収まった。

今度は芹沢が先頭になって、隊士一同堂々と御門をくぐる。このときばかりは、芹沢の頼もしさをみな痛感したはずだった。

原田にはけれど、いい知れない敗北感がこびりついたままだ。

これから、壬生浪士組はこういう局面をいくつくぐり抜けていくのだろう。自分の知らないところで世の中は、どんどん複雑になっていく。薩摩と会津の関係も、長州の動きも、大きな意味を持つのだろうが、そこにある複雑な背景はいっかな理解できない。政局を知らねば道に迷う。が、そうとわかったところで、自分には時代を読むことも、先手を打って策を練ることも、器用に立ち回ることも叶わぬだろう。

もしかすると芹沢も、多少なりとも似た思いを持っているのではないか。あの男はそういう意味で、自分よりずっと複雑だ。傍《はた》から見るより遥かに多くのことを抱えて、ややこしく思い煩っている。あの狼藉はほとんどが、鬱積の反動だということはなんとなくわかる。時流の速さに比べ、はるかに鈍重な空気に己がからめとられていることに嫌気が差して乱暴を働くのだ。

もちろん、自分と芹沢は違う。ああいうやり方は断じてしたくはないと思っているが、ではどうやってこの状況を打開していけばいいのか、原田にはそれがまるで見えてこなかった。

沖田はこういう胸の内を知らないで、勝手なことを言う。まったく、京に遊びに来ているみたいに飄々《ひょうひょう》として、時局にも組織にも人の生き死にすら関係ないような顔で過ごしている。あいつに比べれば、自分も少しは複雑かもしれない。ただ、あそこまで何事にも頓着《とんちゃく》しないでいるのは、それはそれで難しいような気がする。

この日、壬生浪士組は夜を徹して南門を固めた。会津藩から合印《あいじるし》の黄色の襷《たすき》をもらい、それを掛けて戦に備えた。

長州藩兵は攻めてくる気配を見せなかった。

さすがにここまで見事に陥れられて、さらに戦に持ち込むのは損失が大きすぎると考えたのだろう。

「空気が淀んでいるな」としつこく永倉がぼやき、近藤はずっと立ったまま外を取り巻く長州藩兵を睨《にら》み付け、土方も鉢金を外すこともなく目をギラつかせていた。

夜遅く、会津藩から伝奏の野宮定功《ののみやさだいさ》、飛鳥井雅典《あすかいまさのり》が来て、壬生浪士組に新たな名前をもたらした。

「新選組」

そう命名された。会津藩にかつてあった小隊の名だということである。選び抜かれた精鋭たちという意味も含んでいる、と野宮定功が恭しく付け加えた。

昼間の無力感が少しだけ拭われていくような気がした。

これから、新選組は躍進し、自分たちの置かれる状況も変わっていく。いつか、誰ひとり知らぬ者のいない強靱《きょうじん》な組織になって、そして一刻も早くすべてが単純になればいい。

原田左之助は珍しく寡黙を保ったまま、目の前の松明《たいまつ》を長いこと見ていた。

粛清

近藤　勇

キリがない。鼬《いたち》ごっこだ。

芹沢はいったい、何がしたいというのだ。

近藤勇はこのところずっと、頭を抱えていた。

大坂出張から戻った土方に、吉田屋の一件をうまく処理したという報告を聞いて人心地ついてから幾日もしないというのに、今度は大和屋《やまとや》に大砲を放ったという。

会津藩お預かりになり、形だけでも武士といえる身の上になったことは、近藤にとって夢のような幸せであった。しかも、自分は局長だ。「新選組で世に聞こえる活躍をし、武士の鑑《かがみ》となれるよう切磋琢磨《せっさたくま》する」と真っ先に決意した。ところが、その真摯《しんし》な思いは、芹沢の薄汚れた欲望によってひどく霞《かす》んでしまったような気がする。不逞浪士と戦っているのか、芹沢と戦っているのかわからなくなる毎日だ。といって、芹沢になにを言ったところで、向こうはこちらが百姓の出だと馬鹿にしきって聞く耳を持たない。

大和屋、というのは葭屋町《よしやまち》にある糸問屋で、京でも屈指の豪商である。それだけに物騒な連中の標的にもなりやすい。特に天誅組《てんちゆうぐみ》と名乗る勤王の志士たちは悪質で、商家に押し入っては活動資金の強奪を繰り返していた。八月に入ってからも油商の八幡卯兵衛《うへえ》を見せしめのため斬首《ざんしゆ》し、三条橋詰にある制札場に晒《さら》したという。首と一緒に、張り紙が残っていた。

「大和屋庄兵衛《しようべえ》及び外商三名の巨商も同罪たれば梟《きよう》すべし」

慌てたのは大和屋だ。晒し首になどされてはかなわない。急ぎ、天誅組に融資をした。勤王派の狙《ねら》い通りだった。

もっともらしい思想を掲げながら、町人を巻き込んで大げさに騒いでいる連中のみすぼらしさはどうだろう。ただ派手なことばかりして「勤王運動」に励んでいるだけだ。運動すること自体が主体になって、天下を変えるという志から逸《そ》れていることに気付きもしない。

自身の正義を押し通すことと、押しつけることは雲泥の差だ。押しつけるような人間は所詮、身に起こったことを自分が引き受ける覚悟すら持っていないのだ。現状の不満をどこかで、誰かのせいにしたがっているだけだ。

しかし芹沢は、こんな輩のやり方を真似る。

大和屋が天誅組に献金したことに目を付け、「天誅組に献金するなど不届き千万、見逃す代わりに我らにも献金せよ」という侠客まがいの論法で出資を迫ったらしい。大和屋は主《あるじ》不在を理由にこれを拒否。すると、こともあろうに大砲を持って再び大和屋に戻り、引き連れた浪士三十余名に言いつけて、大和屋の土蔵へ砲弾を撃ち込んだという。消火のために会津藩からも人が出たが、芹沢が睨みを利かせて誰も動くことができず、結局、丸一日大砲を撃ち続け、蔵を全壊したそうだ。

そんなことをしてなにになる。

そのときは金が取れても、恨みを買うばかりで後に繋がることはなにもない。芹沢のせいで新選組は悪評ばかりが立っている。周囲の信頼を得ない限り、どれだけ働いても評価に繋がることはないというのに。評価されなければ、大きな働きができる機会を与えられることもなくなる。試衛館を切り盛りしてきて、その条理は嫌というほど身体で感じてきた。

少しでも早く新選組の地位を固めなければいけない、と近藤は焦っていた。

その焦りを逆撫《さかな》でするように、芹沢は無法を繰り返した。

局内のことで八方塞がりな気分になり、しかも先の七卿落ちでの御所固めに精魂使い果たし、近藤がまた「自分は本当に上に立つべき人間だろうか」と悩みはじめた八月も終わりだった。

会津藩公用方から呼び出され、近藤、土方、沖田、山南、そして原田は京都守護職の本陣に赴くことになった。そこで待っていたのは思いがけず松平容保であり、近藤よりひとつふたつ若いこの藩主は、細い身体をゆっくり前に傾けて親しげに微笑《ほほえ》んだ。

「どうじゃ。京には慣れたか」

「は」

平伏したまま短く応《こた》えると、会津侯は一層顔を前に突き出した。

「いや。実直なそちのことじゃ。なかなか馴染めぬこともあろう」

なにを言っているのか、近藤にはわからない。

答えあぐねていると、横から土方が慇懃《いんぎん》に言った。

「恐れながら、局長の近藤以下一同、水が合わずに煩《わずら》うことも多ございます」

「なるほど。ならばその火種を、早いうちに消さねばならんな。こちらとしても、こう暑いのに、そこにまた火が盛るのは考えものじゃ」

会津侯はそれだけ言うとグッと背を反らせ、全員を見回して一度頷いてから退出した。

水と、火と？　いったいなんの会話だ。

「つまり芹沢を粛清しろ、ってことさ」

金戒光明寺を出て壬生の屯所に戻る途中で、土方が言った。

「あの会話がそうか？」

「他になにがある」

土方は前を見据えて、険しい顔で歩いている。きっともう、次のことを考えているのだ。芹沢の悪評が守護職にまで聞こえているのは、当然といえば当然かもしれない。商家からの無理な押し借りの件では会津藩にも累が及んでいるし、過去に芹沢が起こした数の事件は公用方の人間を通じて上に報告されているのだろう。となれば今の下知《げち》は、会津侯が、巷《ちまた》で囁かれる新選組の悪評を組織全体のものとして糾弾することなく、芹沢個人の暴走だと見抜いた上で、自分たちを信頼して内部粛清を依頼した、ということになる。

松平容保ほどの要職にある人物が、そこまで細部に分け入って新選組を見てくれているのは非常に心強いことではあった。が、同時に、芹沢を斬ることしか選択肢がないほど事態が差し迫ってしまったことに、またそれを敢えて容保の口から言わせてしまったことに、局長職にある自分の不甲斐なさを感じずにはいられなかった。

山南と原田は重く黙したままだった。

土方は、近藤の内心を見透かしたように、「深く考えるな。いずれ斬られる奴さ」と短く言った。

沖田は屯所に戻るやいなや、刀の検分をしながら、

「なんだか、つまらなくなっちゃうなぁ」

と、暢気な様子で呟いていた。

切腹

土方歳三

時勢の動きは、思っているよりずっと急灘《きゅうだん》だった。

もっと大局を見るべきなのかもしれない。が、今は内部を固めるときだ、と土方歳三はははっきり思っていた。まず、この新選組を強固な組織にしなければ、大局に漕《こ》ぎ出すことすら叶わなくなる。

芹沢粛清の話が会津藩から出たのは、その目的を成すうえでは渡りに船だった。

「私は、どうもそういう乱暴なやり方は好かない。お互い議論をして理解し合えばいいのではないだろうか」

松平容保に芹沢粛清を命じられた日、山南敬助は情けない声を出してそう漏らしたが、

そんな生やさしい手段が通じるなら、とっくの昔に芹沢はなんとかなっていたはずだ。世の中には同じ言葉を持たぬ者もいる。

粛清を迷う必要などどこにもない。ただし、慎重に事を運んで一度で成し遂げなければ、会津侯の配慮が水の泡となる。しかも内部粛清だ。策謀が少しでも局内に聞こえれば隊は動揺する。すべてを暗々裡《あんあんり》に、正確に推し進める必要があった。

土方は未だに、清河を討ち損ねたときの苦い感覚を引きずっている。清河は土方にとって、どうしても始末したい相手ではなかった。むしろ、芹沢や近藤のほうが意趣返しをすると躍起になっていたのだ。それでも、一度斬ると決めた者を準備不足でみすみす逃した、その軽挙が故の失敗を悔いている。あのとき自分たちは、清河が誰と出掛けたのか、そんなことも確かめずに決起した。幕臣の山岡鉄太郎が御朱印状《ごしゆいんじよう》を持っているから計画を取りやめた、という芹沢の判断は間違っていないが、そもそも、そんなことに現場で気付いていること自体、生ぬるいのだ。あんな不手際を重ねれば、必ず相手に勘付かれ、いずれはこちらがやられる羽目になる。

今回の一件は、芹沢ひとりを粛清するだけでは済まぬだろう。芹沢一派殲滅《せんめつ》に持っていかなければ、残された芹沢派の連中が探りを入れて、尻尾《しつぽ》が出る危険もある。

芹沢鴨、新見錦、平山五郎、野口健司、平間重助。

まずは芹沢派の強固な結束を絶つことだ。誰かひとりを先に消す。均衡が崩れて統制が取れなくなったところで、残りをまとめて討つ。

そう考えながら、黒谷から壬生の屯所に帰り着く頃には、新見錦の名が頭の中に大きく浮かんでいた。芹沢がもっとも信頼しているこの男が欠ければ、あとの動きはたやすくなる。ただし、初手から暗殺では芹沢が警戒する。切腹に持ち込むのが得策だが……。

新見という小者を、芹沢はその甘言にほだされて重宝しているが、この男は陰で勝手に金策をし、遊興にかまけるのもしょっちゅうだという。そのくせちょこまかと素行不良を取り繕って、周りを欺けたと思い込んでいた。

山崎烝《やまざきすすむ》に、新見の素行を探らせると、隊の公金を持ち出したのもどうやら一度や二度ではないらしい。局中法度の「勝手に金策致すべからず」に照らして切腹させる手もあったが、新見は副長であるため、立場上、やや無理がある。

「金策か……」

つぶやいた土方の様子に、山崎はなにかを感じ取ったのだろう。

「ほな、隊規とは関係なしに、もう少し気の利いた内輪話を見つけてまいりまひょか」

飄々とした上方弁でそれだけ言った。この山崎という男は三月ほど前に入隊した大坂の医者の倅《せがれ》で、香取流棒術《かとりりゅうぼうじゅつ》というのを使ったが、剣や槍を持って動くよりこうした監察の役に向いていた。動きがしなやかで、どんな風体にも馴染む容姿を持っている。町人に変装して、まるでそぞろ歩きでもするようにさりげなく相手方に近づく術は巧妙だった。大坂出身だから地の利があるし、京訛りも違和がない。はじめは助勤に付けたものの、恐ろしいほどの勘の良さに土方が目を付けて、今は主に内偵をやらせている。監察方にはすでに島田魁や林信太郎《はやししんたろう》など三人の人物がいたが、山崎は敢えてそこには組み込まず、役付無しで内部監察と地方監察の仕事を任せていた。いずれ監察方にするつもりだが、組織がもう少し固まるまで秘密裡に動かすほうがなにかと都合がよかった。

今回も山崎は、土方が欲しているのが芹沢一派の内側だけで悶着となる火種だということを素早く読みとったのだろう。九月の頭に運んできた情報は、見事に的を射たものだった。

「最近、新見と芹沢の間に確執があります。どうも新見が、芹沢が目をつけていた妓と先に馴染みになったらしく、芹沢が腹を立てている」

格好の素材だった。

日照雨《そばえ》が降る、奇妙に落ち着かぬ空である。屯所の庭で、落ち葉をいたずらに踏みながら土方は待った。その姿が門をくぐって帰営したのを見ると、ふらりと近づいていった。

「新見先生、たまには一献、いかがです」

杯を持つ仕草をして、快活に言う。意外な人物に誘われて面食らったのだろう、新見はいいとも悪いとも言わずに、まじまじと土方の面を眺めた。ところが、「できれば噂に高い、お馴染みにもお目にかかりたい」と付け加えると、なんの疑いもなくあっさりと食いついてきた。自分が手に入れた妓の高評を喜ぶ余り、さして親しくもない土方が妓の噂を知っていることに、なんの危惧も抱いていない。

「では明晩、祇園の山緒《やまのお》で」

新見は料理屋を指定して、下司《げす》な笑みをその頬《ほお》に浮かべた。

当日、山緒に赴いたのは、土方の他、近藤勇、井上源三郎、藤堂平助。

近藤と井上は会合の意図を知っているが、藤堂にはなにも告げずに連れてきた。身内といえど、全員に内実を打ち明ければいい、というわけでもない。揃って内情を含んでいると互いに気を回しすぎて、かえってぎくしゃくとした態度が表に出てしまう。特に今夜のような、相手を欺かねばならない場合、こちら側にも策を知らぬ者を混ぜておくほうが、不自然にならない。

新見は終始上機嫌だった。例の馴染みの妓を呼んで肩を抱き、だらしなく鼻の下を伸ばした。

ところが、座の途中で芹沢鴨と平山五郎が襖《ふすま》を開けて入ってくると、はっと息を止めて青ざめた。芹沢もまた同様に「あっ」と声にならない声を出した。

芹沢と平山を呼んだのは、もちろん土方である。

ただし、芹沢、新見双方には事前に同席させることは伏せてあった。新見の敵娼《あいかた》のことも、芹沢と新見の間にその件で確執があることも、本来内々のことである。なにも知らないはずの土方が、芹沢、新見それぞれに声を掛けたとしても、おかしなことはなにもない。

新見はさりげなく妓から身を離し、素知らぬ顔で黙って杯を重ねた。

芹沢は恨めしそうに妓に目を走らせながらも、なに食わぬ顔で飲んでいる。異様な雰囲気ではあったが、両者事を荒立てたくないのだろう、妓のことには一切触れなかった。けれど、それもわずかな間のことである。

新見は、酒が入ると途端に横柄になる。この男の癖だ。

しばらく経つと、ままよと開き直ったのか、酒で忘我したのか、敵娼の手をとったり、耳元で囁き合ったりと、媚態《びたい》の限りを尽くしはじめた。潔癖な藤堂などは不快を露《あら》わにし、「私は外でお待ちしています」と何度も土方に耳打ちしてくるほどの醜態である。

面白くないのは芹沢だ。自分が目を付けていた妓を目下の側近に取られ、しかも目の前で当てつけられているのである。杯を重ねるうちに、いつものように目が据わってくると、新見に絡みはじめた。

酒が入ると粘着質になるのは、芹沢の癖である。

素面《しらふ》なら、適当な追従で切り抜ける新見も、大胆になっているために、絡む芹沢に、傲然と抗弁までしはじめた。

「芹沢先生とも思えぬ。なにがお気に召さなくて、そんな無体なことを申されるのです。まさか、この妓のことでの逆恨みではありますまいな」

嫌味な言い方だった。傍で聞いている土方でさえ、不快になるいびつな声音だ。

「そんなくだらぬ妓のことではないわ」

「ならば、なんなりと理由をおっしゃってください。私に不満があるのでしたら伺いましょう。ちょうど近藤先生もいらっしゃる。皆の前で、はっきりさせたほうがよろしいでしょう」

「お前の蛮行がな、全部俺の耳に入ってるんだ。芹沢鴨の名を騙《かた》って商家から大金をせしめ、それを遊興に使っていることもわかっている」

普段なら近藤や土方の前では決して吐かない内輪のいざこざを、怒りにまかせて芹沢は並べはじめた。自分の怒りに自分で興奮するたちだ。新見が非を認めぬ限り、攻撃は続くだろう。

このまま双方荒れて、決定的な裂け目ができるのを待つ。

土方は二人の会話の流れに注意深く耳を傾け、その横では近藤と井上が巧みに相づちを打って話が途切れぬよう繕った。唯一、藤堂だけがあまりの事態に及び腰になっている。

新見はますます開き直った。

「人のことは言えぬでしょう。芹沢先生こそ、鴻池《こうのいけ》や平野屋からいくら巻き上げれば気が済むのです。副長の私が同じことをしてなにが悪い」

平山が間に入って必死になだめようとするが、収まらない。

「局長にはその権限がある」

「ならば副長にもそれなりの権限がある」

「副長が、局長の承諾無しに動けるなどと誰が決めた？　勝手に金策などしやがって。貴様の行状など、隊規に照らせば切腹ものだぞ」

興奮のあまり口が滑ったのだろう。芹沢がいつもの胴間声で叫んだ。

瞬間、土方は、新見へとまっすぐに膝《ひざ》を進め、間髪を容れずに言った。

「新見先生、局長の仰《おつしや》るとおりだ。まず士道不覚悟。ここは潔くご切腹を」

土方はずっと待っていた機を、一分《いちぶ》も違《たが》えなかった。

怒れば必ず極論をわめく芹沢。酔うと相手を見ずに愚弄《ぐろう》する新見。しかも両者、無類の女好きである。妓を巡っての応酬となれば、修復不可能な亀裂が必ず入る。しかもそのとき芹沢は、局長という立場を誇示して、上から新見に詰め寄ることも目に見えていた。

新見に切腹を申しつけるきっかけは芹沢に作らせる。そのための筋書きを、土方は、山崎の報を受けてから練り、この席に臨んだ。

山南あたりは、こうして策を講じて人員を配するやり方を不思議に感じるらしく、「土方君は、どこで政を学んだのだ?」と京に上ってから何度も訊いてきた。だが、土方に言わせれば、こんなものは政治でもなんでもない。自分がやっていた商売と同じだ。むやみに押しつければ客は引く。うまく刺激すれば乗ってくる。相手の気質を読んで、その人物の癖を利用する。乗せられていると本人も気付かぬうちにこちらが手綱を握る術は、書物によって得たものではない、すべて石田散薬を売り歩きながら身体で学んできたことだった。

新見は土方の言葉に色を無くした。

芹沢もわけがわからないのか、まるでそこだけ温度が違うように凜然《りんぜん》とした土方の顔を、ただ眺めていた。


それから土方は、すべてを淡々と運んだ。

新見の敵娼を退出させ、平山に介錯《かいしゃく》を、藤堂には介添人を命じた。

「ここで切腹させることはない。酔いを醒ましてからでよいであろう」

平山が泣きそうな顔で取りなしたが、その言葉を土方は一切無視した。芹沢も自分が言い出した手前、引くに引けなくなっている。酒もまだ残っているのだろう。霞《かすみ》がかかった頭では、土方の有無を言わせぬ俊敏な行動に釘《くぎ》を刺せるはずもない。新見の形相は凄まじいものだった。ブルブルと震える手で脇差に懐紙を巻き、目はどこにも焦点を合わせることができないようだった。

後悔している風でもなく、儚《はかな》んでいるようでもなく、恐れているのでもなく、ただもう意地になって、どうとでもなれという捨て鉢な表情が浮かんでいた。土方たちに謀《はか》られた、ということすら気付いていない。もちろんこれが芹沢派粛清の一幕だということも。

自分が死ぬ理由を、この新見という男は見つけていないはずだった。

前をくつろげ、自棄《やけ》になって刀を握りしめる新見の真っ青な顔を見ながら、切腹へと持ち込んだ当の土方は、犬死にすることのやり切れなさを感じていた。

新見への同情ではない。

目先の衝動に突き動かされるばかりで、自分の置かれている状況も摑めず、新選組を立ち上げた本志も忘れ、酒の上での諍いの挙げ句腹を切る。そんな茶番になんの意味がある。

たかが女のことで前後不覚に腹を立て、腹心をみすみす死に追いやる芹沢も同様だ。見栄や意地に振り回されて中途半端に終わるくらいなら、はじめからなにもしないほうがずっとマシだ。

新見が腹に刀を突き刺し、うめき声を上げた。

苦渋の色を浮かべた顔には、死なねばならぬことの不可解さにはじめて気付いたような、奇妙な歪《ゆが》みが生じていく。平山の剣が振り下ろされ、その顔が、首ごと飛んだ。

芹沢は、その光景を見てやっと冷静になったようだった。後悔を隠しもせずに、「士道とはなんだ。新見はなにに背いたのだ」と惚けたように呟き続けた。

次は、芹沢の番だ。

新見を失ったことで、奴の暴挙は一層激しくなるはずである。そうすれば、どこかで均衡を失う。その機を見て、討つ。危ういところで踏みとどまるようなら、こちらでその均衡を崩す手筈《てはず》を整えればいい。

近藤には、今後の粛清に関して一切手を汚させる気はなかった。芹沢は切腹というわけにはいかない。当然暗殺になる。近藤は新たな新選組を率いていく人物だ。危うい橋を渡らせることはできない。芹沢暗殺の実行は、自分がやればいい。

あとは沖田。機敏でしなやかな剣の使い手は必要だった。自分と沖田で、大方始末はできるだろう。

それに、原田左之助。一緒に会津侯に拝謁し、芹沢粛清の命を聞いたから、あの男なりに覚悟はできているはずだ。単純な男で、男気もある。与えられた任務を盲目的にこなす素養は、卓抜したものがある。

加えて、山南。同じく粛清の件を知っている、という理由もある。が、それ以上に、なにがしたいのかどうも判然としないこの男の武運を試したい、という気持ちが土方にはあった。いくら知識があっても仕方がない。自分たちの土俵は、机上ではなく実戦のみである。その現実に、山南がどれほどの覚悟をもって臨んでいるのか見てみたかった。長州や土佐からは、古い慣習や前例など無視した連中がたくさん出てきて、まったく想像もつかない方法で世の中を変えようとしている。その奇才たちをしのぐ組織を作らねば意味がない、と土方は考えているからだ。

芹沢暗殺は、この四人で成す。

試衛館一派の中でも、近藤への信望がさほど厚いとは思えない藤堂と斎藤は今回はずした。斎藤の剣は魅力だが、彼を活《い》かすのは新体制になってからでも遅くはない。

永倉新八は、今まで芹沢と行動をともにするよう命じてきたので、これもはずした。冷静で状況判断に長《た》けているが、あれで存外優しい男だから、一方的な粛清は重荷になるだけだろう。

井上源三郎は、自分に何かあったとき遺志を継いでもらうために残す。

屯所の縁側に腰掛けて、ひとり張りつめて計略を巡らせていると、なにか話しかけようとでも思ったのだろう、八木家の次男で為三郎《ためさぶろう》という十をいくつか超した子供が、笑いながら駆け寄ってくるのが見えた。ところが、土方の顔を見るとピタリと足を止め、駆け戻ってしまった。

――そんなに険しい顔をしていたのだろうか。

武州にいた頃は、四六時中子供をからかっていたが、今の自分にはそんな余裕はどこにもないと改めて思う。

目的を成すために犠牲にしているものも、取りこぼしていることも山とあるのは知っている。急速に変わっていく己を鑑みて、一抹の不安を覚えなくもない。

仕掛けていかなければ飲み込まれる。そういう気の抜けない日々を選んでしまったことを疑うこともある。もっと楽な生き方もあったはずだ、と自問する。

それでも、今やらずにいつやるのだ、と思うのだ。

ゆとりある時間の中で気ままに好きなことだけをやっていても、それがどこにも繋がっていかない、自分をなにひとつ反映していない暮らしの辛さを、土方は若い頃に経験している。あの緩慢な生活の中で抱いていた途方もない焦燥に比べれば、難題まみれで先は見えないが、すべてが己を通過していく今の仕事は、むしろ贅沢《ぜいたく》だとすら思っている。

逃げ場は何処にもなかったが、すべてを自ら背負っていけることの痛快さを、この居場所を得てからというもの、これでも、未だ飽かずに味わっているのだ。

学問と修行と

山南敬助

秋雨は気温を緩める、というのに、今日の雨は随分と冷たかった。

先程から震えが来るのはしかし、寒さのせいばかりではないだろう。角屋《すみや》の廊下に佇み格子窓から外を眺めながら、山南敬助は緊張に汗ばんだ掌を幾度となく仙台平《せんだいひら》の袴に擦《こす》り付けている。雨はいっこうに止む気配を見せなかった。それどころか、時を追うごとに雨足が強くなり、今ではほとんど土砂降りになっている。奥からは宴の嬌声《きょうせい》が聞こえ、その華やかさが一層山南の気持ちを沈ませた。

今日の夜半、芹沢を斬る。

土方に告げられたのは、昨日のことだった。

慰労のためという名目で隊士全員が参加しているこの宴会も、要は芹沢を酔い潰《つぶ》すためのものだ。酔わせた上で、寝込みを襲う。今、八木邸の母屋を使っているのは八木の家族以外芹沢たちだけだ。他の隊士は前川邸で寝起きしている。つまり八木の家で始末すれば、他の隊士に見られる心配はない。刺客《しかく》の正体が漏れぬよう事を運ぶため、土方が取った策だった。実行も四人のみ。

「このことは一切他言せず、四人の間でも今後口にすることはならない」

土方の言葉に、誰もなにも問わなかった。問えなかった。そういうものをまったく受け付けぬ能面のような顔をしていた。

土方の冷徹さは、日々度合いを深めている。昔からどこか不可解な男だった。山南が朗らかに話しかけても決して打ち解けようとしないし、私情を捨てきって事に当たる様子も真摯というより尊大に見える。もっと、隊士それぞれの心情を汲んで穏便にはからってもよさそうだが。副長職にある人間があそこまで実利主義では、みなも不安だろう。隊士同士の親交をはかり、時勢や思想を思うままに話せる居心地のいい場を作らねばならないのではないか。

近藤が今回の粛清に関わらない、というのも山南には納得がいかない。局長自ら現場に立たずに土方に仕切らせ、しかも同じ副長職にある自分には事前に一言の相談もない。こうやって土方の意のままに、新選組が単なる殺人集団になっていくのかと思うと暗澹《あんたん》たる心持ちになった。

先程から、大坂で力士を斬ったときの鈍い感触が、山南の手に甦《よみがえ》っている。

――人を斬るというのは、こんなに気味の悪いものか。

あのときつくづくそう思った。

修行は腐るほどしたが、道場で竹刀を振るうのと実戦とではまるで違う。そのことに、大坂の一件ではじめて気付いたのかもしれない。あれから何度か捕り物もしたし、斬り合いの場にも立った。だが、もう二度と人を斬るのは御免だ。攘夷を遂げるために京に上ったのに、政治や知識ではなく、野蛮な行為でしか目的に近づけない己の賤《いや》しい身分を、呪《のろ》うような気持ちだった。

「芹沢先生、お帰りになるようですよ」

いつの間にか後ろに立っていた沖田が、笑みを浮かべて言った。手には串《くし》に刺した川魚の焼きものを持っている。

「角屋で出す料理は旨《うま》いなぁ。毎日ここで飯が食えたらいいのに」

嬉しそうに魚をほおばる姿を見ていると、今夜自分たちが成すことはまやかしではないか、という錯覚に陥る。

この男にはいつでも緊張感がない。剣を持つときの雰囲気はまったく違うのだが、それ以外のことで力が入った試しがない。彼はいったい、この局面をどう把握しているのか。ひどく知りたいが、きっと本人に問うたところで、彼特有の言説に惑わされて終わるだけだろう。

奥から豪放な笑い声が響いて、芹沢が平山や平間を引き連れ、入り口のほうに歩いていくのが見えた。

「芹沢先生、お帰りだ。我々も屯所までお供しよう」

芹沢の横に張り付いた土方が、山南と沖田に声を掛けた。原田はあとから合流するのか、まだ姿を見せない。

「先生、今宵《こよい》はこのまま屯所に帰ってお休みになられたほうがよい」

土方は珍しく柔和な顔を作って、芹沢にしきりと勧めている。芹沢も今日は気分がいいらしく、素直にうなずいて下駄を突っかけた。

新見錦を失ってから十日ばかり、芹沢の荒れようは以前にも増してひどかった。酒を飲んでいない瞬間がない、というほどで、永倉あたりはさすがに案じてなにかと世話を焼いていたが、最近ではその厚意も受け付けず、朝から自暴自棄に飲み続けた。菱屋《ひしや》という呉服屋の主人の愛人で、芹沢の作った借金の取り立てにきたのをきっかけにねんごろになった、お梅という女をしょっちゅう呼んでは部屋に籠《こ》もってまともに隊務にも参加しない。仕事の話をしても、「勝手にしろ」と言うだけで、その目は完全に生気を失っていた。

この、お梅という女が、山南はとにかく苦手である。確かにハッとするほどのいい女だが、常にみなの注目の的でないと気が済まぬたちなのだろう、芹沢がいないときでも屯所に現れ、わざわざ目に付くところで八木の人間と話したり、しどけない格好で休んだりして隊士からの視線を楽しんでいる風でもある。そのはしたなさが、耐え難かった。原田などは、「あれほどいい女だと芹沢の気持ちもわからなくはないな」と唸っていたが、近藤や土方は汚いものでも見るような目付きをあからさまにした。

ただ、今日だけは屯所にいないで欲しい、と山南は祈るような心持ちでいる。仮にあの女が来ていれば、芹沢と同衾《どうきん》する。そうすれば一緒に斬らねばならない。

「近藤は？」

前を歩く芹沢が、うめくように土方に訊いた。

「あとからすぐ参ります。大方、勘定方とともに後の始末でもしているのでしょう」

当然、土方の作り話である。近藤が角屋に居残ることは、はじめから打ち合わせ済みだ。

「あんな百姓に、金勘定ができるのか？」

芹沢の冗談に、平山や平間が大げさに笑った。

土方の背中がピクリと動くのが、少し後ろを歩いている山南にも見えた。土方はしかし、感情を表に出すことはない。静かにこう答えただけである。

「百姓ですから、金勘定も事務方も所詮無理な話でしょう。近藤先生にはこれからもっと、違うことをやっていただかなくてはなりません」

「違うことってのはなんだ？」

呂律《ろれつ》が回らない口で芹沢が聞き返したが、土方はもうそれには答えなかった。ただ黙って土砂降りの中、芹沢に傘をさしかけているだけだった。

「総司、今日はあの、梅という女は来ているだろうか」

ピンと張りつめた空気が息苦しくなって、山南は声を潜めて、隣を歩く沖田に他愛ない話を投げかけた。激しい雨音は、声を消すのにちょうどいい。沖田は魚を食いきっていないのか、まだもぐもぐと口を動かしている。

「お梅って誰です？」

「あの、芹沢先生の……。ほら、よく屯所に来ている……」

「……さぁ？」

あれほど隊士たちの間で注目されているのに、沖田は知らない。知らない、というよりも目に入っていないのだ。驚くほど感覚が鋭く、他人の心情も推し量ることのできる男だが、頭にあるのはいつも剣のことだけだからか、誰の目にも入っていることをすっぽり見落としていることがしばしばある。政局や思想にもまるで興味がない。同じ年頃の藤堂平助などは、江戸にいた頃からさかんに国政を語り、世の中のためになにをすればいいかと自分なりに真剣に考えているようなのに、沖田は世の動向もまるで意に介していなかった。山南は沖田のことを弟のように大切に思っているのだが、未だにその浮き世離れした言動に驚かされることが多かった。

前川邸に入ってから、山南たちは土方の指示をひたすら待った。しばらくすると原田がびしょぬれになって角屋から戻り、

「駄目だ。野口は座を抜けない」

と、吐き捨てた。野口健司も一緒に斬る予定だったが、ひとり飲み続けてまったく席を立とうとしないらしい。芹沢が帰る際に声を掛けても応じず、さらに原田が残って帰営を促したが、今日に限ってまるで乗ってこなかった。

「仕方なかろう」

土方は一瞬渋面を作ったものの、すぐに切り換えたようで、あとはなにも言わなかった。綿密に計画を立てるが、それが仮に狂ったとしてもこの男は慌てることがない。臨機応変に対応し、瞬時に変化に追いついた。細心と大胆が、奇妙な具合で同居している。

この夜は、輪違屋《わちがいや》や桔梗屋《ききょうや》からも平山や平間の馴染みが呼ばれており、そしてお梅もやはり来ていた。八木邸の入り口に座って、芹沢が帰ると媚《こ》びるような仕草を作って見せた。

「伽《とぎ》をさせるなら寝入るまで少し待たなきゃならねぇな」

原田が忌々しそうに言い、

「途中で斬り込んだら、なにやらのぞきのようになってしまいますからね」

と沖田がまた、よくわからない冗談を言った。

山南は、自分の抱えている緊迫を、土方や沖田に気取られぬようにするのに精一杯だった。緊張のあまり、胃のあたりもムカムカしている。

一刻ほど経って、土方が八木家の様子を見に行った。すでに芹沢たちは寝静まっているのだろう。戻ってきた土方は三人を見渡して黙ってうなずくと、大小を腰に差し、股《もも》だち取って襷掛をし、布で顔を覆って、裸足《はだし》のまま地面に降り立った。沖田、原田も、それに従う。前川家とは細い道を隔てただけの八木家の入り口までたどり着くのでさえ、情けないことに山南にとっては大仕事だった。鼓動は早鐘を打つようで、膝が笑って、自分でも舌打ちしたくなる。

屋敷の奥からは複数の高いびきが聞こえていた。そっとのぞくと、奥の座敷に芹沢と平山、玄関脇の小部屋には平間がそれぞれ女と寝ている。

「俺と総司は芹沢をやる。あとはふたりに頼んだ」

低い声で土方が言った。雨が全身からしたたり落ちる。それぞれが静かに刀を抜く。

土方が真っ先に飛び込んで行った。山南がはっきり覚えているのはそこまでで、その後はただ無我夢中だった。

まず原田が、手前で寝ていた平山の首を一太刀《ひとたち》で刎《は》ねた。

その物音で芹沢が目を覚まし、枕元《まくらもと》の刀に手を伸ばした瞬間、間髪を容れずに沖田が斬りつけた。芹沢もとっさに刀を抜いて沖田の顔面を斬りつけ、そのまま庭のほうに逃げようとしてなにかに躓《つまず》いて転んだ。立ち上がろうとしたところを、追いついた土方が跳ねるように振りかぶって、鴨居を削り取り、芹沢の肩口からまっすぐに斬り下げた。

暗闇の中に、不気味なうめき声がこだまして、山南は胃の奥から突き上げてくるものを何度もこらえた。

「平間を！」

原田の声に覚醒《かくせい》し、急いで別室の襖を叩き斬って中に入ったが、そこにはもう、平間の姿はない。

「逃げた」

振り向いて言うと、原田がすぐさま表へ駆け出していった。土方と沖田は倒れた芹沢の上に屏風《びょうぶ》を乗せ、その上から何度も刀を突き立てている。

血なまぐささが一面に立ち込め、壁は無数の血しぶきでその姿を変えている。目眩《めまい》が起こり、天井や部屋が渾然一体《こんぜんいったい》となってぐにゃりと歪んでいく。足下がぬるりと温かく、見ると畳に血溜《ちだ》まりができていた。息と鼓動がむやみに上がって、立っているだけでも辛くなる。ふらふらと二、三歩下がったところで、なにか柔らかいものを踏んだ。慌てて振り向くと、お梅が、首だけになって転がっていた。

山南はこらえきれずに表へ飛び出した。胃からせり上がってくるものを、吐いた。

女まで斬るような奸物《かんぶつ》に、自分は成り下がったのだ。江戸で抱いた志は、こんなことではないはずだった。吐瀉《としゃ》した弾みで目尻に涙が溜まり、すぐに雨に押し流された。一体なにをやっているのだ。歯車の一個になって人を斬るために、学問や修行を積んだわけではないはずだ。

吐き気は収まらなかったが、口を拭ってなんとか顔を上げる。ふと視線を感じて、屋敷のほうに目をやると、そこには、絡みつくような冷たい目でこちらを見ている土方がいた。

「用は済んだ。引き上げるぞ」

短く言って、刀をひと振りするとピタリと鞘《さや》に収め、猫のように音をひそめて雨の中に飛び降りた。沖田と原田が無言でそれに従った。

山南も続こうとしたとき、目の端に人影が動いた。

女、である。確か平山の馴染み、桔梗屋の芸妓。厠《かわや》にでも行っていたのか、命を助かった。

「このまま逃げろ。決して他言するな」

山南が言うと、激しく震えながら何度も頷いて、駆け去った。

山南自身も、先程から震えが止まらず、刀を鞘に収めようとするがうまく入らない。

震えのせいかと思ったがどうやら刀が曲がっているようだ。夢中になってどこかに打ちつけたのだろう。人を斬った土方の剣は、曲がりもせずにすんなり鞘に収まったというのに。

剣の腕は土方よりも上のはずだった。天然理心流の免許も中途だった土方に比べ、山南は北辰一刀流免許皆伝の腕である。ろくに学問をしてこなかった彼に比べれば、私塾に通って多くを学んだ自分のほうが遥かに知識も勝っている。別にそれを驕《おご》る気はないが、コツコツと蓄積してきたものは、山南の支柱になっていた。

土方はどこで、あれほど実戦に即した剣を身につけたのか。一体どこで学んで、ここまで細かな策謀の筋書きを描けるようになったのか。なにをもとに動き、なにを手本にしているのか。

自分が今、土方に勝てることはあるのだろうか。

今まで苦心して手に入れてきた技や学問が、どんどん薄らいでいく虚無感に襲われる。世の通例や常識といわれるものが、この新選組という組織ではまるで通用しない。どこかで、指針を見つけなければならなかった。土方のやり方に巻き込まれないためにも、新たな支えと自信を手に入れる必要があった。

ひとつ大きな壁を越えて、もっと確かな足場へ。

けれど、どうすればそんな場所に辿り着ける？

まるで奔流に漂う木の葉のようだ。

なにかにちゃんと摑まらなければ、もうじきに、沈んでしまうのは明白だった。

修行と学問と前例と規範。

それ以外の「なにか」というのはなんなのか？　山南の目にはそれが、よく見えないままだった。

烟月の夜

蠕動

永倉新八

それは立派な葬儀だった。

屯所《とんじょ》では隊士が総出で、朝早くから立ち働いている。僧侶《そうりょ》が呼ばれ、白木の棺《ひつぎ》の置き場所や祭壇の位置などを指示していた。

棺はふたつ。

芹沢鴨と平山五郎が、その中に収まっている。

永倉新八はあの土砂降りの夜、角屋でしこたま飲んでしまって屯所に戻るのが面倒になり、そのまま馴染《なじ》みの妓《おんな》のところで一晩明かしてしまった。朝になって、二日酔いのぼんやりした頭を抱えて屯所に戻ると蜂《はち》の巣をつついたような騒ぎになっており、右往左往している隊士のひとりが「局長が死んだ」と言って、酒臭さの抜けぬ永倉を非難がましい目で見た。

——芹沢鴨が死んだ？

周りでは、傷口を覆うさらしを持ってこい、とか、水戸藩の親族に書状を、といった苛立《いらだ》った声が飛び交っている。

なぜ急に死んだ？

昨日も、角屋でいつものように豪快に飲んで、大声を上げて、店の者がこっそりと渋面で目配せし合っていたのを覚えている。宴の最後には少しばかりおとなしくなったようだったが。

いや、最後までいたか？　近藤が宴の終《しま》いに話しかけてきたのは、なんとなく記憶にある。平生と変わらぬ近藤の真面目《まじめ》くさった顔を見ながら、酒に弱くてちびちびやっているからちっとも楽しそうではない、と思ったこともはっきりしている。土方も、その場にいただろうか？　これは、覚えがない。土方は確か、宴の途中まで芹沢に張り付いて珍しく明るい酒を飲んでいた。この日ばかりは、自分に芹沢のお守りを命ずることもなかった。

それから、彼らはどうしていただろうか。永倉は混乱する頭で必死に記憶を辿《たど》った。

魚の焼きものが旨《うま》かった。角屋の芸妓衆《げいぎしゆう》はさすがに粒揃《つぶぞろ》いで美しかった。藤堂平助と誰かが難しい話で喧嘩《けんか》をしていた。厠《かわや》に立とうとして徳利をひっくり返した。

手がかりになりそうなことは、なにも思い出せなかった。

相当漫然と飲んでいたとみえる。出てくるのはいずれもくだらん記憶ばかりだ。いつだってこうだ。場の雰囲気に甘んじて浸りすぎなのだ。飲み屋に行けば飲むことに専念、巡邏《じゅんら》中は誰もが悪人に見え、寝るときはいつだって熟睡で。

自己嫌悪に占拠された頭が二日酔いの痛みをぶり返したとき、沖田が浮かぬ顔で近くを通った。話を訊《き》こうと声を掛けると、珍しくしょげている。

「昨日、八木さんの家で寝ていた勇坊まで、怪我《けが》をしちゃったみたいなんですよ。足がちょっと切れちゃったって。かわいそうだな。大人の都合で、関係のない子供が怪我をするのはかわいそうだ」

それだけ言うと、ぼんやりと立ち去ってしまった。

勇坊というのは、八木家の為三郎の弟で、勇之助という七、八歳の子供である。しかし、その子が怪我をしたことと、芹沢が死んだのとどう関係があるのか。

誰も、なにも、詳しいことがわからないようだった。

気持ちの悪い沈黙を保って、すべての隊士が迅速に動いていた。

結局芹沢は、昨日夜半、何者かに斬《き》られたということだった。

原田左之助をつかまえてなんとか話を訊きだした永倉はしかし、釈然としないものを感じていた。

「どうも長州人の仕業のようだ」

原田は言うが、だとしたら新選組の沽券《こけん》に関わる問題だ、近藤や土方が先導して、血眼になって仇《かたき》を探すはずである。が、その気配はまったくない。むしろいかに盛大な葬式を挙げるか、そのことだけに集中している節がある。京都守護職にも、芹沢の死は「病死」と報告し、守護職もなんの詮議《せんぎ》もせずにその報告を受け入れた、ということも小耳に挟んだ。

腑《ふ》に落ちない点が多すぎる。

話をしている原田の目も、ずっと泳いでいる。単純な男だ。なにかを隠しているのがすぐわかる。

ことによると近藤による粛清だろうか。経緯《いきさつ》を考えれば、まったくないとはいえないだろう。

となると、斬ったのは誰だ？

近藤でないことは確かだ。最後まで角屋にいたし、八木の人間に訊くと、芹沢の斬られた現場に真っ先に駆けつけたのは近藤だという。そのとき、ちゃんとした羽織袴姿《はおりはかますがた》であったというから、斬ってすぐに着替えを済ませて現場に戻る、ということは考えにくい。

となると、土方。これだけ見事に仕事を遂げられる男は、そうそういない。もし内部の者の仕業とすれば、この男が一枚嚙《か》んでいることは間違いないだろう。何人でやったか知らないが、信頼のおける人間を選び、この原田もきっと、そのうちのひとりである。他は誰だ？　刺客《しかく》はどんな基準で選ばれた？　剣の腕で選ぶのなら確実に自分も組み入れられたはずだ。あれだけ芹沢に付き従わせておいて、いざというときにはずしたのだろうか。だとすれば、自分は単に、芹沢という疫病神を押しつけるだけのために体《てい》よく利用されていた、ということになる。

この組織が、それを仕切っている近藤や土方が、気味悪くもあった。自分の知らないところで、何かが蠢《うごめ》いている。その蠕動《ぜんどう》は、見たこともないし想像したこともない複雑な動きを形成していく。

隊を代表した近藤の弔辞は、見事なものだった。

朗々とした声は、独特の余韻を帯びて悲哀を演出していた。疑心暗鬼の目で眺めている永倉でさえ、やはり長州がやったのか、とうっかり気持ちが傾いていくほど立派なものだった。他の隊士はみな、長州の仕業と疑わず、今日明日にでも討ち取ってくれると怒りを露《あら》わにする者も少なくない。

新選組が取り締まるべき不逞浪士《ふていろうし》は、主に長州の勤王過激派である。彼らに対して隊士たちの憎悪が募れば、お役の上でも効果的ということになる。この粛清がそこまで見越して練られた計画だとしたら……。

考えれば考えるほど、鬱々《うつうつ》とした。けれど、もう永倉は、それ以上考えるのをやめた。どちらにしても芹沢は死んだ。今後、真相が明らかになることもないだろう。いくら考えても詮無いことだ。新選組で生きていく限り、この一件にだけ留《とど》まっているわけにもいかない。次を見なければ取り残される。編成も変わるだろうし、自分の役目も変わるかもしれない。

そう気持ちを切り換えながらも、核心に蓋《ふた》をして取り敢《あ》えず前に進むことの救いのなさも感じていた。今はそれでいいかもしれない。

けれど、それを続けることで、果たして手元になにが残る？　稀有《けう》な経験を積み、技を磨いたところで、肝心なものを素通りしていくだけではないか。そうやって月日を重ねる不毛さを思うと、得体の知れない恐怖がひたと背に張り付くような気がした。

葬儀が終わったその月のうちに、新たな組織編成が成された。

永倉は以前と変わらず副長助勤である。斎藤一や沖田総司、井上源三郎といった以前からの顔ぶれに加え、殺された平山、逃亡した平間の穴を埋めるように武田観柳斎《たけだかんりゅうさい》、安藤早太郎《あんどうそうたろう》という人物が、永倉と同じく副長助勤を務めることになった。

局長は近藤ひとりがこなすこととなり、これで新選組は実質近藤のものとなる。

変わったとすれば、副長だった山南の昇格だろう。総長、という今までなかった役付が生まれ、山南はその局長の次に来る地位で、全体を監視することとなった。今まで新見、山南を加えた三人が就いていた副長は、土方がひとりでこなすようになる。

永倉はけれど、この人事に関してもどうも腑に落ちずにいる。

近藤が山南を高く買っているのは、試衛館の時代から一貫している。未《いま》だに、「わからないことは山南に訊け」と言ってはばからない。あいつは、人物を見るとき外枠を重んじるきらいがある。武家の出で、千葉道場の免許皆伝、しかも博学の山南に、一流好きの近藤がなびかぬわけがない。

しかし、実を重んじる土方は、江戸の頃から一度も山南を認めようとはしなかった。壬生に来てからは、ふたりが向いている方角の違いが以前より顕著になった。だから、近藤はともかく、土方がなぜ山南の人事を不服としなかったのか、それが永倉には引っかかっている。

山南は芹沢粛清以降床に伏しがちであり、その点でもやはり昇格は不自然に思えた。彼の病は少し厄介で、なんでも背中に鈍痛が走り、常に吐き気がして食欲もない、ところが医者に診てもらっても、特にこれといった病は見あたらないと言われるらしかった。

「まったく、参ったよ。なんの病かわからぬのでは治しようがない」

山南を見舞うと、そう言って力無く笑った。冴《さ》えない顔色を見ながら、よもや気の病ではあるまいな、とふと思う。山南の人格を慕う永倉にとって、日に日に翳《かげ》っていく彼の存在を成す術《すべ》もなく見ているのは、いかにも辛《つら》いことだった。

すっかり陽が落ちるのが早くなった。景色は日に日に冬へと向かっていく。もうすぐに、京の冬をはじめて体験し、冬が明ければ、この町で過ごした季節が一巡することになる。

――しかし俺は、なにをしたろうか。

過ごした月日に、成した事柄が見合わない。壬生寺の石段に腰掛けて、血色に濁った夕暮れを見ながら、永倉はまたぼんやりと憂鬱になった。

「随分と冷えるようになったな」

話し掛けてきたのは、土方である。芹沢が死んでから、この男は故意に自分を避けているように思っていたのだが。

「恨めしげな色の夕焼けだ。武州じゃもっと藍掛《あいが》かって濁りが少ねぇが」

この土方という男は本当に時折、風景やら季節に関して感傷的なことを言う。豊玉《ほうぎょく》という雅号までこさえて、俳句などやっているからだろうか。ところが、普段あれだけ綿密に仕事を推し進めている人間とは思えぬほど、腰折れの句が多い。文才は、欠けているのかもしれない。

「俺は、武州の夕焼けがいい。サラリと終わって、終わったらもう名残《なごり》など跡形もない」

なんだ。いつもの雅言《みやびごと》ではないようだ。なにが言いたい？　芹沢の件を探るな、という ことか？　黙して次の言葉を待っていると、

「最近、山南の様子はどうだ？」

と、唐突に話題を変えた。永倉が頻繁に山南を見舞っているのを、ちゃんとわかっているのだろう。

「どうもこうも、具合が悪そうだというくらいさ。総長に昇格したって、本調子になってねぇからまだ働けぬだろうし」

「いや、それでいいんだ」

「それじゃ困るだろう。大事な役目だ」

「そう見えれば、それでいい」

「……総長ってのは、実際どういう役目なんだい？」

土方は黙って横に座った。

「なんの役目も、ない」

命令系統は、局長から直接副長へと繋《つな》がる。総長には起こったことを事後報告すればよい。実際にはなんの決定権もない飾りの役職だ、と土方は淡々と説明した。

「それじゃおめぇ、山南が可哀想だ。あいつは学もある、剣だって随分修行を積んだと

いうぜ。そりゃ今はふせっているが……」

「言うなよ」

永倉の言葉を遮って、土方は言葉を継いだ。

「山南のことは近藤さんが信頼している。隊士たちからも好かれている。今まで副長として仕事をしてきた実績も重んじるべきだと思っている。ただ、俺にとって山南は、これからを生き抜ける人物には思えねぇんだ。あいつの正義は、折り目正しすぎる」

それだけ言うと話を打ち切り、弾みをつけて立ち上がった。

「この話はお前にしかしてねぇんだ。他言するな」

いくら人がよく、人望が厚いからといって、才覚のない者に重要な仕事を任せれば、いずれ隊は破綻《はたん》する。ならば、その人物を降格させるか、傍目《はため》に明らかな閑職に追いやるかと考えるのは普通だが、そういう芸のないことを土方は決してしなかった。山南には禍根を残すし、山南を信望している連中から情にゆだねた反発を買うことになる。

本人ひとりが、じんわりと気付くよう、仕向ければよい。

そう考えたのだろう。引導を渡すのに真意をそのまま告げてゴタゴタしているようでは、周りに波紋を広げてしまう。それは組織内に、本流とは関わりのない無駄な混乱を引き起こす。

土方らしい無駄のない理論である。

だが、ここでも永倉は腑に落ちなかった。

山南に対する土方の評価は、これまでの経緯を見れば大方見当がつく。永倉は山南を信頼しているが、土方のやり方もまた理解できぬわけではない。

それよりも、画策の内幕や心情をいつもは決して漏らさぬ土方が、今日に限ってなぜ自分に内情を告げたのか、永倉にはそのことのほうが不可解だった。

これも芹沢の件ではずされた自分への、「禍根を残さぬ」処置なのだろうか。

永倉が芹沢暗殺に関して不可解に思っていることなど、土方はとうに見通しているだろう。その上で、刺客の人選は他意あってのことではない、ということを、こんな形で暗に示しているのかもしれない。それでなければあの土方が、わざわざ訊きもしないのに手の内を明かすはずがなかった。

芹沢を斬ったのは、土方だ。

山南を蚊帳《かや》の外に放り出そうとしていることも、その通りであろう。

そして、これからの一隊で土方が永倉を必要としていることも、また事実には違いない。

靄《もや》は晴れたが、気は重かった。

隅々まで目が行き届いている土方のことは偉才だと思う。けれど、やはり自分にはここまでの仕事はできない、と改めて永倉は思っていた。近藤に対し命を賭《と》すほどの忠義を誓うことも、組織に心から殉ずることも、重要なことを成し遂げるときには味方でさえ欺くことも、一度ついた嘘を最後までつき通すことも。

「芹沢をやったのは、誰なんだ?」

立ち去ろうとする土方の背中に、それでも敢えて、永倉は問いかけた。

土方は後ろ姿のまましばらくその場に佇《たたず》んでいたが、意を決したように振り向かいた。

「おそらく長州の仕業だろう。いずれ仇を討たねばならない」

まっすぐに永倉を見て、そう言った。

なんの迷いもない目であった。

大きなもの

沖田総司

勇坊の足を斬ってしまったのは、自分の刀だったのかなぁ、と考えると沖田総司は居ても立ってもいられない気分になった。

あのとき芹沢は庭の方に出て、縁側づたいに隣の部屋へ逃げようとした。そこに置いてあった子供たちの文机《ふづくえ》に躓《つまず》いて転んだ。土方が袈裟《けさ》懸《が》けに斬り、その後ふたりで滅多刺しにした。暗闇《くらやみ》で見えなかったが、八木の子供たちはあの文机の置いてあった部屋で寝ていたのだろう。

——私か土方さんか、どちらかの剣が触れたのだ。

結構な深手であった、とあとで聞いた沖田は、ひどい後悔からなかなか逃れることができずにいる。

自分の内側には、守るべきものはなにもないな、と思っている。名誉とか地位とか自尊心とか、そんなものは持ったことがないし、意味もよくわからなかった。感覚以外のものに囚《とら》われると剣を操るのに邪魔になるから、形あるものを欲しいと思ったこともなかった。

剣を使うとき考えちゃ駄目だ。考えると深読みする。深読みというのは大抵間違った答えを出す。考えないで反射で動かないと、見誤る。感覚で動けないなら剣は握らないほうがいい。絶対負けるからだ。技術でも方法でも知識でもない、沖田が、剣術に関してわかっているのはこれだけだった。そしてこれが、沖田総司という人間のすべてだった。

だから沖田にとって世の中は、とてもすっきりして見えるのだけれど、それだけに、勇之助のことにはひどく傷ついた。なにかを守るとしたらこういうものかなぁ、と唯一意識していたものを、自ら乱してしまったからだ。

子供はこれから世界がはじまるから、それを大人が邪魔することはない。なにかを信じられなくするようなことをしちゃいけない。こちらからすれば小さなことでも、子供にとっては大きなことかもしれない。そういう真実にだけは、無頓着《むとんちゃく》ではいられなかった。

自分が四歳でみなし子となったときのことを、沖田はあまり覚えていない。負い目や悲しみの感覚が乏しいのは、姉の存在があったからだろう。ふたりの姉が、自分の成長を楽しんで見守ってくれたことを、今でも毎日愛《いと》おしく思い出す。あの暮らしの中で得たものは未だに明るい光を放っていて、沖田はだから、絶望という言葉の意味がよくわからずにここまできている。今こうして京に上って新しい環境に身を置いても、自分の傍らにはずっとあの頃感じた大きくて温かいものがある。それはひとつの拠《よ》り所になって、おかげでいつも他に煩わされずに、一番好きな剣に打ち込むことができた。なんだか、とてつもなく幸せだな、とよく思っている。

時折、ほんの些細《ささい》なことに躓いてやさぐれている人を見ると、沖田は、もったいないな、という感慨を心の内でそっと漏らす。あの人は、気付いていないんだな。あの人だって大きなものに守られてきたはずなのに。食うや食わずの暮らしを続けてきた沖田にとって、彼らが抱《いだ》いている不満のほとんどはとても小さなことだった。たぶん、大きさにすれば両手で持てるくらい。あんなにムキになって世間のせいにしたり、周りに当たり散らすほどのことではない。十分自分で引き受けられるはずなのに。小さな荷物に振り回されて、大きな喜びや面白い世の中を見逃しちゃったとしたら、随分と損をして、そういうのはとても悲しいことだと思っていた。

沖田は未だに、自分が子供の頃に抱いた感情や感覚をとてもよく覚えている。厳しい生活を凌駕《りょうが》するほど大きな愛情に満ちた日々を思い出す。そこで得たものが自分を支えて、今度は自分から周りに放たれていくことを知っている。

沖田が頬杖《ほおづえ》をついて座っている八木邸の縁側。

その庭先にはお梅の遺体が筵《むしろ》をかけて置いてある。

引き取り手がない遺体である。芹沢暗殺のとき、顔を見られた、という理由で土方が斬ったとあとから聞いた。菱屋に、その死んだことを伝えると、「うちでは暇を出したあとだから」とにべもなく引き取りを拒否し、芹沢とともに埋葬しようかと隊士が提案したが、近藤がひどい剣幕で「こんな女と仮にも会津藩お預かり新選組の局長を同じ墓にするなどあってはならん」と突っぱねた。それで、葬式から二日経った今も、こうして野ざらしになっている。

沖田はその筵の意味がわかっているのかいないのか、相変わらずぼんやりと座って、足先では下駄をブラブラともてあそんでいる。勇之助のことを思っているのか、時たま思い出したようにため息をつく。沖田の顔には、芹沢に斬られた跡が、まだ生々しく残っている。

日々の営みを成すもの、例えば人との関わりであるとか、そこで起こる事件、世情の変化といったものは、沖田の内側を素通りしてしまうことがよくあった。それでいてこの若者は、とても大きな力でこの世と結びついていて、多くのものを見て、多くのことを感じ、どこかでしっかりと守られているのだった。

彼が内包するその力はいつでも、純化しきった強さを保って、子供のようなこの人物を、惑いのない場所へと導いていているみたいだった。

長州間者

斎藤 一

秋の陽に刀をかざすと、熟柿色《じゆくしいろ》の反射光が顔を射た。摂州住池田鬼神丸国重《きじんまるくにしげ》。

　やっと手に入れた二尺三寸の大刀は、不気味にギラつくのが斎藤一の趣味に見合った。刃区《はまち》から切先まで舐《な》めるように目を走らせ、平地をなぞって反りの高さを手で感じる。斎藤の刀へのこだわり方は、それぞれに佩刀《はいとう》には一家言ある新選組隊士の中でも飛び抜けて偏執的で、暇があれば道具商をのぞいて吟味し、眼鏡《めがね》に適《かな》う名刀を見つけると金に糸目を付けなかった。

　局内ではいつもひとりでいる。無口といえばそうなのだが、斎藤には話す相手もいなかった。周りと一切打ち解けず、鋭い目には常に警戒の色が浮かんでおり、だから好きこのんでこの男に話しかける酔狂な隊士など皆無だった。非番になると隊士たちは、誘い合って飲みに出たり、登楼したりしていたが、無論そこにも加わらない。斎藤はひとり刀を見て歩き、ひとりで酒を飲んで、妓を買う。

　刀を鞘《さや》に収め息をつき、屯所の縁側に座って庭を眺めながら、腕がうずいてくるのを必死に堪《こら》えた。

　――人を斬る機会が最近ない。

　隊務はえらく緩やかだ。市中巡邏といっても、腕の立つ剣客《けんかく》に出会えるわけでもない。大抵は、攘夷《じょうい》だなんだと口先だけで、まともに剣も使えぬ輩だ。斬るに及ばぬ者ばかりだ。仕方なく局内の剣術稽古《けんじゅつげいこ》をこなすが、それでも互角に立ち合えるのは、沖田総司、永倉新八くらいである。

沖田の剣は鞭《むち》のように自在にくねるのが特徴で、初太刀《しょだち》をかわしても二の太刀が予想もしない角度から差し込まれる。しかも剣さばきが異様に速く、五回に一度は竹刀《しない》を叩《たた》き落とされた。沖田はそれでも、

「斎藤君と打ち合うと手がビリビリするから嫌だ」

と子供みたいなことを言って、立ち合うのを拒む。

「斎藤君の剣には救いがないんだよ。辛い、辛い」

そう言って逃げ回った。

永倉は沖田とは対照的に硬質な剣を使う。上段に構えても正眼に構えても背筋がピシッと伸びていてまるで潔癖な正義漢だが、表情に抑揚が無く、立ち合ってもどこを見ているのかよくわからぬ。大抵初太刀を仕掛けてきて、その意外な出方に押されるうちに壁際まで追い詰められる。勝負はほぼ互角。どちらかが一本取るまでにもっとも時間を要するのは、斎藤と永倉の組み合わせだろう。太刀を交えるうちになんとなく相手の人間性がわかってきたのも、斎藤にとってはこの永倉がはじめてのことで、永倉もおそらく同じように感じているのか、隊士の中では唯一気易《きやす》く話しかけてきた。

もっとも、淡泊な面体《めんてい》の割には面倒見のいいたちらしいから、斎藤がいつもひとりでいるのを気に掛けているのかもしれない。根が真面目なようで、「自分とは何者なのか」という、考えても仕方のないことでしょっちゅう頭を悩ましているのは正直鬱陶しかっ

たが、その割に行動が大胆で強気なところは、斎藤も決して嫌ではなかった。

その永倉が、縁側から腰を上げた斎藤を呼び止めた。ふたりとも六尺近い上背がある。広く張った肩幅と、袖《そで》からのぞいた腕の太さもよく似ている。

「近藤さんが呼んでるぜ」

永倉はその身体《からだ》に似合わぬ、薄ぼんやりとした声で言った。

「俺だけか？」

「いや、他にも数人。俺も呼ばれている」

面倒だ、と思った。なにも指示を下すのにいちいち人集めをして、車座になって話し合う必要などなかろう。そうやって人が大勢集まった場所では意識が散漫になるのを知っているから、よけいに憂鬱だった。

部屋には近藤以下、土方、永倉、沖田、藤堂、井上、原田。

また試衛館からの最古参で固めている。ということは、今から下知《げち》されるのは、単純な仕事というわけではないのだろう。

芹沢が死んで、局長職を独占した近藤は、初仕事のごとく気張って言った。

「局内に長州の間者《かんじゃ》がいる」

この噂《うわさ》は、少し前からあった。土方は早い時期から、監察方の島田魁や林信太郎に探らせて、間者の特定を急いでいたらしい。相手もなかなか尻尾《しっぽ》を出さず内偵は難航したようだが、芹沢刺殺後、局内で長州は目の敵にされていたから紛れ込んだ間者も焦ったのだろう、行動に細心さが欠け、次第に馬脚をあらわすようになった。

監察方が報告した間者は四人。

御倉伊勢武《みくらいせたけ》、越後三郎《えちごさぶろう》、松井龍次郎、荒木田左馬之助《あらきださまのすけ》。

彼らはほぼ同時期に入隊した平隊士だ。酒の席で激高すると過激な攘夷論者ぶりを表すことも幾たびかあり、以前から目を付けられていたものの、それ以外は目立った行動をしないので今ひとつ確信を持てずにいたところ、長州藩士と密会する姿を摑《つか》んだらしい。

「そこでだ、永倉君」

芹沢が死んでも相変わらず試衛館組だけで固まっているくせに、口調だけはまるで大名にでもなったみたいに大袈裟だ。

「一度彼らと飲んで、腹を割って話して欲しいのだ」

「なんのためだよ。ここまで証拠が挙がっているのに」

近藤が「永倉君」などと気取って呼びかけているのに、永倉は仲間と世間話でもしているような物言いである。

「奴らを派遣した人物を知りたい」

近藤の代わりに土方が答えた。

「四人を斬る前に、それを摑んでおきたい。酒席でそれとなく聞き出せ。ひとりでは危険だ。中村金吾《なかむらきんご》を連れて行け。それと、沖田、藤堂、井上さんは、永倉たちが登楼する店の外を張るように」

「なんで俺が……」

永倉は抗弁しかけたが、土方に見据えられて諦《あきら》めたように息をついた。

場所は祇園にある池亀という料亭がよかろうということになった。ここは長州藩士がよく使うことでも知られていたし、御倉や荒木田も常連だ。

その日のうちに、永倉は巧みに四人を誘って、平隊士の中村金吾とともに屯所をあとにした。

夜半、沖田と藤堂、井上が、池亀へと向かった。そしてその夜、彼らはいつまで経っても帰ってこなかった。

ひどく静かな夜である。

斎藤はわずかな不安を抱いて、まんじりともせず永倉を待った。

藤堂平助がひょっこり帰ってきたのは、夜もだいぶ更けてからのことである。屯所の上がりかまちに腰掛けていた斎藤は、藤堂が額に傷を負っているのを見て取り、近くに置いてあった大刀を引き寄せた。

「早合点するな、別段斬り合いがあったわけではない。永倉さんと中村はまだあの四人と飲んでいる」

「その傷は？」

「私が中の様子を確かめようと障子を開けて顔を出したら、永倉さんがものも言わずに杯を投げつけたんだ」

それがまったく見事に、藤堂の額を直撃した。沖田と井上はいざというときのために池亀の近くに残ったようだが、藤堂はふたりに帰されたという。怪我はただのかすり傷だが、かなり動揺している。これでは現場にいても使いものにはならぬだろう。

しかし、この藤堂という男も、運が悪いといおうか、間が悪いといおうか、昔から驚くような偶然が重なってつまらぬ損をすることが多い。うまく感情を抑えることができない性質も、仇《あだ》になっているのだろう。特に政や思想の話になるとすぐムキになり、相手を論破するまで持論を捲《まく》し立てる姿を斎藤は今まで何度となく目にしてきている。

しかし、永倉も、なぜそんな行動に出たのか。

沖田や藤堂が張っていることを間者の四人に感づかれてはまずい、と気を回したのだろうか。にしては、行動が派手だ。それとも他に理由があるのか。敵も四人だ。なにがあってもおかしくない。

斎藤は密《ひそ》かに屯所を抜け出して、沖田と井上に会わぬよう気を配りつつ、池亀のあたりをうろついた。命ぜられてもいないのに、なぜ祇園まで来たのだと勘ぐられるのは、ひどく面倒だった。


翌朝、永倉は機嫌良く帰還した。中村も、長州の四人も一緒である。

程なくして沖田と井上が戻り、

「まったく、永倉さんには根負けしたよ」

などと明るく言っていたから事件はなにも起こらなかったのだろう。

さらに永倉は、無駄に一夜を費やすことなく、きちんと収穫もあげていた。

「向こうも用心して、はっきりしたことは聞き出せなかったが、裏にはたぶん真木和泉がいる。何人かはその意を含んで間者として入っている」

真木和泉は久留米の産だが勤王派の中心的人物で、薩摩の勤王派や長州の過激派と親しく付き合っている。

「それだけでなく、京に潜伏している長州勢にとって新選組は目の敵だ。仲間内の指示で入った者もいるらしい」

「具体的に、奴らの狙《ねら》いはなんだ?」

近藤が愚問を発した。そんなもの、新選組の壊滅に決まっているだろう。

「いやまあ、だからいろいろあるのだろうが、屯所に火を付けたり、局長のあんたを殺したりするのが最たる目的じゃあないのか」

永倉はまったく緊張感のない様子で言い、それを聞いた近藤が顔を引きつらせ、沖田が吹き出した。永倉は構わず話を続ける。

「それと松永主計《まつながかずえ》、楠小十郎《くすのきこじゅうろう》も間者らしい」

一同息を呑《の》んだ。このふたりは今まで監察からも名前が挙がったことはなかった。特に楠はまだ十代の少年だ。

「確かだろうな」

近藤も判断しかねている風に、扇子をパシパシと肩に打ち付けている。

「確かだ。奴らから名前が出た」

「原田、井上さん、念のため楠、松永両名の詮議を」

土方は、永倉の言葉を疑う間も無駄だとばかりに、次の動きを指示しはじめた。

「斎藤、沖田、藤堂は、手分けして四人を討て。すぐに始末して欲しい。引き延ばせばこちらの探索も漏れる。斎藤は、林と組んで動け」

林信太郎という監察方は、地味だが堅実で仕事に私情を挟まず、特に同輩に対しての好き嫌いを表すことがない男だった。誰とも馴染まぬ斎藤と組んでも抵抗無く仕事を遂行できる、と土方は考えたのだろう。複数での暗殺は、息が合わねば難しい。たぶん斎藤が呼吸を合わせることができるのは、林のように癖のない人物か、もしくは永倉か。そのくらいしかいない。

御倉伊勢武と荒木田左馬之助は、永倉が一晩付き合ったことになんの不審も抱かなかったのだろうか。朝飯をかき込むと髪結を呼び、のうのうと月代《さかやき》を当たらせ、前川の縁側に弛緩《しかん》しきった姿をさらしている。

斎藤は林信太郎とともに、まるで髪結の順番待ちでもするかのようにゆらゆらとふたりの背後に近づいた。髪結が気付いて、慇懃《いんぎん》に目礼をする。斎藤はその礼には答えず、林と並んで御倉と荒木田のすぐ後ろに音もなくしゃがんだ。奴らはそれすら気付かずに、安穏と世間話に花を咲かせている。

脇差《わきざし》を抜き、それを見ていた髪結が訝《いぶか》しむ間もなく、御倉の背中に刺し入れた。剣を横に寝かすと、肋骨《ろっこつ》に邪魔されずになんなく入る。斎藤は左利きである。左のお突きは、背後に回れば相手の心臓を一突きできる。座ってから刺すまでが、まるで区切りのない、ひとつの繋がった動作だった。

声も出せずに前にのめった御倉と荒木田の傷口から血が噴き出すのを見てはじめて、髪結が鶏のような悲鳴を上げた。

異変を察したのだろう、越後三郎と松井龍次郎が塀を乗り越えるのが見えた。沖田と藤堂が抜刀したままそれに続いた。

疑念を持たれていた松永主計は、井上が詮議している途中で逃げ出したらしい。井上が追いすがって背後から斬りつけたが、浅手だったためそのまま姿をくらました。沖田と藤堂も珍しくふたりを討ち漏らしたらしく、渋面を作って帰営した。

原田のやり方は相変わらず荒っぽかった。

前川の門前でぼんやり佇んでいた楠小十郎に、背後からそっと近づいてこう言ったという。

「長州の間者であろう」

まったく能のない問いかけだが、ぼんやりしていた楠はその短絡的な言葉にうっかり体が反応したらしく、とっさに逃げようとした。確信を得た原田は、楠を追いながら何度も斬りつけ、屯所の前に広がっている壬生菜畑を随分行ったところでやっと息の根を止めた。楠小十郎は、このとき十七歳だった。色が抜けるように白く、まるで女のごとき美貌《びぼう》を持っていた。壬生菜畑は無惨に踏みしだかれ、所々に血痕《けっこん》が生々しく残った。

近藤は、間者を三人も取り逃がしたことに対する憤りを、まったく隠そうとしなかった。先程からせわしなく、手に持った扇子を閉じたり広げたりして苦り切っている。といって、取り逃がした人物の探索を命ずるでも、失態の元凶を突くでもなく、甲高い声で、「こんな不始末が今後一切あってはならん」と繰り返しているだけだ。

煩雑で多忙な毎日に、近藤はこのところわけもなく苛立っている。八つ当たりのようにして隊士たちにそれをぶつける。とても上に立つ器だとは、思えない。そもそも、武士だなんだといって、無理して「らしさ」を演出する類《たぐい》の人間に、斎藤はなんの価値も見出《みいだ》せなかった。局長が抜きんでた将器を持って、副長が手綱を握る英才というのが望ましいが、新選組の場合、副長の才に比べて局長のそれはかなり劣る。明らかに凡才の近藤を、なぜ土方が体を張って盛り立てているのかも謎《なぞ》だ。情が先行しているとすれば、いずれそれが組織にとって命取りになる。土方ほどの才覚があれば、そのくらいわかりそうなものだが。

どうも人間というのは厄介だ。ひとりの人物に凄《すさ》まじい数の尾鰭《おひれ》がついている。ひとつの方向からだけ見ていると、とんだ見当違いをする。所詮他人とわかり合うことなど不可能なのだ。だったらはなから、深く関わらないのがよい。

近藤の、半ば愚痴と化した繰り言から解放され、定席となっている前川の縁側に座し、使った脇差に打ち粉をふるっていると、庭のほうから、沖田と永倉の話す声が聞こえてきた。間者を逃がしたことを悔いているのか、沖田はふさいだ声音である。

「あんな小者、命を繋いだところでなにができるわけもないさ。気にするな」

永倉が明るい声でとりなした。

「近藤さんも、仮にも大将なのに、あんな風にあからさまに感情をむき出してどうもみっともねぇ」

「いえ。近藤先生の言うことはもっともです。悪いのは私ですから」

試衛館からともに京に上った人間たちには兄弟のような結びつきがあるが、近藤への対し方には温度差がある。土方、沖田、井上あたりは近藤に従順で、不平を漏らすことはない。山南は近藤の仕事ではなく人柄を慕っている。原田や藤堂も体面上は信頼しているように見えるが、どこまで実があるのかは見当が付かない。しかしこの永倉は、近藤のやり方や考え方を一貫して疑問視しているようだった。「単純すぎる、感情的すぎる、一流という言葉に弱い、それがいかにも田舎臭い《いなかくさ》」と苦々しく近藤を批判したのを、何度か聞いたこともある。

人を悪く言うことを好まぬ沖田が、話題を変えようとしたのだろう、わざとおどけた風に、「しかし昨晩はまた、なんで藤堂君に猪口《ちょこ》など投げつけたのです?」と永倉に訊いた。

「藤堂? 藤堂が座敷に来たのか?」

という頓狂な疑問にはじまる永倉の話は、傍らで耳をそばだてている斎藤には驚愕《きょうがく》の内容だった。

例の四人と飲みながら、仕事を遂行するため気張っていた永倉にとって、ひとつ目論《もくろ》見《み》はずれなことがあった。というのは、この日四人が語ったメリケンの話が思いのほか面白かったことだ。

長州の過激派にしても、公武合体の尊攘思想を持っている永倉にしても、「攘夷」という意見では合致している。ともに、異人への関心も高い。荒木田はどうも土佐の連中とも繋がっているようで、メリケンの事情にやけに詳しかった。その身分に囚われぬ奔放な政治のやり方、国という単位の考え方は興味深く、話に没入するうちついつい長っ尻《ちり》になった。

そのうち、用心のためと開け放してあった障子の向こうを、他の部屋に登る客たちがドヤドヤと行き来するのが煩わしくなった。同行した中村金吾に命じて障子を閉めさせ、改めて話に聞き入っていると、わざわざその障子を細く開けてひょいとのぞいた者がある。

「あ、それが藤堂君だ」

沖田がはしゃぐように言い、永倉は面白くもなさそうに、むう、と唸《うな》った。

御倉たちのする異人の話は、真剣に聞いていないと理解を逸する。永倉は話を邪魔されたのが癪《しゃく》に障って、とっさに杯を投げつけた。藤堂だ、という思いすら浮かばなかったらしい。

額に血を滲《にじ》ませて楼から出てきた藤堂を見て、外で張っていた沖田と井上は一様に鯉《こい》口《ぐち》を切ったという。これは斎藤の反応と同じだ。ところが藤堂は、沖田と井上を制し、「わけがわからん」と唸っているだけである。藤堂は理屈の通らぬことを理解するのに人一倍時を要す。見かねた井上が、強引に藤堂を帰営させたのが夜半過ぎ。そこで、斎藤と屯所で会ったことになる。

では、その後永倉はどうしていたか。

まだ、メリケンの話に聞き入っていた。

「奴ら、永倉さんになにも仕掛けず、ただ異人の話を？」

「そんなわけでもなかったな。幹部隊士を抹殺するのははなから狙いだろうし、俺が登ったのは長州の巣窟《そうくつ》だ、この機をみすみす逃して、ただ飲むという心づもりでもなかったろう。登楼するなり中村をはずさせようとしたしな。『付き合いの酒も辛いだろうから、どこか近くで妓《や》でも買え』などと言って、金まで渡していたさ」

さては自分を殺る気だろうか、と永倉は勘付いたという。中村が彼らの誘いを有耶無《うやむ》耶《や》にして飲み続けていると、今度は御倉が永倉に、腰の大小を楼に預けてはどうかと言い出した。

そこまで聞いた沖田が笑い声を上げた。

「あいつらも馬鹿だ。まさか、そこで大小を預けるはずがないでしょうに」

「いや、俺は預けたよ」

「えっ！」

沖田と同時に驚嘆の叫びを、斎藤も内心で上げていた。殺られるかもしれない状況で、大小を預けただと？

「いや、だって、奴らにも同じように預けさせたからさ」

永倉の話はいつまで経っても緊張感のないものだった。

さらに宴の中盤になって、彼らがひとりふたりと交互に座を抜ける。そして長いこと戻ってこない。妙だな、と感じた永倉が、厠に立ったついでに楼内をうろつくと、果たして廊下の隅で四、五人の見知らぬ武士と荒木田がなにやら神妙な顔で密談していた。楠と松永の名前が聞こえたのも、ここでの会話かららしい。

——仲間を呼んだか。

永倉は、そう悟った。

「で、どうやってやり過ごしたんです？」

沖田は夜を徹して外を張っていた。が、その異変に気付かなかったのだろう。珍しく焦った口調がそれを物語っている。

「いや、だからメリケンの話をして、そのまま丑《うし》ノ刻《こく》まで飲んだのさ」

「それだけ？」

「そこから『隊務に差し障るからもう寝よう』と俺が言って、それぞれ部屋を取って寝た」

斎藤は、永倉の度を超した冷静さに動揺しはじめている。

「人間っていうのはさ、こちらが緩めば相手も緩む。こちらが気張れば、向こうだって気張るさ。そういう風にできている」

今度は説法だ。藤堂ではないが、わけがわからなかった。

その後ボソボソと述懐した永倉の考えは、こういうことだった。人を討つというのに、その場になって、しかも相手の目に付くところで計画を練っている時点で箸《はし》にも棒にもかからぬ素人である。そんな無様を晒《さら》す輩《やから》に、剣客で通った自分が斬られるはずがない。またこちらがそんな輩を斬るにしても、事を急いで楼に迷惑をかけることもない。一晩明かして、屯所で始末すればいい。

ひとりそう納得した永倉は、その後平然と寝てしまったらしかった。階下で部屋を取った中村金吾は緊張で寝付けぬらしく、何度も永倉の部屋に上がって「ご油断めされるな」と言ってくるのがたまらなく鬱陶しかったと、こともなげに言った。結局、彼は襲われることなく、四人の内のひとりである御倉に起こされて帰営したというのである。

なんという図太さだろう。丸腰で敵陣に乗り込んで、腹を晒して寝ころんでいるようなものだ。永倉はいったいどういう思考回路を持っているのか。無神経というのとも違う、剛胆というにしては地味である、天真爛漫《てんしんらんまん》という明るさはないし、奇抜というほど異質ではない。

つまりこの男は、達観しているのだ。

どこまでも冷静で、自分のことでさえ俯瞰《ふかん》の目で見ているように思える。

大坂に出張したときに永倉が言った、「俺は人物が並だ」という言葉を斎藤は思い出して、思わず笑みがこぼれた。

——どこが並だ。こんな難局に平然と立ち向かっておいて。

永倉と沖田に背を向けて座りながら、含み笑いが声にならぬようこらえるのに必死だった。まったく痛快だ。世の中というのがもし面白いものだとしたら、こういう人物が存在するからかもしれない。

斎藤はまだ、人というものを信じていない。永倉にしても別段、すべてを信じることはない。けれど永倉が持っている俯瞰の視線に、憧《あこが》れるような心持ちになった。こういう興味がいずれ信用に変わるのだろうか。信じることなど自分には一生叶《かな》わぬ、と思っていたが、他人を肯定することはできる。そこからなにか氷解していくこともあるのかもしれない。

「なんだか、すごいなぁ。永倉さんは」

そっと見ると、沖田が愉快そうに肩を揺すっている。

沖田とは陰陽を分ける性格を持つ斎藤もまた、まったく同じ感慨を持って、「なにが?」と腑に落ちない様子で居直っている永倉の凄《すご》みを、背中に感じている。

盟友

佐藤彦五郎

収穫が終わると、武州の空気は一気に冷え込んでゆく。夕焼けの赤みが藍を混ぜたように濃くなって、日暮れがどうも切実になる。他の季節と違って、月日の移ろいをいやがうえにも意識させられるこの時期は、とりたてて理由もないのに焦燥や悔恨にさいなまれる。

時分どきの炉の煙に燻《いぶ》されながら、佐藤彦五郎はもう何遍も目を通した書状を改めて広げていた。うちには過分な品である。誇らしげな気分をまた噛みしめる。

九月の終わりに届いたこの書状は、会津藩の大野英馬、広沢富次郎から差し出されたものだった。

「未得貴意候得《そうらえ》共《ども》、秋冷之節愈々御安全に被為入候半、珍重奉存候」

見事な字でこう書き出してある。

「近藤氏の父上が大病を患っていると聞いているが、今、彼を東下させることはできない。つい最近芹沢鴨が病死し、五十名以上の浪士を束ねられるのは近藤氏をおいて他いないからである。親子の情としては駆けつけたいのは山々だろうが今は危急の時、何卒《なにとぞ》ご了承いただきたい」

書面の内容である。

あいつはそこまで出世をしたのか。私用のことでこうして会津藩の重鎮が直々に書状をしたためてくるなど、少し前までは考えられないことだった。

天然理心流の三代目、近藤周斎が倒れたのは夏の終わりのことだ。

神経痛を患っていたところへ、中風を併発した。歳三の三兄で医者になった粕屋《かすや》良順《りょうじゅん》が診ていたが、それでも一向によくならない。もう七十を過ぎている。仕方ないといえばそうなるが、年の割には達者であったから、世話をしていた彦五郎や勇の実兄・宮川音五郎《みやがわおとごろう》は、いよいよ最期が近づいているのかもしれぬと心細くなって、無理を承知で勇を呼び戻そうと書簡を出していたのだ。

勇が戻ってこられないというのは、彦五郎にとっても、また周斎にとっても気落ちする事実ではあった。が、いくらか周斎が持ち直した今となれば、そのことよりも、勇が京で立派に働いていることを誇る気持ちが、彦五郎の中では勝っている。

勇を養子に迎え、道場を継がせることが決まったとき、周斎は得意でたまらぬ風だった。いい若者を得た、その嬉《うれ》しさを自分の中だけに押さえ込むことができなかったのだろう、出稽古に行く先々で、見ているほうが恥ずかしくなるほど臆面《おくめん》もなく「四代目」の自慢を並べたものである。どれほど抜きんでた剣を使うか、どれほど肝が据わっているか、いかに親孝行であるか。

実際勇は、昔話に出てくる武将のごとく忠義を重んじ、目上の者を尊んで、その教えを積極的に受けようとする素直さがあった。ここまで古風な考えを持つ扱いやすい若者は、探そうと思ってもなかなか探せるものではない。歳三あたりも周斎のことは内心尊敬していたようだが、言葉にも態度にも出さないから、時折稽古に顔を出す程度の目ばかり鋭いこの男を、周斎は少し苦手としていたようだった。

文久元年に勇が四代目を襲名してから、周斎は安心して隠居の身となり、のんびりと好きなことにだけ時間を費やした。浅草まで出掛けては寄席《よせ》を見、夕刻には早めの晩酌をする。たまに道場をふらりとのぞいて、汗を流している若者たちを見て満足そうに目を細めた。

「私は果報者だ」と言うのが、この老人の口癖である。彼の「果報」は、今まで自分が残してきた実績でも、天然理心流の宗家になったことでも、多くの門弟を抱えたことでもなく、ただ、勇のことであった。周斎を心から敬い慕っており、その志を継ぐべく切《せっ》磋琢磨《さたくま》している「息子」の存在だった。

　血が繋がっていなくとも、意志を継ぐことはできる。自分の意志を寸分違《たが》わず引き継いでくれる存在があるということは、血を残す以上の幸せではないか。

　年をとると男は妙に子供じみてくるものだ。周斎はそんな風に言って、自分が手にした幸福を、誰彼構わず吹聴した。

　だから、勇が試衛館の一門を率いて京に上ると告げたとき、周斎は、以前より小さくなった身体を一層こごめるようにして、ただただ寂しげな困ったような表情を浮かべて途方に暮れていたのだった。

　顔の皺《しわ》が不規則に形を変え、その乱れがいつまでも続いてなかなか定まらなかった。たまたま試衛館に赴いていてこの様子を見ていた彦五郎でさえ、胸苦しくなる光景だった。年老いた養父に無用の重苦を与えている勇の決断を、憎くも思った。けれど、武士になるという勇の夢はずっと昔からのものだ。その思いの深さも、彦五郎はよくわかっている。それだけにすべてがよけいに辛かった。

　周斎も勇の夢は痛いほどわかっていた。ただ、百姓が武士になれる時代など来るはずがないと思っていたから、安心して道場を任せていたのだ。

　勇は、我欲を恥じるように深々とうなだれていた。けれど、周斎の困《こう》じ果てた顔を見ても、珍しく意志を曲げようとしなかった。よほど、覚悟のうえだったのだろう。

沈黙が、随分長く続いた。老若二名の剣客の呼吸が、微細な乱れを含んで余白の空間を行き来する。しんしんと寒い日である。ふたりの鼻と耳のあたりが徐々に赤くなっていく。

半刻《はんとき》ほどがそのままに過ぎ去った。

周斎が突然、顔の皺をクシャクシャと鼻のあたりに寄せ集めた。それから、無理に微《ほほ》笑《え》んでひとこと言った。

「お前は、いい時代に生まれた」

それからはもう、周斎は、なにも言わなかった。身近な者にさえ愚痴めいたことを漏らすことなく、悠々として今までと変わらぬ生活をし、黙って勇を送り出した。

勇は、出立の直前まで、何度も何度も「周斎先生を頼む」と近親の誰彼構わず平伏して頼み込み、周斎を前に何度も詫《わ》びを言い続けた。自分のわがままを許してくれ、と言い続けた。

勇が京に発つというのなら、この周斎の面倒は自分がみよう、と彦五郎はこのとき胸に決めた。勇に比べれば剣の腕はかなり劣る。けれど、試衛館を維持するための労も援助も惜しむまい。宮川音五郎や同じく門人の小島鹿之助《こじましかのすけ》も、きっと助力してくれるだろう。勇が京で立派な武士になって、歳三や総司を引き連れて帰ってくるまで、天然理心流の名を一層広めるのが自分の役目だ。勇が戻ってきたら、そのときまた四代目の座に返り咲いてもらえばいい。このとき抱いた彦五郎の意志は、確かに今日まで守られてきたのだ。

自分が去年と同じような一年を過ごしている間に、勇は立派な武士になったようだ。彦五郎はなぜだかこそばゆいような心持ちで、手にしていた書簡を大事にしまい込んだ。

活躍のほどは、六月に京に上った井上松五郎からも聞いている。勇が、会津藩お預かりの組織を率いているなど、やはりにわかに想像し難かった。縁というのは不思議なものだ。時代というのもまた、考えも及ばぬような大きな流れを個人に与えるものなのだろう。

ずっと昔、勇や歳三は、長男として生まれなかったばかりに家を継げず、自分で生業《なりわい》を見出さねばならない運命《さだめ》に不満を漏らしていた時期があった。もっとも歳三は何処《どこ》へ行っても場と調和しない跳ねっ返りだから、家に縛られぬほうがうまくいくだろう。が、勇のあの古くさい性格は、家長として家を継げばそれはそれできれいに収まったに違いない。

けれど彦五郎には、このふたりが生まれながらにして背負った立場が、ひどく羨《うらや》ましく思えることがある。

出世したから、武士になれたから、というのではない。

彼らはいつでも何処にでも行くことができるからだ。自分で自分の生き方を決められるというのは、なんと贅沢《ぜいたく》なことか。行き先も、歩く速さも、付き合う人間も、成すべき仕事も自分で見出すことができるなぞ、夢のような話だ。たとえそこで躓いたとしても、自分ではじめたことならば、いつだって巻き返せる。何度でも立ち上がって、また自分の歩調で歩いていけばいいだけだ。

彦五郎には世襲で受け継いだ名主《なぬし》という役割がある。生まれたときから定められた「持ち場」である。治めねばならぬ地域もある。束ねなければならぬ人々もいる。その持ち場を簡単に離れることなど、到底できない。

もうすぐ小作から年貢を徴収し、それを整理して上納すると、田畑に霜が降りはじめるだろう。飼い葉を蓄えて、野菜を天日干しして、冬に備える。春になったらまた苗床を作って、田に水を引く。これから何度も、同じ作業を繰り返す。時折周斎の様子を見に出掛けながら、さして上達しない剣の稽古に励みながら、そうやって月日を送る。

人にはそれぞれ役割がある。義兄弟の契りを結ぶほど馬の合う勇や、暮らしをともにしてきた歳三が、自分の果たせなかった夢を叶えてくれているような心強さは、安定しきった生活にまた違った視界をもたらすようだ。

人生を、ひとりきりで背負っていると思い込むのは、盟友を持たぬ者の考え方だ。彦五郎は、彼らの奔放な生き方に憧れながらも、自分の暮らしもまた豊潤だと信じている。陽はいつしか落ちて、西の稜線《りょうせん》にほのかな群青を残した空も、もうすぐ漆黒《しっこく》に変わるだろう。張りつめた空気が星を近くに引き寄せ、虫の声が高いところ目掛けて一斉に上っていった。土の湿気に枯葉の香ばしい匂《にお》いが混じって、彦五郎のいる板の間まで漂ってくる。

どこまで行っても手に入らぬと思い込んでいた美しいものは、存外、自分のすぐ近くにあるものだった。

それを知ったとき、今まで感じたことのない確かな幸福が、その人物のもとを訪れる。

停滞

近藤　勇

湯に入って四肢を伸ばすと、鬱積していた内面までが指先から溶け出していった。

京に来て、いつの間にか季節が一巡していた。

去年の今頃は小石川の伝通院に集まって武士の端くれになることを夢見ていたかと思

うと、この一年の濃さに思わず身震いする。武州で抱いていた稚気に溢《あふ》れた妄想を遥《はる》かに超えた場所に、己が達していることを改めて実感し、ひたすら不思議に思う。

今年の頭に二度目の上洛《じょうらく》をした将軍・家茂公が、朝廷と公武合体の話し合いを進めている最中、こうして湯治場などで休んでいるのは、松平容保直々に休暇を取るよう申し渡されたからだ。局長が持ち場を離れることは結成以来叶わなかったが、面やつれした近藤を見た容保から、特別の配慮があったのだ。

会津侯が、仕事を超えた部分で自分をねぎらってくれている。これまで新選組の局長という肩書きだけでなんとか持ちこたえていた立場に、名や人格がしっかりと吹き込まれていくように思えた。周斎や土方が寄せてくれる肉親的な情愛ではなく、自らの力量ではじめて得た信頼だった。

身分や出自に囚われぬ会津侯の下で働ける運の良さは、京に上ってから何度も噛みしめている。

「わしらもはじめて京に上ったとき、歓迎はされたが、京の人間や他藩の武士たちは会津のことさえ知らなかったのよ。『かいづ』などと読む者があとを絶たん。これには閉口してな。おまけに国言葉が通じぬ、と家臣たちはみな嘆いておった。はじめの一年が辛いのはみな同じじゃ。そちにはこれから一層働いてもらわねばならん。今回も公方《くぼう》様の御逗留は長丁場となるだろう。ここを乗り切るためにも、一息入れて英気を養え」

過分と思いながらも、近藤は容保の厚意に甘えた。そうすることが恩に報いることになると思えたからだ。

確かに京に上ってからというもの、息つく暇など一度もなかった。必死で目の前のことを片づけていただけだ。

芹沢粛清後、やっと落ち着くかと思ったが、むしろ上に立つ重責に押し潰《つぶ》されそうになった。下だけに任せていてもなかなかうまく回らぬ隊務を組み直す必要があったし、長州の間者が易々と潜り込める環境も整え直さねばならなかった。煩雑な仕事に翻弄《ほんろう》されているところへ、養父・周斎が倒れたという知らせが舞い込んだ。会津の公用方に帰参を願い出たが、時期が時期だけに許されず、苦渋の決断で京に残った。幸い、周斎の病は命には障らぬようなので人心地ついたものの、近藤は苛立っていた。自分を見出してくれた養父の見舞いにも帰れないでなにが新選組局長だ、という捨て鉢な気分でもあった。ちょっとしたことが癪に障り、支離滅裂なことを言って周囲を困惑させることもたびたびだった。

頂に立った嬉しさは全身に充満していたが、不安やもどかしさがその上をがっちり覆ってしまって、思考も動きも鈍くなる。時折、とんでもない場所に居座っているのではないか、という恐怖が湧《わ》いてくる。

局長を立てるために、副長の土方は自ら憎まれ役を買って出ている。手柄が転がり込めば、いかに自分が裏で糸を引いていても、すべて近藤の智行《ちぎょう》として隊士たちに吹聴した。そうした危うい均衡の上に立たされていることも、近藤は自覚している。それだけになんとか自分の力で、この新選組という組織を大きな舞台へ引き出したいと思っているのだ。

ところが、これといった活躍がなかなかできない。機会が巡ってこないのだ。

忙しい割に、隊務はひどく単調だった。

小さな事件や不逞浪士の捕縛はあったが、大概は交代で町をうろつくという地味な活動に終始している。芹沢たちと丁々発止で過ごした日々より毎日の張りは確実に減り、果たして新選組は世の中に必要なものだろうか、と根本的な疑問を抱くことも少なくなかった。土方は、今は内部を固めるときだ、と組織作りに軒昂《けんこう》だが、そうやって作り上げた秀逸な組織が、誰にでもできることを続けてゆくとしたら、それは矛盾している。

近藤が武士を志し、京にまで上ってきた本意は、攘夷にあった。公武合体をし、国を挙げて夷狄《いてき》を攘《はら》う、その先鋒《せんぽう》で働くのが夢だった。けれど今のままでは、新選組は一介の警護隊に終わってしまう。

表舞台に参画すべく、苦手な政治にも無理をして首を突っ込んだ。

会津、薩摩、土佐、安芸《あき》、肥後の公武合体派藩士が集まる会合にも松平容保に召還されて出席し、一介の浪士には分不相応なこの席で、攘夷断行の意志を説いた。外国などに入ってこられては長く続いた幕府の安泰が崩れる、としどろもどろになりながら訴えた。

そうすることで、新選組が単なる武闘集団ではないことを顕示したかった。

幕府から禄位《ろくい》を授けるというお達しがあったときも、近藤は二の足を踏んだ。ここで禄位を受ければ、今の立場を是とすることになる。「より大きな仕事を与えられ、名を響かせたときにこそはじめて禄位を戴《いただ》くべきだ」という土方の意見も汲《く》んで、「攘夷のためになにも働くことのできない現在、禄位を戴くことは叶わず」という内容の上書を会津藩に差し出した。

そこまでして意志を示したというのに、新選組に命ぜられるのは、相も変わらず市中巡邏だけだった。どうすれば攘夷のための活躍の場を得られるのか、一年を経ても近藤は見当がつかずにいる。

——山南敬助の意見はどうだろう。

相変わらず湯浴《ゆあ》みを続けながら、ぼんやりと近藤は思いを巡らす。

山南はこのところ極端に覇気を失っている。血色も悪く、寝込みがちだ。沖田や永倉は、山南を案じていた。

つい一年前の山南は、こんな様子ではなかった。あの頃盛んに攘夷論を談じていた姿が、今では嘘《うそ》のようだ。山南はひとかどの人物だ。隊全体を監視し、進むべき方向を示唆する総長という仕事は、山南にしかできないと近藤は思っている。局内での人気も高い。彼の言動は、入隊したばかりの隊士に少なからず影響を及ぼしているようで、その一挙手一投足を真似《まね》して自らの素行を改める連中が多く出た。若い者が山南に憧れを抱く気持ちが、近藤にはよくわかる。どことなく垢《あか》じみた自分や土方と違って、山南の品格は板に付いている。そういう男が身近で支えてくれれば、こんなに心強いことはないのだが……。

——歳の態度も悪い。

怜悧《れいり》で柔軟性があり判断も速いが、昔から妙に頑《かたく》なな面があって、自分の中で一度否定したものは二度と認めようとはしない。山南のことも同様だった。なにが気にくわないのか知らぬが、いつの間にかまともに口を利くこともなくなった。悪い癖で、一旦《いったん》嫌うとその相手と目さえ合わせなくなる。当然相手にもその意図が伝わり、一層殺伐とする。そういう悪癖を、近藤は何度となくたしなめてきたが一向に改まらない。試衛館の時代なら、間違いなくふたりを呼んで間を取りなしたろうが、今はそうした子供じみた調停をしている余裕は無かった。

湯殿から上がって部屋で涼んでいると、壬生の屯所から使いの者が来たという。

対面した近藤は、話を聞いて真っ青になった。

松平容保が京都守護職を解かれたのである。

八月十八日の政変以降、幕府は長州勢を壊滅せんと躍起になっていた。内部では長州征伐を唱える声も多く、近い将来起こるだろうその戦に備えるため、容保が陸軍総裁職に抜擢《ばってき》されたらしい。

容保が退くとなれば、新選組はどうなる。今のところさしたる働きもないこの浪士集団を、後任の守護職が容保ほど重用してくれるかどうか。

松平容保の慰留を嘆願しなければ新選組の存続も危うい。

近藤はすぐに帰り仕度をはじめた。温泉場で休んでいる場合ではない。やっと一通りの形になったこの組織が、京都守護職の交代によって、潰されることになったら……。ついさっきまで局長という立場の重さに喘《あえ》いでいた自分が、急にくだらなく思えた。やっと手に入れた「武士」という希望を手放すことに比べれば、あんな苦労はなんでもない。

揺らいでいた近藤の覚悟が、振動を収める。

理解ある上役の下でしか成立しないでは、常に変動を強いられる人事におびえ続けなければいけない。天下に轟《とどろ》く実績を上げ、新選組として独自に立てる名声を得ることだ。

外に出ると、一面の雪景色だった。風景を愛《め》でることもなく、一気に冷えていく身体を気にするでもなく、近藤は壬生へと急いだ。事を急《せ》いてはいたが、気持ちはめっきり澄んでいた。

覚　悟

井上源三郎

「えらいお大名になられたものですなあ」

この二月に多摩から上ってきた蓮光寺村《れんこうじむら》の名主・富沢政恕《とみざわまさひろ》がそう言うたびに顔を赤らめていた土方歳三を、井上源三郎は複雑な思いで見守っていた。土方の態度は謙遜《けんそん》から来るものではなく、かといって新選組の現状をどう説明したものか答えあぐね、困惑しきった体《てい》だということがわかるからだ。

松平容保が京都守護職を解かれ、湯治場から近藤が慌てふためいて帰営し、しばらくの間、隊の上層部は毎日侃々諤々《かんかんがくがく》の議論を重ねていた。近藤、土方が膝《ひざ》を突き合わせて策を練ったが妥当な回避策は見出せず、結局嘆願書をもって容保留任を幕府に訴える、という直截《ちょくさい》な手だてに出るしかなかったようだ。

容保の後任は松平春嶽が就くらしいが、この人物の噂はかんばしくはなく、新選組廃絶も危惧された。

「なんだか知らねぇが、そんな男、斬ってしまえばいいよ」

原田左之助あたりはまたもや短絡的な発言をしていたが、相手は越前藩主だ、まさかそういうわけにもいくまい。

一同行く末を案じていたところなんとか近藤の嘆願書が通り、現行の京都守護職配下ではなく、軍事総裁職に就いた松平容保の下に新選組を組み入れる、とのお達しが出た。これでなんとか容保との繋がりは保ち続けることができる。

「しかし、いつまでも会津侯の庇護《ひご》を受けているようでは埒《らち》があかん」

気を吐いたのは近藤である。彼は生来の率直さで、この組織をとにかく不動の存在にする決意を固めたらしい。

凜とした近藤の野望を形にしようと、土方はいつにも増して深刻な面を作ることが多くなった。

将軍が上洛してから、すでに四月が過ぎている。

桜が散って青葉が吹き出す頃を迎えても、公武合体の話はなかなかまとまらぬらしく、朝廷に冷たくあしらわれながらも家茂公以下随伴した幕閣は、腰を据えて話し合いを続けていると聞く。

そうこうしている間に幕府の長州征伐は先送りになったようで、四月に入ると松平容保が京都守護職に再任するという幕命が下った。新選組には願ってもない朗報だったが、当の容保はまたもや体調を崩しており、守護職に就くのを固辞しているらしかった。

すべてがぼんやりと停滞していた。京に来た当初はあれほど劇的に映った時世の変化も、ここへきてその躍動を諦めてしまったようだ。不逞浪士が増えるわけでなし、大きな事件が起こるわけでなし、内面はジリジリと日照っていたが、極めて平和な日々である。

沖田総司に至っては、壬生寺で子供と遊ぶことがまるで隊務のようになっている。

「子供はすごいなぁ。いつもなにかを見つけるんだ」

毎日そうやって、同じことに感心をしている。陽気が緩むと、「なんだか胸の中が痒《かゆ》いようだ」と言って変な咳《せき》をするようになった。

「本当は手を突っ込んで胸の中を掻《か》きたいけれど、近藤先生じゃないから拳固が入るほど口が大きくないしなぁ」

と、よく冗談を言っている。

斎藤一はふらりとひとりで出掛けては、掘り出し物の名刀を携えて帰ってきた。

「去年の秋に、苦労して見つけた虎徹《こてつ》を近藤に取られたから、それ以上のものを探すのさ。これで斬り込みでもあったらたまらない」

苦り切った様子で言うものの、この剣の天才は「相棒」探しを唯一の楽しみにしている風でもある。

蓮光寺から来た富沢政恕は、約二月の滞在を経て、江戸への帰途につくこととなった。四月の十日を過ぎた日のことだ。

彼が京にいる間、井上たちは、何度も富沢と酒を酌み交わした。山南は寝込んでいて加われなかったが、それ以外で試衛館に通っていた者は、連れだって酒席に足を運んだ。評判の島原《しまばら》木津屋《きづや》にも登楼し、久々に仕事の話抜きで宴を堪能《たんのう》した。

局内では嫌われ者の土方は、昔馴染みにはひどく優しい顔を見せる。井上の兄、松五郎が上京したときも、同じように屈託がなかった。

この男は、これで存外情に厚い。密かに俳句を詠んでいるらしく、公用に出るときも帳面を懐に忍ばせているほど熱心だというのも、そうした性質の片鱗《へんりん》だろう。その土方が、組織のために鬼と呼ばれてもおかしくない行動を率先してとっていることが、井上は時折不憫《ふびん》になる。他人から不憫などと思われていると知れば土方は失望するだろうが、他にやり方はないのだろうかとうっかり思うことがあった。

富沢が京を去る当日、土方とともに洛外まで見送りに行くことになった。

「隊務に差し障りますから」

富沢は見送りを固辞したが、土方が、「お送りする」と言って聞かなかった。洛外の茶屋で別れの杯を酌み交わしていると、言葉少なだった土方はさらに伏見まで見送ると言い出した。

「いやぁ、それではかえって申し訳ない」

「いいから。せめて伏見まで」

土方の言葉は有無を言わさぬもので、そしてとても切実だった。

結局また長い距離を富沢と歩いて、伏見で再び別れの杯を交わす。

「ここをまっすぐに行けば、江戸に着くのだな」

言ったのは井上ではなく、土方である。しんとなった空気を、力無い笑いで掻き消しながら、おもむろに書状を取り出し富沢に渡した。佐藤彦五郎に宛《あ》てた書簡のようだった。

「確かにお預かりした」

丁重に手紙を受け取る富沢の手に、土方は、「それからこれを」と鉄の塊《かたまり》を置いた。鉢金《はちがね》である。確か、去年の八月十八日、長州との戦のときに頭に巻いていたものだ。

——まるで形見を託しているようだ。

井上はひどく不吉な思いでこのやりとりを見ていた。富沢にしてみれば、鉢金は土方が京で活躍している証《あかし》の品でしかない。

「これは彦五郎さんもご自慢でしょう」

破顔一笑、大事そうに鉢金を風呂敷に包んだ。

「荷物になってすまんな。もうひとつある」

土方が遠慮がちに取り出したのは、なにやら帳面らしきものである。

「私がつけた日記です。京に上ってから今までのことが記してある。どうか義兄に一緒に渡して欲しい」

意外だった。俳句をやるくらいだから筆まめな男には違いない。けれどなにを思って土方は日記などしたためたのだろう。この判然としない日々のなにを書き留めているのだろう。

土方は富沢に「必ずまたお会いできるように」と呪文《じゆもん》のように唱えていた。「一層ご出世されて華々しい行列で蓮光寺にもおいで下さい」と明るい笑顔で富沢は応《こた》えた。

遠ざかっていく富沢を、土方は身動きひとつせず見送った。いよいよ富沢が小指ほどの大きさになったとき、

「まだ、走れば追いつくな」

と声を潜めるようにして言った。

五月に入って、公武合体の目的を遂げることとなく、将軍が半年近くにもわたる上洛を打ち切ることになったとき、ついに近藤の堪忍袋の緒が切れた。

「このまま市中巡邏《しちゅうじゅんら》だけ続けることに、なんの意味がある。公武合体が成らぬのなら、いっそのこと新選組に解散を命じてくれたほうがマシだ」

極論を京都守護職に申し立て、現状打破の賭《か》けに出た。そういわれても、会津藩にもなす術はない。ただ近藤を、慰留するのが精一杯である。

そうしてまた、例の平和な日々がやってきた。

新選組にとって平和な日常とはすなわち、背水の陣と同義である。

この間に新選組がしたことといえば、いくつかの不逞浪士の捕縛程度。隊士たちは体力を持て余して、屯所の庭で隊旗を掲げ合ったり、むやみに町を練り歩いたりと、無駄な動きを繰り返していた。

そんな中でも、土方だけは休まず働いていた。監察方を動かし、主立った懸案は自ら検分し、新選組の名を上げるための糸口を必死で探している風だった。

この男は、ひとりで仕事を抱え込むきらいがある。少し周りに委《ゆだ》ねれば楽になるだろうに、万全の態勢を敷くまで黙々と算段を整え、ここまで準備すれば確実に目的を遂げられる、と確信を得た時点ではじめて、厳選した隊士を送り込んでいた。

あれはあれで不器用な生き方だ、と井上は思っている。

率先して厄介を引き受けることで組織全体をまとめ上げ、隊の活動を陰になって支えながら、隊士に面と向かってねぎらいの言葉ひとつかけたためしがない。

あまりの無骨さに、一度沖田がふざけて言ったことがあった。

「土方さんはいい格好をしすぎですよ。全部独り占めなんてずるい。たまには厄介事を他の隊士にも振ってみちゃどうです。まあ私は稽古で忙しいからあれだけど、永倉さんあたりなら引き受けるかもしれない」

「お前なぁ、そうはいうが稽古にまともに出たためしはないだろう」

土方はそう言って薄い笑いを浮かべただけで、やり方を変えることはしなかった。

井上は時折、土方があのとき富沢政恕に託した日記の意味を想像することがあった。本人にそれとなく訊いてみたいという衝動を抑えることができずにいた。

一度、土方とふたりになったとき、ついに思い切って訊《たず》ねたことがある。

「あの日記に添えた彦五郎さんへの手紙には、なんて書いたんだ?」

土方はひょっと不可解な顔をしたが、すぐに意を汲んだらしく、うっすらと笑った。

「『死しての後は何もお送り申し上げ奉るべく候よう御座なく候間、これまでの日記帳一冊』。そう書いた」

土方の覚悟というのは、井上が思うよりずっと真摯《しんし》なものだった。ただ、それは死ぬ事への覚悟ではなく、自分の命に比肩するほどの仕事に巡り会えた喜びに近いのだろうと、井上は感じた。「死」などという言葉を書いていても、この男は生しか見ていないのを知っているからだ。

自分と同じようになんの下地もなく武州から上ってきて、土方はそこまでの価値をこの仕事に見つけているのか。霧の中を進んでいるような毎日の中で、ずっと先にある光を信じ切っているようだ。沖田が見ている闇雲に明るい光とは違う、確信のある光だ。いずれ必ずその光を自力で導き出してやると、腹を括《くく》っているのだろう。

突き進む覚悟を持てた土方が羨ましくもあり、ともに進んでいくことになる自分の身に照らせば恐ろしくもあった。

このずば抜けた男の行く先は、井上には考えもつかぬほど、高く遠いところだろうと思ったからだ。

桝屋

武田観柳斎

きな臭い空気が、再び京に立ち込めはじめたのは、五月も半ばを過ぎた頃のことだ。

「近いうちに長州藩兵が決起するのではないか。そうなれば京は戦場《いくさば》になる」

勤王派による流言飛語が、町全体を不安に駆り立てている。

平穏の裏にも常に不穏がこびりついている。それだけが、この数年少しも変わることのない現実だった。ここ数日のうちに佐幕派の要人が次々と暗殺されていることも、町に流れる噂の信憑性《しんぴょうせい》を裏付けている。まず会津肥後守《ひごのかみ》家臣の松田鼎《まつだかなえ》が、何者かに殺されて晒し首になった。続いて、七卿落《しちきょうお》ちのきっかけを作った中川宮朝彦親王の家臣が、大坂で斬られた。いずれも勤王派の仕業であることは明らかだった。

新選組もこの事態に、動きを活発にしていた。監察方の山崎烝や島田魁が町人や物乞いの姿に変装して、京や大坂を歩き回っては勤王派の巣窟をかぎ回っていた。近藤や土方も今こそ大きな働きのできる機だと躍起になって、その糸口を探っている。上層部の焦燥が隊士たちにも伝播《でんぱ》して、屯所はこのところやけに騒がしいようである。

しかし、と武田観柳斎は思っている。

なにもそこまでムキになることもなかろう。

別段無理に手柄など上げなくともよさそうなものだが。だいたいこの新選組は、会津藩お預かりなのだ、松平容保やら会津藩の公用方にうまく取り入っておけば、無下《むげ》な切られ方はしなかろう。新選組存続の権限を握っている藩の上層部は、こちらの動きを細かく把握できるほど暇ではあるまい。折々に付け届けをして好印象を植え付け、あとは派手な失敗をせぬようおとなしくしていれば、それで十分ではないのか。

昨年の秋にこの新選組に入隊した武田は、実際そういう方法で地位を築いてきた。芹沢の死後、新体制に変わった際、新参者にもかかわらずすんなりと副長助勤の職に就き、ついこの間は、試衛館以来の間柄でもないのに多摩から上ってきた富沢とかいう名士をもてなす内輪の酒席に、沖田や井上に混じって加わることができた。甲州流《こうしゆうりゆう》の軍学を修めていることも、信頼を得るのに役立っているのだろう。幾ばくかの文才があることも、無学の近藤の注意を引くのに一役買っているはずである。あとはそつなく、愛想良く、求められれば応じ、変に逆らったりせず、淀《よど》みなくそれらしいことを捲し立てているだけですべてがうまく運んだ。こちらの本心など、他人には見ることができないのだ。適当にこなしても、力んで事を運んでも、人からの評価というのはさして変わらないものだ。かえって、手を抜いて適当にこなしたことのほうがうまくいくことが、この世には山とある。だいたいが世の中というもの自体、矛盾含みなのだ。そんな中で、近藤のように、真っ正直を馬鹿のひとつ覚えのごとく通していればいずれ破滅する。裏表がないことは、能がないことと一緒だ。いちいち本音を示さずとも、世の中なんてものは、うまく建前を使って最小限の労力で渡りきるくらいでちょうどいい。

武田観柳斎は出雲国《いずものくに》、母里《もり》が故郷である。

かの地では医学を学び、いつかは江戸に出て医者として成功することを目指していた。

ところがたまたま軍学を学んだところ、これが面白い。医学などより華々しい世界が開けると思った。早速、乗り換えた。手っ取り早くそれなりの形に収まれば、内容は重要ではない。

新選組に入ったのも、さしたる覚悟があってのことではなかった。

昨年の秋の時点で、この一隊はすでに巷《ちまた》で評判になりつつあった。会津藩お預かりという後ろ盾もあり、給金もいいと聞く。上り調子の組織に与《くみ》すれば、自分も便乗することができる。集団に属しているだけで、地位や名誉や金を手に入れることができればなんて楽だろう。どうせ、ひとりで動いても、ただ苦労するばかりで報われはしない。人知れず密かに努力を重ねるような、貧乏くさい精進をしたところで愚かしいだけだ。

どうも四条小橋の桝屋《ますや》という薪炭商《しんたんしょう》が怪しい、と監察方の山崎烝が報告したのは五月の終わり。局長、副長の前に、助勤以上の役目を負った人間が集められ、会合を持った席でのことだった。沖田、井上、永倉、原田、斎藤といった生え抜きの面々に加わり、もちろん武田も同席している。

なんでも、四月に起こった火事の現場にいた長州人を捕らえて詰問すると、桝屋の名が挙がったそうである。監察が探ると、確かに桝屋には頻繁に長州や土佐の連中が出入りしていた。肥後出身の志士で、昨今では尊攘派の主格となっている宮部鼎蔵《みやべていぞう》など、何度となく出入りがある。

「単に客として入っているようには見えしまへんのや。居座る時間も長いですしなぁ。勤王派の巣になっている可能性もある。ここの主人の喜右衛門《きえもん》というのも、男やもめで出自もはっきりとはわからしまへん。どうです、一度あらためてみちゃあ」

山崎は、御店者《おたなもの》が品物を勧めるような口調で言った。

報告を聞いた近藤の顔に独特の力みが走った。

この、なんでも表情に出す単純な局長を、武田は心底軽蔑《けいべつ》している。局長でなければ誰がこんな人間にかしずくか。御山《おやま》の大将気取りでいい気になっているが、自分の出自を少しは考えたらどうだ。本来なら雑兵《ぞうひょう》がせいぜいなのに、とんでもない運を摑んでこの座に就いた。そういう分不相応な立場にいる人間特有の臭みがある。

「武田君」

ふいに近藤から声を掛けられ、彼に対する中傷を内心延々と並べていた武田は、飛び上がった。

「君が隊を率いて、この桝屋を調べてくれ」

——勘弁してくれ。とんだ貧乏くじだ。

山崎の推量が空振りに終わるようならまだいい。しかし本当に勤王派の巣窟であれば、斬り合いになる可能性もある。そんな危険をわざわざ冒すことは、武田の処世術に鑑《かんが》みれば、「もってのほか」の愚行である。

「承知仕《つかまつ》りました。早速、隊を率いて桝屋に向かいます」

武田はしかし、自分の思いを微塵《みじん》も出さずにさらりと命に準じた。落ち着き払った態度に近藤は相好を崩し、安心しきった笑顔で頷《うなず》いている。

さて、どうする。

いや、どうするもなにも命令であれば仕方がない。取り敢えず行くだけ行って適当に調べ、もっともらしい結果を作り上げて報告すればいい。いちいち真実を追究していては、こっちの身が持たない。


六月五日の早朝、武田観柳斎は配下の者七名を引き連れ、桝屋へと向かった。正確に言うと、ひとりだけ「配下」ではない者がついてきている。同じく副長助勤の職にある沖田総司である。

「土方さんが、『お前も行け』というからご一緒させて下さい」

うやうやしく言って、この隊列の後方を鼻歌混じりにブラブラと歩いている。

土方が……？

武田は、自分が疑われているようで不快だった。それにこの沖田という頑是《がんぜ》無《な》い若者とは、あまり関わりたくないのだ。はじめは子供と遊び回ってばかりいる無垢《むく》な男だと思っていたが、実際付き合ってみると、こちらの心の中まで見透かしているかのごとき振る舞いをしばしばする。どうも落ち着かない。

つい先だってもそうだった。

近藤相手に軍学を教授していたときのことだ。軍制や歩兵の組み方を述べながら、合間合間に、武田は、近藤を戦国の名将と並び称して褒め上げることを忘れなかった。もちろんこうすれば、近藤が一番喜ぶのを知っているからである。なるたけ弁舌爽《さわ》やかに、できるだけ自然に世辞を言って、こちらの心象をよくする。得意技のひとつである。

と、いつ入ってきたのか、講義を続ける武田の傍らに、沖田がちょこんと座ったのである。

「なんの用だ、総司」

近藤が声を掛けると、沖田はそれには応えずに、武田のほうをまっすぐに見てひとこと、

「ほんとかなぁ～?」

と首を傾げたのである。それだけ言うと、またふらりとどこかに行ってしまった。

口から出任せを言うときに限って、こちらを直視している沖田の視線にぶつかることがある。それを重ねるうち、武田はこの若者が、すっかり恐ろしくなってしまったのだ。

桝屋喜右衛門という、店の主《あるじ》は肝の据わった男だった。

新選組が突然御用改めに来たというのに、慌てる様子もなく「それはご苦労様です」と丁重に言って店を案内した。見たところ、なんの変哲もない薪炭商である。「むさ苦しいところですが」と謙遜する主人の態度も含めて、怪しいところは微塵も見られない。これは間違いなく、山崎の読み違いだ。

胸をなで下ろしつつも渋面は崩さず、武田は店に並べてあるものを気まぐれに手に取るなどして一応調べている振りをした。他の隊士も、帳簿を見たり、ぐるりと建物の外を見渡したりしながら、検分をしている。沖田だけが店には興味がなさそうにして、どこかで拾ってきたのだろう、赤子の手首ほどの棒きれでコツコツと壁を叩き、手持ちぶさたを紛らわしていた。

せめて仕事をする振りだけでもしたらどうだ。

沖田の暢気《のんき》さに呆《あき》れつつ、引き上げの命を下そうとしたときである。

「あのぉ、ご主人」

あくびでもするような口調で、沖田が言った。

「ここ、開けさせてもらいますよ」

ただの壁を指してそう言う。不可解な餓鬼がまた頓狂なことを言い出した。

「どこを……です?」

桝屋も不思議そうに訊く。武田を含めた隊士もみな、怪訝《けげん》な顔を沖田に向けた。

「あのねぇ、ご主人。ここに隠し扉があるでしょう。壁を叩くとここだけ音が違うんだ」

主人の顔が真っ青になる。

有無を言わさず沖田が器用にその隠し扉を開けると、大きな抜け穴があり、そこを辿ったところにある小部屋には、大量の武器弾薬が隠されていた。甲冑《かっちゅう》、鉄砲、火薬、刀も山とある。

「すごいや！　これは新選組より立派かもしれないな。ほら見て。勤王家の連判状や書簡までありますよ」

沖田の声を夢のように聞きながら、武田はしばらく呆然《ぼうぜん》としていた。山崎の得た報は大きなヤマとなった。これから、桝屋喜右衛門を屯所にしょっ引き詮議して、ここに出入りした連中の名や、彼らの策謀を吐かせる必要があった。それから勤王派の探索、市中巡邏も今まで以上に過酷を極めることになる。そういう工程を頭に思い描きながら武田は、震撼《しんかん》するでもなく、力がみなぎるでもなく、興奮するでもなく、ひたすらこう思っていた。

――面倒臭い。気が遠くなる。

沖田のお陰でとんでもない厄介が増えた。

「さすが沖田先生。よく、気付かれましたな。ご炯眼《けいがん》恐れ入る」

武田は沖田に振り向き、さも感心したような表情を作って大仰に褒めた。沖田はニコニコと笑いながら、ちょんと会釈するだけである。

平隊士のひとりが、隠し部屋にいる武田の指示を仰ぎに来た。

「武田先生、桝屋の主人をどうします？」

「縄を掛けて屯所に引っ張るんだよ！　そんなこと言われなくてもわかるだろう。いちいち俺に指示させるな！」

武田は、甲高い罵声を浴びせた。


桝屋喜右衛門というのは仮の名で、男は古高俊太郎《ふるたかしゅんたろう》というらしかった。

もともと近江国《おうみのくに》の郷士《ごうし》で、山科毘沙門堂《やましなびしゃもんどう》の輪王寺宮家《りんのうじのみやけ》に仕えていたとき尊皇攘夷の思想を持ち、表向きは薪炭商を営みながら、京に潜伏する勤王派の活動を献身的に支えていたということである。

しかし、白状したのはそこまでだった。

よほどの覚悟があるのだろう。土方や近藤が苛烈《かれつ》な拷問を加えたが、決して仲間の名を吐かない。背中を竹刀で打たれ、皮が破れて肉が見え、何度気絶しても、頑としてその口を開かなかった。

業を煮やした土方は、古高を逆さにつるし、足の甲に五寸釘《ごすんくぎ》を打ち付けて蠟《ろう》を垂らす、という鬼のような拷問を加えはじめた。

そこまでしなくともいいだろう。吐かねば吐かぬでも、別段こっちが困ることはないのだ。

土方の、目的のためなら手段を選ばぬやり方は、以前にも増して激しくなっている。険の浮き出たその顔を見ながら、武田はうんざりした気分になった。自分から面倒な用事を作る輩の気が知れない。厄介事を背負い込まずとも、もっと頭を使えばうまく世渡りする方法はいくらでもあるだろうに。

さすがの古高も、土方の攻勢についに音を上げた。一気に吐き出された彼ら尊攘過激派の計画というのは、予想を遥かに超えた凄絶《せいぜつ》な内容だった。

「六月二十日近くの強風の日、京の町に火を放ち、家々を焼き尽くす。その混乱に乗じて公武合体派の急先鋒を担う中川宮親王と、京都守護職・松平容保を暗殺、そのまま御所に潜入し孝明天皇を長州に連れ去る」

…………。

馬鹿じゃなかろうか！

近藤からその話を聞いたとき、武田は髪をかきむしりたい衝動に駆られた。一体どこのどいつが、そんな面倒なことを考え出すのだ。中川宮を討つ？　容保を殺す？　で、天皇を長州に連れていってどうする？　そこで独立国家でも作る気か？　無理に決まっているだろう。いい大人が、一体なにを考えているのだ。勢いだけでそんなことをしでかして、あとが続くと思っているのか？　世の中には途方もなく馬鹿げたことを思いつく輩がいるものだ、まったく吐き気がする！

「なるほど、いかにも過激派の考えそうなことです」

武田は少しの動揺も見せず、そう言って近藤の顔を直視した。

「さすがに武田君の読みは深い。軍学をやっているだけのことはあるな。私はいかに長州とはいえ、そこまで飛躍した考えを持っているとは予想もしなかった」

近藤は相変わらず素直に、感慨を漏らし、続けて、この件に関する新選組の今後の動きを指示した。

「古高が我々によって捕らえられたということは、すでに桝屋に出入りしていた勤王派に伝わっているはずである。すぐにでも、古高奪還の方策を練る集会を開くであろう。虱潰《しらみつぶ》しに今夜、隊士総出で主立った宿を改める。まんまと勤王の連中を見つけられれば、奴らを一網打尽にできる。片は今日中に付けねばならん」

一網打尽だと……？　そんな古くさい軍書のような言葉を使ったところで、考えてもみろ、今現在、動ける隊士の数は三十人程度しかいないだろう。今年に入って脱走や粛清が相次ぎ、一時期百人近くまで増えた隊士も五十人弱に減っている。しかも大坂に出張している者、病床にある者が十人近くもいる。総長の山南も、相変わらず床にふせっている。そんな少人数で斬り込んで、一網打尽もなにもない。もし近藤が言う通り、桝屋とつながりのある尊攘派が一堂に会していれば、こっちの数より相手の人数が多いということも十分に考えられるではないか。

静まった一座の空気を引き取るように、横から土方が、

「会津藩以下、京都所司代、彦根藩、桑名藩にも援軍を出すよう頼んである」

と付け加えた。

「祇園の町会所《まちかいしょ》で落ち合うよう算段は整っている。早めに小具足《こぐそく》や武器を運び込んで、あとは周りにそれと悟られぬよう、平服で町会所まで行き、向こうで着替えるように」

周到な土方ならではの手配である。

しかし、とまた武田観柳斎は考える。

相手がどんな状態だか知れぬ、どこまで用意があるかも知れぬが、だいたいが狂った事件ばかり起こしているような輩だ。逆上してどんな反撃に出るかもしれぬ。そうなればこちらに勝算はない。

——ここは控えに回るに限る。

武田はそう判じた。日頃、軍学調練の指導をしている自分の立場を利用するのだ。町会所に残って采配《さいはい》を振るう役を願い出れば、現場に行かずに済むかもしれない。幾手に

も分かれて動く隊士たちの中継役としての機能を果たしたい、と訴えればいい。「現場に行けぬのはまことに遺憾ながら」などともっともらしく言って、裏に回ろう。「近藤先生」。そう口に出そうとした瞬間だった。

「武田君」

一瞬早く、近藤が声を掛けた。

「先程の意見、痛み入った。是非とも私が率いる隊に加わって存分に働いていただこう。斬り合いになるやもしれぬ。心してかかって欲しい。他には沖田、永倉、藤堂、それぞれ平隊士を数名選んで私に従ってくれ。斎藤、原田、井上は土方に付くように」

武田は蒼白になった。近藤はどうせまた義勇に駆られて、後先考えぬ無茶をするのだろう。こんなことならせめて思慮深い土方に付いたほうが命も繫がるというものを。

「近藤先生とご一緒できるのは心強い。この武田、今宵《こよい》限りの命と思い、存分に働かせていただきます」

感情を押し殺して深々と頭を下げた。

土壇場で白刃《はくじん》から逃れる手はまだある。ごまかす方法はきっとある。

念じつつ顔を上げ、満足そうな近藤の顔を見てからさりげなく周囲に目を走らせると、またしてもあの沖田総司のまっすぐに見開かれた目が、こちらをとらえていた。

煙草盆

山南敬助

「俺が京に上ってから使っている煙草盆《たばこぼん》だ」

永倉新八はそう言って、山南に愛用の品を見せた。蒲団《ふとん》から半身を起こして煙草盆を手に取ると、永倉は、ちょっとの間貸してやる、と言う。妙なことを言うものである。

五月に入って、山南はまた体調を崩した。何が原因なのか判然とはしない。が、体の節々が異様な痛みを放っている。

新選組での自分の立場は、だんだんと希薄なものになっていた。それが一層、回復への気力を萎《な》えさせているようだ。

総長という立場をもらったときは、心底嬉しかった。

地位が上がったことや、土方を出し抜いたことが嬉しかったのではない。今ひとつ活躍できぬ自分を、近藤が忘れずにいてくれたことに欣喜《きんき》した。自分がこの組織で必要とされている、その事実に有り難さがこみ上げてきたのである。総長という立場で新選組を支えようと心の底から誓ったのだ。

ところが実状は、考えていたほど明るいものではなかった。

命令はすべて近藤から土方に直接下るようになっており、総長とは単なるお飾りだと気付いたのは去年の暮れのことだ。それから半年。今の山南には、内部で起こっていることを正確に把握することも叶わなかった。

近藤は胸襟を開いて話しかけ、また意見も仰いでくれるのだが、土方が止めているのだろう、局長から副長へと繋がる命令系統を乱すような真似はしなかった。

結局この新選組は、土方によって掌握されている。総長を任されたことはすなわち、蚊帳の外でぼんやりと日々を送れ、という彼の意向に他ならなかった。

大きな捕り物があったことを聞いたのも、ついさっきのことである。

沖田総司が見舞いがてら訪れて、その顚末を語ってくれた。

「桝屋の窓から外を見たら、高瀬川の向こうに鴨川《かもがわ》がある。川の向こうにまた川があるんだ。ああいうところで暮らしたら、いったいどんな気分でしょうね？」

事の本旨とはかけ離れたことを山南に問いかけた。

今夜は総出でめぼしい旅館や料亭、貸座敷を改めるのだという。屯所を慌ただしく行き来する隊士たちは、みな締まった顔をしている。全員で出掛けることに驚いた八木の主人が「今日はなにかあるんですか？」と怪訝《けげん》な口振りで訊き、原田左之助が「なに、みなで道場荒らしにいくのさ」と笑ってみせた。目が泳いでいる。嘘だとすぐわかる。

――自分が前線に復帰できる日は、来るのだろうか。

土方は見放しているのかもしれないが、必ず自分の知識や学問がものをいうときが来る。この新選組を、土方とは別な形で支えられる機会が巡ってくる。そう信じたかった。床に伏しがちな日々から、一刻も早く脱け出したかった。こうしていつまでも燻《くすぶ》っていることは、誰のためでもない、自分にとって無益なことなのだ。


隊士がみな出ていって、屯所は一気に静かになった。

気の早い蟬《せみ》が、ジッと寝言のように鳴いた。遠くから祭囃子《まつりばやし》がうっすらと聞こえる。そうか。確か今日は、祇園の宵宮《よいみや》だ。

傍らの煙草盆が目に入る。永倉はなぜまた、こんなものを預けていったのだろう。

「今日はさすがに一か八かになりそうだなぁ」

暢気な様子で言った沖田の声が甦《よみがえ》る。

ふと山南は、永倉が抱いていた思いを、理解する。

もう帰れぬかもしれない。

そんな予感を携えて、自分の一部を託すつもりで、永倉はここを訪れたのかもしれなかった。

「俺はさ、お前のことが心配なんだ。早く身体がよくならねぇかと、いっつも思っていたんだよ」

今日の斬り込みは命の保証がないと知ったのに、永倉は自分のことはなにも語らず、そんな言葉だけを山南に残して出ていった。

急に、あの荒々しく汗くさい面々が尊く思えた。同じように険しい道を選んでおいて、安全な場所でただぼんやりと時を浪費するだけの自分の不実を心で詫びた。

煙草盆を手でなぞった。

雑に組み立てられた荒い木目から、なんともいえず懐かしい香りが立ち上った。

池田屋

藤堂平助

近藤を先頭にした隊列は、四条通から木屋町通を上っている。すぐ横には涼しげな音を立てて高瀬川が流れ、具足の不規則に鳴る音が、ぎこちなくそれに重なっていった。祇園宵宮の雅やかな囃子の音色が自分の動きに合わなくて、隊列の後方を行く藤堂平助は先程から苛ついている。

尊攘派の根城を探すため、旅籠《はたご》や貸座敷を確かめてまわる作業は、もう一刻以上も続いていた。

木戸をくぐるたびに緊張で全身から汗が吹き出て、怪しい者がいないのを確認して表へ出るとドップリ疲労が沈殿した。その緩急に惑わされずに気を張り続けるのは、至難の業だった。

藤堂は斎藤一と同い年、副長助勤としてはもっとも若い二十歳である。几帳面《きちょうめん》な性格のお陰で平隊士を仕切るのは得意だったが、不測の事態への対応にはしばしば難渋した。しかもその「不測の事態」は、京に上ってからの新選組に漫然と続いている。仲間だと思っていた者の寝返りも多い、そのため局内での粛清も珍しくない、しかも平穏な日々だと油断していればこうして急に出兵である。土方歳三はすべての変化に見事に対応しており、永倉新八は何事にも動じず、原田左之助は時勢の変化など門外漢だといわんばかりに力尽くで隊務をこなしている。藤堂より二歳年長の沖田総司は、年齢から考えればお互い悩みや希望を語り合ってもおかしくなかったが、この男の言動は今世の中で起こっている予測のつかない出来事よりもずっと不可解で、話をすると安らぐどころか一層混乱するのが常だった。頼みの山南敬助はこのところ床に伏しがちで、世の中に対する釈然としない思いを聞いてもらうことができない。

鬱憤が、溜まっていく。

これが何に対する鬱憤なのか、藤堂にはわからなかった。怒りの矛先を向ける対象も見えず、なにを矛盾に感じているのかも具体的に説明できずに悶々《もんもん》としている。引っかかっている理由も場所も判然としないまま、ただ前に進めないことがひたすら腹立たしい。新選組を盛り上げるため、みなが身を砕いている中、そのずっと手前で躓いている自分にただ焦《じ》れている。

土方率いる総勢二十四名は縄手通《なわてどおり》を上っているはずである。

近藤隊は沖田、永倉、武田観柳斎などを含むたった十名。人数が少ない分、剣客を揃えてあった。

先刻まで、祇園会所で会津や彦根からの援兵を待っていたが、約束の刻を過ぎてもなんの音沙汰《おとさた》もなく、結局新選組だけで動くことになったのだ。業を煮やした近藤が「援軍を待たずに斬り込む」と決断したのである。

「いや、今しばらく。援軍を待った方が得策です」

軍学をやっている武田観柳斎がそう言って止めたが、近藤は「もう待てぬ」の一点張りで、無茶を承知でさっさと用意をしはじめた。土方は黙ってそれに従った。

「もし我々だけで勤王派を捕縛すれば、大手柄だ。新選組の名が世に轟くことになろう。これを好機ととらえ、存分に活躍されたい」

張りのある声で近藤が言うと、いつの間にかその横に張り付いた武田が、

「近藤先生の仰《おつしや》るとおりだ。我らに武運あれ!」

と、さっきとはまったく逆のことを言った。

隊列の後方から、藤堂は、近藤の大きな背中を垣間見ていた。

あの人はいつだって、自分の所帯を立派にすることを考えている。

試衛館の時代からそうだった。講武所の剣術教授方に手を挙げたときも、自分の功名を願ってというより、天然理心流の名を世に知らしめることを目的としていたし、さかんに野試合にも参加して無名だった試衛館の実力を広めようと苦労してきた。新選組に移行してもそのやり方は変わらず、隊のためになるのなら、どんな危険も労苦も率先して背負っているように見える。

そういう努力を間近に見てきたのに、十代の頃から付き従ってきたこの主に対して、手放しで肯定しきれない己の内面に戸惑うのである。近藤が自分なりのやり方で信念を貫こうとしているのはわかる。でも藤堂には、その信念が、見当違いなものに思えることがあるのだ。新選組は攘夷集団のはずなのに、同じく攘夷の思想を持つ長州や土佐の志士を斬り続けている矛盾。思想的な活動がなにひとつ行われず、すべて武力で解決するやり方。世の中の情勢というものを自分なりに咀嚼《そしやく》し、その中で藤堂が抱いた理想的な立ち位置と、今の新選組の在り方とは、ぎくしゃくして相容《あいい》れない。

——少し、複雑に考えすぎなのかもしれない。

その割には、ここ一番というときに慎重さを欠いて、考え無しに先陣切って動いてしまうせっかちな性分を持て余してもいる。周りは「魁《さきがけ》先生」などと呼んで、威勢のよさを持ち上げてくれるのだが、実際は単に先走って割を食うことが多いのも自覚している。沖田や斎藤のまったく無駄のない動きを見せつけられ、己の青さを恥じることも少なくない。

空回りしている。

不甲斐《ふがい》なさが日増しに膨張して、今にも破裂しそうだった。

三条小橋にさしかかったときには、すでに夜四ツに近かった。

上弦の月にぼんやりとした雲が懸かり、地面には薄い影ができたり消えたりを繰り返している。

次に改めるのは、池田屋、という旅館である。

監察の山崎烝が、このところ勤王派の出入りが激しい、とずっと張っていた宿でもある。近藤の顔が、こわばった。客の出入りがあるだろう刻なのに戸口はぴたりと締まり、人が入っている風なのにやけにひっそりとしている。

「これはなんだか奇妙だな」

沖田も小声で囁《ささや》いた。声がかすれている。咳をするのがこのところ癖になっているからだろう。

「中に斬り込む者、外を固める者、役割を分ける」

近藤の言葉に、武田が真っ先に、ならば私は外を固めましょう、と反応した。

「では沖田、永倉、藤堂。三人は私に続け」

残り六人が屋敷の外をぐるりと固めた。

月が消えて、闇が濃くなる。そのせいか、隣で鯉口を切った沖田の顔が、蒼白《あおじろ》く変わっていった。永倉はすでに抜刀し、いつもと変わらぬ平然とした佇まいで仁王立ちである。

近藤が木戸を引き開けた途端、藤堂は血が一気に全身を巡っていくのを感じた。平素では想像も付かぬほど、気が猛《たけ》ってくる。そしてこれが、戦いに臨むときの自らの癖であることも、京に上ってから嫌というほど思い知らされている。このときばかりは、四六時中抱えているすべての鬱屈が消え去ることも。

「会津藩お預かり新選組、御用改めである」

土間に立った近藤勇が、館《やかた》中に響く声で叫んだ。

慌てて出てきた池田屋の主人・惣兵衛《そうべえ》、近藤には応えずそのまま階段のほうに駆け出して、

「お二階のお客様、御用改めにございます！」

と金切り声を張り上げた。

――ここか。

藤堂は瞬時に確信した。近藤は、なおも叫ぼうとする惣兵衛を力任せに殴りつけ、

「なにを騒いでいる？」

と二階の座敷から顔を出した男を、裏階段を跳ねるように上って一刀のもとに斬り捨てた。あとでわかったことだが、この男が土佐の北添佶磨《きたぞえきつま》。坂本龍馬の盟友であり、江戸に遊学して学問を積んだ英才であった。

二階に上った近藤が、

「新選組である。無礼を致す者、余さず斬り捨てる」

と吠《ほ》えたのが、下を固めた藤堂にもはっきりと聞こえた。

かなりの人数が集まっていたのだろう。多数の足音が一斉に乱れる音がして、天井が激しく揺れた。

沖田が抜刀して二階へ飛んでいく。すぐに池田屋は凄まじい怒号に包まれた。激しく刀を打ち合う音が余韻を伴い、まるで寺の鐘のごとく階下に響いてくる。

裏階段を避けて外へ逃げようとしたのだろう、表階段から次々に敵がこぼれ落ちてくる。それを、階下で待ち伏せた永倉と藤堂が、次々に斬っていく。敵は慌てふためき、狭い邸内なのに長刀を上段から振り下ろして天井や横木に打ち付ける、永倉は低く構え

て鍔《つば》を返して下から薙《な》ぐように、駆け下りてくる男たちに斬りつける。藤堂はそれを助勢しつつ、突きを繰り返す。

混乱を極めて逃げまどう尊攘派の狼狽《ろうばい》ぶりを目の当たりにして、藤堂の、緊迫感に覆われているはずの全身が、勝利を収めようとしている現状に反応し、見境なくほぐれていく。

日頃、理論立てて物事に当たるせいか、こうした混乱になると、思考が制御できなくなることがよくあった。気が逸《はや》ると状況判断ができなくなることもわかっているから、意志の力でなんとか理性を引き戻そうと葛藤《かっとう》がはじまる。今成すべき事を自分に強いる集中力と、目の前のありさまに短絡的に反応してしまう体の釣り合いがとれない。思考と反応が分離していく。

——冷静でいろ。

乾いた口の中でかろうじて言って、なんとか自分を繋ぎ止める。

敵を斬り伏せながら、今、剣を持って働いていること自体、他人事《ひとごと》のような感慨に囚われる。遊離していく身体の行く末が見えずに、頭の芯《しん》が朦朧《もうろう》としてくる。

階下にも討ち手がいる、ということが階上に伝わったのだろう、二階の窓から屋根づたいに逃げる複数の足音が、取り乱しながら瓦《かわら》を鳴らしているのが聞こえた。それが外で待ち伏せている隊士につかまったのか、戸外からも乱刃のはじける音がする。

そして藤堂の周囲には、その瞬間だけパッタリと敵の姿がなくなった。

「隠れている者があるかもしれない。徹底して探し出せ！」

珍しく興奮した永倉の声にはじかれ、すでに刃こぼれの激しい剣をぶらさげて邸内を探索しながら、藤堂は床が波打って見える幻覚にあえいでいた。舟にでも乗っているようにに揺れている。湿気が多く、蒸し風呂のように暑い日である。鎖の着込みを汗が伝っていくのがわかる。頭にまいた鉢金が暑苦しい。

藤堂はまったく無意識に鉢金を取り去って、額に溜まった汗を拭《ぬぐ》った。

そのときだった。

物入れの陰から男が急に飛び出し、藤堂の前に立ちはだかった。剣を構える間もなかった。凄まじい太刀風を聞いた、と思った刹那《せつな》、額がガツッと鈍い音を立て、そこから真上に血が噴き出したのが見えた。

不思議と痛みはまったくなかった。

ただ大量の血が目に流れ込み、あとはもうなにも、わからなくなった。

血

土方歳三

縄手通から三条を抜けた土方隊は、四国屋に入っていた。

もうこれで何軒目だろう。どこにも、怪しい影がない。四国屋も尊攘派の出入りが激しいともっぱらの噂だが、今日に限って不審者はいない。

旅籠の亭主を詮議していると、外から井上源三郎が駆け込んできた。

「池田屋、池田屋だ」

裏返った声を聞いて、土方歳三は跳ねるように立ち上がった。

表へ走り出て、待機していた隊士を集め、池田屋へと走る。焦燥と後悔に脳を揺さぶられた。

今夜の戦は、自分が引き受けるつもりだった。

戦いにはいつも、万難を排して臨んでいた。一か八かの賭けでさえ避けてきた。着実に落とせると踏んでから事を起こしてきた土方にとって、今日の探索はまさに賭博《とばく》以上の暴挙だった。桝屋に出入りしていた連中が古高俊太郎奪還の策を練るにしても、場所も摑めていなかったし、その集まりが今夜である確証はなにもなかった。それでも耳ざとい連中のことだ、今夜すぐにでも動かなければ機を逸するどころか、新選組の屯所に攻め込まれることにもなりかねない。猶予はない。援軍を手配するのが事前に立てられた唯一の方策だったが、こんなときに限って頼みの兵すらやってこない。だからこそ、近藤ではなく自分が引き受ける、という思いがあった。

近藤は、あんな少人数で斬り込んだのか。無事を信じて走りはしたが、その確信は薄く剝《は》がれて形を崩してしまう。蒸した空気が緩慢にこびりつき、土方は叫びだしたい衝動にかられている。

池田屋は、ひどいありさまだった。

屋外にも死体が転がり、中からは激しい気合いと血なまぐさい匂《にお》いが裂けて出てきている。

「助太刀しろ！」

指示した声が動揺にひしゃげているのが自分でもわかった。

縁側では永倉が、血を流して倒れている藤堂をかばうようにして敵と斬り結んでいた。藤堂は死んだのか？　永倉も傷を負っているらしく片手が血に染まっている。駆け寄ろうとした刹那、裏手から近藤の掛け声が聞こえ、土方はとっさに進路を切り換えた。防戦一方ということが声の様子から知れる。狂ったように刀を振り回している男を後ろから叩き斬ると、向こうに目をつり上げた近藤を確かめることができた。笑っているつもりだろうが、顔がこわばって固まったままだ。

「総司を……」

上がった息の下で近藤が言う。

「二階は総司ひとりのはずだ。俺はここを固めるから、総司を助勢してくれ」

不審に思った。いや、沖田ならひとりでも十分に戦える。あの突きはたやすくかわせるものではない。しかし、階上からはなんの物音もしない、斬り合っている気配もないのだ。といって、もし相手をすべて倒したのなら、あの敏捷《びんしょう》な沖田が階下にいないはずがなかった。

血でぬめった階段を駆け上がりながら、むやみに呼吸が乱れていく。

薄く射した月明かりだけでは判然としないが、二階も惨憺《さんたん》たる様相だ。削《そ》がれた鬢《びん》や指が転がっており、逃げ切れなかった浪士たちの骸もいくつか見えた。動くものはなにひとつない。土方は目を凝らし隅々まで見据えた。

――沖田はいない。

きっと下に降りたのだ。戸外で戦っているのだろう。安堵《あんど》して裏階段から表に出ようとしたときである。窓辺に寄りかかるように座っている男の影が、目の端に映った。

その姿は端然と、まるで月見でもしているような優雅さを保ってそこにあった。細い背中ときれいに剃られた月代は、沖田のそれとよく似ている。しかし、ピクリとも動かぬ様子は、決して沖田のものではなかった。常に気まぐれな動きをして、まともに落ち着くことのできない男だ。子供たちと一緒になって駆け回り、剣を持てば恐ろしい速さで操る。土方が、唯一天才と認め、密かにその才を羨んでいる人物でもあり、変幻自在に、まるで法則など関係ないかのように生き続けていく男のはずである。

右手に握られた剣は加州住清光《きよみつ》。間違いなく沖田の佩刀《はいとう》。刀の鋩子《ぼうし》は折れている。

「総司」

小さく声をかけて後ろから抱え起こすと、ぐらりと傾いて表を向いた。首から胸にかけて、おびただしい血に染まっていた。意識は、すでに、なかった。

土方の全身が、意志に反して痙攣《けいれん》のように波打った。

血が巡るのをやめたかと思えるほど、四肢が冷たくなっていく。悔恨も無念も、今この状態が意味することも、どういうわけだか意識の外に置き去りになっていた。身体の反応に比して、内面は霧がかかったように視界が悪い。それでも今まで歩んでいた世界とは違うところへ放り出されたという恐怖と憤りが、すぐそこまでやってきていることには気付いていた。

なのに土方は、はじめて間近に見るこの昔馴染みを「どうも不思議な耳の形をしている」という途方もない思いを持って、ぼんやりと腕の中に抱えているより他、なにひとつなすことができなかった。

覇者の風招き

英雄

原田左之助

このところ、原田左之助は有頂天だ。

池田屋への斬《き》り込《こ》みを終え、祇園宵宮《よいみや》の空気に浮きたっている京の町を、隊列を組んで引き上げたときのことを、先刻から幾度となく思い起こしている。

一刻《いっとき》余りにわたる死闘を終えたのは、日付が変わった時分だったろうか。長州や土佐の過激派は、新選組がここまで思い切ったことをするとは予測していなかったのだろう。ひどく取り乱し、あっけなく果てた。普段狂気じみた行いをして関係のない民を怯《おび》えさせている連中の正体はこの程度であったか、と拍子抜けした。

斬られながらも池田屋を脱し、途中で力つきた尊攘派《そんじょうは》の骸は往来にも累々と積み重なり、おかげで原田たちは騒動が終わった後も、夜を徹しての残党狩りと検分にかからねばならなかった。

この日、十数名にも上る尊攘派の浪士が命を落とした。

「京の町に火を付ける」という連中の計画も、これで頓挫《とんざ》したことになる。

やっと大きな働きができた。

京に上ってからというもの、自分がなにをしているのか判然としなくて、それがどうも気詰まりだったのだ。極端なことを言えば、尊皇攘夷でも、公武合体でも、佐幕でも、そんなことはさほど重要ではないと原田は思っている。実際、昨日佐幕を訴えていた連中が、今日には急に勤王になるようなことが頻繁に起こっていた。薩摩と会津が手を結んで長州をのけ者にしているが、それだってどこまでどうだか、本心などわかったものではない。原田にとって、世の中の風向きを見て変節を繰り返す連中の思想など、気に留めるまでもないことだった。

それよりも自分の武勇を世に訴えたかった。戦の場数を少しでも多く踏みたかった。もちろん、武士同士が正面切ってぶつかる戦に限る。関係のない民を巻き込んでどうする。勤王の過激派は決まって、「歴史を変えるには民の犠牲も必要だ」としたり顔で言うが、そんな筋の通らぬ話があるか。勇ましく、逞《たくま》しく、堂々としている武士の姿に、原田は憧《あこが》れてきたのだ。

だからこそ、池田屋での一件に片が付いたとき、最上の達成感に浸っていたのである。

武士として堂々と戦って、京の町を守った。

それこそ昔から思い描いていた英雄の図であり、これ以上の栄誉など、原田の想像の範疇《はんちゅう》にはなかった。

返り血でねっとりとした着物の前をくつろげて、宿の周囲を検分しながら、耳の奥では喝采《かっさい》を聞いている。すべての者が自分たちの偉業を讃《たた》えるだろう、誰もがこの命懸けの働きに感謝することだろう。

翌日の正午、壬生の屯所《とんじょ》へと引き上げる新選組は、沿道に集まった町人たちの注目の的となった。棟《むね》や鎬《しのぎ》もボロボロ、刃こぼれ激しく、曲がって鞘《さや》に収まらぬ抜き身の剣をぶらさげ、真っ赤に染まった隊服をなびかせて歩く姿に、誰しも息を呑《の》んだ。

――こうしてみなが安穏と見物などしていられるのも、俺《おれ》が奴《やつ》らを始末したからなんだぜ。

こちらを指してなにやら囁《ささや》き合っているのが見える。自分たちの武勇を讃えているに決まっている。こんなに大勢の人間に取り囲まれるなぞ、まるで大名にでもなった気分だ。できることならこのまま二往復でも三往復でもしたいところだ、などと調子に乗って考えたが、前を行く戸板を見て、浮かれきった不謹慎な考えを慌ててしまい込んだ。

こちらにも死傷者が出ている。

平隊士の奥沢栄助は滅多刺しにされ、命を落とした。屋外を固めていたのに、運悪く腕の立つ奴に摑《つか》まったのだろう。助太刀《すけだち》する者もなく、奥沢がやられた現場さえ見ている者はいなかった。

芹沢派の生き残り野口健司が切腹したとき、介錯人《かいしゃくにん》を務めた安藤早太郎も腹をやられて重傷だった。新田革左衛門《にったかくざえもん》も全身をなますのように切り刻まれている。

それに藤堂平助。

額を割られて昏倒《こんとう》しているのを見たときはてっきり死んだと思ったが、血の勢いの割には浅手だったらしく、今は意識も確かである。それどころか、戸板に乗れ、と勧めても「大丈夫だ。こんなのはなんでもない」と言って聞かぬ。相変わらず強情な奴だ。人の親切に素直に応《こた》えたためしがない。怪我《けが》をしたのはもうしょうがない事実なのに、自分が負い目を抱《いだ》くとそれに触れられるのを極端に嫌がる。まるで怪我などしてない、とでも言い出しかねない勢いだ。

「いやさ、なにを思ったか鉢金《はちがね》を取りやがったのさ。そこを、物陰に隠れていた奴に、これだ」

面を一本とる仕草をしてから、現場を見ていた永倉は顔をしかめた。

「魁《さきがけ》先生はあれで存外間が悪い。驚くような偶然が重なってしくじることがよくある。

なのに、あの激情家の生一本《きいっぽん》で、ああいう性質が命取りになんなきゃいいが」

さっきまでともに死線をくぐっていたとは思えぬ淡々とした口調で、永倉はまた人物評なぞしている。現場で一緒に戦っていたというより近くで見物していたのではなかろうか、と勘ぐってしまうほど、この男はいつも引いた目線でものを見ている。無我夢中で詳しいことはなにも覚えておらず、湧《わ》き起こった感情の後味だけが舌の奥にうっすら残っている程度の自分と、同じ斬り込みをやらかしたと思うとよけい不思議だ。しかし、今回もっとも働いたのは誰でもない、この永倉なのだから恐ろしい。たったひとりで半分以上の志士を片付けた。左手親指の付け根をやられて血を流しているが、あとはほとんど無傷である。

「指がブラブラしてもげそうだ」

怪我の様子を訊《き》いた原田に、他人事《ひとごと》のように答えた。

もっとも沖田が無事だったら、永倉の功績も今より減ったかもしれないが。

沖田は今、土方につきそわれて隊列の前の方を歩いている。大量の血糊《ちのり》をべったりつけて気を失っていたから斬られたかと焦ったが、そうではなく血を吐いて昏倒したらしい。

池田屋の二階で沖田を診た武田観柳斎が、

「これは労咳《ろうがい》（結核）かもしれん」

と神妙な面を作って言い、多少医学をかじっていたというこの男の見立てを、周りを囲んだ新選組古参隊士の誰もが納得ゆかぬ思いで耳に止めていた。普段あんなに忙《せわ》しく走り回っていた沖田が、死病にかかっているなど、にわかに信じ難かった。

もっと意外だったのは、土方の様子だ。江戸にいた頃には破天荒で面白い奴だと思っていたが、京に入った途端、なにやらすっかり様変わりして、寡黙で厳しい男になった。昔のままに「歳さん」などと気易《きやす》く話しかけようものなら、「原田君、ここは局内だ」と気取った口調で諫《いさ》めるし、確かにずば抜けた軍師ではあるが、「そこまでやることはなかろう」と呆《あき》れることもたびたびで、原田はどうも面倒になって、最近ではそれとなく敬遠することも多くなっていた。

ところがあのときの土方は、沖田よりずっと青い顔をして、永倉や井上が状況を訊いても石みたいに固まって、黙りこくっているだけだった。まるで土方のほうが死んだようなありさまだった。武田が来て、沖田についた血は喀血《かっけつ》によるものだと言い、

「土方先生、ほら、ちゃんと呼吸をしていますでしょ」

と猫なで声を出しても様子は変わらず、やっと沖田が薄目を開けたのを見てはじめて、少しだけ動いた。みながそれぞれに沖田に声を掛け、沖田もいつもの笑顔で応えていたが、土方はそれでもなにも言葉を発することはなかった。

「普段偉そうなわりには、気がきかねぇな」

あとで冗談めかして言った原田に、傍らでそれを聞いていた井上源三郎が珍しく激高した口調で言った。

「本当に怖いとき、人間ってのはああなるんだ」

――なんだ、怖いって。

温厚な井上がそんな風に怒る姿に動揺し、おまけに意味もわからず、おかげで原田は釈然としない思いを引きずる羽目になった。

怖い、という感情が原田にはよくわからない。もちろん相手に刃を向けられれば立ちすくむときだってある。それでも大抵は怒りが恐怖を凌駕《りようが》する。「俺に刀を向けるなんて、どういう了見だ」。自分を先導している感情があるとすれば、怒りかもしれない。それにもともと失うものなどさしてないのだ。自分ひとりのことで怖いと思う瞬間など、そうあるものではない。


池田屋事変の後は、新選組にとって、それはもう盆と正月がいっぺんに来たようであった。今まで地味に市中巡邏《しちゆうじゆんら》を繰り返していたのが嘘《うそ》みたいだ。新選組の名は一気に世の中に広まり、どこへ行っても池田屋の話で持ちきりである。

京都守護職からは感状が届いたし、おまけに幕府は近藤を与力上席《よりきじようせき》にする、などと言ってきたらしかった。これで天下の直参《じきさん》になれる。百姓から出世してなんて贅沢《ぜいたく》なことだ、と原田は自分のことのように昂揚《こうよう》したのに、近藤は「私は新選組局長で結構だ」と言って、申し出を断ったらしかった。なんだ、格好をつけて。あんなに直参になりたがっていたのだからありがたく身分をもらっておいても損はなかろうに、一度夢に近づくと野心というのは膨らむものなのだろうか。

屯所でそんな噂《うわさ》をしていると、近くで聞いていた斎藤一は鼻で笑った。

「土方が指示したに決まっているだろう。局長はそこまで頭が回らない。ただ土方が、近藤を与力上席なんていう下っ端の役人にはしたくなかったのさ。俺たちのような身分の者は、下からはじめるとなかなか上には行けねぇ。そういう野暮は、土方はしねぇさ。みんながみんな、てめぇのように、こだわりもなんにもない考えなしばかりじゃねぇんだ」

たまに口をきいたかと思えば、憎まれ口だ。腹立たしい。

八月になればなったで幕府から恩賞金が渡り、池田屋で働いた隊士に振り分けられた。この功名が新選組には長い間つきまとい、感状や引き合いがなかなか途切れることがない。

京に来た当初は煙草《たばこ》ひとつ、酒一合買う金にも事欠いたが、今や金はある、名は知れている、しかも武士として世の中のために働くという昔から抱いていた志まで遂げることができて、原田は得々とした気分である。

残党狩りも順調、池田屋で貴重な人材を失ったことに怒り狂った長州が決起した戦でも、会津藩兵とともに伏見を固め撤退へと追いやった。

やっと自分たちにも追い風が吹いてきた。京に来た甲斐《かい》があった。ここまで名が通れば、もう一介の警護隊という位置づけではない。もっと大舞台で活躍できるようになる。

……という、原田の単純な思惑は、層の厚いこの町においてはそうたやすく受け入れられることはなかった。

新選組に浴びせられる評価は、一様に「人斬り集団」に変わりがない。むしろ、池田屋のあとは一層悪《あ》し様《ざま》に言われるようになり、町を歩いていてもどこぞの物陰から「人殺し」と罵声《ばせい》を浴びせられることまであった。

その後に起きた長州との戦争、俗にいう禁門の変にしても同じだ。

戦で出た火が燃え広がり、あのときは町中大変な騒ぎだった。火は、壬生の屯所のすぐ近くにある六角獄舎《ろっかくごくしゃ》という牢《ろう》にも迫ったらしかった。収容した咎人《とがにん》が火事に乗じて逃げてはことだ、と町奉行は恐れたのだろう。繋《つな》がれていた囚人たちを、こともあろうに罪の重い軽いに関わりなく、処刑してしまったのである。この中には、あの桝屋を名乗っていた古高俊太郎もいたのだが、有無を言わさず首を刎《は》ねられた。結局、火は六角獄舎までは届かず、町奉行は不始末の責任をとって退任することになったらしい。

ところが、この件まで新選組の仕業だと、町人たちは吹聴するのである。あんな残酷なことをするのは新選組をおいて他にない、というのがその理屈だ。六角獄舎で処刑が行われていた頃、新選組は伏見に出兵していて壬生にはいなかった。そんなことができるはずもない。

池田屋で評判になってからせっかくいい気分だったのに、なんだ、世間は少しも評価を変えないのだな、とわかって、原田は気がくさくさした。

「暴挙ばかり起こす長州や土佐者を京の人間は好くのだぜ。合点がいかねぇ。こっちは命を懸けて、この町を守ったのによ。俺たちがいなきゃ、京の町は六月の時点でとっくのとうに火の海だ。それを、相も変わらず鬼神を見るような目つきで見やがって」

少し顔色の良くなった沖田の寝所を見舞ったときに、つい内心の鬱憤《うっぷん》をぶちまけた。

「人のために働いてたんだ、原田さんは。ふ～ん」

沖田は、拍子抜けする言葉を返してよこした。

お前だってそうだろう、と言うと、沖田は、そうじゃないなぁ、と言う。

「人が人を守るって、そんなに簡単じゃないですよ。肉親とか、子供とか、同志とか……それだけでも本気で守るとなったら相当大変だ。私だったらそれで精一杯だなぁ。そんな簡単に大勢の人を守れると思うなんて、ちょっと驕《おご》りが過ぎるんじゃないのかな」

世の中に自分たちの名を、その剣の腕を轟《とどろ》かせたい原田は、局中で最強の使い手である目の前の男が言うやけにちっぽけな意見に、癇癪《かんしゃく》の虫がうずきはじめている。

「近藤先生には言えないけど、私は御公儀のためとか天朝のためというのも正直よくわからないんだ。士道っていうのもピンと来ないですし。そういう対象があると張り合いが出るから、みんなそんなことを言うんでしょうか」

「そうじゃないだろう。俺たちの働きは確かに御公儀を守り、天朝を守り、町民を守ったんだ。大勢を守るために命を張って働いたのだから、人から感謝されてもおかしくないだろう」

「でも存外、よかれと思ってしたことが仇《あだ》になることもあるんです。人が違えば感じ方や考え方が違うのは当たり前で、相手のことを全部わかったような気になっちゃ間違いがおきます」

「じゃあ、お前は何のために働いている。自分のためとでもいうのか?」

病に倒れても変わらぬ沖田の屈託のなさは、どこか原田をムキにさせるものがある。

「自分のためとか人のためとか、そういうんじゃないなぁ。なんだか、『なにかのため』とか言っている時点で嘘臭いんだよなぁ。そんなんじゃなくて、う〜ん、そういうことは考えないでできるようになんないと」

わけのわからないことを言って、満面の笑みを浮かべた。

この男と話していると、脳が絞り上げられるような気がする。よりにもよって沖田などに話すのではなかった。

「もういい！」

原田が言い捨てると、沖田はゆるりと表情を和らげた。

「こうして話していると、芹沢先生を思い出すなぁ」

また芹沢か。チッと舌打ちしたのと同時に、原田は全身が粟立《あわだ》った。

――芹沢を殺したのは、お前だぞ。

沖田の、こうした感覚がどこから来るのか、付き合いの長い原田にもそればかりは未《いま》だに皆目見当がつかずにいる。

懐手《ふところで》に沖田の部屋を後にして前川の門から表へと歩いていくと、大原あたりから出てきたのだろう、八木の門前に猪肉《ししにく》売りの女たちがいた。おっ、と思って、一目散に駆け寄った。猪肉は原田の大好物である。ここら辺じゃ、「あんな臭い獣を食べるなど」と嫌う者が多かったが、精をつけるにはこれに限る。嬉々《きき》として肉を選んでいると、そばを通りかかった町人が袂《たもと》で鼻を覆って足早に通り過ぎるのが目に入った。

こういう野蛮なことをしているから、いつまで経ってもよそ者扱いの嫌われ者なのだろうか、とふと弱気になったが、いくら気を遣っても所詮《しょせん》人の心など意のままには動かぬのだ、と開き直ったら、見知らぬ他人から感謝されようがされまいが、そんなことはどうでもよくなった。

——誰に通じなくとも自らの志に正直にいればよい。

それに今の原田には、なかなか馴染《なじ》めぬ京雀《きょうすずめ》のことより、目の前の猪肉の吟味のほうが、もはや遥《はる》かに大事な問題になっていた。

武　士

土方歳三

あのとき、会津藩兵は池田屋を取り囲んで、ただ遠目に見ていた。彦根藩士も桑名藩士も同様に、斬り込みが終わるのを見計らったように池田屋にやってきた。なぜ祇園の町会所《まちかいしょ》に来なかった？　各藩そろって偶然遅れたでは、合点がいかない。

所詮、捨て駒《ごま》ということか。

危ない橋を渡るのは、新選組だけで十分。あとの始末は諸藩で受け持つ。そういうことではないのか。

「会津も彦根も、俺たちの活躍の前に出る幕がなかったな。見ろ、俺の虎徹。あれだけ斬ったのに、ピタッと鞘に収まる」

近藤は顔を上気させていた。池田屋の件で株が上がったことを、純粋に喜んでいる。が、土方歳三はここでも、単純な見方ができずにいる。どこか釈然としない。いつもは問題の本質を的確に見抜けるのに、今度ばかりは引っかかっている場所がわからない。近藤の言う通りかもしれないし、偶然が重なっただけかもしれないが、取り巻いていた会津藩兵と自分たちとの間には、明らかに大きな隔たりがあった。その感覚だけは、はっきりとしている。

池田屋で死んだ尊攘派の中には、かなりの大物が混じっていた、と聞く。宮部鼎蔵や吉田稔麿《よしだとしまろ》、望月亀弥太《もちづきかめやた》、北添佶麿。長州や土州の聞こえた志士たちだった。長州勢が意趣返しに来るのも時間の問題だろう、と京都守護職からも通達があり、局内の浮かれた気分を締め付けながら、土方は戦に向けて軍備を整えていった。

案の定、まだ池田屋の残党狩りが続いていた六月二十四日、挙兵した長州勢が京へと上ってきた。その数、数千。彼らは洛中《らくちゅう》を取り囲むように、伏見、山崎、天竜寺に兵を置き、入洛の機会をうかがっている。昨年八月十八日の政変で御所を落ちた三条実美

ら の赦免嘆願のため入洛を願い出ている、という建前らしかったが、砲台や鉄砲を抱き、具足《ぐそく》に身を固めたその姿は、どう見ても戦の構えである。このまま入洛の許可が下りなければ、京が戦場と化すのは必至だろう。会津藩、薩摩藩も兵を起こし、いつ長州が動いてもいいように御所や市中を固めていた。新選組も、一部の会津藩兵とともに伏見へと出兵し、敵の出方を監視することになった。

「なんだ、せっかく池田屋で手柄を立てても、御所を守れるわけではないんだな」

伏見に向かう途中、原田が相変わらず場違いなでかい声を出した。

原田らしい短慮と言えばそうなるが、これは土方にとっても等しい感慨だった。もちろん、冷静に考えれば、昨日今日できた組織が、開府以来の歴史を持つ「藩」という不動の共同体と同等に立ち回ろうとすること自体、無理があるのだ。けれど、尊攘派の志士たちが前例を覆しながら進んでいく速度を目の当たりにしてきた土方には、幕府や会津藩の、体裁に固執した古くて錆《さ》び付きそうなやり方が、まどろっこしく思えることもたびたびあった。

ふた月ほど前に結成された見廻組《みまわりぐみ》の件もそうだ。新選組がすでにあるのに、幕府は、同じく市中を取り締まるための一隊を立ち上げた。しかも、こちらが身分を問わぬ有象無象の集まりであるのに対し、向こうは御譜代の者から四百人近い剣客《けんかく》を選んでいるらしい。

「直参ばかりでまとめるなんざ、うちへの当てつけのようだ。こっちは大した援助もなく働くだけなのに、見廻組には幕府がついている。御家人《ごけにん》ならば仮に組がなくなったって戻る場所はある。でもこっちにはそんな約束はない。それでもこれだけ働いているのに、まだ信用ならねぇのだろうか」

見廻組の話を聞いたとき、近藤はそう言って落胆の表情を浮かべた。池田屋の件がある前のことだったから、これで新選組も終わりになるのかと、不安でもあったのだろう。

見廻組とは洛中の巡邏区域を分けており、彼らの受け持つ範囲は新選組より広範だった。その割に、さしたる働きはいつになっても聞こえてこない。隊士の中には、市中で見廻組の連中とかち合うと、諍《いさか》いを起こす者もいた。つまらんことだと思うが、やはりその気持ちもわからなくはない。結成当初から多大な報奨金を与えられ、そのために派手な生活に溺《おぼ》れてまともな働きをしない、という見廻組の噂を聞いて、土方もまた虚《むな》しく思っていたからだ。

自分たちが京に上ったときは、金もなく着るものもなく、ひどいありさまだった。全員、すえた体臭が立ち上り、むさくるしい風体《ふうてい》だったが、それを恥ずかしむ暇もないほど切羽詰まっていた。大事に持っていたわずかばかりの金を、着物のほころびから落として落胆していた隊士がいたが、あれは誰だったたか。たった二十人の集団は、誰もが先の見えない侘《わ》びしさの中に身を置いていた。

そこから這《は》い上がった努力を認めろ、とは言わない。そういう青臭いことではない。ただ、直参でなくとも素養のある者はいるはずだ。身分の低い者を利用こそすれ、いざとなると体面上直参を表に出す。いつまでもそんなことをしていれば、幕府も先が見えている。

結局、長州の入洛許可は下りず、長州軍が御所に砲撃する形で戦がはじまった。会津、桑名の藩兵が応戦し、そこに薩摩が加勢して、蛤御門《はまぐりごもん》は凄《すさ》まじい合戦の舞台と化した。この戦で出た火が町を焼き尽くし、予想を遥かに超えた混乱と被害を生みだした。

新選組は、といえば、合戦が始まっても未だ幕府の指示を待って伏見にいた。御所の様子を聞き、急いで駆けつけたときにはすでに長州軍敗走のあと、残党狩り程度の仕事しか残っていなかった。

「こんな緩慢じゃ駄目だ！」

池田屋で大けがをした藤堂は、無理をおしてこの戦に加わっている。興奮気味に幕府の対応の遅さをなじりながら、焼けただれた蛤御門を仰ぎ見ていた。傷が開いたのだろう、額に巻いた白い布に赤いものが滲《にじ》んでいる。

確かに戦には勝ったが、会薩や幕府の策が秀でていたからではない。焦った長州が勝手にしくじって、助かっただけだ。向こうが完璧《かんぺき》な策を擁してくれれば、池田屋での各藩の遅れや、今日のような的外れな動きは命取りになる。

——自分がすべてを指示できる立場にいれば。

ふと、途方もないことを考えた。

たかが百人にも満たない小隊をまとめているからといっていい気になっている、と自戒する。が、もっと大きな舞台で采配《さいはい》を振るいたい、という苛立《いらだ》ちとも希望ともつかぬ思いが、最近頭をもたげて困る。局内を固める時期は過ぎた。もっと大きな目で時世に関わりたかった。

長州軍の総帥《そうすい》を務めた家老の福原越後《ふくはらえちご》は、兵をまとめて国に落ち延びた。が、長州軍に加わった久留米の真木和泉だけが敗走を拒み、自らが率いていた小隊とともに天王山に立て籠《こ》もり、抗戦の陣をしいた。といっても、ほんの二十名程度の人数で、幕府軍と互角に戦うつもりは、はなからなかったろう。

新選組は会津藩兵とともに天王山に出陣、土方は山下を固め、近藤が斎藤や永倉を率いて山頂まで真木の一隊を追いつめた。彼らは銃撃で応戦したようだが、そのうち弾が切れたのかパタリとその攻撃をやめた。近藤が斬り込みの態勢を整えて一気に攻め込もうとしたとき、直垂《ひたたれ》を付けたひとりの武将が現れ、「我こそは真木和泉である」と名乗った。そのまま朗々とした声でなにやら詩らしきものを吟じ、ゆったりとした動作で、山頂近くの小屋へと入っていった。

まもなく小屋は爆音とともに吹き飛び、火の中で先程の武将と他の志士たちが、見事割腹して果てていたのだという。

「敵ながら惚《ほ》れ惚《ぼ》れとする最期だった。真木和泉には、負けても落ち延びて生きようとする長州軍のような、見苦しさがない。武士としてまったく非の打ち所のない見事な死に様だった」

近藤は、まるで盟友でも死んだかのような表情を作った。

「ああやって信念を曲げることなく、武士として堂々と死ねたらどんなによいか」

それを聞きながら土方は例の、なんともいえない違和感をまた味わっていた。奥歯が砂をジャリッと噛《か》む。どこかに異物が挟まっているのだが、小さすぎてよく見えない。ただ、確かにその感触がある。

明保野亭《あけぼののてい》の事件のときも、同じ感触を得ていた。

戦の前、まだ池田屋の残党狩りをしていたときのことだ。会津藩からも助勢の藩士が加わり、新選組隊士とともにめぼしい料理屋や旅籠《はたご》をあたっていた。東山にある茶屋、明保野亭に長州人が溜《た》まっているという情報は、この残党狩りで捕縛した人物から漏れたことである。

事件の後始末もあって、このとき土方はほとんど寝る間もない煩雑な日々を過ごしていた。それに、沖田が喀血したことへの動揺も、未だ冷めやらなかった。

「労咳かもしれないんですって」

相変わらず明るく笑った沖田の、それが死病であることなどまったく意に介さぬ様子に、土方のほうが救われた。沖田特有の軽い口調に乗って、労咳とやらが楽観的なものに転化していけばいいと思っていた。

武田観柳斎に明保野亭の探索を言い渡したのは、近藤だ。

武田が人によって態度を変えるのを何度も見ていたから、土方はとても信頼する気にはなれなかったが、近藤は軍学に秀でたこの男をやけに重宝していた。とってつけたような甘言に乗せられ、あっさりと言うことを鵜呑《うの》みにする。

明保野亭の件も、武田が引き起こした悲劇だったといえなくもない。

この日、武田は新選組隊士の他に、会津藩士四、五人を連れて屯所を出たそうである。新選組を名乗って現場を改めると、逃げようとしたのだろう、男がふたり、飛び出してきた。

「長州だ、仕留めろ！」

武田が叫び、それを受けて柴司《しばつかさ》というまだ二十歳前後の会津藩士が、男を槍《やり》で突いた。

ところが、この男は長州でもなんでもない、土州の、しかもただ茶屋で遊んでいただけの人物だった。男は、土佐藩士・麻田時太郎《あさだときたろう》と名乗って誤解を解き、柴も彼の言葉を聞いてこちらの早合点だと悟り、槍を収めた。麻田は微傷だったこともあり、お互いそのまま帰営した。

報告を聞いた会津藩は、すぐに土佐藩に見舞いを送り、迅速に対応したらしい。土佐藩も会津同様、公武合体を推し進めていたから、関係が悪化するのを恐れたのだ。ところがその時点で麻田は、藩の家老から切腹を申しつけられ、すでに果てていた。理由は士道不覚悟。武士として軽挙であった、ということが問題になった。それによって事態は一気に複雑なものになる。

柴司というのは、気取りが無くてよくしゃべる、愛嬌《あいきょう》のある人物だった。

「私は武士として生きたいんです。新選組はすごい。自ら切り開いて武士になった」

まだ幼さの残る顔でよく話した。局内では今や鬼と恐れられ、平隊士など易々と近づくこともできない土方に対しても、媚《こ》びるでもへつらうでもなく、素直に話しかけた。こいつはいい家で育ったな。身を置いてきた場所の健かさが伝わってくる、清々《すがすが》しい若者だった。

麻田が切腹した夜、柴の兄という人物が真っ青な顔をして屯所にやってきた。柴を呼び出し、土方や武田の前で言った。

「肥後守様が、麻田氏切腹を受けて迷っておられる。このままだと土州との関係が悪くなる。どうしたらいいものか、と悩んでおられる」

会津藩士である柴の兄も、容保の側近から内情を聞いただけだという。

けれど、この言葉がすべてだった。

柴は愕然《がくぜん》とした顔をして、そのあと深い吐息をついた。意を決したように姿勢を正すと、兄のほうに改めて向き直った。

「兄上。私、今から屋敷《やしき》に戻り、切腹いたします。主君のために命を捨てるのなら本望です。士道を貫くのが、私の願いでしたから」

恐怖が顔に張り付いていたが、必死に笑顔を作っていた。よく言った、とこの兄は淡々と応えた。介錯は私がするから、と。

また、奥歯が砂を噛んだ。

柴が兄と連れだって屯所を出たあと、土方、近藤、永倉は、会津藩の公用方を訪ねた。できることなら、柴を死なせずに済ませたかったのだ。が、公用方は、柴個人のことより、土州との関係を懸念していた。「柴に切腹を強要することはできぬ。肥後守様も同じ思いじゃ。けれど先方にだけ切腹させたのでは申し訳が立たぬ」。事態は少しも動かなかった。

結局、柴司はその日のうちに屠腹《とふく》して果てた。

沐浴《もくよく》し、身を改め、兄の介錯で見事切腹したという。

会津と土佐の関係は、それによって崩れることはなくなった。

柴の葬儀に出ながら土方は、ほんのおとといまで「武士として立派に生きたい」と笑っていた若者の初々しい声をどこかで聞いていた。

これまで何人も斬ってきたのだ、今更こんな感傷を抱くのはおかしい。そう自分に言い聞かせたが、冷静ではいられなかった。あの男は、たぶん様々に先を夢見ていたのだろう。自分のこれからを明るく想像していたのだろう。

奥歯の砂が砂塵《さじん》になって舞い上がり、頭の中に渦巻きはじめる。

主君のために命を差し出す。武士としての体面を守るために切腹する。自らの命を、属した組織のために捧《ささ》げる。真木和泉も、柴司も、そうやって死んでいった。それが士道、というものなのだろうか。

だとしたら、自分が作り上げてきた士道とは違う。

新選組の士道は、そんなきれいごとではない。見てくれや体裁など気にせずに、ひたすら生き抜くためにあるものだ。いつ死んでもおかしくない仕事だからこそ、そうやって追いつめて律してきたのだ。

――結局、俺は、武士にはなりきれないのだな。

そう、思った。でも今やそれを負い目に感じることはなかった。決まりきった形をなぞって真似《まね》て、なにになる。自分ができることは限られている。その中で焦点を絞るだけだ。

少し離れたところに、柴の兄が立ち尽くしていた。

穴を掘って埋められる、弟の棺《ひつぎ》を見守っていた。

昨日はあれほど冷静だった男が、唇を噛んで人目もはばからずに泣いていた。

帰還

近藤　勇

——なにから話せばいいか。

二年ぶりに故郷へ帰る早駕籠《はやかご》の中で、近藤勇は嬉々として惑っている。

池田屋での手柄はすでに故郷に聞こえているだろう。これは自分で手紙を書いた。与力上席の後に両番頭次席《りょうばんとうじせき》に取り上げるという話が来たこともたぶん、みな知っている。

これは土方に頼んで手紙に書いてもらった。あとは先の長州との戦の模様を語って、真木和泉を追いつめたときの顚末《てんまつ》を話して、それから池田屋で使った虎徹を見せよう。みなの喜ぶ顔が目に浮かぶようだ。

今回の江戸帰参は、思わぬ形で叶《かな》うことになった。

禁門の変の後、幕府が長州征伐の勅許《ちょっきょ》を得たのが発端だった。総帥には尾張藩主《おわりはんしゅ》・徳川慶勝《とくがわよしかつ》が決まり、いざ出兵という段まできていた。あとは将軍・家茂公が京に上って陣頭指揮を執ればいい。ところが、当の将軍が後込《しりご》みして一向に動かぬ。長州を討つなら今が機だ、このまま手をこまねいていれば、向こうも態勢を立て直しかねない。が、幕閣たちは二の足を踏んでいる。朝廷は、いつ公方《くぼう》様が上洛するのか、と苛立ちはじめた。見かねた松平容保が近藤を呼び出し、「幕府の重臣たちに直接会って、将軍上洛を説いてほしい」と命じた。

その内意を受けて、近藤は今、東へ向かっている。

ついに自分も、こんな大事なお役を任されるようになった。改めて思うと、天にも昇る気分である。市中巡邏だけでジリジリしていた日々が嘘のようだ。政《まつりごと》の舞台で、幕臣に直に談判できるまでになったのだ。

この東下には、もうひとつ、目的があった。

新規隊士の募集である。今後新選組が一層の働きをする上では、四十人程しかいない隊士数を増やす必要があった。兵は東国に限る。西国者を入れて、また間者《かんじゃ》が混じっていたではたまらない。だからこの機に新規隊士の面談も済まそうと、藤堂平助を先に江戸に送り、入隊希望者を募らせている。

早駕籠は箱根の関所を突破し、江戸はもうすぐそこだった。

ともに街道を下っているのは、武田観柳斎、尾形俊太郎《おがたしゅんたろう》、永倉新八。学問があり信がおける選《え》りすぐりの腹心を連れてきた。

もっとも永倉だけは、例外だ。今回、老中職にある松前伊豆守《まつまえいずのかみ》との話し合いも予定しているから、松前脱藩のこの男もなにがしかのつてになろうと、仕方なく人員に加えただけのことである。

永倉とは、古い付き合いだ。ずっと信頼はしてきたのだが、今は猜疑心でいっぱいである。

なにしろこの男は、つい先だってとんでもないことをしでかしてくれたのだ。

一件を報告したのは、武田観柳斎だった。

「実はですね、永倉先生が、会津藩の公用方に公式の建白書を出されたらしいのです」

「なんの建白書だ？」

自分はなんの下知《げち》もしていない。不思議に思って、近藤は訊いたのだった。

「それがですね、誠に申し上げにくいことなのですが、なんでも近藤先生の非行五箇条というのをですね、まあ近藤先生の批判を並べたものらしいのですが、え～、そういうものを書き記してですね、会津藩に提出しましたようでして」

　武田がしどろもどろに言ったとき、近藤の血は一気に引き、すぐさま烈《はげ》しく身体中を逆流していった。

　永倉はしかも、原田や斎藤まで連れていき、その非行何箇条とかいう代物を公用方に突きつけ、「会津藩から近藤に切腹を申しつけて欲しい」と陳情したという。しかも、「もしこの五箇条の中でひとつでも近藤が抗弁できれば、自分が切腹する」とまで言ったらしい。

　冗談じゃない。

　公用方も驚いて、永倉たちをなだめつつ一献差し向け、そうなったらすぐに奴らは落ち着いて建白書を取り下げたらしいが、こっちはとんでもない赤っ恥である。自分の悪評を言い付けられたうえ、配下の者を束ねられていないことまで上にばれた。一隊をまとめる局長として、これ以上の屈辱はない。新選組のためにどれだけ身を砕いているか。一緒に働いていながら、あいつらはそんなこともわからないのか。誰のお陰で飯が食えていると思う。思いつきで勝手なことをしやがって。

　慌てて土方に相談したが、返事は珍しく素っ気ないものだった。

「永倉はなにも本気で、近藤さんを切腹に追い込もうとしたわけじゃない。なにが不満か知らねぇが、とにかく上に訴えて、そこから諫めてもらおうって見当だろう」

いつもは深いところまで探りを入れる土方が、この件には首を突っ込まなかった。土方は今、内部のことより少し大きなことを考えているようだ。今まで無関心だった、政や軍学を密《ひそ》かに研究している。

「俺が入ると事が大きくなるから、この件は遠慮するぜ。詮議《せんぎ》が必要なら、近藤さん、あんたが直接したほうがいい。これは試衛館の喧嘩《けんか》だ。話せばわかる範囲だ」

やむなく、金戒光明寺から戻ってきた永倉たちを呼び出し、自ら事情を訊かねばならなかった。

「私のなにが不満だ」

もっと違う言い方があるはずだった。ところが、こちらのほうが緊張してしまい、直截な物言いしかできない。

「なにが、というより、もう少し総括的なものだ。近藤さん、あんた、わがままが一通りではない」

言い草に唖然《あぜん》とした。仮にも局長を摑まえて、わがままだと？　そんなことで公用方のところまで行ったのか。

「それに攘夷はどうした？　以前あんたは、新選組の目的に攘夷を掲げていたはずだ。それがどうだ、池田屋以来すっかり幕府の言いなりになっちまって、幕府の言うことなら攘夷でも開国でもいいいようなありさまじゃねぇか」

「そんなことはない。私の思想は尊皇攘夷、公武合体だ」

「だったらそれらしくしてくれ。今のあんたはどう見ても幕府の犬だぜ」

永倉は新選組結成以降も一度として、「近藤先生」とも言わず、敬語も使わず、試衛館にいた時分の話し口調を変えない。そのうえ、緊迫した議論の場だというのに、恐ろしいほど淡々と言葉を継いだ。原田は横合いからたまに「そうだ！」などと意味なくでかい声を出し、斎藤は薄笑いを浮かべて永倉の様子を見ているだけである。永倉単独の発案に原田や斎藤が乗った、これはすぐに察しがついた。

「こっちは攘夷の志をもって京くんだりまで上ってきたんだぜ。それが今じゃ、佐幕一辺倒じゃねぇか。幕府なんざ当てにならんぜ。動きも鈍いし、判断も遅い。長州相手にこんなにモタモタしてたんじゃ、いつかこっちがやられる」

「わかっている。だから一橋慶喜公《ひとつばしよしのぶこう》にも意見を申し立てようとしたのだ」

近藤は先の禁門の変以前に、禁裏守衛総督として京に詰めている慶喜の、長州藩に対する煮え切らない態度に腹を立て、直談判《じかだんぱん》をしに行こうとして会津藩士に止められた経緯《いきさつ》がある。近藤も、幕府の対応の鈍さは切に感じているのだ。

「しかしな、世間は新選組のことを、不逞浪士《ふていろうし》の始末屋としか見ていない。このままあんたが態度を決めなければ、ずっとそういう仕事ばかりだ。新選組の局長になって、土方におだてられて安穏としていては、一生志は遂げられんぞ」

「では訊くが、幕府にも会津にも属さず、自らの志にすがるだけで勝手に動けばどうなる？　金はどうする？　志を通すにも、武器ひとつ、刀一本買えないんだぞ。なにか事を起こすにしたって、その舞台に立つことすらできないんだ。池田屋や長州との戦で働けたのは、新選組の地盤ができていたからだ。発足当時の浪士集団だったら、参戦することも叶わなかったんだぞ。歳三はそういう政をやっている。別に俺をおだてているわけじゃない」

「土方に文句があるわけじゃない。あれはあれで凄《すご》いのは知っている。それにどこにも属すな、と言っているわけでもない。会津侯のような優れた人物の配下にいるのは心強い。問題はあんただ。攘夷を忘れ、浮かれているのがありありとわかる」

埒《らち》があかなかった。なんだか知らぬが、俺の態度がとにかく気にくわないのだろう。土方の言うように、これは試衛館の喧嘩だ。

「承伏しかねるが、この話は打ち切ろう。これ以上続けるのはお互いのためにならん。ともかく、上層部でいざこざがあっては仕方ない。お前にはこれからも第一線で働いてもらわねばならん。ただ、文句があるなら直接俺に言え。なにも公用方まで巻き込むことはあるまい」

百歩以上譲ったつもりだった。昔だったらどやしつけて横っ面を張っていただろうが、俺も随分と人間ができた。永倉と話しながら、つくづくそう思った。

「ただ、あんたに直接言っても、どうせ通じないような気がしたからさ」

「『気がした』くらいのことで、公用方のところまで行くな」

「そうだが、実際こうして通じなかったではないか」

変わっていないのは、この永倉だった。


「江戸はいい。空気が違う」

永倉は江戸に着くなりそう言って、会心の笑みを浮かべていた。先般のことなど、とっくに忘れているらしい。

たった二年留守にしただけなのに、江戸は大きく様変わりしていた。新たな店が建ち並び、行き交う人間の出で立《いでた》ちも粋だ。

「俺は京があまり性に合わんから、江戸はホッとする。風が流れているし、町人たちの威勢が良くて気持ちがいい」

永倉の言う通りだった。すべてが生き生きしている。気風、ということもある。ただあれだけ毎日戦ばかりの京では、人々が息をひそめて暮らすのも致し方ない気もした。

試衛館に戻ると、以前より構えが立派になっている。なんでも日野の佐藤彦五郎が折に触れて献金し、道場に手を入れたとのことだった。久しぶりに妻子にも会えた。周斎も思いの外息災で、出世した近藤の姿に目を細めた。近藤は昨秋周斎の倒れたときに戻れなかったことを詫《わ》び、養父の身の回りの世話を自ら買って出た。そうすることで救われた気はしたが、といって、ここに戻ろうという気は起こらなかった。もっと出世してこの養父を喜ばせたいという欲望が、郷愁よりも勝っている。

翌日、江戸城和田倉門を入り、まずは江戸帰参の報告のために会津侯留守居宅を訪ねた。座敷に通されると、恰幅《かっぷく》のいい、目に威圧感のある男が先客として座っている。

西郷吉之助《さいごうきちのすけ》。

そう、名乗った。薩摩の要人だ、ということは近藤も知っている。やはり将軍の上洛を促すべく登城したらしい。

近藤はそれから毎日、主立った幕閣に会い、将軍上洛を促した。が、反応は極めて鈍く、誰も長州征伐を差し迫った問題だとは捉《とら》えていないようである。中には「将軍上洛のための金がない」などと言い出す重臣までいる始末である。なにを言っている。こんな火急のときに華々しい大名行列をする必要がどこにある。早駕籠でもなんでも駆けつけるべきだ。幕府という大所帯にいる武士たちが、まったく世間知らずでぼんやりしているという事実を改めて突きつけられ、せっかく池田屋の件で浮かれていた内心がしぼんでいくような気がした。

「あの、西郷という男はもうすでに大坂に行ったというぜ。またそこで誰かに会うのだろうか。薩摩はやることが早《はえ》えな。あれが敵に回ったら恐ろしいぜ」

どこかで噂を聞きつけたのだろう、永倉は唸《うな》っていた。

薩摩か……。

孝明天皇は、松平容保をもっとも頼りにしていると聞くが、薩摩は公武合体の急先《きゅうせん》鋒《ぽう》なだけに、朝廷にも幕府にも深く食い込んでいる。反面、薩摩脱藩の倒幕派が、勤王の志士として暗躍していることも事実である。天領で育った自分たちとは違って、西国の志士は幕府の影響を直に受けていない。それだけに、倒幕などというとんでもない発想が生まれて、脱藩する人物が後を絶たないのだろうか。

土方はかねがね、「薩摩は当てにならない」と言っている。

「今は会津と同じ動きをしているが、いつ変節するかわからんぜ。思想なんてものは世の中じゃ大層なことのように言われているが、あれほど当てにならないものはない」

あの男は一貫して、思想というものを信じようとはしない。自分の思想を外に向かって喚《わめ》き散らす者を、一番疎む。

「人前で、思想とやらを語っている時点でたいしたことはねぇのさ」

そう言って、内容如何《いかん》にかかわらず一切を認めようとはしなかった。沖田のように感覚だけで生きている男のことは滅法信頼するのに、山南のことも、今回連れてきている武田のこともまったく受け付けない。

思想というのは、事を成すときの指針となる。それをみなの前で説くことができるのも、ひとつの才だ。匂《にお》いでかぎ分けて政をするようなことはいい加減によして、副長らしく隊士の前で自らの思想を説くようにすれば、あれほどみなに恐れられることもなかろうが……。


江戸で会った藤堂は、京を出たときより闊達《かったつ》として明るくなっていた。

このところ塞《ふさ》ぎ込んでいるのは怪我のせいばかりではなさそうで、それが近藤には気に掛かっていたのだ。もともと難しく考えるたちだから、また些末《さまつ》なことに躓《つまず》いているのだろうと放っておいたが、長州との戦の後は、ますます陰鬱《いんうつ》に考え込むことが多くなった。

近藤の休息所を突然土方が訪ねたのは、ちょうどその頃のことだ。女としゃべるのを面倒がって滅多に妾宅《しょうたく》には上がらないのに、どういう風の吹き回しか、ひとりでやって来た。

「一度、平助を江戸に戻すか。怪我の療養もある。なんだか知らねぇが、ああ鬱々としていられたんじゃ、こっちまで気が塞いでくる」

わざわざやって来た割に、用事といえば藤堂の件だけらしい。

「そんなひねた物言いをせずに、平助が心配だと素直に言ったらどうだ」

「別にそういうことじゃない」

「だいたい、なにもこんなところでコソコソと話さねぇで、本人に直接声を掛ければよかろう。あいつだって喜ぶぜ」

土方は手にしていた杯を置いて、いきなり立ち上がった。

「そういうことじゃないと言ったろう」

大小を差し、逃げるように帰っていった。三十も過ぎて、なぜ回りくどい物言いしかできないのか。京に上ってからというもの、隊士たちと私的な交流を一切避けている。仕事に情が混じるのを恐れているようだ。まったく困った男だ。

その藤堂が、「近藤先生に是非会って欲しい方がいる」と言って試衛館を訪れた。男をひとり連れている。すっきり整った顔立ちの品のいい人物で、物腰も柔らかい。

伊東大蔵《いとうおおくら》、と男は名乗った。

「かつて、私が剣を学んだ伊東道場の師範で、北辰一刀流を修得してらっしゃいます。水戸学を学び、尊皇攘夷の思想を持って時世を考えてらっしゃる。今の新選組には必要な方です」

水戸学、というのが、やや引っかかった。例の、山南が言っていた、尊皇攘夷思想の走りだが昨今は倒幕思想に寄っている、という学問である。しかも伊東は、自分から入隊を希望したいとも、志があるとも言わないのだ。全部藤堂が話して、その横で笑顔を作っているだけだ。

「伊東先生は、大局に出るべき方です。すでにその意志も固まっていらっしゃる」

和歌もたしなむらしく、「素晴らしい歌をお詠みになります」と藤堂は自分のことのように自慢げに語った。

どういう人物か測りかねる部分もあるが、藤堂がそこまで推すなら間違いなかろう。なにしろ、これほど嬉《うれ》しそうな藤堂を見るのは久しぶりだ。よほど伊東という人物に入れ込んでいるのだろう。それに、学のない人間が多い新選組に、伊東のように博学な人物が増えるのは、願ってもないことである。

念のため武田観柳斎に意見を仰ぐと、

「近藤先生がいいと思われたなら、それで十分でしょう。私が軍学を教え、伊東さんが思想を説く。これで新選組は怖いものなしでございますね」

と微笑《ほほえ》んだ。武田がそう言うのなら間違いない。

入隊を許すと、伊東は慇懃《いんぎん》に礼を述べ、これを機に名を改める、と言う。

伊東甲子太郎《かしたろう》。

そう名乗って、弟の三木三郎《みきさぶろう》、篠原泰之進《しのはらたいのしん》といった門下生とともに加入した。他、数名を加え、総勢二十名の新規入隊者を引き連れ、京へと戻る。

藤堂は怪我が完治していないこともあるから、このまま江戸に残り、治療がてら引き続き隊士の募集を任せることにした。

武州にもひとり隊士を残して、甲州方面の探索と隊士募集のため動いてもらうことにした。かつて八王子千人同心に属していた、中島登《なかじまのぼり》という男である。本人は今回の徴用に名乗りを上げて京で働くことを希望したが、いかんせん長男である。家を継ぐ立場にあるものを、危険な目に遭わすわけにはいかない。武州に残って、新選組の仕事に携わってもらう配慮をしたのはそうした理由だ。

中島の、気が強く、粘りがありそうな、いかにも武州の人間らしい風貌《ふうぼう》が、近藤は一目で気に入った。はじめて会ったとき「井上松五郎さんには随分御世話になりました。いつも近藤先生の自慢をしてらっしゃいましたよ」と懐かしい名前を出した。共通の知り合いの話に花が咲き、「今、どんな様子だ?」と訊くと、そこらにある紙にさらさらと絵を描く。それがよく特徴を捉えている。彼の語る人物評も、すこぶる鋭く、毀誉褒貶《きよほうへん》の案配が絶妙で、聞いていてまるで飽きなかった。こういう人物は瓦版《かわらばん》でも書いたら面白いのかもしれない、そう思った。

四方山話《よもやまばなし》に興じていると、中島は話の接《つ》ぎ穂に意外なことを言い出した。

「土方先生からよく小島の家や、佐藤の家に手紙が来るらしいのですが、それがどうも愉快です」

去年小島鹿之助に届いた土方の手紙は、彼に執心している花魁《おいらん》の名を挙げ連ね、自分の人気のほどを記したものだったという。

「最後に書かれた句が傑作で、『報国の心をわするる婦人かな』というのです」

笑いが抑えられないという様子で、中島は語る。

確かにあいつは昔から、驚くほど女にもてた。ただ、江戸の頃は自分からまめに妓《おんな》の元にも通っていたが、京に上ってからというもの、本人は妓からの誘いを、いつもすげなくかわしていたのだが……。

「ついこの間も、理心流の門人に宛《あ》て『諸君にいいものをお送りする』という一文を添えた小包が送りつけられたことがあったらしいのです。門人たちが期待して開けると、花魁たちが書いた土方先生宛ての恋文がどっさり出てきたと聞きました」

「……それはまことか？」

確かめずにはいられなかった。

中島は、笑いをこらえて頷《うなず》いている。

屯所では四六時中、仏頂面でいる土方を思った。

あいつはいつの間に、そんなくだらないことをしていたんだ。

近藤はつくづく呆れていた。そうしながらも、気持ちのどこかでひどく安堵《あんど》していた。

――昔の歳三は、消えてしまったわけではないのだな。

「困った奴だ」と中島に返しながら、近藤は久々に踏んだ武州の地で、鼻の奥がむずがゆいような、なんともいえぬ不思議な気分を味わっている。

再　起

山南敬助

伊東甲子太郎という人物は、抜きんでた才子であった。

常州の出身で、北辰一刀流を使うという。はじめて挨拶《あいさつ》をしたとき、「同門ですな」と微笑んだ顔は涼やかな品性を宿していた。非常な博識で、学問にも通じている。今、江戸で盛んに読まれている本の論旨を、自分なりにかみ砕いてゆったりと話す様も堂に入っていた。眉目秀麗《びもくしゅうれい》で、流行《はや》りの黒縮緬《くろちりめん》の羽織をさらりと着こなす姿は、人を惹きつけるに十分な風格がある。無骨な者が集った局内にあって、ひとり光彩を放っていた。

山南は伊東の入隊を、格別なことと感じていた。こうした逸材を、この新選組がやっと取り入れはじめたことに安堵した。

所帯が大きくなり名が聞こえはじめても、新選組は相変わらず出自を問わず素姓の知れない浪士ばかりを入隊させ、法外に厳しい規則で縛っていく、という方法を変えなかった。

なんの学問もない者を一から鍛え、基礎を叩《たた》き込むのではなく、あらかじめ政治や思想を心得ている者に限って入隊させるべきだと、山南は常々思っていた。近藤もようようそこに気付いたのだ。上の意識が変われば、新選組も思想的な集団に変化を遂げることができるかもしれない。

秋口になって山南の体調は、通常の隊務をこなせるまでに回復していた。まだ万全とはいえないが、以前に比べれば町に出ることも増えた。

ひとつには永倉新八がなにかと気遣って、外へと誘い出してくれたからである。非番の夜には連れだって屯所を出、祇園の茶屋へと赴くのも最近では習慣になっている。

永倉は江戸から戻ってしばらく経ったこの夜も、面倒がらずに声を掛けてきた。

二人して表に出ると、もう吐く息が白い。今年は随分と早い時期から冷え込んでいる。

茶屋の座敷に通されるなり永倉は酒を頼み、つまみも取らずに飲みはじめた。無類の酒好きで、いつもこういう飲み方をする。

「俺はしばらく謹慎だ。これで長州出兵にも加われなくなる」

　杯をあけつつ、不満げな顔を作った。永倉が公用方を通して近藤を批判したことは、山南も知っている。その沙汰《さた》が今頃下ったらしかった。

「近藤も変な男だよ。すぐ謹慎を申しつければいいのに、一緒に江戸まで連れていって、挙げ句今頃そんなことを言う。あいつは昔っから、どこか抜けているんだな」

　そうではない。と、山南は思っている。永倉は生粋《きっすい》の江戸育ちである。京に来てからも、なにかにつけて江戸を恋しがるようなことを言う。井上源三郎が武州を懐かしがるのとは少し趣が違って、理屈や郷愁ではなく、江戸の水が合っているように見える。おそらく近藤は、京に上ってからずっと一線で働いてきた永倉に、彼の好きな江戸で伸びをさせたかったのだ。といって、局長を批判したのを、そのまま放免したのでは他の隊士に示しがつかない。だから敢えて、今になって謹慎にしたのだろう。

「そう、悪く言うもんじゃない。近藤さんはあれで、とても器の大きい人だよ」

　山南が取りなすと、永倉はそれには応えずに、窓の外に目をやって、いくつか杯を重ねた。それから、さんなん、と昔からの山南のあだ名で呼びかけた。

「お前はあそこにいるには人が良すぎるんじゃねぇかと、俺は前から案じているんだ。善意の解釈をしすぎている。そういう人柄を、俺や沖田は慕っているが、近藤や土方は容赦しないぜ」

山南はその言葉を黙って受け止め、弱い笑みを浮かべたまま下を向いた。

「ああやって規則で縛っているが、規則を作った当の本人たちはなににも縛られちゃいない。それがこの組織の怖いところだ。土方は特に、武士の面子《メンツ》や義勇、そういうものから超越したところにいる。その都度これだと確信したことを、是が非でもやり遂げているだろう。腰抜けの直参みたいに体面にこだわってちゃ、ああいう風には動けない。でも土方のようなやり口は、お前には合わないだろう」

確かにそうだ。集団というのは、共有すべき思想を育《はぐく》み、志のうえで全員が結びつくべきものだというのが山南の考え方だ。新選組が幕府の爪牙《そうが》とならずに尊皇攘夷の思想を貫いてくれればいい、とは思っている。本来自分がもっと踏ん張って、思想を重んじる方向に組織を引っ張っていければよかったのかもしれない。けれど、今更自分がなにを言ったところで、誰も聞く耳を持たぬだろう。

「私の努力不足だな」

呟《つぶや》くと、永倉が慌てて膝《ひざ》を詰めた。

「そういうことじゃない。俺はおめぇのことは正しいと思っている。ただ、その正しさが通用しにくいのは、新選組ってところが特別なせいで」

「いや違うんだ。これは誰のせいでもない。私の問題なんだよ。私だって、自分の力が発揮できないのがもどかしいんだ」

山南の言葉を聞いて、永倉はふうっと長い息をついた。ため息に、憐憫《れんびん》と落胆が含まれている。

「大丈夫だよ、永倉君。私はまだ、大丈夫だ。伊東先生が今、局内でさかんに尊攘論を説いているだろう？　私も彼の意見には賛成なんだ。今後あの人と議論を交わして、思想的に新選組を導いていくよ。これでも総長だからね。今までは日陰になっていたが、少し積極的に表に出るさ」

「お前がいいのならば、俺はそれでいいんだが……」

昔から、冷静で自分のやり方は崩さないが、芯《しん》から優しい男だった。どんなときも他人を案じて、垣根を作らず自分の言葉で接するのが常だった。

永倉への感謝を表したくて言葉を探していると、障子の向こうから、

「先生方、よろしいか」

という無遠慮な声がして、座敷に入ってきたのは意外にも斎藤一だった。永倉は斎藤に軽く手を挙げてから、山南に微笑んで言った。

「俺が呼んでいたんだ。出がけに八木の門前でバッタリ会ってさ」

斎藤と個人的に飲むのは初めてかもしれない。無口でなにを考えているのかとんと見当がつかない、不気味な男だ。

「こいつも俺と一緒に公用方のところへ近藤の文句を言いに行ったのに、なぜかお咎め

無しだ」

口をとがらせた永倉をチラリと見て、斎藤はなにも言わずに手酌で杯を干した。

「斎藤はついているのさ。だいたい、あれだけ斬り込みをやって、怪我ひとつしたことがない。俺なんか池田屋のときもやったし、この間の天王山でも鉄砲の弾が腰をかすった。一緒に前線にいたのに、こいつはまったくの無傷だ」

長州が今度の戦で相当数の鉄砲を使った、ということは山南も聞いている。天王山に真木和泉を追いつめたときも砲撃にあって、永倉と井上が軽傷を負った。

「これからは、戦も鉄砲が主流になるのだろうか」

山南が言うと、斎藤が眉《まゆ》をしかめた。

「冗談じゃない。人を斬るのが、俺の唯一の楽しみなのに」

永倉が山南のほうを見て、「これだ」と呆れ顔を作る。

斎藤はそれっきりさして話もせずに、それでもなにが楽しいのかその場に居続けて、一通り飲むと「俺は女のところに行くから」と言い置いて、闇《やみ》の中に消えていった。

「ああいう奴が新選組だ。伊東がいくら饒舌《じょうぜつ》に説いたって、あんなところまで言葉が届くとは思えんが」

店を出しなに永倉は言い、ああ京の冬が来る、とうめいて首をすくめた。

それから山南は、努めて伊東と話をするようにした。才気走った男で、本人もそれを自覚していたが、といって居丈高になることのない温厚な性質を持っている。上に対しても下に対しても態度を変えず、節度があり、理性的だ。

郷目付《ごうめつけ》をしていた父親が家老の逆鱗《げきりん》に触れ蟄居《ちっきょ》になり、一族もろとも領外へ追放された、という過去を彼は負っているらしかった。子供の時分は、住むところもなかなか定まらぬ苦しい生活を強いられた。そんな暮らしの中でも学問は続け、剣では神道無念流を修得したらしい。けれど伊東の立ち居振る舞いには、生い立ちの労苦を微塵《みじん》も感じさせない優雅さがあった。

「それから江戸へ出て、北辰一刀流を修めた伊東精一先生の門下生になりました。いずれ憂国の士となり働きたい、と思いつつ修行に励みました。先代亡きあと、道場を継いだときに知り合ったのが藤堂君です。久々に会った彼から新選組のお話を伺い、尊皇攘夷の志を遂げるのはここしかない、と。また近藤先生のお人柄に触れて、そう得心いたしました」

荒っぽい多摩弁の近藤や土方、崩した江戸弁を使う永倉などに接していると、うっかり忘れてしまいそうな整った言葉を使った。

伊東が、近藤からことのほか重宝され、隊士たちの人気を一手に集めるまでには、そう時間はかからなかった。隊士たちは揃《そろ》って伊東の人格を土方と比べ、「鬼のごとく隊を仕切らなくとも、伊東先生のように思想を通してまとめることができるのだ」と囁き合った。厳しすぎる土方に対しての不満が、伊東の出現によって一気に吹き出す形となった。

当然土方の耳にも、伊東への評価や自分への批判は入っているだろうし、勘のいい男だから局中の空気で感じてもいるだろう。が、土方は、それに動揺することも、伊東と張り合うことも、その空気を刷新しようと試みることもしなかった。幕府が勅許を受けた長州征伐に備え、行軍録と銘打った陣形の表を作り、局中法度《きょくちゅうはっと》より一層厳しい軍中法度という戒律を定め、今までとなんら変わらず仕事をしていた。

伊東は、篠原泰之進や三木三郎といった同志とともに、この戒律を土方の口から聞かされたということだった。

「中には『烈しき虎口《ここう》において、組頭のほか死骸《しがい》引き退《の》くこと無用と成すべく、始終その場を逃げず、忠義をぬきんずべきこと』などというものもあり、改めて身の引き締まる思いが致しました」

「土方という人物は、とにかく厳しい男です。武士としての体面や作法にはまったく興味がない。そこが近藤先生と違うところです。土方君の忠義は、将軍にでも天朝にでもなく、ただ目的を成すことだけにある」

山南が言うことを、伊東は笑みを絶やさずに聞いていた。

「近藤先生には尊皇攘夷の思想があるが、土方君にはそういったものがない。だからああして闇雲に隊士を縛り付けることしか考えないのでしょうが、隊士はみなそれに反発している。伊東先生が加入してこの新選組を変えてくださることを、ですからみな期待しているはずです」

伊東は、話をすると大抵聞き役に徹する。そのせいか、ついいらぬことまで話しすぎてしまう。伊東の加入で明らかに変わり出した局内の空気に、山南のほうが昂揚しているのかもしれない。久しぶりに話し相手を得て、過剰に繰り出される自分の言葉にやや戸惑いながらも、山南はそれを止めることができなかった。

「もし、おっしゃるようなことでしたら、山南先生のような方が総長の座にいらっしゃるからこそ、新選組もここまでの飛躍を遂げたのではないでしょうか。ともかく一刻も早くお身体を万全にされて、お役目に復帰していただきたい。隊士の方々もそれを望んでいらっしゃるはずです」

伊東の言葉は、ずっと山南が聞きたくとも聞けなかった言葉だった。

自分がとうの昔に、局中での居場所をなくしていることは気付いている。近藤と腹を割って話し合い、承諾を得た上で組織を抜けることも、山南ならば可能な立場にあった。この間の夜、永倉が示唆したのも、そういうことだろう。近藤はもう引き留めないだろう。土方も黙って承知するはずだ。ただ本来自分は、新選組でも十分に通用する実力を持っている。その思いを、いつまで経っても捨てられずにいる。未だに気持ちのどこかで、自分がこの組織で再び必要とされることを期待している。そのためになにか具体的な動きができるわけではなかったが、毎日それを願って、身を置いている。自分の価値を、周囲に気付いて欲しい。それだけを念じてきたのだ。

伊東は、自分と同じく思想をもった人間である。彼が活躍し、それによって新選組が変わっていけば、もう一度自分が表舞台に立つ機会が巡ってくるかもしれない。伊東とは、すでにどんなことでも本音で語り合える仲になっている。

山南は伊東との関係だけを拠《よ》り所《どころ》に、なんとか自力で立ち上がろうと奮闘していた。

結局、近藤や土方があれほど躍起になった長州出兵への備えは、無駄になったことになる。薩摩藩の西郷吉之助が突きつけた降伏条件を、長州が受け入れることになったためだ。長州藩は先の戦の責任を家老たちに負わせる形で、反逆の意志がないことを示した。福原越後、国司信濃《くにししなの》、益田右衛門介《ますだうえもんのすけ》の三家老が切腹、それによって幕府軍も鉾《ほこ》を収めた。

屯所の庭からは、先程から永倉と近藤が言い争っている声が聞こえてくる。新規隊員が加わって七十人近くに膨れ上がったせいか、屯所はかなり手狭となり、おかげでどこにいても誰かしらの声が聞こえるほど賑《にぎ》やかになった。

「薩摩を見ろ。先手先手を打ってるぜ。しかしあれほど長州を疎んでいた薩摩が、なんで急に、幕府と長州の間を取りなすようなことをしているんだ？　そこを探れよ。ぼんやりしてちゃ、また出し抜かれるぜ」

　永倉は行軍録から名前が漏れたことがよほど不満なのだろう。最近はなにかと上に突っかかっている。さすがに土方には付け入る隙《すき》がないせいか、怒りの矛先は主に局長である近藤に向けられていた。

「そんなことはお前に言われなくたってわかっている。俺は俺の考えで動いているんだ。薩摩とやり方が違って当然だろう」

「あんたはいつも、俺が、俺が、と我を通してばかりいるが、だったら西郷の上をいったらどうだ」

「…………」

　昔から変わらぬ近藤と永倉の会話である。

「永倉さんは面白いなぁ」

　山南がいる座敷の前を通りかかった沖田が、そう言って笑いかけた。この男は、山南がどんな立場になっても、少しも態度を変えない。床に伏していても過剰に病人扱いをすることもなく、総長になったときも変に改まることなく、こうしてうらぶれても避けることもなく、まるで兄に接するように気ままになついてくる。よほど労咳の具合が悪くない限り、日に一度はこうして話をするために顔を出した。伊東とするような思想や政の話はできなかったが、それでも沖田特有の、脈絡のない話は、山南にとって不可欠なものになっている。

「近藤先生は怒ると、『私』から『俺』になるんです。すぐに昔に戻っちゃって、そのせいで機嫌の善し悪しがわかる。でも永倉さんはどんなときでも、様子が変わらない。あのふたりは正反対だな」

そう言って、ひとりケラケラと笑っている。

「そういえば、『俺』で思い出した。伊東さんという人は、自分のことを『僕』って言いますね。珍しいな。長州の人みたいだ。一緒に入隊した伊東道場の人たちと、尊皇攘夷だなんだと熱心に話をしていて、何度も『僕は』って言ってご自分の意見を語ってましたよ。『僕』というのは、どうやら尊攘派の間で流行っている言葉らしい」

初耳だった。

伊東が「僕」という一人称を使うことを、山南はこのときはじめて知った。彼の口からそんな言葉を聞いたことはないように思うが。仲間内でだけ使うのだろうか。ならば普段、自分の前で、彼はどんな言い方で意見を述べていただろう。山南は、思いを巡らした。意気投合し、尊皇攘夷の意志を確認し合い、多くの思想を語り合った日々を思い起こした。

けれど結局、なにひとつ思い出すことができなかった。

「私」も「俺」も「僕」も。

伊東が己を出して意見を言うのを、まったく無防備に自分の本心を晒《さら》す言葉を、山南は聞いたことがないのかもしれなかった。

「私も使ってみようかな。『僕は沖田総司です』。なんか変だ。それに土方さんに怒られそうだ」

沖田は変わらず暢気《のんき》で、近藤と永倉の歯に衣《きぬ》着せぬ言い争いもまだ続いていた。

それを遠くに聞きながら、山南は密かに肩を落とし、小さく息をついた。

この年の十二月、山南はかろうじて維持していた総長という地位を、新たな組替えに伴って失った。入隊したばかりの伊東は、かつての副長助勤に代わって立てられた「組頭」という重要な役目を、沖田や井上といった古参隊士とともに任されることになった。

脱走

沖田総司

沖田総司は、東へと馬を走らせている。すべてを振り切るように馬を飛ばすと、二月の空気が顔に刺さって無性に息苦しくなった。けれどこれも、内心で渦巻く暗い思いを霧散させるには至らなかった。

今朝《けさ》、山南敬助が、置き手紙を残して屯所を脱走した。手紙を見つけた隊士が騒ぎ出し、事が発覚した。土方はしばらく手紙を手にして黙考し、それから近藤に相談し、最後に沖田を呼んだ。とにかく山南を連れ戻せ。それだけを沖田に伝えた。局を無断で脱することは、すなわち切腹である。局中法度ですでに定められている。いくら山南とはいえ、例外が認められるとは考えにくい。

「連れ戻してどうします？」

沖田の問いに、近藤も土方も答えなかった。

そこで追っ手になることを拒むこともできたが、自分が拒んだところで誰か他の隊士ことになるだけだ。それはどうしても避けたかった。自分が行けば山南を逃がすこともできる。だから沖田は、黙って土方の指示に従った。

馬を飛ばしながら、「もう一度会いたいな」と思っていた。同時に「見つけることができなければ、どんなにいいか」とも思う。会えたとしても、きっと山南を屯所に連れ戻すことはしないだろう。追いつけなかった、とだけ近藤に報告するだろう。近藤も土方も、そうすることを望んで、取り敢えず形だけの追っ手として自分を選んだのではないだろうか。馬上で息を詰めながら、沖田はやはり希望を疑っていなかった。

中山道をひたすら下り、大津宿に着く。馬を引いて宿場を歩きながら、山南の姿を探した。茶屋や旅籠の軒先で休んでいる旅人たちがみな自分より遥かに幸せに見えてきて、はじめて味わうその気分に、沖田は居心地の悪さを感じていた。

政や思想といった難しい話をするから、沖田がつい面倒になって逃げ出しても、怒りもせず呆れもせず、根気よく言葉を重ねるのが山南だった。顔はいつも優しく微笑んでいて、沖田は山南のそんな姿を見るのがなにより好きだった。山南の佇《たたず》まいは、濁りのない湧き水みたいに見えていた。澄んでいて、たゆたっていて。その流れに身を任せていると、気持ちがすっかり丈夫になる。湧き水は沖田にとってずっと、なくてはならないものだった。

「総司」

声が降ってきて、見上げると旅籠の二階に、あの見慣れた丸顔がのぞいていた。

沖田は、自分が取り乱したのを感じ取った。山南を見つけてしまった、という現実以上に、まるで屯所の近くで行き会ったかのように山南が声を掛けてきたことに、動じたのだ。今まで当たり前だったことが、いずれにしてももう二度と戻れないものになった。そのことに気付いて、全部がよくわからなくなりかけた。

「よかった。総司が来るんじゃないかと思っていたんだよ」

古びた宿屋の一間に上がると、山南は笑って座布団を勧めた。まだ陽は高い。なんでこんな早々に山南は宿をとってしまったのか。それが、沖田には恨めしかった。宿などとらず、もっと先まで逃げていてくれれば、追いつけなかったかもしれないのに。まるで追っ手が来るのを待っていたみたいだ。

「疲れただろう。お茶でも頼むかい？」

山南の、いつもと変わらぬ様子は、沖田をひどく傷つける。自分が薄汚く思えてくる。土方に言われて、子供の使いのようにただ中山道を駆けてきた。近くで時間を潰《つぶ》し、適当に言い訳することだってできたはずなのに。

沖田は山南を前にして適当な言葉が見つからず、ただ途方に暮れているだけだ。それに、こんなときに適当な言葉があるとは、到底思えなかった。

穏やかな日だった。細長い雲が遠くの山にかかって、くすみのない青い空に長閑《のどか》な鳥の鳴き声が溶けていく。遠くに見える琵琶湖《びわこ》の湖面は、ピンと張って揺れる気配すらない。

黒羽二重《くろはぶたえ》の着物をまとった山南は、窓のほうに顔を向け、風景を愛《め》でるように目を細めて黙したままだった。ひどく安らいだ顔だった。

何も言えずにその横顔を眺めるうち、沖田には、すべてのことが手に取るようにわかってしまった。自分がここまで追ってきたことは間違いではなかったのだ、という残酷な事実を把握していた。

――もう、山南さんは、覚悟を決めてしまったのだな。

沖田の中ですべてが繋がっていく。

屯所を脱走するのにわざわざ置き手紙を残して、こんなに近くの宿場に宿をとった。本気で江戸に逃げる気ではなかったのだ。再起をかけて屯所をあとにしたわけではなかった。

――ただもう、終わりにしたかっただけなのだな。

ひどい耳鳴りが、片耳を貫いた。悲鳴に似た甲高い音が、頭の中で鳴り止《や》まなかった。

今までこれほど近くにいて、山南の逃げ道を作ることもできなかった。こうなる気配を感じながら、ただ毎日取るに足らない話をして時を無駄にした。終わるのを知っていて、放置してしまった。

けれど、沖田はなにも言わなかった。

後悔や詫びを言うのはたやすいが、こうなってはそれももう自分を救うだけのことだ。顔にも感情は出さないようにした。山南を見て、そう決めた。

山南の口から、もう終わりにしたかった、という言葉を聞きたくなかった。そんなことを言わせるのは、あまりにも辛《つら》いことだと思っていた。

「山南さん、せっかく宿をとったのですから、今日はここに泊まりませんか」

沖田の申し出は、山南には意外だったようだ。

「まだ陽は高い。今からでも屯所に戻れるだろう?」

「私だってたまには外に泊まって息抜きをしたい。みな休息所があるが、私にはそういうものがないですから」

努めて明るく言った。それから宿の女に飯を頼み、酒をつけてもらってふたりで飲んだ。

陽が少しずつ翳《かげ》って、そのうちあれほどくっきりと見えていた山河は、窓の枠から姿を消してしまった。雲がかかっているのか、星すら見えない夜になった。行燈《あんどん》に灯をともすと、山南の顔に変な具合の影ができて、それが気になって沖田は、何度も何度も行燈の位置を変える。

「おまえさんは、いつも落ち着きがないねぇ」

山南はおかしそうに笑っていた。

「総司、咳《せき》はどうだ？　少しはよくなったか」

「ええ、随分と治まりました。ただ、夜分に止まらなくなるときがたまにあります。それ以外はもう隊務に復帰しても大丈夫です」

もっと言葉を継ぎたかったが、近藤や土方といった名前が出ることは避けなければならない。辛い気分にさせたくない。といって、みな試衛館からの付き合いだ。どんな話をしても、ひょっこり彼らが顔を出すことになりそうで、沖田は今、そこに神経をとがらせている。

「江戸は今、どんな風になっているだろう。京に上ってもう二年だ。移り変わりの速い町だから、きっと変わっているだろうね。試衛館は今、どうなっているだろう。あそこではじめて総司を見たとき、世の中には天才というものがいるんだと、ひどく驚いたんだよ」

沖田がうつむくと、山南はまたおかしそうに笑った。

「あの試衛館での日々は、私にとって一番いいときだったのかもしれないね。攘夷の思想をみなで話し合って、希望に満ちていた。近藤さんはあのときの夢を本当に叶えてしまった。凄いことだ」

本当に凄いことだ、と酒を飲みながら、山南は何度も口にした。

「私は、新選組が嫌いじゃなかった。あそこにいる人間が嫌いではなかったんだ。憎む対象があれば、少しは楽だったのだろうね」

めっきりと冷え込んできて、ふたりは火鉢を抱え込むようにして対座した。すぐ手の届くところに山南はいたが、それはもうすでに幻想だという気もした。ずっと続いてきたものが途切れてしまう。難しい話も、「おまえさん」という呼びかけも、柔和な笑顔も、もうずっと手の届かないところへいってしまう。その境目を、沖田はまだ見つけることができずにいる。

蒲団《ふとん》を敷き、横になっても、いろんなわからないことが渦巻いて、内側がひどくざわついていた。

しばらくすると、山南が思い出したように口を開いた。

「あの伊東さんという人は、尊皇攘夷というより勤王家かもしれないよ。思った以上にそちらに思想が寄っている。もしかすると手痛いしっぺ返しを食うかもしれない。それだけ気を付けて欲しい、と近藤さんに言付《ことづ》けてくれるか」

「それは山南さん、ご自身が直接言うべきです」

沖田の言葉に、山南は困ったように口ごもった。

「もうそれは私の役目じゃないんだ。でもちょっと気に掛かったから総司に言っただけだ」

ふうっと吐息が聞こえ、長い沈黙があった。

「私は、本当にたくさん学問を積んだ。剣の修行も多くの道場を巡って行った。それは私の自信になっていった。これだけ知識を蓄えて、剣の腕を磨けば間違いない、と思っていた。そうすることが自分の道を見出《みいだ》す、一番相応《ふさわ》しい方法だと信じていたんだ。でも私は、自分でも気付かないうちに、いろんなものを背負い込みすぎたのかもしれないな。知識を得れば得るほど、自分のことがわからなくなってしまった。自分の核心がどこにあったのか、思い出せなくなってしまったんだ。今の世はみな、若い者が志半ばで死んでいくだろう。池田屋で死んだ長州や土佐の連中だってそうだ。でも私は、そういった人間たちにもかなわなかったのだろうね。自分の志というものを、私は最後まで見つけられなかったのだろうね」

沖田は、答える言葉を持たなかった。

静けさに耐えかねたように、嫌な話をした、と一言、山南が付け足した。それから沖田のことを、おまえさんは濁りのない目を持ち続けることができて羨《うらや》ましい、とも言った。

「悪かった。明日は早いから、もう寝よう」

山南がそう言って静かになってからも、沖田は黙って天井の木目を見ていた。いつもは変幻自在に模様を変えて、決まって沖田を空想の世界へと誘《いざな》う木目は、今日に限って少しも動き出す気配を見せずにいる。


翌日、山南を連れて屯所に戻った沖田は、待ちかまえていた永倉新八に身体が飛ぶほどの勢いで殴られた。永倉の剣幕は凄まじかった。「なぜ見逃さなかった」と言って再び沖田に殴りかかろうとするのを、近くにいた原田と斎藤が止めた。

山南は近藤に呼ばれて、その場で切腹を申しつけられた。

「隊規に背いた、いくら山南とはいえ例外は許されない」

近藤がしどろもどろになって言い訳のように言葉を重ねるのを、山南が押しとどめて、

「ありがたき幸せに存じます。謹んでお受けいたします」

とだけ言い、衣服を改め、前川邸の一室に入った。

沖田はその間に土方に呼び出され、山南の介錯をするよう命じられた。

「俺は顔を出さないから、あとはお前が全部やるんだ。それを山南も望んでいるはずだ」

「どうしてもでしょうか？」

「なにが？」

「山南さんの切腹です」

「山南が自分で選んで戻ってきたのだろう。だったらそうしてやるべきだ」

沖田がなにか言いかけるのを待たず、土方は障子を閉めて、もうそれきり部屋からは出てこなかった。

山南のいる部屋には見張りが立っていて、外には心配そうな顔で原田がしゃがみ込んでいる。沖田が部屋に入っていくと、山南は真っ青な顔をして、正座していた。

「私が介錯をさせていただくことになりました」

かろうじて言うと、山南は満足そうにうなずいていた。

「さっき永倉君がやってきてね、いいからもう一度逃げろ、と言ってきかないんだ。困ってしまってね。なにかあったら自分が腹を切るから、と言い張って……」

言い終わらないうちに、山南ははじめてポタポタと涙を落とした。そのまま涙を止めることができなくなったようだった。声を殺して、いつまでもむせび泣いていた。

「総司、すまないな。でも、頼むからこんな姿は記憶に止《とど》めないでくれ」

絞り出すようにそう言うと、そのまま静かに背を向けた。

沖田は黙って表に出て、その時が来るのを廊下に控えて待っている。

永倉は人を使って山南の内縁の妻である明里《あけさと》という女を呼びに行かせているようで、さっきから落ち着かない様子で往来のあたりをウロウロしていた。やっと女が到着すると山南と別れを交わさせ、泣き崩れる女を他の隊士に送るように言付けると、急いでもう一度山南の部屋に入っていった。

「頼むから逃げろ。あとは俺がなんとかする。近藤だってそこまで咎めだてするような鬼じゃない」

「そうかもしれないが、もういいんだ」

ふたりの、声を押し殺したやりとりが、部屋のすぐ外に控える沖田に聞こえてくる。

「永倉君、いろいろ助けてもらってありがたかった。明里にも会えたし、これで思い残すことはない。今まで気にかけてもらってかたじけなかった。お陰で随分と救われたんだよ。でも本当に、もういいんだ。これがいいと自分で決めたんだ」

しばらくの間、部屋はしんと静まり返っていた。

ひどくすさんだ顔をして永倉が部屋から出て来て、それと引き替えに沖田は静かに入室した。切腹に立ち合うことになっていた他の隊士に、「介添人はいらぬから出ていくように」と命じ、ふたりきりになってはじめて、刀を抜いて山南の後ろに立った。

山南の、短刀を握る手が震えている。必死に前をくつろげて、それから右の手首を左手で押さえ、なんとか震えを止めようとしながら、沖田のほうは見ずに言った。

「どうも、最期まで腹が据わらぬようだ」

まるで冗談を言うような口振りだった。試衛館の昔から、沖田をからかうときに決まってする、少し語尾の上がった山南特有の調子だ。あの頃の山南さんが戻ってきたようだ、と沖田は思っていた。山南はかつて、尊皇攘夷だ、長州だ、薩摩だと難しい話をひとしきりしたあとで、ぼんやり聞いている沖田に向かって必ず、この口調で言ったのだ。

「おまえさん、そんな他人事みたいな顔をしているが、いずれ私たちが活躍できるときが来るかもしれないんだよ」

山南が腹に刀を突き立てた刹那《せつな》、沖田は刀を振り下ろした。

最期の痛みだけは、少しでも減らしたかった。刀を腹に引かせぬ扇腹《おうぎばら》など、武士らしい最期とはいえないかもしれない。でももう、そういうことはどうでもよかった。

沖田の刀はまるで空気でも斬ったかのようにあっさりと、ずっと大事にしてきた山南との日常を、永遠に断ち切ってしまった。

ほころび

土方歳三

障子の向こうに影が動いて、それがすっと屈《かが》んだ。

「山南さん、切腹されました」

沖田の声がそう言った。鼻が詰まったようなおかしな声だ。

「うん」

土方は障子を開けずにそれだけ言って、影が遠ざかっていくのを眺めていた。

ひどく寒いが火もおこさず、文机《ふづくえ》に片肘《かたひじ》をついて、先刻からずっとそのままの形でいる。

山南の遺骸は、近くの光縁寺《こうえんじ》に葬ることを決めた。彼がよくその寺で休んでいたのを知っているからだ。そして、こんなときまで段取りのいい自分に、嫌気がさしていた。

ぼんやりとしていたら、急にひとつの光景が甦《よみがえ》った。

壬生に来たばかりの頃のことだ。会津藩お預かりになることも決まらぬのに、京に残ると決めた、あの当時。袖《そで》のほころびから金を落として嘆いていた奴がいた。誰だったろうと、記憶のなかで有耶無耶《うやむや》になっていたが、あれは山南だったな、ということをなぜだか不意に思い出したのだ。

なけなしの金を落としてしまった、と肩を落とした山南の姿が、はっきりと浮かび上がった。その情けないような、困ったような顔が甦った。

「そうか、あれは山南だったのだな」

小さく声に出すと、言葉が白く固まって、薄暗い部屋に漂って消えた。

一筋の露

焦燥

藤堂平助

藤堂平助が、山南敬助死去の報を得たのは、東下してきた土方歳三からである。

昨年に続き新選組は隊士の募集を行い、所帯を広げようとしていた。依然として「兵は東国に限る」という近藤の論法に準じ、元治二（一八六五）年四月はじめ、今度は土方が入隊希望者と面談するため江戸に下ってきたのだ。伊東甲子太郎と斎藤一が、それに同道している。

昨年来、単身江戸に残って新規隊士を募っていた藤堂は、試衛館で三人と会い、これまでの経過を報告した。新選組の近況を訊《たず》ねると、土方が、最近屯所《とんじょ》を西本願寺に移したこと、それから山南の死んだことを淡々と伝えた。

「山南さんはなぜ死んだのです？」

新選組の中で山南は、藤堂にとって唯一まともな話のできる人物だった。思想らしい思想を持たぬ乱暴者が寄り集まった集団の中で、山南はまさに良心であり、貴重な指針であり、一縷《いちる》の光明だった。学問を積み、時勢を知っている山南がいれば道を踏み外すことはない。それが、自分とはどんどん食い違っていくこの集団に属していることの、最後の理由にもなっていた。

「局を脱したので、切腹を申しつけた」

土方はいくら訊《き》いても、それだけしか答えなかった。

この男が、山南を毛嫌いしていたことは藤堂も知っている。結成以来、ふたりはずっと反目してきた。山南の、知識に基づく理論的な意見を、勘だけで動いている土方が一蹴《いっしゅう》してきた結果だった。

切腹とはいえ、要は土方に殺されたようなものだろう。

手段を選ばず目的を遂げ、その過程で邪魔な人間はさっさと始末する。そんなやり方をいつまで続ければ気が済むのだ。そう思ったら、体中が熱を持ったように唸《うな》り出し、内側でなにかが勝手に暴発するのを止められなくなった。

——土方を斬《き》らねば駄目だ。

衝動が、今にも行動へと移行しそうだった。

山南のこともある。が、それ以上に、いつまで経っても仲間内での殺戮《さつりく》ばかりを繰り返している一隊への憤りと、大事な時期をこんなくだらない組織に捧《ささ》げている自分に対する焦りに、背を押された。

握りしめた拳《こぶし》に汗が滲《にじ》む。傍らに置いた大刀の位置を計る。目が、座している土方の袴《はかま》を見る。間合いは三尺。

ドン、と凄《すさ》まじい音で床が鳴って、集中しきっていた藤堂は虚を突かれ、わけのわからぬまま音のほうを見た。少し離れたところに座っていた斎藤一が、長刀を鞘《さや》のまま床に打ち付けたらしかった。斎藤は片膝《かたひざ》を立て、無言で藤堂を睨《にら》んでいる。

こちらの殺気を、斎藤が読んだ。

土方は目の前で腕を組んで、微動だにしない。

伊東は慌てたそぶりで、斎藤のほうに何度も目を走らせている。

「失礼する」

なんとかそれだけ言って外に出ると、例の疲労感がどっぷりと藤堂を包んだ。

新選組という組織が、つくづく嫌になった。

昨年の九月、江戸で会った近藤は、完璧《かんぺき》に浮かれきっていた。池田屋での功名と出世、潤沢な金、周りからの賛美。天下でも取ったように振る舞っていた。酒席を設ければ自慢話、養父の周斎にもその出世を褒めちぎられ、今の座にすっかり満足しきっていた。

永倉新八が「攘夷《じょうい》の志を忘れるな」と苦言を呈しても、聞く耳も持たないありさまだった。かつては確かに抱《いだ》いていた尊皇攘夷の志を忘れ、幕府の走狗《そうく》として働く無様さ。

長い平和で骨抜きになり、時勢の動きに鈍感な幕臣たちの言いなりになって、へつらって。あんなことで世の中を変えられるはずがない。近藤が主軸にいる限り、所詮《しょせん》新選組など、いいように使われる捨て駒《ごま》がせいぜいだ。

「大丈夫か？　藤堂君」

藤堂を追って、表に出てきた伊東が声を掛けた。伊東は、入隊早々頭角を現し、今や参謀という副長に並ぶ役に就いたと聞く。

「乱暴な連中だ。話の最中であんな風に刀を打ち付けるなど、いったい何事だろう」

伊東の言葉を、藤堂は意外な思いで聞いた。自分が今、土方に抱いた殺意を、伊東はあの場にいて勘付かなかったのだろうか。斎藤は勿論《もちろん》、動きはしなかったがおそらく土方も気付いていただろうが。

「山南先生は、近藤や土方に殺されたようなものだよ、藤堂君。あれは悲惨な最期だった。脱走したのを沖田君が連れ戻した。同志だったら見逃してやるのが筋だろうに。あの沖田という男も、結局はただの人斬りさ」

本当に沖田が連れ戻したのだろうか？　沖田は誰よりも山南を慕っていたはずだ。その思想ではなく人柄を愛していた。暇があれば山南のところに行ってくつろいでいるのが常だったのに、彼を豹変《ひょうへん》させるようなことが、ふたりの間にあったということか。

「山南さんが脱走した理由をご存知ですか？」

「さあ。大方、近藤や土方のやり方に嫌気がさしたのだろう。あの人は尊皇攘夷の思想をはっきり持っていたようだったから。それに山南先生は西本願寺への屯所移転にも反対していた。こんな無謀をしては僧侶《そうりよ》たちが気の毒だ、と訴えていた。が、山南先生の意見は汲まれなかった。そういう鬱憤《うつぷん》が溜《た》まったのだろう」

「伊東先生は山南さんと親しく交流をもたれていた、と聞きましたが」

「まあ月並みに話はしたが……。ただ、根本のところで僕とは思想が合わなかった。尊攘派ではあるが、倒幕までは視野に入れていないようだったから。それにあの人は、藤堂君が言っていたより遥《はる》かに甘い部分があってね。人情を捨てきれないというのか、あれだけ考えが違う近藤に対しても悪く言うことすらなくてね」

山南さんらしい、と藤堂は思っていた。あの人は温情を持って、自分の悩みもよく聞いてくれた。そのたびに、世の中にある様々な思想を説いてくれた。

「私は伊東先生と山南さんが組めば、今の新選組を変えられると思ったのですが……」

「ただ、僕にすれば、その役に山南先生というのは少し頼りなく思えた。みなを煽動《せんどう》していく力も、すでにないようだったからね。だから僕も、新選組に入隊した本意は最後まで告げなかったよ。告げればきっと諭される。彼はそういう、すべてを正面から片付けるお方だ」

昨年の秋、近藤たちより一足先に江戸に入った藤堂は、昔からの知己であるこの伊東のもとを、真っ先に訪れたのだった。

池田屋の後、ますます人斬り集団の色を強くした新選組に新風を吹き込んで、攘夷の先鋒《せんぽう》を担う集団に変えたかった。それには隊の上層部、特に土方に抵抗しうるだけの人材が必要だと考えたからだ。

伊東ははじめ、入隊に二の足を踏んでいた。江戸にも新選組の活躍は聞こえていたが、自分が抱いている主義と合わぬのではないか、と懸念していたようだ。

ところが近藤と面会するやいなや、急に態度を軟化させた。

「藤堂君、入隊する決心がついた」

そう言って微笑《ほほえ》んだ。

「実はひとつ考えがあってね。私はいずれ新選組を我がものにする気になったんだ」

「ご自分のものに？」

「そうだ。あの近藤という男は、とんだ愚物じゃないか。尊皇攘夷などとほざいているが、その思想をまったく解していない。あれが局長ならば、あとも似たり寄ったりだろう」

「ただ、隊士たちからは近藤先生も信頼を得ておりますし……」

「信頼などというものを覆すのはたやすいよ、藤堂君。僕には弁がある。すぐに隊士たちも僕になびく。そうすれば藤堂君の希望通り、新選組は攘夷の先鋒を担うことができる」

伊東は一見至極穏やかで人当たりも柔らかかったが、稀《まれ》にみる野心家である。藤堂もそれを知っているからこそ、彼に入隊を請うた。

すみやかな行動力を持つ伊東が、同じく尊攘思想を持った山南を表舞台へと引き出すことができれば、新選組という烏合《うごう》の衆を、希望的な方向に導くことができるはずだと確信していたのだが……。


山南の面差しを浮かべてぼんやりと佇《たたず》んでいた藤堂に、伊東は、「ちょっといいか」と囁《ささや》き、市ヶ谷の町を先導して歩きはじめた。藤堂は黙ってそのあとに続く。うねうねとくねった細かな路地をふたりでそぞろ歩いていると、木の芽時の柔らかな風が袴を煽《あお》った。試衛館からかなり離れたところで、伊東はやっと口を開いた。

「参謀にまでなったはいいが、藤堂君、ひとつ、大きな誤算があってね」

色白の整った顔をこちらに向けた。

「それがあの土方だ。学もろくにない粗暴な男だと見くびっていたが、ずば抜けていた」

「なにが、でしょう？」

「なにが、とひとことで言うのは難しいが、すべてにおいてずば抜けた策士に見える。ああいう類《たぐい》の人物には、僕も今まで会ったことがない。政治力もある、時代を読む目も持っている、剣の腕も立つ、おまけに局内の人間をよく見ている」

「ただ、私が見る限り、土方先生には思想がない」

「しかしそれがまた強みになっている。思想があれば動きが読めるが、土方はなにを考えているのか、まるで把握できない。なのに事を成すときには、すべて下地が整っている周到さだ。新選組があそこまで大きくなったのも、あの男が裏で采配《さいはい》を振るってきたからだろう?」

確かにそうだ。組織の在り方、局長としての近藤の見え方も含めて、すべて計算しているのはあの土方だ。

「僕はね、藤堂君、土方を排除しない限り新選組を手中に収めるのは無理だと思っている。近藤を落とすのはたやすい。こちらの学を見せれば、あの男はすぐになびく。が、あの軽率な近藤も、土方の言うことだけは聞く。そういう構図ができあがっている限り、今の組織は簡単には瓦解《がかい》しない」

近藤、土方の線。伊東が言うように、確かにここを断ち切れば、無益な殺生《せっしょう》だけに身を投じなくともよくなるかもしれない。が、あの動物のように勘が鋭い土方を、どうやって落とすというのか。

「ともかく、もうしばらくは様子を見る必要があるだろうが」

「土方さんが、伊東先生のそのお考えに気付くことはないでしょうか？」

「まさか」

藤堂の問いかけに、伊東はあからさまな嫌悪を表した。

「僕は局内で、そんなことはおくびにも出していないんだ。土方が気付くはずがない。言っておくが今の話は万全を期して事を進めるため、あくまでも用心に越したことはないと思ってのことだ。器量からすれば僕のほうが遥かに勝っている。局内での人気も僕のほうが上だ。ただ、学がない割には油断ならない人物だ、という程度のことだ」

苛立《いらだ》たしそうに言って、きびすを返した。

伊東は思慮深い人物だが、自尊心を少しでも傷付けられると許せなくなるのだろう、不快感を露《あら》わにすることがよくあった。疑問を呈しただけでも、自分に関する懐疑が含まれていると悟ると、急に気色ばむ。藤堂ばかりでなく、伊東の周りにいる者は他意もないのにその琴線に引っかかって、口をつぐむことが少なくなかった。

江戸で新規隊士の面談を終えると、土方は単身、故郷である武州日野へと帰っていった。

「武州で中島が集めた入隊希望者と面談する。ついでにしばらく骨休めするつもりだ。

あれだ、あっちではな、旨《うま》い飯が食えるぞ。どうだ、平助も一緒に来るか？」

普段無口で仏頂面しか見せないのに、珍しく優しい言葉を掛けてきた。けれど、ひどく緊張したように表情がこわばっており、変な具合に言葉に詰まっている。

「私は江戸に残ります。まだ加入を希望してくる者がいるかもしれませんから」

素っ気なく返すと、土方は寂しそうな顔をして、「そうか」とだけ言った。

土方が不在の間、藤堂は伊東や斎藤とともに、新規隊士の整理にあたっている。半年かけての江戸での募集に応じた入隊希望者は七十余名。土方が面談をし、四十名近い者の加入が決まっている。あとは、武州で探索がてら入隊者の勧誘に動いている中島登を介して、さらに数名の隊士を加えることになっている。

一通りの作業が終わるとさすがにぐったり疲れ、藤堂は試衛館の一室に座り、翳《かげ》っていく陽をぼんやりと眺めていた。

伊東は先程、「かつての恩師に会いに行く」とひとり出ていった。時間が空くと、彼はこまめに江戸の情勢を探っていた。幕府の動き、尊攘派の動きがどれほど活発か。薩摩や長州はどんな状況か。千葉道場や、桃井道場には、諸藩から剣客が集まっている。そういう場所に立ち寄り、世の動向を汲《く》んでいるらしかった。

「おい、ちょっといいか」

廊下から声がしたと思ったら、こちらの返事も待たずに刀のこじりで障子を開け、斎藤が顔を出した。

　こじりなどで開けやがって。

　この男が常に放っている不穏で切迫した雰囲気が、藤堂には以前から耐え難かった。人を斬ることしか興味のない男だ。こんな奴《やつ》がいるから、新選組は人斬り集団の汚名を拭《ぬぐ》えないのだ。

「久々に吉原か深川の岡場所に行こうと思っているんだが、お前、いい妓《おんな》を知らねぇか」

「知らぬ」

　そのうえ、この男はそんな野卑なことを言うのである。

「知らぬということはねぇだろう。半年も江戸にいて。流行《はや》りの妓の噂《うわさ》くらいは聞くだろう」

「私は吉原になど行かぬ。そういう遊びはしない」

「ふん。藤堂 某《なにがし》の御落胤《ごらくいん》は、妓など買わぬか」

「藤堂和泉守だ。お前とは出が違うんだ」

　確かなことは藤堂にもわからなかったが、そう言い聞かされて育った。斎藤は向かい合うように戸口近くにしゃがみ、藤堂の傍らにある大小に目を走らせる。

「お前の刀は上総介兼重《かずさのすけかねしげ》だったな。藤原家《ふじわらけ》のお抱え鍛冶《かじ》か。となると、単なる思い込みだけじゃねぇかもしれねぇが」

やたらと刀に詳しいこの男は、嘲笑《ちょうしょう》を交えて言い、目を怒らせてこちらを見た。

「だがな、藤堂。生兵法《なまびょうほう》は怪我《けが》のもとだぜ」

「生兵法とはどういうことだ。私は流派もはっきりしないお前とは違って、北辰一刀流目録の腕だぞ、それを……」

言い終わらぬうち、しゃがんだままの斎藤がいきなり抜刀し、剣をまっすぐに藤堂の鼻先に突きつけた。

「なにをする……」

切先は、微動だにしない。あんなに不安定な体勢で操っているのに、少しも揺れることなく藤堂をとらえている。太刀《たち》さばきが異様に速く、しかも確実だった。こめかみを汗が伝っていくのがわかる。刀の向こうには、斎藤の不敵に笑う顔がある。

「藤堂某だ、北辰一刀流だと、そんなことばかり言っているから、お前は動作が鈍いのさ。相手に易々《やすやす》と抜かせて、自分からやられにいっているようなものだ。そんなことじゃ、土方は斬れねぇぞ」

「……私が、土方先生を斬ろうとしたとでも言うのか？」

「していないのならいいが」

鼻を鳴らして、パチリと剣を鞘に収めた。

「まあ土方も、今のお前にやられるようなぼんくらじゃぁあるまい。お前は人を斬るということを、まるでわかっちゃいない。お前のように人を見る目がない奴に斬られる人間などたかが知れているさ」

伊東のことを言っているのだろうか、と思ったが藤堂は黙っていた。斎藤がこちらの内情をどこまで摑《つか》んでいるのか、まるで見当がつかなかったからだ。

座を蹴《け》って外に出ようとすると、斎藤の声が追いかけてきた。

「剣には実しかないんだ、藤堂。沖田や永倉と違って、俺《おれ》は同志だろうが手加減はしないぜ。敵味方などというものは、俺の中じゃ随時変わるんだ」

「土方先生が唯一の味方、というわけか？」

「土方が？　まさか。ただああいう筋が通った人間がいないと、隊は持たない。お前は山南のことで恨んでいるのだろうが、あれは殺されたのではない。自決だぜ」

藤堂はそれには応《こた》えず、言葉を引きずったまま表に出た。

山南さんが自決？　どういうことだ？

あれだけ裏で複雑な策略を巡らせている土方を、筋が通っているという斎藤の評価も、理解できなかった。

あいつはいったい、なにを見ている？

斎藤や沖田は局内切っての使い手だが、それだけでしかないはずだった。土方はすべてを管理し、新選組という組織を作る。やはりそこだけに終始している。近藤は一辺倒に自分の出世だけを夢みて、世の中を変えようという気配すら感じられない。

藤堂にしてみれば、いずれも先がなかった。

その点、伊東には展望がある。思想を持ち、時代を見ている。その考えは、常に新しい世の中を象徴している。

自分も伊東のように、もっと高みを目指すべき人物のはずだ。試衛館の仲間には情がある。しかし、情で繋《つな》がっている部分など、すぐに剝《は》がれ落ちる。そんなものを大事に温めることに、なんの意味がある。

土方が日野から戻ってきたら、新規加入の隊士とともに半年ぶりに京に戻る。もう二十二だ。今はじめなければ、手遅れになる。

少しでも高いところへ行きたかった。違和感のある道をこれ以上歩いている余裕など、これからの自分には一分《いちぶ》も残されていない、と焦っていた。

勤王

伊東甲子太郎

「もう幕府の時代ではない。勤王思想の下、倒幕まで見越した動きをしなければ新しい時代の中心に立てるとは思えない。それを新選組は、時勢も見ずに幕府なんぞにしがみついている。愚の骨頂だ」

形ばかりの巡邏《じゅんら》の途中、鴨川縁《べり》に佇んで、伊東甲子太郎は傍らにいる篠原泰之進に吐き捨てた。

新選組を知れば知るほど、落胆を抱えるようになっていた。ここには得るものがなにもない。

江戸からともに入隊した篠原はしかし、そんな伊東の苦言をあっさり笑い飛ばした。

「今更、なにを言っている。あんたはもともと、なんの期待もしていなかったはずだろう。この一隊を乗っ取る気で入隊しておいて、なにを嘆くことがある。それよりも、新選組を手中に収める算段を整えるほうが先だろう」

まったく言う通りなのだが、その「手中に収める算段」がつかぬから、こうして苛立っているのだ。

局長の近藤を操るのはたやすかった。時勢についての意見を一席ぶてば、決まって感極まった顔をする。伊東の言葉を、繰り返しそらんじる無邪気さまで見せた。

ところが副長の土方は、近藤の横で一緒に伊東の論を聞いていても、なにひとつ賛同することがなかった。といって、反論するでも、質問をぶつけてくるわけでもない。無表情のまま木偶《でく》のように座っているだけである。時折近藤が「伊東先生はさすが博識だ。な、土方君」などと同意を求めたときにだけ、「私はどうも頭が悪くて、難しい話はわかりませんが」と口を開くのがせいぜいだった。

「近藤には、土方がついている。あの男は不気味だ。意見は言わぬが、決して馬鹿ではない。勘も鋭い。その勘で、僕のことも不審に思っているようだ」

篠原も、伊東の言葉を否定しない。

「さすがにこちらの入隊意図を見抜くことはないだろうが、伊東さんのことはまだ様子を見ているのだろう。もともと人を信用できるたちじゃないのさ。だから局内でも、あぁして孤立する」

「確かに、古参の隊士たちでさえ、土方を慕っているようには見えないが」

「そこを利用する手はある。伊東さん、あんたはあくまでも博識の善人を演じればいい。隊士たちがこちらにつけば、すぐに土方は局内で立場をなくす。それでなくとも、山南先生の件で土方を恨んでいる隊士は多い」

土方に拮抗《きつこう》する力を持つこと。しかも対抗するのではなく、人を惹《ひ》きつけ、徳を持って周囲の信頼を集める必要があった。

伊東は、諍《いさか》いにならないよう配慮しながらも、土方が厳しい態度を示すたびに、極力隊士側を擁護する言動をとった。折に触れ思想を説き、平隊士にさえも常に丁重に接した。不逞浪士《ふていろうし》の粛清しか頭になかった隊士たちが、伊東の弁舌と人柄に魅了されて、その思想に感化されるのにそう手間はかからなかった。

あとは試衛館以来の仲間が分離すれば、もう誰も土方を当てにする者などいなくなる。そうなればいかに近藤とはいえ、土方を見限るだろう。そこで近藤を傀儡《かいらい》にして、自分が実権を握ればいい。

古参隊士の中でも、藤堂平助はすでにこちら側についている。

「他に、沖田総司をこちらに取り込めれば心強いが」。篠原の提案である。身体《からだ》は万全ではないようだが、確かにあの剣は魅力だ。まだ若いだけに、柔軟でもあるはずだ。国事に携わりたいという志もあるだろう。山南とは懇意にしていただけに、土方のことを快く思っているはずもない。きっかけを作ってやれば、存外すぐにこちらになびくかもしれない。

沖田は、巡邏の途中、八木邸で休むのを習慣にしている。屯所が西本願寺に移った今、人目を避けてふたりで話すには好都合である。

伊東は偶然を装って壬生に赴き、案の定八木邸の縁側でくつろいでいた沖田に声を掛けた。沖田は伊東に気付くと、いつもの親しげな表情で会釈した。

「伊東先生、今日は八木さんとお約束ですか?」

「約束ではないのだが、やはりここのほうが居心地が良くて、ついね。手狭になったからといって、わざわざ寺に屯所を移すこともなかったろうが」

それとなく土方への批判を織り込んだが、沖田はそれに応じることなく、ぼんやりと庭を眺めたままだ。

「私もここのほうが落ち着きますが、西本願寺も好きだなぁ。なにしろ広くて気持ちがいいし、僧侶の修行風景を見るのも面白いしなぁ。たまには屯所が変わるのもいいものです」

「ただ、寺の境内で刀を振るったり、大砲の調練をしたり、というのはどうも気が進まない。僧侶たちにも申し訳がないからね」

「あそこは以前よく長州人をかくまっていたという噂があったんですって。その監視の目的もあって、土方さんが新たな屯所にと決めたみたいですよ。まあ、やり方は強引ですけどね」

「沖田君は、土方先生と随分長いそうだね」

「江戸の頃からですね」

「昔から土方先生は聡明だったのだろうね」

土方に対する沖田の本心を聞きたかった。それによって、話の進め方が変わってくる。沖田はしばらく小首を傾《かし》げてから、さあ、とひとこと言った。

「土方さんが聡明かどうか、そういうことは考えたことがなかったなぁ。よくわからないや。でも土方さんは、私にとっては安心です。間違わないから」

意味がわからない。そのうえ、沖田は腰を上げつつ不気味なことを言ったのである。

「そろそろ隊務に戻らないといけないな。こんなに怠けていたら近藤さんに怒られちゃうし、伊東先生と長話をすると山南さんに叱《しか》られちゃう」

まるで山南が生きていて、屯所で待っているような口振りだった。

無邪気な男だが、ふとした弾みに気味の悪い一面を覗かせる。剣を持ったときの妖気《ようき》は剣客のそれかと思っていたが、もしかするとこの若者特有の資質なのかもしれない。その後も伊東は折に触れて沖田に接触を図ったが、まともな会話が成り立つことは一度もなかった。

入隊した翌年からその次の年に掛けて、伊東は近藤とともに二度の西下をしている。将軍・家茂公がようよう重い腰を上げ、幕軍の長州出兵が具体的になっていた。それに先駆け新選組も、長州との折衝をする幕府の訊問使《じんもんし》について西国へと赴くことになった。近藤の他に、伊東、武田観柳斎。それから山崎烝、吉村貫一郎、芦屋昇《あしやのぼる》、新井忠雄、服部武雄《はっとりたけお》、尾形俊太郎といった監察方の面々。新選組は池田屋の件以来、長州から目の敵にされている。そのため全員身分を隠し、名前を変えての随行となった。

どうも薩長の様子がおかしい、と気付いたのは、長州の強硬な態度の前に、入国も叶《かな》わず安芸《あき》で足止めを食ったときのことである。あれほど長州を追い落とそうとしていた薩摩が、幕府による長州征伐に加わらないと聞いたのだ。ここへ来て急に態度を軟化させるのはいかにも不自然だった。

帰京から約一月後、二度目の長州遠征に参加することになった伊東は、篠原泰之進の同道を近藤に願い出た。この遠征を機に薩長の尊攘派とどこかで接触し、薩摩の動きに探りを入れたいと考えていたためだ。

幕府の使節、小笠原長行《おがさわらながみち》に先行する形で一行は再び安芸に入った。近藤はここでも幕臣たちにベッタリ付いて堂々巡りの議論に明け暮れているだけだった。田舎者《いなかもの》は所詮大局を見る目など持てぬのだろう。目の前に権威をちらつかされれば、なにも考えずに尻尾《しっぽ》を振る。

近藤の無知蒙昧《むちもうまい》ぶりに呆《あき》れつつ、伊東は篠原とともにさっさと別行動をして、長州や薩摩の勤王家と密《ひそ》かに通じた。そして、そのうちのひとりから驚倒する事実を聞いた。

「薩摩と長州が手を結んだ」

土佐の坂本龍馬が暗躍し、薩摩の西郷吉之助と長州の桂小五郎の会合を実現させせて、同盟を結ばせたらしい。つい先だってのことだという。もちろんこれはまだ幕府も、会津も知らない。それを伝えた薩摩脱藩の男も、はっきりしたことはわからないのだろう、多分に言葉を濁している。

「薩摩はどこで、公武合体から倒幕路線に切り換えたのです?」

「元治元年の秋に、西郷先生が大坂で勝海舟《かつかいしゅう》に会ってからだと聞きます」

「勝海舟が、倒幕を示唆したと?」

「どうもそうらしい。幕臣のくせに倒幕の必要性を諭した、とか。それに西郷先生が感化され、政策を密かに倒幕へと移行したというのが、一通りの事情のようです」

そのうえで長州を援護することを決め、幕府の長州征伐に備えて、新式のミニエー銃を薩摩名義で買って長州に流した。もちろん、幕府からの要請があっても、長州征伐に薩摩が加わるはずがない。

——そこまで事態は進んでいたのか。

元治元（一八六四）年の秋といえば、伊東が新選組に入隊したときだ。あんな時点から、もうはじまっていたのだ。そんな動向も知らずに、自分は安穏と局内の調整に奔走していたのか。伊東は自らの緩慢さを思い、冷や汗が出た。

幕府と薩長間で戦になれば、幕府は確実に負ける。長州の高杉晋作《たかすぎしんさく》が作った奇兵隊は、鉄砲を主流にした軍事訓練に余念がないと聞く。勤王家は、どんどん新しいことを取り入れている。前回安芸に下ったときに見た幕軍の覇気のなさとは大違いだ。

もう新選組を自分の手中に収める、などと暢気《のんき》なことを言っている場合ではない。早々にこの組織を抜けねば危うい。薩長の時代になれば、新選組に生きる道などないのだ。

焦った伊東は、諸国偵察と称して近藤の許可を取り、各国の勤王派に顔を繋いでいった。太宰府《だざいふ》や久留米、長崎まで足を延ばし、土佐の中岡慎太郎《なかおかしんたろう》や、真木和泉の弟・真木《まき》外記《げき》といった志士たちに渡りをつけた。

あとは、新選組をどう抜けるか。離脱のための大義名分を一刻も早く探すことだ。脱走はもちろん、罪になる。力尽くで推し進めれば、近藤や土方も力尽くで対抗するだろう。伊東とともに入隊した内輪の一派だけで固めれば、脱退後に近藤・土方と完璧に対立する立場になってしまう。試衛館組をひとりでもふたりでも取り込めれば、動きも楽になるだろうが……。

伊東の攘夷論になびく古参隊士が出てきたのは、そんな煩悶《はんもん》のさなかのことである。

永倉新八、斎藤一。

ふたりはもともと、近藤や土方のやり方が気に食わなかったらしい。そういえば永倉は今まで何度も、近藤に食って掛かっている。

酒席をともにしてみると、両者、諸藩の様子を聞くのに熱心で、そのうえ永倉などは「近藤みてぇにいつまでも古くさい考えでやっていちゃあ、新選組も危ないぜ」と、例の伝法な江戸弁でいきり立っていた。

「それに、俺はもともと土方を好かんのだ。あんな冷てぇ男が牛耳《ぎゅうじ》っているところにいつまでもいる気はない。伊東さん、あんたはちゃんと時勢を見ている。そういう人物が、これからの時代は必要とされるはずだ」

斎藤は無口な男だから傍らでそれを聞いているだけだが、同じように薩長の動向に関心を持ち、勤王の志を解そうとしていることは伝わってきた。単なる乱暴者だと思っていたが、さすがに世の機微は感じているのだろう。誰でも有利なほうにつきたい。こういう混沌《こんとん》とした時代なら、なおのことそうだ。

長州征伐は、幕府軍が手こずっているうちに将軍・家茂が急死、そのまま休戦となった。それが慶応二（一八六六）年の七月。それから半年も経たぬうち孝明天皇が崩御《ほうぎょ》。幕府も朝廷も体制が刷新され、凄まじい速さで、新たな時代がはじまろうとしていた。

年が変わって慶応三年になった正月にも伊東は永倉、斎藤とともにしこたま飲み、調子に乗って島原の角屋に三連泊した挙げ句、謹慎を食らった。許可も得ずに外泊するのは隊規違反だということはわかっていたが、未《いま》だに池田屋での活躍に浮かれて、今にも潰《つぶ》れそうな幕府にしがみついている新選組の権威などどうとでもなる、と三人が三人とも思っていた。

永倉や斎藤の賛同を得て、伊東の行動は次第に大胆になっていった。近藤、土方に対する慇懃《いんぎん》な態度を崩し、時局論を説くこともたびたび、幕府も天朝も尊重すべきだという近藤に昂然《こうぜん》と意見することも重なった。

藤堂や永倉、斎藤といった子飼いの隊士に見くびられて、土方の周りには、まるで時代の見えていない近藤と、子供じみているだけでまったく役に立たない沖田、剛胆だが考えなしの原田しか残されていない。いつまでも泥臭さを引きずっているから、こうして配下の者からも愛想をつかされる。藤堂は時折、「土方さんはそんな甘いお人ではない」と深刻な面を作って言ったが、それも神経質なこの若者の杞憂《きゆう》でしかないだろう。

三月に入ってしばらくすると、密かに動いていた篠原泰之進が「御陵衛士《ごりょうえじ》」を拝命することに成功した。少し前から孝明天皇の墓所を警護する役目を得ようと、戒光寺《かいこうじ》に働きかけていたのだ。これで離脱の大義名分が整った。

「御陵を守るお役目を与えられた。故に隊を脱するが新選組に反意があるわけではない。外から長州や薩摩の動きを探ってその情報を新選組にもたらす。ただ、局内にいては情報を得るのもままならないし、御陵衛士というお役目にも差し障るから、表向きは離脱したい」

こう説得すれば近藤や土方も、否とは言えないだろう。

もちろん、薩摩や長州の動きを新選組に伝えるようなことはしない。御陵を守るという立場を築くことで勤王家としての自らの存在を広め、人脈を築く。

永倉は言う。

「伊東先生。どんどん長州や薩摩の人間に会うべきだ。そうして新しい時代のことを教えて欲しい。俺たちもいつか立派に、勤王の志士として働きてぇと思っているんだ」

組織は己を埋没させるところではない。自分のためにうまく利用するものだ。新選組という無学な集団を利用し、金に困ることも、なにもないところから地位を確立する苦労を味わうこともなく、勤王への道筋をつけられた。

学問を積んでおいてよかった。

これだけうまく立ち回れたのは、自分に下地があってのことだ。

結局、土方のように無学の者が、いくら勘を頼りにあがいたところで、ここまで高い場所には来られない。

痛快だった。万事うまく運ぶ予感の中、目に入る景色すべてが上気しているように見えた。

密偵

斎藤一

近藤と伊東甲子太郎の一行が二度目の長州行きに出てからすぐの慶応二年二月半ば、斎藤一は永倉新八とともに土方の部屋に呼ばれた。

「ああ、また面倒臭ぇことを押しつけられそうな気がするぜ」

永倉はぼやいて、背中をこごめながら廊下を歩いていく。もう春だというのに比叡《ひえ》おろしが吹き抜け、景色を凍らせている。西本願寺の庭は露霜のせいで湖面のように固まっており、回廊の板の間も素足にはきつい。

「まあ、ここへ来てあたれよ」

部屋に入ると土方は、火鉢をすすめた。口調がやけに優しい。これは永倉の言うようように厄介事となるだろう。

「実は甲の件だ」

甲というのは、伊東を指す隠語である。本人は気付いていないようだが、伊東はかなり以前から土方によって動向を監視されていた。近藤は、例の一流好きの悪癖が出て盲目的に伊東を重宝していたが、土方ははじめから懐疑の目を向けていたらしい。

一年ほど前、古参隊士の幹部が集まった席で、沖田が伝えた山南の言葉もひとつのきっかけにはなったのだろう。

「『どうも伊東先生は勤王寄りだ』って。『手痛いしっぺ返しを食うかもしれない』って」

山南が死んだ後の沖田は、見ていて気の毒になるくらい憔悴《しょうすい》していた。自分が労咳《ろうがい》だとわかっても安穏としていたくらいであるのに。

「まさか、そんなことはあるまい。尊皇攘夷を山南が履き違えたのだろう」

近藤は信じられぬという顔をしたが、生きているうちはあれほど山南と反目し合っていた土方は、その意見をすんなり受け入れた。

「俺は山南の資質は信じていないが、あの男の言葉に嘘《うそ》があったことはない。伊東と密に接していたのはこの中では山南だ。あれがそう感じたのなら、そういうことだろう」

ならば本人が生きているうちに、そういう態度をとればいい。ややこしい男だ。反して、近藤はどこまでも直截《ちょくさい》だった。

「ならば伊東をどうする。斬るか」

「いや、しばらく好きにさせておくさ」

以降未《いま》だに、伊東への締め付けは緩い。長州遠征の際も、彼らの身勝手な行動を黙認するよう近藤に指示したのは、大方土方だ。

その伊東が留守にした頃合いを見計らって、こうして自分と永倉が呼ばれたのである。密命には違いないだろう。

「やはり伊東は、今回も西国で長州に接触したようだ。山崎が報告してきた」

はじめの長州行きに山崎以下監察方が随行したが、今回は全員はずれている。監察には伊東派の服部武雄もいる。そこからこちらの探索が伊東に漏れては意味がない。だから命令系統を通さず、山崎だけを一行とは別に密かに安芸に送り込み、伊東と篠原の動向を探らせているらしい。

「あんたはしかし、よくそこまで頭が回るな」

土方は永倉の言葉には答えず、咳払《せきばら》いをひとつした。

「そこでだ。永倉。斎藤。ふたりはこれから極力、伊東についていて欲しい」

「……またかよ」

永倉が絶句した。こいつは局内の異分子を決まってあてがわれる。こういう役目は感情が表に出ないこの男に向いているから致し方ないだろう。

「伊東となるべく話をして欲しい。できれば時局の話でもして、大いに奴に語らせろ。俺や近藤さんの批判をして、向こうにつくような素振りをしたって構わない。むしろそちらのほうが、都合はいい」

「目的はなんです？」

いつもならすぐに粛清に走る土方は、伊東に限ってはやけに長い間泳がせている。永倉でなくとも、その本意を知りたくなる。

「薩長の情報を得たい。監察方にも探らせているが、さすがに薩長の者と直《じか》に接触することは叶わない。が、伊東は率先してそれを行っている。少しでも薩長の動向を摑んでおかないと、今後、出方を見誤ることになる」

怖い男だ、と思った。伊東の前では曖昧《あいまい》な笑みしか浮かべず、学を顕示した挑発的な態度に乗ることもなく、隊士がこぞって伊東を讃《たた》えても動揺することなく、いつの間にか伊東を利用する手だてを考えている。土方の言う通り、伊東が諸国で苦労して築いた人脈から得た報を漏らしてくれれば、新選組にとってこれほど都合のいい話はない。伊東は、自分では気付かぬうちに、新選組の間者《かんじゃ》として、尊攘派の情報を集めることになる。

「しかし伊東も、一応は才子だぜ。看破されたらどうする？　こっちが騙《だま》しているつもりでも、向こうが先手を打ってくることも考えられる。言い争いでは済まなくなるぜ」

永倉の言葉に、土方はいたずらを思いついたような表情を浮かべ、斎藤のほうを見た。

「そんときゃ、斎藤が斬るさ」

――なるほど。俺は、永倉の用心棒も兼ねているというわけか。

そう思ったら途端に愉快になった。もともと攘夷論好きで、政治話に興じるのが不自然ではない永倉が、伊東に接近し話を聞き出す。常に人を斬りたくてうずうずしている自分がその脇《わき》に控えて、伊東派の逆襲に遭わぬように目を光らせる。斎藤が唯一、永倉とだけは日頃懇意にしていることも汲んで、ふたりを選んだのだろう。こういう人事を、土方という男は今まで微塵《みじん》も誤ったことがなかった。

永倉と斎藤の接近に、伊東もはじめは警戒したようである。なにしろ、いきなり永倉が伊東の捲《まく》し立てる尊攘論に賛同したのだ。ところが、警戒はすぐに解かれた。むしろ率先して仲間に引き入れようと、伊東は盛んに弁舌を振るい、三日にあげず永倉や斎藤を酒席に誘った。長州の軍事力、土佐脱藩者の動き、この男は様々なことを知っていた。

斎藤たちが伊東につくようになっておよそ一年の間、彼は図らずも永倉や斎藤を通じ、かなりの報を新選組に流してしまったことになる。

慶応三年の正月にも、元旦《がんたん》から島原の角屋に入るやいなや、伊東は喜色を漲《みなぎ》らせて多くを語った。もうこの頃にはすっかり永倉や斎藤のことは伊東一派だと信じ切っている。ふたりがさらなる密命を土方から受けて動いていることなど、予測だにしなかったろう。

「どうも伊東の動きが激しくなっている」

土方が言ったのは、秋も終わりの頃だ。

「近藤さんにも平気で食って掛かるようになった。そろそろ離脱か脱走をするかもしれない。こちらの機密を持ち出されるのはまずい。悪いが、じっくり腰を据えて今後の動きに探りを入れて欲しい」

角屋で飲み明かすうち伊東が離脱の意志を明かさないか、と斎藤は根気強く待っている。だが、そこは伊東も慎重になっているのだろう。長州や薩摩の動向は語っても、自分の進退に話が及ぶと口をつぐんだ。伊東が厠《かわや》に立った隙《すき》に永倉が「聞き出すまで帰れねぇな。ああ、死ぬほど面倒臭せぇなぁ」とぼやき、結局三連泊することになった。伊東は「無断で帰営しないのはまずいだろう」と恐れていたが、永倉が「俺はもう土方に従う気はない。どう処分されても構わない」と適当なことを言って粘り、ついには伊東も角屋に残ることを承知した。

「しかし、ここまで薩長の動きが活発だと、新選組もいつまで持つかわからんな」

のらりくらりと追及をかわす伊東に業を煮やしたのか、二晩目に永倉がかまをかけた。内幕を知っている斎藤には不自然な切り出し方に思えたが、伊東はそうは思わなかったようだ。永倉の変化に乏しい表情は、こういうときに功を奏す。

「僕はね、永倉君、近々新選組を抜けようと思っている。脱走ではない。きちんと話し合って許可をいただく。それだけの素材を作るために篠原がすでに動いているんだ」

「というと？」

「御陵衛士を拝命する。孝明天皇の墓を守ると言えば、近藤先生も表だって反対はできまい。表向きは長州の動きをより詳しく探るために局を抜ける、ということにするんだ。離脱すれば大手を振って勤王家として働ける。しかも、御陵衛士となれば薩摩や長州の勤王家にも取り入りやすい」

酒のせいもあるだろうが、永倉の言葉などに乗って密かに推し進めてきた計画をすべて吐くなど、伊東という人物もたいしたことはない。こいつは、もう一年以上新選組に籍を置いているのだ。隊士の関係や繋がりを見ていれば、普段親しげにつるんではいなくとも、永倉が土方に一目置いて、そのやり方を尊重していることくらい察しがつくはずだ。

「ついては、両氏にも是非一緒に局を抜けていただきたい。他には篠原、加納鷲雄《かのうわしお》、毛《もう》内有之助《ないありのすけ》、服部武雄他、十名近くが加盟を決めている。もちろん弟の三木三郎と藤堂君もともに離脱する」

永倉の表情が変わった。藤堂平助の名が出たことに動揺したのだろう。永倉はこう見えて、情に厚い一面を持っている。特に試衛館からともに京に上ってきた者には、一方ならぬ思いがあるようだった。

それからふた月後の三月、伊東たちは局を抜けると近藤に伝えた。近藤も土方も、異例の事ながら不問に付したのは、その前に斎藤や永倉を通じ事情を把握していたことと、さらにはもう少し京における薩長の情報を伊東を通じて入手したい、という裏があったからだ。

斎藤はこの機に、伊東とともに新選組を離脱することになった。間者として御陵衛士に乗り込むのだ。

伊東たちが正式に御陵衛士を拝命したという情報を得るとすぐに、土方は斎藤だけを、今度は祇園の茶屋に誘った。

「うまい酒を飲ませるよ。ただし差しでやりてぇんだ。誰にも言わずひとりで来いよ」

座敷に入ると妓が酌についたが、土方はすぐに人払いをした。妓のことなどろくに見もせずに、「酌などいいから、出ていけよ」という言い方もひどく邪険であった。そういえばこの男は他の隊士のように妾宅《しょうたく》を持っていない。馴染《なじ》みの妓はいるようだが、それだって足繁《あししげ》く通っているわけではない。妓のほうが業を煮やして、屯所に付け文をするくらいだ。色がましいことを遠ざけて、仕事ばかりにかまけている。奇妙な男だ。

「なあ、斎藤。おめぇは伊東と一緒に局を抜けて欲しいんだ」

手酌で酒を汲みながらゆるりと言った。

「密偵ですか？」

「そうだ」

「永倉は?」

なにがおかしいのか土方は笑みを浮かべて、それをごまかすように杯をあけた。

「永倉は残ってもらう。あれは敵陣に送り込むには少々厄介だ。変なところで潔癖だから、存外伊東に情を抱くかもしれねぇしな。それにもともとの攘夷論者だ。勤王の巣窟《そうくつ》に入れば感化されてもおかしくない」

さっきそれを告げたら、人を使うくせに大事なところは外すんだな、と怒っていたが、と土方は付け足した。過去にもおそらく土方は、似たような采配を振るったのだろう。

「で、俺はどう動けばいいのです」

「伊東の動きを、監察方を通して伝えて欲しい。山崎、島田が君との接触を図るようにする。ただ、伊東といる間は、どんなことでも奴の命に背くな。いずれあの男は新選組を殲滅《せんめつ》する動きをする。それを土産《みやげ》に本格的に薩長に取り入る気だろう。その機を見て君はこちらに戻れ」

斎藤はふと、この土方という鉄壁の陣にも似た男を試したい、という衝動に駆られた。あっさりと手放して敵地に送り込み、それでも自分が新選組を見限らずに戻ってくる従順な男だと思われるのも、斎藤にしてみれば癪《しゃく》だった。

「もし、俺が伊東に肩入れして、完全に向こうについてしまったらどうします?」

「……そうだな」

土方は着物の襟に手をやってから、その手を懐に差し入れ、片手で杯を飲み干して斎藤を見た。

「斬る」

「……俺を斬れる人間が、新選組にいるかな」

土方は珍しく歯を見せて笑った。

「いるさ。山ほどいる。今のお前はなかなか斬れねぇが、伊東みたいな言葉だけの小者に傾倒してそこで満足しているお前なら、源三郎さんに頼んだって斬って捨てられるさ」

口の中でチッと舌打ちをした。この男は人を操る術《すべ》をすべてわかっている。斎藤が自分の剣を唯一の拠《よ》り所《どころ》にしていることも知り抜いて、こういうことを言う。歯が立たねぇな、と密かに諦《あきら》めて、取り立てて語るでもなく対座して延々酒を飲んだ。飲みながら、目の前の男の偉才ぶりに感服してもいた。

土方もそれきり黙って、杯を重ねていた。

「今年はもう散っちまったが来年は花見の酒席を設けるから、斎藤、おめぇもちゃんと戻って顔を出すんだぜ」

くだけた口調で、最後にそれだけ言った。

間近に接してみると、伊東はまったくぼんやりとした男だった。新選組から分離して五条善立寺《ぜんりゅうじ》に寄宿した当初、伊東が真っ先に下知《げち》したのが「刀を抱いて寝るように」ということである。どうやら新選組の報復を恐れているらしいのだが、いくら刀が近くにあったところで、新選組隊士は百戦錬磨で現場には慣れている、寝込みを襲われればひとたまりもない。本気で相手を制すなら、先手を打たない限り勝ちは見込めないはずだ。伊東という男は本当に剣術をやっていたのだろうか？　江戸では道場主だったというのが斎藤には信じられなかった。

その後、東山にある高台寺の塔頭《たっちゅう》月真院《げっしんいん》に移ると、御陵衛士は本格的な勤王活動に奔走するようになった。伊東は、中岡慎太郎や、真木外記を太宰府に訪ねるなど、精力的に動いている。けれどそれも斎藤には、ひどく生ぬるく思えるのだ。新選組が自分たちのやり方を通すことで世に認められたのとは違い、伊東は勤王家として地位を築いた者に取り入ることにのみ執心している。赤の他人が作った足場を、うしろから平伏して歩くような真似《まね》をしてなにが面白い。篠原や三木三郎といった他の連中もみな、寄り集まって意気軒昂に攘夷論を語るばかりで、具体的になにをするという風でもない。

伊東が吐く、「志」とか「新たな国体」という言葉や、ここにいる輩が毎夜交わしている時勢論とやらが、斎藤には虚《むな》しく感じられてならなかった。ここまで退屈な日々は、生まれてこの方味わったことがなかった。

武田観柳斎がひょっこりと月真院に顔を出したのは、漫然とした日々が三月ほども続いたときのことだ。

奴はいつものへつらった笑みを浮かべて、伊東への面会を申し込んだ。斎藤を見つけると「これは斎藤先生。先生がいなくなられて、新選組は火が消えたようだ」と取って付けたようなことを言い、座敷に通すと、「いやはやこれはご立派な建物だ、新選組も新しく屯所を建てていますが、ここの風情《ふぜい》には及びますまい」と慇懃《いんぎん》に言った。西本願寺から不動堂村《ふどうどうむら》に屯所を移すことは、斎藤も聞き及んでいる。一刻も早く新選組を追い出したいという西本願寺の意向を土方がうまく利用して、体よく金を出させて屯所を新設しているのだ。

武田を通した座敷には、斎藤の他に篠原と加納が同席している。客人と接する際、その場に居合わせた衛士はみなこうして居並ぶことになっている。「これだけの者を率いている」。自分を少しでも大きく見せたい伊東の演出である。

伊東が座敷に入ってくると、武田の態度はますます慇懃になり、挨拶《あいさつ》もそこそこに本題を切り出した。

「実はですね、伊東先生。私も是非この御陵衛士に加えていただきたいと、そう思って参上した次第でございまして」

　思いがけない申し出だったが、斎藤にはさほど意外ではなかった。

　武田は今や、局内でお払い箱同然になっている。長州が新式の銃を仕入れ、外国の戦法を取り入れているという伊東が仕入れた情報は、余さず新選組に伝わっている。また幕府がフランス式軍制を取り入れたこともあって、新選組も今や、もっぱら洋式の軍制に切り換えていた。刀が使いたくてたまらない斎藤には面白くなかったが、時勢に敏感な土方の判断では仕方ない。

　割を食ったのがこの武田だ。甲州流などという古くさい軍学で売っていただけに、居場所が無くなった。

「先だって近藤に呼ばれ、唐突に『故郷に帰ってはどうか』と、こうです。私を新選組から追い出すつもりらしい。あれだけ働かせて、いとも簡単に捨てる。あんな集団はこちらから願い下げだ。しかしこの武田、伊東先生の下でしたらもう一働きできる、そう思い、お訪ね申しあげたわけです」

　なにを言いやがる。斎藤は傍らで聞きながら眉《まゆ》をひそめた。除隊を諭されただけマシだと思え。本来ならお前のような者は斬って捨てられてもおかしくない。それを近藤が温情で逃がしてやると言っているのに、まだこうして悪あがきなどして。

「いや、それは武田先生……」

伊東も明らかに迷惑顔だった。

伊東一派が離隊するとき、双方でひとつの約束が交わされていた。「それぞれの脱走者を受け入れない」というものである。間者の存在を恐れて交わした規約である。それに照らせば斎藤も二度と新選組に戻れないことになるが、命じたからには土方は細かく方策を巡らしているはずだと信じ、自分のことは一切問わずに御陵衛士に潜伏した。

伊東はだから、武田ごときのことで、ただでさえ累卵の危機にある新選組との関係に軋轢《あつれき》が生じるのはまずい、と考えたのだろう。

「当方はまだまだ定まらぬ一隊。武田先生に来ていただいても、せっかくの才の持ち腐れになったでは申し訳ない」

と、即座に断った。しかし武田も執拗《しつよう》だった。なんとかこの一員に加えていただき、新選組に一矢を報いましょう。一旦引き下がっても数日経つとまた面会に来る。回を重ねるごとに次第に自棄《やけ》になっていくように見えた。

ところが来訪者は武田に止《とど》まらなかった。時期を同じくして、さらに入隊を希望する新選組隊士が月真院を訪れたのである。

佐野《さの》七五三之助《しめのすけ》、富川十郎、茨木司《いばらきつかさ》、中村五郎、他六名。

このときも例に漏れず御陵衛士全員が一座に集められ、局を抜けた隊士たちと伊東との面会を見る羽目になった。

「こうして勝手に押しかけたことはお許し下さい」

なにがあったか知らぬが、佐野たちは一様に切迫した表情を浮かべていた。

「本日新選組が幕臣にお取立になるとの内示があり、近藤先生以下それをお受けになるとのことです。このままでは私どもまで幕臣の身分をいただくことになる。そうなっては勤王に身を投じることができなくなります。もうお役目を解いていただき、こちらに戻していただきたいのです」

斎藤は、息を呑《の》んだ。

伊東は、こんなに大勢の間者を潜ませていたのか。

如才なさに驚いたものの、改めてその肝の小ささを痛感してもいた。間者が多ければ安心だと、伊東は思ったのだろうが、十人も潜ませればお互いどこかで接触を持つ。同じ局内にいるのだ、接触が元で謀《はか》り事が露呈するかもしれない。以前長州間者が紛れていたときも、間者同士の接触を監察が嗅《か》ぎつけた。実際、佐野たちもこうして徒党を組んで月真院に来ている。これだけ大勢の人間が動いて、他の隊士が気付かぬはずがない。

この十人をこのまま戻せば切腹に処せられるのは間違いないだろう。自らが仕向けた間者だ、伊東もここは彼らの身柄を引き取らざるを得ないはずだ。そのとき新選組にはなんと説明するか。それによって、こちらの出方も変わってくる。斎藤は瞑目《めいもく》しながら、せわしなく頭を回転させていた。

ところが伊東の答えは、まったく意外なものだった。

「いや、僕のほうで君たちの身柄を引き取るわけにはいかない。お互い隊士を行き来させないという、新選組との規約がある。今それをこちらから破るわけにはいかないだろう」

斎藤も驚いたが、もっと驚いたのは間者として働いていた佐野たちであろう。みな一様に口を開けたまま、固まっている。

「いやしかし、私どもは伊東先生の命を受けて新選組を内偵していただけのことで」

「そうだが、とにかく今は難しい。新選組に戻れ。ここに来たのが近藤や土方に漏れてはまずい」

伊東は神経質な金切り声を上げた。

「伊東先生、何卒《なにとぞ》ここに置いてください。私どもがこうして出てきたことはきっともう近藤先生の耳にも入っている。戻ったとしても、どんな制裁を受けるか……」

「そんなことは僕の知るところではないよ。いいか、君たちにとっても今は新選組にいることが得策なんだ」

武士の忠義などという格式張った決まり事にはまったく関心のなかった斎藤も、さすがに伊東の醜悪さには顔をしかめた。自分で命じておきながら、その責任を負う気もない。いざとなったらまず自分の保身を考える。自分でなにも背負わず、同志を守ることもせず、適当に周りを丸め込んでいるだけではないか。長州に対しても、薩摩に対しても、新選組に対しても。

土方は策士だが、決してこういう逃げ方はしない。日和見主義《ひよりみしゅぎ》で得なほうにつくだけの小さな人間ではない。伊東のように四六時中弁舌を振るうことはないが、揺るがぬ芯《しん》を持っている。

新選組が幕臣に取り立てられるという噂は、斎藤も知っていた。近藤は、将軍拝謁が許されるお目見え以上の身分を与えられるという。武州の百姓がよくここまで来たものだ。あの男はまた、無防備に喜んでいるのだろう。たまに市中で近藤を見かける。白い馬に乗って、黒紋付の羽織を着、黒柄《くろづか》の大小を差し、それは大名みたいな風体《ふうてい》である。斎藤は今なら、素手で自らの地位を築いたあの男たちの偉大さがわかるような気がしていた。

佐野たちは結局、伊東に拒絶され、肩を落として帰っていった。

屯所に戻ることもできず、彼らはそのまま下立売通《しもだちうりどおり》の京都守護職屋敷に出向いたという。そこで脱退の意志を訴えたが、それを許可する権限は守護職にはない。仕方なく公用方が、近藤と土方を呼んだ。近藤は、佐野、富川、中村、茨木以外は、離脱させることを許可したものの、佐野たちは優秀な隊士でもある、「もう一度隊に戻って伊東とかったのだろう。

の繋がりを切って働けばいい」と諭したらしい。まだ若い彼らの命を無駄にはしたくな

四人はそれを受け、別室で考えたいと守護職屋敷の一部屋に入った。あまりに戻りが遅いので島田魁が様子を見にいくと、進退窮まったのだろう、全員切腹して果てていた。

十人の間者が月真院を訪れた二日後、斎藤は乞食《こじき》に変装した島田からその話を聞いた。

「伊東のほうにはもう聞こえていると思う」

頬被《ほおかぶ》りの下から、目をギラつかせて短く言った。

島田の言う通り、月真院に戻ると伊東が息巻いていた。

「佐野たち同志は、近藤の手によって殺された。近藤、土方を殺し、必ず同志の仇《あだ》を討つ！」

甲高いわめき声に反応して、他の連中が気勢を上げた。

斎藤は吐き気がした。

目の端に、緊張を漲らせて伊東の言葉を聞いている藤堂が映る。

こいつは気付かないのか。この茶番にまだ気付かないのか。まっすぐなこの男が、近藤や土方、永倉といった連中から弟のように愛されているのを斎藤は知っている。なのになぜ、伊東になびく。政治や思想というのは、人としての純粋な繋がりを、あっさり断ち切るものなのだろうか。

斎藤は、繫がりというものから隔絶したところで生きている。時折、自分が未だ知らないその繫がりさえあれば、他のことなどたいしたことではないだろう、とふと思うときがある。

斎藤が伊東に呼ばれたのは、四度目か五度目か、ともかく武田が月真院を訪れた後のことだった。伊東は八畳程の座敷に、仙台平《せんだいひら》の袴姿で、陶器の作り物のごとく整った顔をこちらに向け、端座していた。着ているものから所作まで、すべて品が良かった。それが一層、斎藤を苛立たせた。

「斎藤君、武田先生のことなのだが」

姿勢を変えたときにちらりと見えた足袋《たび》が冴《さ》え冴《ざ》えと白く、伊東の潔癖を物語っている。

「一向に入隊を諦めてはくれない。それどころか昨今では薩摩藩邸にも出入りしているらしくてね、そこで御陵衛士の名を騙《かた》っているらしい。これでは、新選組にも、また薩長にも示しのつかないことになる。そこでだ、斎藤君」

伊東は、一呼吸空けて斎藤を見た。

「武田先生を始末してくれぬだろうか」

そう来ることは予想がついていた。ただ、この男の命に自分の剣が従うことに抵抗があった。しかも武田ごときを斬るなど、せっかく手に入れた国重が腐る。一隊士なら、即座に断っていた。が、自分には役目がある。

わかりました、とだけ言ってそれ以上問うことすらしなかった。働きを拒んで、今更疑われることは避けなければならない。

そうと決まると、伊東はすぐに武田を呼び出した。六月二十二日の夕刻である。

酒の席で、上辺だけを滑っていく武田の話に伊東は耳を傾けている。自分の積んできた学問と、新選組への恨み言に終始している武田の話はいつもと変わらず、合間合間に伊東を持ち上げる言辞が差し込まれる。酒席をともにした斎藤にとっては耳を覆いたくなる会話だったが、伊東は穏やかな表情を少しも崩さず話に聞き入った。

この伊東という男は、相手を無用だと見切ると、途端に聞き役に徹する。それは、無防備なほどに自分の思想をさらけ出す普段の姿からは、かけ離れたものだ。

深夜に及んだ宴が終わったとき、武田は入隊を許されたと確信しただろう。それほど見事に、伊東は武田を欺いた。

「昨今、夜道をひとりで帰るのは不用心だ。うちから供の者をつけましょう」

伊東の言葉に、武田は相好を崩した。自分が重宝されはじめている、そう悟った喜色が浮かんでいた。

禁門の変の出火で焼けてから、京の町は、ますます治安が悪くなった。以前は人家があったところも野原のまま。特に寂しい道では追い剝ぎの被害があとを絶たない。おまけに尊攘派の暴動も甚だしい。夜道をひとりで歩くのは、よほど腕に覚えがない限り危険を伴う所為《しょい》である。

「斎藤君、すまぬが武田先生に同行してくれ」

伊東の言葉を聞き、武田の表情が曇った。新選組の頃からずっと場に馴染まず、なにを考えているのかわからない人斬りを警戒しているのだろう。武田は気色ばんで見送りを固辞したが、「篠原君にも同道してもらおう」という伊東の一言に最後は不承不承頷《うなず》いた。篠原は新選組にいるとき武田と馬が合ったらしく、一緒にいることも多かった。彼がついてくるのなら、よもや斬られるようなことはあるまい、と武田は計算したに違いなかった。

武田の右側につき、身体ひとつ分後ろを歩く。左利きの斎藤には絶好の位置だ。黙してついてくるだけの存在が不気味だったのだろう、武田は篠原にへばりつくようにして早足で行く。

「篠原君は、伊東先生について新選組を抜けられて、賢明でしたな」

こんなときまで武田は媚《こ》びを売る。

「新選組は今や、ガタガタです。洋式の軍制に切り換えたところで、剣だけで生き延び者の集まりです」

ほう、と篠原は相づちを打った。

「その点、伊東先生はすべて把握しておられる。時勢も、政も。近藤、土方などという奸物《かんぶつ》は、それに比べればはったりだけでのし上がった狐《きつね》だ。あんな人間が上にいる限り、幕府が衰退した今、新選組など死んだも同然です。それをみっともない、幕臣だなんだとしがみついて。自分たちが単なる人斬りだということにも気付いていない。幕府とともに早々に滅びてしまえばいいんです」

斎藤は、自分の身体が勝手に動くのを止められなかった。

下駄を脱ぎ捨て、半間《はんげん》ばかり飛び下がると、抜き打ちに斬った。話に夢中になっていた武田の左肩から、刀は斜めに吸い込まれていった。

「約束が違う！」

一刀で絶命した武田を見ながら、篠原が唾《つば》を飛ばした。武田を斬るのはもう少し先、銭取橋《ぜにとりばし》で決行、というのが当初の計画だった。遺体はそのまま川に投げ捨てる。が、人目に付きやすい街道筋で斎藤は刀を抜いた。勢いに任せて、計画を無視して斬った。まるで素人のやり方だった。確実を期すいつもの斎藤からは、考えられない斬り方だった。

「幸い人通りはない。このまま捨てておけ」

焦った篠原は、足早に街道を戻りはじめる。斎藤も無言でそれに従いながら、俺はなにに反応したのだろうか、と考えていた。

斬るにはきつい体勢だった。武田と篠原の距離も至近で、少しでも目測を誤れば篠原を傷つける可能性もあった。しかも、なんとしても斬りたい相手ではなかったはずだ。むしろ、こんな小者、自分が間者でなければ斬らなかった。自制心が失われる理由はなにひとつなかった。

ただ、あのとき無性に斬りたかった。あそこで斬らねば駄目だと思った。しゃべり続ける武田の口を封じたかったのだろうか。とすれば、いったいなにを守りたかったのか。

――気持ちのうえではどこにも属さぬと決めていたが、俺にも存外甘い部分があるとみえる。

衝動に走った自分に激しく動揺しながら、そう思った。

ぬるい空気を早足で裂いていくと、今まで見なかったことにしてきた様々な感情が甦《よみがえ》った。

篠原に聞こえぬように息をつき、ぼんやりとした月の浮かんだ漆黒《しっこく》を見上げた。早く自分の場所に戻りてぇ、と胸の内でひとりごちた。

大政奉還

井上源三郎

江戸を出て、もう五年になる。再び武州の地を踏める日が来るとは思いも寄らなかった。

三度目になる隊士募集のための江戸行きに、井上源三郎を、と指名したのは、土方歳三だ。きっと、多摩の地を恋しがってばかりいる井上への温情には違いなかろうに、

「他の隊士はなにかと忙しくて人がいねぇんだ。源三郎さん、悪いが俺の東下に付き合ってくれないだろうか」

と、恐縮するように言った。なにもそんな回りくどい言い方をしなくとも、素直に言ってくれれば礼もしやすいが。

十月中旬の出立を前に、久々に会う同郷の知己の面差しを浮かべて、気がはしゃいだ。そればかりではない。いつ斬られるかと身を固くしている京の暮らしから束《つか》の間《ま》でも解放されることは、井上にとって無上の喜びでもあった。

病床の沖田を見舞って江戸行きを報告すると、

「そんなに浮かれていると、土方さんに怒られちゃいますよ。『俺たちは遊びに行くんじゃねぇんだぞ』って」

土方の声色をそっくり真似て、おどけて見せた。

沖田は今年に入ってからめっきり痩《や》せて、隊務もほとんどこなせなくなっていた。労咳は、容赦なくこの若者の身体を蝕《むしば》んでいる。最近では頬のこけた沖田の顔を見るのが、だんだんと辛《つら》くなっていた。

——もう長いことないんじゃないか。

誰もがそう思っていたが、誰もそれを口にはしなかった。

当の沖田はけれど、周囲の心配をよそに今までとまったく変わらぬ沖田のままだ。四六時中冗談を言い、誰彼構わず軽口を叩《たた》く。格好の標的になっている原田左之助などは「総司がみなの前で俺を馬鹿にするから、最近じゃ下の者にまで馬鹿にされる」と膨れているが、あの軽妙な口振りを聞いていると労咳などにやられずなんとか持ちこたえてくれるだろう、とわずかな希望が生まれてくるのが唯一の救いだった。

心配そうな顔を向けると、こちらの内意を察したように必ずこう言う。

「嫌だなぁ、井上さん。そんな顔をしないで下さい。私は無敵の剣客《けんかく》を目指しているから、もし死ぬようなことがあっても剣で命を落とすんだ。でも今はまだ、誰にも負けられないなぁ。もっと剣を極めないといけないですからね」

蒲団《ふとん》から血管の浮き出た細い腕を出して、正眼に構える仕草をする。

「そうだな。剣の道は険しいからな。でも総司は今、俺たちの中じゃ一番先を行っているよ」

そう言うと、本当に嬉《うれ》しそうにして、口を真横に伸ばして得意そうに、うんうんと力強く頷いた。


江戸に下る道中、沖田の話になると、土方は辛そうに口許《くちもと》を歪《ゆが》めた。けれど、病に関する話を口にすることは一切避けていた。「あいつは能天気で困る。時勢のことなんぞちっとも考えちゃいねぇ」と苦り切って言うくらいだ。

沖田の話にかかわらず、このところ土方は一貫して浮かぬ顔だった。

この六月、新選組隊士は幕臣に取り立てられた。

近藤は旗本の身分である。試衛館の道場主だった時代から一貫して「武士になりてぇ」「直参《じきさん》になりてぇ」と言い続けた彼にとってそれは、夢が叶った以上の出世だろう。幕臣取立の内示が下ると、近藤は土方の前で声を上げて泣いたそうだ。土方にとっても、近藤が本意を遂げることは自分のこと以上に嬉しかったはずだ。近藤を男にするために、ずっとひた走ってきたといってもおかしくないのだから。

ところが、大名のように威風堂々と振る舞う近藤に比して、土方はふっつりと黙り込むことが多くなった。ひとりで考え込んでいることが増えた。この道中でも、相変わらずその憂鬱を引きずっている。

「馬鹿に塞《ふさ》ぎ込んでいるじゃねぇか」

品川まで来たときに井上は、たまらずに訊いたのだ。

途中で休んだ茶屋では、まるで要人のごとき扱いを受ける。江戸を出るときは薄汚い浪士だと蔑《さげす》まれ、上がることさえできなかった宿も、こそばゆくなるくらい丁重にもてなしてくれた。京で活躍している新選組の副長であり、幕府の直参となれば相応の扱いだったが、土方にはそれ以上にしなやかな風格があった。大たぶさに結った髪、引き締まった体軀《たいく》には黒羽二重《くろはぶたえ》の羽織が似合っていた。肩書きなどに頼らなくとも、どこかの大名だと誰もが思うだろう。

「別に塞ぎ込んでなぞいねぇよ」

笑ってごまかす様子でさえ、物憂げである。黙っていると、こちらの視線に耐えかねたように土方は嘆息した。

「幕臣になったのはいいが、屋台骨がこう揺らいでいたんじゃどうなることかと思っちまってな」

土方の言う通り、幕府の先行きは随分と怪しくなっている。

薩長同盟が締結されたのは去年の頭だという。そんなことは最近までまるで知らなかった。あれほど公武合体を推し進め、長州の急進派に対して厳しい制裁を加えていた薩摩の寝返りなど、誰が予測しただろう。坂本龍馬が暗躍したというのはあとから聞いたが、個人の力があの雄藩を動かしたとすれば驚異だとしか言いようがない。薩長は岩倉《いわくら》具視《ともみ》と組んで倒幕を企てているという話も聞く。さすがに、幕府が潰れるようなことはあるまいが……。

「仮に幕府が倒れるようなことになれば、せっかく近藤さんを旗本にしても、それが裏目に出る」

自分の身ではなく、近藤のことを気に掛けているのが土方らしかった。

この男は、もともと出世には、さほど興味がなかったのかもしれない。他人からの評価を毛ほども気にしない男だ。ただ自分の力で、ふたつとない屈強な組織を作り上げ、その独自の組織がいずれ世の中を変えることにでもなれば面白い、そんな風にして京での日々を乗り切ってきたのかもしれなかった。

この春、伊東甲子太郎と一緒に離脱した藤堂平助は、しばしば土方のことを「思想がない」と言っていた。確かに近藤や永倉が、公武合体だ、尊皇攘夷だと議論するのに比べ、土方は思想らしき思想を述べたことがなかった。

ただ、井上からすれば土方は、思想よりももっと確かなものに突き動かされている風に見える。

時勢の流れに応じて変節する人間があとを絶たないのに、時局を見るに鋭いこの男は変節とは無縁だ。頑《かたく》なに幕府を信奉しているわけではない。なにかの威信にすがるわけでもない。事を成すときの彼の焦点は、もっと身近なものに合っているのではないだろうか。

自分の感覚と、自分が信じている人物の心情と。

思想ということでいうのなら、これ以上高尚なものがあるとは、井上には到底思えなかった。

「薩摩の動きは監察方に調べさせている。薩摩藩邸には、間者も送り込んである。経過を訊くと、どうも討幕の兵を挙げそうな勢いだ。土州は平和裡《へいわり》に処理するために策を練っているようだが」

「しかし、ついこの間の禁門の変のときには、俺たちは薩摩と一緒に長州相手に戦ったのにな」

「こういう時勢だ。形勢を見て前説を覆すのも仕方ないだろう。自分で見つけた方向を、誰も極めぬ世の中になった。俺は策士だなんだと揶揄《やゆ》されるが、どうもそれだけはできねぇな」

言ってから土方は、例の照れたような顔をして「こういうところが青臭いのかもしれん」と付け足した。

なのかもしれない。

そういう言葉を今までこの男に感じたことはなかったが、言われてみれば確かにそう

「青臭い、か……」

「変節というのは賢いかもしれないが、悲しいことにも思うんだ。奴らを見ててたまに思う。一体なにを守っているんだろうか、ってさ。御公儀の威信が強かったときは、倒幕を叫んで脱藩した同郷の者を平気で見捨てて、今度御公儀が傾いてきたらとっととそいつらを取り込んで鞍替《くらが》えする。魁《さきがけ》を作って身を挺《てい》して死んでいった者が、あれでは浮かばれねぇよ」

「どれがいいか悪いか、そういうことは俺にはわからねぇ。考えたことがないんだ」

おもむろに腰を上げた土方は、和泉守兼定《いずみのかみかねさだ》を腰に差し、その柄を慈しむようになでた。それからその右手を、陽に翳《かざ》した。節くれ立った手だ。涼しい顔には似合わぬ、働いてきた男の手だった。

「世の中ってもんはどうも簡単じゃねぇらしいが、ただ、人間の根っこは簡単じゃないと収まらねぇような気がする。根っこが複雑にこんがらがっていると、時流にただ流されちまう。俺はさ、源三郎さん、簡単な根っこをこの複雑な世の中で通すために、必死に知恵を絞ってきたのかもしれねぇな」

江戸での新規隊士の面接後、井上は土方とともに武州に帰った。

日野宿では佐藤彦五郎が、それは大袈裟《おおげさ》に迎え入れてくれた。

「なんたって、旗本のお帰りだ」

土方をこづいておどけてみせた。

「俺はただの直参だ。近藤さんが旗本になったんだ」

その夜は、近隣の懐かしい顔が揃《そろ》って酒宴となった。土方の姉おのぶは立派になった弟に目を細め、なにかと世話を焼いている。

井上は、ここ数年ではじめて、自分の肺で呼吸したような奇妙な感覚に囚《とら》われていた。京で起こったことは、まるで夢の中のことみたいだ。池田屋で勤王派を斬ったことも、天王山に真木和泉を追いつめたことも、芹沢鴨との諍いや、山南の死、それもみな幻のように思えてくる。あんな殺伐とした中に身を置いてきた自分が、ひたすら不思議だった。座を見回して、ここに集った福々とした顔を眺め、いいしれぬ憧憬《しょうけい》が溢《あふ》れ出した。武州での暮らしというのは、こんなに潤いのあるものだったか。自分が背負っているギリギリと軋《きし》んだ日々と、同じ時の流れの中にこうした暮らしがあるのかと思うと無性に気が塞いだ。

「源さん、ちょっといいかい?」

彦五郎は井上の耳元で囁くと、宴から抜けて庭に出ていった。その背に従って、屋敷の外に出る。虫の声が至るところから降っていた。遠くに犬の鳴く声がする。吸い込んだ空気が舌の上で甘い露になった。

屋敷のほうからドッと笑い声がする。囲炉裏《いろり》を囲んでみなは話に夢中なようだ。

「悪いな、抜けさせちまって」

月が、彦五郎の額を照らしている。

「実は歳のことなんだが……。なんだか、むっつり黙りこんじまってどうも元気がないようだが、なんかあったかい？」

日野宿に着いても、土方は道中で口にした呻吟《しんぎん》から解放されずにいるようだった。話し掛けられれば笑顔で応じていたが、ふと考え込んで虚《うつ》ろな表情でいることも多い。

「去年もあいつは隊士の徴用だといって帰ってきたんだが、あんな様子じゃなかったんだ。新選組のことを自慢してな。うるせぇくらいに自慢して、みな閉口していたんだぜ。自分の自慢じゃねぇんだ。勇や総司や藤堂だの永倉だの、源さん、あんたのことも言っていたが、そんな話ばかりでさ」

そういう話は本人の前ですれば喜ばれるものを、と井上はまた、土方という男の不器用さを思っている。

「徳川も慶喜公の時代になって、随分と足場が緩いようじゃねぇか。将軍様が京都に詰めているせいでこっちまではなかなか話が入ってこねぇが……。新選組はそのとばっちりを食っているんじゃないのかい？」

日野にいて、よくそこまで見抜ける。彦五郎の鋭さに、井上は内心舌を巻いたが「どうだかな」というひとことで紛らわすことにした。ここで下手《へた》に心配かけても仕方あるまい。この窮地を越えられるかどうかはまだわからないが、今まで自分たちはそうやって幾多の局面を乗り切ってきたのだ。

「旅の疲れじゃないのかい？　京でも歳は、出立ギリギリまで忙しかったんだ。天下の新選組副長ともなれば、引っ張りだこだからな。会津藩や幕府から絶えず意見を求められる。剣を振るっている間もねぇくらいさ」

嘘をつきながら、井上は気付いた。

――そういや、あいつは幕臣や会津藩士から意見を求められる機会も、あまりなかったな。

近藤には入れ知恵をしているのだろうが、本人自ら表立って政に加わったためしがない。

近藤は局長として会津侯と時勢を論じたり、最近じゃ土佐の後藤象二郎《ごとうしょうじろう》とも意見を交換して下手な政治をやっているが、実質的に新選組を支えている優秀な二番手の存在を外の人間はあまり意識していない。

惜しいことだ。もういい加減、自らが表舞台に立ってもよさそうだ。といっても、あいつは徳川や天朝を信じているわけじゃない。近藤や沖田を信じている。ならば今のまが一番いいのかもしれないが。

あの奇才に気付かぬ幕府や会津が、井上にはもどかしくもあった。

「心配するな、彦五郎さん。新選組はやっと軌道に乗ってきたところだよ。池田屋があって有名になって、幕臣になって、隊士も増えた。もう百人を超した大所帯だ。池田屋のときなんざ、三十人しかいなかったんだ。これからが俺たちの本番なんだよ」

井上の言葉に、彦五郎も顔を緩めた。

「気を回しすぎたようだ。悪かったな。どうも遠くで見ていると、心配事ばかりが先に立っちまう。俺もこう見えて、存外気が小せぇからさ」

ああ、いい月だ、と空を仰ぎながら彦五郎は酒宴に戻り、井上はひとり、虫の声の中に佇んだ。

――いい土地だ。血なまぐささが微塵もない。

俺は京にいながら、この土地のことばかり考えていた。いつもいつも後ろを振り返ってばかりで。掻《か》き分けて前に進む奴の苦労を、本当にわかっていたんだろうか。

屋敷に目を向けると、土方が子供を抱きあげてからかっているのが見えた。

あいつだって、内心は自分と大差ないのだろう。この地への思いも、等しく深いはずだろうが。

十月の終わり、新たに入隊した二十名ばかりの浪士とともに、井上はまた京へと向かう。新規隊士の前だと気分を入れ替えたのか、土方は帰路、つきまとっていた陰を微塵も見せなかった。相変わらず、各宿場で大名のような扱いをされ、つい先だってまで浪士だった新入隊士などは、引きつった笑みを浮かべていた。

四日市に着いたとき、宿の主人がうやうやしい態度で、土方と井上の座敷に顔を出した。

主人は丁重に挨拶を済ませると、やけに蕭々《しょうしょう》とした顔を作ってみせた。

「このたびは徳川様も大変なことで……」

こちらが要領を得ずに黙っていると、「ご存知ではないですか?」。意外な顔をする。

大政奉還。

政権を朝廷に返し、徳川慶喜は将軍職を辞した。

自発的に幕府が政権を返上したために、薩長は倒幕の兵を起こせなくなる。戦は避けられた。徳川家も残る。それでも今まですべての中心になっていた、幕府というものがなくなったのである。

「このあたりの民も、これからどうなるのだろうとみな不安がりましてな。各地で一揆《いっき》も起きとるゆう噂で」

饒舌《じょうぜつ》な主人の弁を受け流しながら、土方はまた、殻にこもってしまった。

大きな流れが、新選組の存続を拒みはじめている。それはもう、個人の能力や、資質や、そういったものとはかけ離れた流れなのだ。

なにも間違ってはいないのに、きっと土方は自分が過ちを犯したという思いで、時勢の変化を受け止めているだろう。

土方の渋面を前にして、どうにか声を掛けたかった。

「大丈夫だ。お前なら乗り切れる。新しい世になったって、ちゃんと自分の道筋で生きていける」

頭にはそんな文句が浮かんだが、こんな、通り一遍の言葉を口にするのはひどく陳腐な気がして、ただ黙っていた。

得か損か。そうした上澄みの中だけに、身を置いてきたわけではないのだ。

歳三はずっと当たり前のことをしてきただけだ。こんな言葉なんかより、ずっと自分のままに歩いてきただけだ。

それとわかっているから井上は、ただ傍らに座って、黙したままだ。

坂本龍馬

藤堂平助

十一月ともなると、月真院の背負った東山の紅葉が雪崩《なだれ》のように手前に迫って、見慣れた風景を一新する。市中で用を足してからの帰営の際、その美しさに気圧《けお》され、藤堂は足を止めて山を仰いだ。

風雅な気分を味わっていたのに「おい」という不粋な声を背中に受けて、途端に不快になる。振り向くと案の定、斎藤一が立っている。

この男が、伊東甲子太郎について御陵衛士になると聞いたときはなにかの間違いだと思ったものだが、伊東は新選組にいる間に親交を結んでいたらしく、当然のものとして斎藤を受け入れていた。間者としてつかわされたのではないか？　ほんのひと月前まで藤堂は疑っていた。けれど意に反して、斎藤は伊東に至って従順で、すでに新選組のことなど忘れたといわんばかりにこちらの仕事に徹している。所詮、信念などない男だ。「俺は生き延びることにしか興味がない」。以前聞いた斎藤の言葉を思い出す。どうせ、志を同じくしなくとも時代の流れから見て有利なほうにつければよい、と考えたのであろう。そう納得してからは、馬が合わずに鬱陶しかったものの、別段この男の存在を気に留めることもなく、深入りもせずに接してきた。

境内の銀杏《いちょう》の木にもたれかかった斎藤は、手で木の実を弄《もてあそ》んであらぬ方を見ている。声を掛けたくせに話をするでもない。

「用がないなら行くぞ。私は忙しいんだ」

藤堂がきびすを返すと、懲りずに、おい、と後ろから呼び止めた。

「なんだ？　用があるなら早く言え」

「そういきりたつな。お前の悪い癖だ」

言いながら、ゆっくりとこちらに近づいて来る。うつむきながら懐手《ふところで》にすると、寒そうに首をすくめた。

「藤堂、お前は変に一本気なところがある。そいつは剣客にとっちゃ無用の長物だ」

「いきなりなんだ」

「いや、別段理由はねぇが。なんだかんだでお前とも付き合いが長い」

「付き合いは長くとも、私はさほど親しくした覚えはない」

突っぱねると、斎藤は表情を歪めた。怒っている、というより、困っている風にその目線が虚空をさまよい、「そう言うな」と低い声が呟《つぶや》いた。言葉を探しているのか、しばらく落ち着かなく身体を揺らしていたが、急に手を伸ばすと藤堂の首を左手で摑むようにして後ろから抱え込んだ。

「いいか、藤堂。なにがあってもカッとなるんじゃねぇぞ」

ゴツゴツとささくれ立った手が、首をこする。

意味がわからずされるがままにしていると、急に斎藤はその手を離し、藤堂がなにか言いかけようとしたときにはすでに背を向けて歩き出していた。

「どこへ行く」

後ろから呼びかけても、答えることはなかった。


斎藤はその日以来、ふっつりと姿を消した。

月真院は大騒ぎになったが、「どうせ気まぐれな男だ。もともと志もなく御陵衛士に加わったのだろうから、単に飽いただけだろう」という伊東の一言であっさり騒動は収まった。

藤堂はどこか釈然としない思いを抱いている。

斎藤の、あの一言。なにかを伝えようとしていたのだろうか……。

いや、そんな複雑なことではなかろう。なににも頼らずひとりで生きているような男だ。単にどこか新しい落ち着き先でも見つけたのだろう。

自分の中でそう決着して、斎藤のことは思考の外に追いやった。

そんなことよりも、早々に推し進めなければならない難題がある。

新選組、近藤、土方の暗殺。

少し前から、御陵衛士の活動の子細が新選組に漏れていることがあるのを、伊東をはじめ隊士たちは訝《いぶか》しんでいた。はじめは単なる偶然かと思っていたが、事あるごとに先手を打って、こちらの動きを巧妙に封じてくる。伊東と繋がっている薩長の同志たちも同様の難事に見舞われているらしい。

間者の線も考えたが、衛士の中にそれらしき人物はいない。ならば、報の漏れた子細を探るより、いっそのこと新選組を壊滅に導いたほうが話が早い、という意見が多く出た。新選組幹部の殲滅は、勤王の志士らにとってはこのうえない朗報となろう。さすれば御陵衛士の株も上がる。資金調達の面でも今より融通が利くようになる。

伊東は時勢を見て、明解な指針を立て、着実に衛士の名を高めている。直参になることしか頭になかった近藤など早々に見切ったのはつくづく賢明だった。あのまま新選組にいて、佐幕一辺倒の働きをしなければならないとしたら、鬱憤が溜まっておかしくなっていた。

つい先だってついに大政奉還がなされた。もうすぐ新しい世がはじまる。伊東から思想を学び、諸藩の優秀な人物と交わり、いずれ藩という枠がなくなったときに中央に躍り出て働きたい、藤堂はそう切望していた。

伊東に連れられて近江屋《おうみや》という醤油商《しょうゆしょう》に赴くことになったのは、斎藤がいなくなってしばらく経った日のことだ。用向きは、土佐の中岡慎太郎との面会。陸援隊を作り、大政奉還を成す上でも相当の働きをしたという志士で、伊東も以前から交流を持っていた。

「近藤と土方を斬る前に、名だたる勤王家には諸々《もろもろ》含んでおいたほうがよかろう」

河原町《かわらまち》通《どおり》を歩きながら、伊東は藤堂に言う。

「含む、といいますと?」

「つまり今回の暗殺が御陵衛士の独断ではなく、尊攘派の活動のためには仕方ない処置だ、と印象づけるんだ。薩長のために御陵衛士が動いた。そう思ってもらわねば、あとに繋がらない」

有力者に自分たちの活動をそれとなく知らしめる。無駄に動かぬ緻密《ちみつ》さが、伊東らしかった。

中岡慎太郎という人物は、雄々しい面構えを持った偉丈夫だった。笑うと真っ白で頑丈そうな歯が現れるのが、なぜか大海を彷彿《ほうふつ》とさせた。

「これは、伊東さん」

太い声を発し、気さくに藤堂たちを迎え入れた。きれいにまとめ上げられた髷《まげ》が、清廉な人柄を表している。

座敷の奥にはもうひとり、男が火鉢に当たっている。やけにがたいが大きく、髪はぼさぼさで、だらしなく着物を重ねて着込み、そばかすの上にのっかったちんまりとした目は、虚ろであった。近くにいるのにちらりともこちらを見ようとしない不遜《ふそん》な態度が、鼻についた。

藤堂の視線に気付いたのだろう。中岡がひょっと笑って、男をあごでしゃくった。

「あれは同郷の才谷だ。二、三日前から風邪をひいちょるきに、ああしてありったけの着物を重ねて着込んじょる。お見苦しい姿で申し訳ない」

――あれが、坂本龍馬か。

藤堂は弾《はじ》かれたように座り直した。

坂本が、才谷梅太郎《さいたにうめたろう》と名乗って京に潜伏していることは、藤堂も伊東から聞かされていた。しかしあんな薄汚れた男が薩長同盟を結び、大政奉還を成し、この世の中を変えたのだろうか。出会えた感激よりも、意外という感のほうが藤堂の中では遥かに大きい。

「実は中岡先生」

伊東が低い声で切り出した。

「我々が探索し、摑んだのですが、どうも新選組がお二方のお命を狙《ねら》っているらしい、という報がございまして」

「わしと才谷のか？」

中岡がうんざりした顔で返した。これだけ大きな働きをすれば、刺客《しかく》の脅威に晒《さら》されるのは茶飯事だろう。

「新選組は思想などない幕府の走狗です。やれと言われればなんでもやる。人を斬ることしか能がない連中だ。そうやって幾多の志士を斬殺《ざんさつ》してきたのは先生もご存知でしょうが」

「くどいほどに聞いてはおるが」

「奴らの動きがこのところとみに慌ただしい。ここは早めに土佐藩邸に入られたほうがよろしい。くれぐれもご油断召されぬよう……」

「もう、ええ」

伊東の言葉を遮ったのは、それまで惚けたように座っていた坂本だった。

「わしや中岡が狙われるのは、昨日や今日にはじまったことじゃないきに。ぬしら新選組の者にわざわざ言われんでも心得ちょる」

馬鹿にしきった物言いだった。下手に出ていた伊東が気色ばんだのが、後ろに控えた藤堂にも伝わった。

「私どもは新選組の人間ではござらん」

「そうじゃ才谷。伊東さんは随分前から陸援隊の活動も支援して下さっておる」

中岡がとりなしたが、坂本はふんと鼻を鳴らして、伊東のほうを見ようともしない。

「わしは鞍替えをする人間を好かんき。じゃったらはじめから徒党を組まずにひとりで動きゃええ」

ツッと立ち上がると、ずり落ちそうな黒羽二重の着物を引き上げて、そのままふらりと部屋を出ていった。

「すまんな。ああいう男じゃき」

中岡が恐縮しながら言って、伊東は顔を引きつらせながらも「新選組の件、確かな情報筋のものですから、御進言差し上げたまで。ただ、大事にいたらぬうち、私どものほうで極力片を付けますが」と平伏して、ようよう御陵衛士の今後の働きを暗示した。

近江屋をあとにした藤堂は、あの坂本龍馬という男の異質さに打ちのめされていた。今まで見たことのない圧倒的な存在感を持っていた。あの男に本気でなにかを語られたら、自分は瞬《また》く間に洗脳されるだろう。薩摩の西郷、長州の桂、ふたりの英才を結びつけることができたのは、やはり比類ない大物だった。

「伊東先生は、坂本先生とは昔からのお知り合いですか?」

「知っているには知っているのだが、ほとんど付き合いはない。とにかく変わった男だ。いつもああして、こちらの注進に耳も傾けぬ。しかも大政奉還を成しながら、新政府ができたとしても閣僚には名を連ねぬと聞く。なんでも異国と海運貿易をするのだとか言って」

「海運貿易……。異国と……？」

「ただの商人さ。そんなものを目指している」

そんな人間もいるのか。世を変えること自体が目的ではなく、自分の好きなことが心おきなくできる世の中を作るために働くなど、藤堂にはまったくない発想だった。自分の尺度は世の基準とは別に、決めていいのか。思想を持って活動に励み、少しでも高い場所に身を置こうと焦っていたが。

「伊東先生、今度中岡先生のところに行かれることがありましたら、是非ともまた同行させていただきたいのですが」

「それは構わぬが。坂本がいる限り、嫌な思いをすることになるぞ」

「はあ」

曖昧に笑った。藤堂はけれど、今一度坂本龍馬に会って、その人物を実感したいと強く思っていた。


坂本龍馬と中岡慎太郎が斬られた、と聞いたのは、それからたった二日後のことだ。坂本は死に、中岡はなんとかまだ命を繋いでいるが明日をも知れぬ様だという。

「誰が殺《や》った」

篠原泰之進からその報を聞いた藤堂は、譫言《うわごと》のように呟いた。

「新選組の仕業らしい。原田左之助の鞘が現場に落ちていた」

――原田が？

視界が気味の悪い色をした皮膜に覆われていくような息苦しさを感じた。一方でこめかみが激しく波打っている。藤堂は拳を振り上げ、目の前にあった座卓に振り下ろした。その場にいた篠原や伊東が、一斉に驚いた顔を向けた。

「伊東先生、すぐに近藤と土方を始末すべきだ！　もうこんな斬り合いがこれ以上続くのは耐えられぬ」

「落ち着けよ。いずれ手は下すさ」

「いずれじゃ駄目だ！　今すぐに決行しなければ、また犠牲者が出る。あんな暗殺集団をこれ以上好き勝手にさせるわけにはいかない」

藤堂の剣幕に伊東は閉口し、篠原と顔を見合わせた。

「ともかく落ち着け。明後日、私は近藤の休息所に行くことになっている」

「近藤先生と、会うのですか？」

なんでも、新選組から使いの者があって、一献傾けながら時勢を語りたい、と言ってきたという。離脱のときに、御陵衛士として働きつつ薩長の動向を探って報じることを約束としていた。となれば、この誘いは断れない。しかも伊東は、この期《ご》に及んで新選組からの資金調達も考えているらしかった。そんなさもしいことは藤堂には耐え難かったが、これも志のためと言われれば抗弁はできない。

「私も一緒に行かせてください」

「いや、僕ひとりで行くことになっている」

「それは危険だ」

「近藤や土方も、こちらが暗殺を企てているなどとは、よもや思うまいよ。一年近くも波風立てずに関係を保ってきたのだ。それに、ここまで諸藩の逸材と繋がっている僕を斬るようなことはなかろう。案じるな」

「いや、あのふたりは何をするか知れない。ひとりで行くのはどう考えても穏やかではありません」

執拗に言う藤堂を、伊東は邪険に遮った。

「君のように頭に血が上った者が一緒に来てどうなる。それこそ斬り合いになるのが目に見えている。そんなに僕を見くびってもらっては困る。いいから任せてくれ。あんな無学のふたりなどどうとでもなる」

傲然《ごうぜん》と言い放った。伊東の尊大さは、反意に接すると吹き出すのだろう。当日になってもひとりで行くと頑なな態度を崩さず、結局、夕暮れ時に単身、月真院をあとにした。

伊東の姿を見送りながら、藤堂の脳裏にひとつの声が聞こえていた。ずっと嫌っていたあの低い声だ。

「いいか、藤堂。なにがあってもカッとなるんじゃねぇぞ」

――ちくしょう、なんのことだ。

斎藤がもたれていた木の辺りを睨《ね》め付け、吐き捨てた。

斎藤はどこへ行った？　なぜあんな言葉を残した？

あの男が新選組に戻って、坂本の居所を手引きしたとしたら？　いや、でも坂本龍馬は潜伏先を頻繁に変えている。伊東も近江屋に赴く直前まで知らなかったくらいだ、斎藤が姿を消した時点で坂本たちの居場所を知ることはない。

――なにがあってもカッとなるな？

それに藤堂が坂本龍馬と会ったのは、斎藤が消えたあとである。自分がここまで坂本に傾倒することも、斎藤には想像がつくはずもない。

ただ、斎藤は明らかになにかを伝えようとしていた。だとすればなんだ？　なにを含んだ？

頭の中に気味の悪い沈黙が広がり、それに耐えかねたように心臓が駆け出した。

こんな忌まわしいことに巻き込まれて、冷静を保てるはずがない。坂本龍馬の喪失は、藤堂にとって、手に入れかけた新たな光を失うに等しかった。新選組のために大事な人間が次々と消えていく。それを黙って見過ごすのはもううんざりだ。

一個の決意が固まっていく。斎藤の声は再び遠いものになる。

油小路

永倉新八

朝から、原田左之助が騒がしい。

「なんで俺なんだよ！」

いつもの蛮声が、永倉新八のいるところまで響いてくる。

「だいたい坂本龍馬なんて奴、面も知らねぇんだ。斬れるはずがない。しかも俺は鞘をなくすような失態は、いくらなんでもせぬ」

「わかっている。だいいちこっちもそんな下知はしていないんだ。お前が勝手に動くとは思っていない」

近藤の寂声《さびごえ》。

「なにかあるとすぐ新選組のせいだ。忌まわしいことは全部押しつければいいと思っている。こっちは命を削って働いているのに、ちくしょう、なんだと思っているんだ」

原田の憤りもわからなくはない。

遠くに諍いを聞きながら、永倉は座敷にひとり座って煙草盆《たばこぼん》に灰を落とした。誰が殺《や》ったか知らないが、はなから新選組に罪をなすりつけるつもりで周到に準備していたとしたら、醜悪なことだ。あの坂本龍馬が、そんな下らぬ連中に斬られてしまったか、と思うと悄然《しょうぜん》とした。いかに万全を期してもどうなるかわからない。その摂理は自分たちの身の上にも等しく降りかかっている。今や幕臣に取り立てられ、みな大名のように立派になった。試衛館の時代に比べれば、周りの評価は勿論、着ているものひとつとってもまるで違う。が、この栄華もいつまで続くのか。武力による倒幕を阻止した坂本が死ねば、また流れは変わる。薩長はこの後どう出るつもりだろうか。

陰惨な気分を払拭《ふっしょく》するようにひとり頭を振った。

と、「永倉、入るぞ」と障子が開いて、土方が入室した。その後ろに、懐かしい顔がのぞいている。

「斎藤！」

そう叫んで永倉が相好を崩したというのに、この男は相変わらずの愛想のない面で「もう山口だ。山口次郎。名前を変えたんだ」と低く言った。

「やっと今日、戻した。また隊士として働いてもらうが、一応伊東との取り決めがある。お互いの隊士を受け入れない、というあれだ。それもあって名を変えさせた。まあ面が割れればどうせばれるのだが、一応な。局内には長期出張から戻ったということで通すことにしてある」

袴をひとつはたいて土方が座り、斎藤もそれに続いた。

「おめぇみてえな不器用な男が間者など、よほど気の張ることだったろう」

おどけてねぎらっても、眉ひとつ動かさず面倒臭そうに顔を背ける斎藤を見て、永倉はどういうわけかうっかり涙が出そうになった。一年近くも御陵衛士に潜伏して、それでもこいつはまったく変わらない。変わらないものなどなにひとつない世の中で、この男の個性は不器用に固まったままだ。

「斎藤が戻ってきたのは、奴らの動きが激しくなってきたからだ。俺と近藤さんを暗殺するらしくてな」

土方の言い様はまったく他人事《ひとごと》のようである。

斎藤はここ一年、御陵衛士の情報を、監察方を通して新選組に伝えていた。島田魁や、山崎烝といった連中が変装して物乞いをしているところに、金と一緒に丸めた紙片を投げてよこす。内容は、伊東たちが推し進めている活動に関してだが、近藤、土方の暗殺計画以外は、机上の空論に終始していた。

「ただの理想論者なのさ。自分たちの力で動くということをわかっていない」

土方は報告を受けるたびにそう吐き捨て、

「しかし俺たちが襲われる前に始末したほうがよかろう」

と、近藤は焦りを隠さなかった。

「で、永倉よ。今夜、近藤さんの休息所で伊東に会うことになっている。薩長の話が聞きたいから、と俺が呼び出した」

土方が思い出したように言う。

「伊東はその帰り道に片付けることになった。大石鍬次郎《おおいしくわじろう》他四人の隊士を夜道に潜ませて斬り捨てる」

「しかし、伊東はひとりでは来ないだろう。供の者を連れてくる。そうなったら斬り合いになるぜ。四人では手薄だ」

「いや、伊東はひとりで来る」

横合いから斎藤が、珍しく決然と言った。

「よもや自分が斬られるとは思っていない。あれだけ新選組を壊滅させると息巻いていながら、自分が狙われているなどと微塵も思っちゃいねぇ。こうして俺が姿を消しても、なんの手も打たない。あの伊東という男には、周りがまったく見えてねぇんだ」

斎藤は、月真院を出てすぐに帰営したわけではなかったようだ。手筈《てはず》はすべて斎藤離脱の際に、土方が整えていたらしい。しばらく紀州藩士・三浦休太郎《みうらきゅうたろう》のところに身を潜め、御陵衛士の動向をうかがっていた。当然、新選組に寝返ることを想定して、伊東たちも血眼になって斎藤を探すに違いないと踏んでいたのである。ところがここでも御陵衛士の動きは緩慢だった。単に気まぐれの脱退だろうと、早々に見切りをつけた。それと知って土方は、斎藤を屯所に戻したらしかった。

「坂本とやらが殺されたとき、真っ先に動いたのは御陵衛士の篠原や加納だ。よほど新選組の悪名を広めたかったのだろう。落ちていた鞘を原田のものだとわざわざ証しに行ったらしい」

斎藤が言い、

「あれは見廻組の佐々木只三郎がやったらしいが……」

と、土方は眉をひそめた。

佐々木只三郎は、浪士組結成時に永倉たちと一緒に江戸から京に上った幕臣だ。その後、江戸に戻り、清河を斬り、またこの京に上って見廻組の中心人物になっている。ほとんど接点はなかったが、永倉は、あの洞穴のように深くて暗い眼だけは未だに覚えている。

「見廻組が、自分たちの仕業を新選組に押しつけた、ということか？」

「どこまでどうだか……」

土方は顎《あご》をさする。

「御陵衛士の思惑も絡んでいるんじゃねぇか。むしろそっちのほうが有力だ。俺や近藤さんを斬ったときの名が、一層上がる」

うんざりする。そんな姑息《こそく》な真似をして有力者に取り入ってなにになる。伊東は、近藤や土方と違って自分には志がある、とさんざん見識張っていたが、ただ風向きを見て強いほうにへつらって、なにが志だ。志を通すうえで生じる汚れを引き受ける覚悟もなしに、なにが志士だ。

「で、永倉。伊東を斬ったあとの話だ」

土方のことだ。伊東ひとりを斬ってどうこう、という短絡的なことはない。一派壊滅までの筋書きを入念に作り込んであるのだろう。ただし、隊士に動きを命ずるのは、いつもギリギリになってからだ。報が漏れるのを、そうやって防いでいる。

「伊東は油小路《あぶらのこうじ》で斬る。遺骸はそこに放置する。当然御陵衛士は骸《むくろ》を引き取りに来る。そこで永倉、君が小隊を率いて一派を斬る」

いくら伊東が殺されたからとはいえ、そうたやすく篠原たちが挑発に乗るだろうか、という思いがチラッと頭の片隅をかすめた。目の端に映った斎藤が、思いを見抜いたのか、大丈夫だ、という風に軽く頷いた。

「向こうは今、他国に出張の者が多いらしく十人程度しかいない。総出で来るだろうからこっちは三十人ほど引き連れて欲しい。あとは原田をつける。鬱憤が溜まっているだろうからさ。斎藤は面が割れている。変な恨みを買ってはいけない。今回は加わるな」

一息に指示すると、改めて永倉の顔をのぞき込んだ。

「それから」

目線を外し、気まずそうにあらぬ方を見た。

「平助のことだ。あの一本気だ、きっと真っ先に伊東の骸を引き取りに来る。わかるな? あいつは斬るな。うまく逃がせ。近藤さんからの命令だ」

近藤の意見もあるだろうが、土方の情も混じっている。この緻密な男が実は情に厚いことを、永倉もさすがにこの五年で気付いていた。普段の怜悧《れいり》さからすると意外ではあるのだが、一度信用した相手には、なにをされようが、どんなことを言われようが動じず、裏切りもしない。近藤への忠誠、沖田への信愛、斎藤や永倉もどこかそういう意識で見ているようだ。とはいえ、そんな素振りは局内では寸毫《すんごう》も見せなかった。徹底した態度は、新選組結成時から少しも変わらない。藤堂ひとりを守って欲しい、と言うのにも、近藤の口を借りている。

「最近の平助は、どんな様子だい?」

永倉が訊くと、斎藤は、さぁ、と首を傾げた。

「『さあ』じゃねぇだろう。お前、こうなることを知って出てきたんだろう。平助にそれとなく含んできたろうな」

「さぁな。あいつは俺を嫌っていたからな」

曖昧な口調で濁してなにかをしまい込んだ斎藤の表情を見て、永倉はふと哀切な思いに駆られた。組織の中で与えられた仕事を成すことは、様々な情を押さえ込みながら進むことと等しいのかもしれない。仕事を遂行すること、そこで関わる同朋《どうほう》に情を注ぐこと。ふたつの意志は、仕事を極めようとすればするほど、うまく重ならなくなる。無理に重ねると、どこかで歪みが生じる。下手に情に走ることで結局、仕事どころか仲間まで失うことにもなる。割り切らねばならない。わかってはいるが、永倉には未だにそれが、どうにも辛くてたまらなくなるときがある。

斎藤が言う通り、その夜伊東は、近藤の妾宅にひとりでやってきた。さんざん飲んで激しく近藤を論破して、千鳥足で家を出ると、あっさりと待ち伏せていた大石鍬次郎に斬られて落命した。

伊東の死体は油小路に晒した。

永倉は隊士を従え、近くの料理屋を借り切って、御陵衛士たちが来るのを待っている。

ほどなくして妓が来て、伊東に覆い被《かぶ》さって泣き崩れたのが見えた。御陵衛士が様子を見るために遣わした馴染みだろう。妓が去ってしばらくすると、今度は東の方角から男たちが走ってくるのが見えた。ひとりの影が「伊東先生」と遺骸《いがい》に向かって叫び、あとは嗚咽《おえつ》や罵声《ばせい》が路地に響いた。影の数から見て、七、八人。

隣ですかさず原田が飛び出そうとするのを、永倉は制した。今は連中も気が猛《たけ》ってている。遺骸を運びはじめたときが機だ。

寒い日だった。もうすぐ慶応三年が終わる、師走である。

灯《あか》りを消して待機している室内では、袴が凍り付いたように固くなり、股《もも》だちをとって夜気に晒された臑《すね》から足首の骨が寒さに軋んでいる。

——あの男たちの中に、平助はいるだろうか。

先走って事を運ぶがゆえに、損をすることも多い男だ。癇癪《かんしゃく》持ちで勝ち気だったから他の隊士との衝突も絶えなかったが、人一倍将来を信じていた。今のことよりも、ずっと先を見て、常に気持ちを逸《はや》らせていた。高い理想を掲げて、無駄なくそこに突き進みたかったのだろう。だから、目の前のことをひとつずつ潰して進んでいる新選組に馴染めなかったのだ。

伊東たちが離脱する日、屯所に残る、と言った永倉をわざわざ藤堂は訪ねてきた。土方の命令でずっと伊東と親しくしていたから、永倉も一緒に新選組を抜けるものだと思い込んでいたのだろう。ところが試衛館の同朋でともに離脱するのは、反りの合わない斎藤だけである。

「私はてっきり、永倉さんとご一緒できると思っていたのですが」

興奮すると上気するいつもの顔を、まっすぐに永倉へと向けた。

「伊東さんの志には感服するが、まだまだ俺は新選組でやり残したことがあるからな」

苦し紛れにそう言うと、藤堂は「信じがたい」という表情を隠さなかった。

「これから時代は薩長のものになります。いつまでも幕府にしがみついている場合ではない。ここにいたら、永倉さん、あなたまで死んでしまう。御願《おねが》いです。一緒に来ていただけませんか」

ぐらりと気持ちが傾くのを押さえるのに必死だった。この気位の高い男が、まったく素直に「御願いです」などというのを聞き流せるはずがない。懸命に断りながら、ひどくやるせなかった。どちらが悪いのでもない。きっと志にしてもたいして違わないのだ。それなのに、こうして離れていかねばならない。しかも自分は、この若者を欺いてきたのだ。

「すまない、平助。勘忍してくれ。なぁ」

それだけ言うのが精一杯だった。よほど情けない顔をしていたのだろう。藤堂が犬のように懐こい顔で、こちらを不安げにのぞき込んだ。そのとき、皮膚の薄い白面《はくめん》に灯《とも》った切れ長の目は、どうしたわけか、涙をいっぱいに溜めていた。

油小路で息を潜めながら、永倉はあのときの藤堂の顔を思い出している。ああして対座できる日が、またいつしか来ればいいが。世の中が変わったときに、そんなこともあったと、お互い笑いながら話せればいいのだろうが。

「おい、永倉。そろそろじゃねぇか」

原田の声で覚醒《かくせい》して男たちのほうに目をやると、伊東の遺骸を駕籠《かご》に押し込めようとしているのが見えた。すでに骸は固まっているらしく、押し込むのに難渋している。

「よし、行くぞ」

抜き身の刀をぶら下げて、潜伏していた隊士たちは、そろそろと男たちに近づく。

「おい！　新選組だ」

動転した声が男たちの中から響き、それと同時にふたつの隊は、油小路の中央で衝突した。

乱刃が行き交う中、永倉は藤堂の姿を探している。

幸い、いい月が出ている。

前に立ちはだかったひとりを上段から斬り捨て、左から斬りつけてきた男に身体をひねって突きを食らわした。総勢三十人で取り囲まれたことに取り乱す御陵衛士の中には真っ先に逃げ出す者もいて、篠原泰之進と富山弥兵衛《とみやまやへえ》らしき影が七条通を一散に走っていくのが見えた。

敵の数は、瞬く間に二、三人にまで減った。早々に逃げ出した連中が半数近くいることになる。

斎藤の報告通り、口ほどにもない連中だ。

意識のどこかで「平助も逃げていてくれればいいが」と念じながらも、奮戦している御陵衛士切っての使い手、服部武雄のもとへと足を向けた。

その刹那《せつな》、背中にドンと当たってきた者がある。慌てて振り向くと、そこに藤堂の顔があった。刃から逃げようと振り返りながら走ってきて、運良く永倉にぶつかった。すでにかなり斬られているが、深手ではなさそうだ。今ならまだ十分逃げられる。

「平助、逃げろ。あとは俺がなんとかする」

永倉が耳元で言って道をあけると、藤堂は驚いたような顔をして息を詰めた。それから「しかし」と躊躇《ちゅうちょ》した。仲間を捨てておけない、と思ったのだろう。もはやほとんどの衛士たちは逃げ出しているというのに、この男の若さと誠実さが刃の雨に足を留《とど》まらせている。

「いいから！　行くんだ！」

怒鳴るように言って、藤堂の背を乱暴に押した。二、三歩行ったところで藤堂は振り返り、「かたじけない」と深々と頭を下げた。笑顔のような、泣き顔のような顔をしていた。

藤堂が身体を翻して駆け出した瞬間だった。

刀が、後ろからその背に斬りつけたのが永倉の視界に入る。永倉は藤堂に気を取られ、三浦常次郎という平隊士が追い上げてきていたのにまるで気付かなかった。

斬られたものの浅手だった。そのまま逃げ切れるはずだった。

ところが藤堂は、逃げるのをやめて険しい形相で振り返り、再び乱刃の中に突っ込んでいったのだ。曲がったことが嫌いな男だ。後ろから斬りつけるなどという卑怯《ひきょう》なことをされて、カッとならないはずはなかった。

「やめろ、もういい！　そいつは斬るな！」

永倉の叫んだ声は、隊士たちの怒号に掻き消された。

瞬く間に取り囲まれて滅多刺しにされた藤堂が、よろめきながら道端の溝《どぶ》に落ちていくのが、見えた。

永倉はまだ斬りつけようとする隊士たちを掻き分け、藤堂を抱き起こした。みな怪訝《けげん》な顔を向けたが、それを凄まじい形相で睨み付け、「散れっ」と鋭い声で遠ざけた。

すべてが一瞬の出来事だった。自分がもっと上手《うま》く立ち回れば防げたはずだった。今はまだ振り返って悔いるときではない、と自戒したが、目の前の藤堂をなんとか助けたいという気持ちと、取り返しのつかないことをしたという己への責め苦が、同じ比重で永倉にのしかかった。

「おい、平助」

声を掛けるとまだ息があって、薄目を開けた。至る所から血が流れている。鬢《びん》も削《そ》がれ、鎖骨の辺りに大きく傷口が開いていた。

「……永倉さん」

　虫の息だったが、言葉は力強い。

「大丈夫だ。助かる。痛《いて》ぇかもしれねぇが、随分と浅手だぜ。お前は池田屋のときも助かったろう」

「かたじけない。かたじけない。逃げろと言ってくれたのに。……かたじけない」

　呪文《じゆもん》のように言ううちに、藤堂の目に涙が浮かんできた。

「なにを謝ってる。礼なら傷が治ってから改めて聞く。それに平助を逃がせというのは、近藤や土方の命令だ。俺はそれに従ったまでだ」

「嘘だ。あのふたりがそんな……」

　荒い呼吸の中で、わずかに目を見開いた。

「嘘なもんか。あれでもずっと、お前のことは案じていたんだよ」

「近藤先生が……。土方さんが」

「もとからそういう不器用な奴らだったろう？」

　話しながら永倉は、藤堂の腹の辺りが大きく裂かれているのを見つけ、「いいからもうしゃべるな」と言った。それでも藤堂は「近藤さんが、土方さんが」と惚けたように繰り返し、なにか得心がいったような顔つきになった。

「斎藤だって言っていたんだ。私にちゃんと言葉を残した。こうなることを知っていたから、あいつは言葉を残したのに」

そこまで言うとゲホッと短い咳をして血を吐いた。

「私は馬鹿だ。少しも振り返らなかった。自分を支えていたものを一度も振り返らないで新しいことばかり……」


呼吸がふいごのようになって、どこからか空気が抜ける嫌な音がした。

「頑張れよ、平助。医者に診せればすぐよくなる。なに、またゆっくり江戸で養生すればいい」

藤堂は子供が泣くような顔になって、死にたくない、と言った。小さなかすれ声で、死にたくない、死にたくない、と何度も繰り返した。

「私には、もう一回生きて、やり直したいことがあるんだ」

それが最期の言葉だった。

瞳《ひとみ》は火が消えたように表情がなくなって、そのまま灰色に変わった。その目から、涙が、まるで生きているみたいに流れていった。泥と血にまみれた顔がその一筋だけ、色白で透き通ったいつもの藤堂の皮膚を甦らせた。

王政復古

井上源三郎

たった数日で、油小路での件はすっかり古めかしいことになってしまったようだ。天下は、騒乱の時期を迎えている。

十二月九日、ついに王政復古の大号令が出た。

薩長は政権を返上させるだけではなく、なんとしても討幕の兵を挙げたいらしい。完全に徳川を叩きつぶす強行策を推し進めてきた。慶喜に官位の返上を求め、所領まで取り上げると言い出したのだ。

逆らえば攻撃する。

それが向こうの出した条件だった。幕府も、さすがにそこまで従順ではない。

薩長を討つ。

両極、抗戦の構えとなった。

続々と薩長軍が洛中《らくちゅう》に入ってくる中、二条城に籠《こ》もって戦闘に臨むと思われた慶喜は早々に大坂城へと移ってしまった。それに伴い、幕命を受けて、兵を引き連れ二条城の警備へと出向いた近藤に対し、すでに城に入っていた水戸藩士の反応は冷たいものだった。

「水戸藩は慶喜公直々に命を受けている。貴殿のように一幕閣からの命令で動いているわけではござらん」

ともに警護に当たればいいものを、こんなときまで徳川親藩は権威を保つことを最優先にしていた。命令系統も一本化されず、旧幕軍の呼吸はひどく乱れている。これが長く続いた平和の産物だとしたら、貪欲《どんよく》に洋式軍制を学び、着々と討幕に向け準備してきた薩長軍に敵《かな》うはずもない。

会津の言い分、水戸藩の言い分、幕府の言い分。錯綜《さくそう》する情報に翻弄《ほんろう》されながら新選組は次の指示を待つ。

「嫌なことばかり起こるようだよ」

気弱な声を出して、近藤が嘆息した。

一月程前、近藤の養父、近藤周斎が亡くなった。新規隊士の徴用に東下していた井上が江戸を発って十日もしないうちのことだったらしい。それから、大政奉還に王政復古、そして薩長との戦がはじまろうとしている。

「旗本になったと喜んでいたが、俺たちの栄華も短いものだった」

近藤のぼやきを傍らで聞いていた土方が、

「なにを言っている、これからだ」

と、即座に否定した。だが土方にも、今の情勢ははっきりと把握できるものではないだろう。かつて新選組が取り締まっていた「不逞浪士」たちが、今は大手を振って洛中を行軍している。ここまで急激な変化など誰の予測の範疇《はんちゅう》にもなかったはずだ。


十二月の半ば、新選組は戦に備え、不動堂村の屯所を出て大坂へと赴くことになった。隊士たちはみな出陣に備え、忙しく立ち働いている。土方は全員に給金を振り分け、妻帯している隊士は出立前の数日間、家に帰って過ごすよう、特別にはからった。

「そのまま脱走する者がいるかもしれないが、この京で過ごした五年のときを清算する機会を、一日でもいいから作ってやるのは道義だよ」

井上だけにこっそりそう打ち明けた。

永倉や原田も、女のところに帰っていった。ほとんどの隊士は芸妓《げいぎ》を落籍《ひか》せていたが、原田は町娘と所帯を持っており、もうすぐ子供が生まれるはずだった。

「できれば顔を見てから行きたいが」

名残惜《なごりお》しそうに何度も呟いていた。

永倉はいつもの小言を、最近はめっきり言わなくなった。

「ほらみろ、だから薩摩は怖《こえ》えと言ったんだ」

威勢のいいときだったらそう言って近藤を責めたろうが、今は自信をなくした近藤を遠くからおとなしく見守るだけだ。永倉も、囲っていた芸妓が子供を産んだばかりだった。産後の肥立ちが悪く女は死に、かろうじて乳母に連れられた子供に面会すると、冷静な男が急においおいと大声で泣き出した。

「間に合ってよかった。顔だけでも見ることができた」

京に来てからはじめて見せる涙だった。山南が死んだときも、藤堂が死んだときも、永倉は黙って耐えていた。そういう思いがすべてここで、溢れ出したのかもしれなかった。

斎藤、今は山口と名乗っているが、この男は最後まで神出鬼没で、勝手に出ていったと思ったら二日も戻らず、出立の直前になってまたふらりと屯所に舞い戻ってきた。

「脱走かと思ったぞ」

土方が諫《いさ》めると、「俺は女の数が多いから、一通り回るだけでも時間がかかる」と言って片方の口角をつり上げて笑った。時勢をわかっているのかわかっていないのか。他の隊士が見せる不安げな表情を、斎藤だけがまるで表に出さなかった。屯所に戻っても行軍の準備を手伝うでもなく、ひとり黙々と刀の手入れをしている。

いよいよ明日下坂する、という日、井上は土方とともに、醒ケ井《さめがい》にある近藤の休息所を訪れた。沖田を見舞うためだ。

すっかり弱ってしまった沖田は、新選組の落ち着き先が決まるまでこの妾宅に預けられることになり、数日前から床を移している。

「嫌だなぁ。みんな揃って。なんだか大袈裟ですね」

沖田は見舞いを嫌がったが、土方が、

「どうせ俺には別れを惜しむ女もいねぇんだ」

と言うと、ケラケラとおかしそうに笑った。

「土方さんは役者のような美男だとみな言いますが、性質が悪いから女の人が逃げてしまうんです」

近藤の女に向かって、陽気に冗談を言っている。

近藤は杯を傾けながら、「そういや、彦五郎さんは元気だったか？」と土方に訊いた。

土方は、井上の顔を見て、困ったような色を浮かべる。江戸から戻って以来、近藤は何度も同じ事を土方に訊いていた。「ああ、元気さ」と答えるといつも決まって、「俺は高望みをしすぎたのかもしれねぇな」と返すのが、決まり事のようになっていた。

「なんだか湿っぽいや。まるで終わりみたいな様子ですよ。幕府が終わったって、そんなことは関わりないのに」

沖田は相変わらず、みなが胸に秘めながらも、言葉にしあぐねている真実をあっさりと口にする。

「そうは言うが総司。俺たちはもう幕臣なんだぜ」

杯をあけながら力無く近藤が言った。

「でも、そこがはじめじゃないでしょう」

沖田の言い方はいつも通り暢気な調子だったが、この日はちょっとばかり鋭さも含んでいたかもしれない。

「はじめは武士になりたいと思ったのでしょう？　身分なんかに関係なく活躍して、世を変えたいと思ったのでしょう？」

子供が親を責めるような言い方だった。

「それは、そうだが。今は立場が違う」

「その立場ってものが嫌で、それを崩して自分たちの手で活躍の場を作るために、京まで上ってきたような気がするけどなぁ」

沖田の目線はいつしか土方のほうに向けられており、そのやけに透明な目を直視できないのか、土方は静かにうつむいた。

「大きな権力の下にあっても、なににも囚われていなかったのが新選組だと私は思っていたんです。幕府が倒れようが、潰れようが、そういうことで滅することはない。組織にいることとは生きていくひとつの道だけれど、組織によってだけ生かされていたわけじゃないですからね。個というのは、もっと強い。本当は、組織や権威なんかよりもっと高いところにあるものなんだ」

「それじゃあ、おまえ、忠義ってもんはどうなる？　士道に背くことになるだろう」

「その士道っていうのが、私にはわからない。五年経ってもまだわからないや。だって士道といっても解釈は人それぞれっていうでしょう？」

「なんにせよ幕府が潰れたら、俺たちに生きる術はねぇよ」

投げやりに吐き出された近藤の言葉に、沖田は顔を曇らせた。

井上はとっさに、沖田を落胆させてはいけない、と思った。この青年が落胆したら、そのときこそすべての希望が絶たれてしまう気がした。本当に自分たちが終わってしまう気がしたのだ。

土方が隣で、額をこするのが見える。なにか言いあぐねているのだろう。それでもしばらく経つと、思い切ったように口を開いた。

「俺も、自分の理由はなんだろうと考えていた。幕府のためでも、時勢のせいでもなく、この戦に加わる自分なりの理由だ。でもその理由を超えて、ここまで来たらとことん行けるところまで行ってみてぇと、そういう興味が湧《わ》いてきている」

こういうことを言うのが照れくさいのだろう、手がゴシゴシと袴をこすっていた。

「信念とか志とか、そういうきれい事ではないんだ。もちろん幕府とともに戦う。でも意地や見栄でやるんじゃない。一度ここだと信じて足を踏み入れた、そう感じたことに嘘はねぇからな。俺の中ではずっと矛盾はない。周りから馬鹿だと言われようが、これと思えるもんがあるんなら、とことんやり通したほうが面白《おもしれ》ぇさ。そうすればきっと、はっきり景色が見えるんじゃねぇか、と思ってさ」

沖田を諭すためだったろうが、無邪気な語調が懐かしかった。まるで、武州で喧嘩《けんか》をしながら薬を売っていた、あの頃の歳三を見るようだった。

「もう、土方さんには見えているような気がするけど……。でも、もっと違う景色が見たいと思うなら、存分にやったほうがいいかもしれません」

安堵《あんど》した顔で、沖田が可笑《おか》しそうに笑う。いつも誰に対しても明るい青年だが、ここまで安心しきった顔は、もしかしたら土方の前だけでしかしていなかったかもしれない。

「土方さんは変わらないなぁ。変な目を持っている。いつもすごく近くに焦点が合っているんだ。でも遠くも見てる。いつ見ているのかな、とずっと不思議でした。けれど遠くを見ているときの土方さんは、試衛館の頃の土方さんなのかもしれないな」

また奇妙なことを言い出したので、近藤が「いい加減にしろよ。お前の禅問答は聞き飽きた」と言って苦笑いをした。近藤はそのまま話題を引き取って、得意の自慢話をはじめた。

「京都守護職が廃止になってさ、新遊撃隊御雇《しんゆうげきたいおやとい》なんて名前をつけられそうになったんだ。

そうしたらみなが反対してな。最後まで新選組で働きたいってさ」

自らを鼓舞するかのように、言葉を継ぐ。

「永倉や原田も、そんな奇妙な名前は嫌だと言い張ってな。斎藤まで、絶対嫌だと言いやがる。新選組じゃなくてどうする、ってさ。自分は変名を重ねているが、隊名は絶対変えたくないってさ」

近藤は到底自慢にならないようなことまで自慢として語る。悪い癖だ。「そんなに自慢ばかりするな。男が下がるぜ」。折に触れて土方が注進してきたが、その癖だけは一向に改まることがなかった。新選組を立ち上げてからの苦労も、今まで行った斬り込みも、自分が築いた実績も人脈も、執拗に自慢する。立場上「もう聞いた」とは言えない平隊士に対しても、何度も自慢を繰り返した。

もしかしたら近藤は、新選組結成以来ずっと嬉しくて仕方なかったのかもしれない。武士として日々を送る喜びを、誰よりも深く噛《か》みしめていたのかもしれない。

遠くで寺の鐘が鳴った。

「暮れだな」

近藤がしみじみと言った。静かだった。とてももうすぐ戦がはじまるなどとは思えぬ穏やかな時が流れていった。

「今年は床にいることが多かったから、来年こそはちゃんと隊務に復帰したいなぁ。隊士に剣術も教えたいし」

「そうはいうが、お前は稽古嫌《けいこぎら》いじゃねぇか」

土方の言葉を聞き流して「ああ、壬生の子供たちにも早く会いたいなぁ」とおどけた声で言って、沖田はまた童のように笑った。

外では、雪がちらつきはじめたようだった。

近藤や、沖田や、土方の声を聞きながら、井上は、ずっと生きていたい、と切に思っていた。

年をとるまで働いて、いずれお役御免となったら、あの美しい武州に帰る。老人になった自分や歳三が、子供や孫に昔語りをする。

「京で武士として歴史を変える活躍をしたのだ」

何度も、何度も、同じ自慢話を繰り返す。もう一度、無我夢中で木刀を振り回していた田舎の百姓に戻って、農閑期には近所の若者たちを集めて剣術を指南しよう。たまにはみなで集まって、酒を酌み交わそう。勇も、総司も、歳三も、みな同じ立場で下らぬ話に興じながら、朝まで酒を飲もう。

井上にとっては、そこに繋がっていかなければ、この厳しい日々は嘘になるような気がしていた。小さい望みといわれようと、素のままの自分たちに戻って、今を誇りたかった。

多摩川の雄々しい流れを思う。田植えの感触を右手に感じる。むせ返るような草いきれが鼻腔《びこう》に甦る。

みな揃って生きて再び故郷の土を踏む日を、井上源三郎は幻想の中で、何度も、何度も、反芻《はんすう》する。

落陽の嵐

鳥羽伏見

土方歳三

馬が凄《すさ》まじい土煙を上げながら、奉行所に駆け込んでくる。伝奏だろうか、と土方は緊迫した。日が暮れかけている。誰が乗っているか、はっきりとは見えない。

「誰かおらぬか」

馬を下りた男が、静かに言った。近藤の声。

土方はそれに応えようとして廊下に出、呆然《ぼうぜん》となった。

近藤の右肩が、真っ赤に染まっていた。

「篠原たちにやられた。傷はたいしたことはない」

近藤はひどく冷静だ。「医者を呼べ。早く！」と隊士に命じた土方のうわずった声を聞きつけた永倉が「どこでやられた？」と血相を変えて聞きに来た。「墨染《すみぞめ》の丹波橋《たんばばし》だ」という近藤の答えを受け取ると、「一番組、二番組、続け！」と言いざま、大小を差して飛び出していった。

数日前から新選組は、伏見に布陣している。

徳川慶喜は旧幕府軍を率いて大坂城に入り、新選組も大坂・天満宮に宿陣していた。薩長軍は朝廷内の佐幕派を追い落として御所を固め、戦闘態勢を整えている。それにともない、新選組は激戦の予想される伏見へと赴くこととなった。

土方は先に、監察方の山崎烝、吉村貫一郎を偵察に送り込み、伏見・御香宮神社《ごこうのみやじんじゃ》にある薩長軍の様子を報告させたうえで、一行を引き連れ伏見に入った。一斉退去でもぬけの殻になっている伏見奉行所に宿陣したのが、十二月十六日。新選組隊士約百五十人の他に、旧幕府軍、会津藩兵も加わっている。

奉行所の前には、大きな一枚板に黒々と「新選組」と書かれた表札が掲げられた。不安を払拭《ふっしょく》するように、またげんを担ぐような気持ちで、隊士たちはその文字を眺めた。京の町にあって、勤王派《きんのうは》を震え上がらせ続けた文字である。

「京に来たばかりのときも、みなでこうして大きな表札を書いて、八木さんの門に掲げたな」

近藤が言って、

「でもあのときは、『壬生浪士組』と書いた。まともな名前もまだなかった」

と土方が応《こた》えた。息を吸い込むと、冬のいい匂《にお》いがした。

徳川親藩まで及び腰の今、たとえこの戦に勝ったところで幕府の復活はないだろう。それどころか、旧幕府軍が負ければ自分たちの命はない。勝っても負けても先はない。そういう争いはすまいと思っていた。けれど新選組の五年間、策を練り続けた土方にとって、今の状況はなぜか不快ではなく、むしろせいせいとして穏やかだった。成すべき事はもう決まっている。早晩攻めてくるだろう、薩長軍と戦う。それだけだ。

一旦《いったん》そう割り切ったのに、近藤が狙撃《そげき》されるというあってはならぬ出来事が、不如意な現実へと土方を引き戻した。

近藤の傷はかなりの深手だった。背中に大きく開いた傷口から流れるどす黒い血はなかなか止まらない。弾も貫通せずに体内に残っているようだ。それでも近藤は、処置を施している間、あの大きな口を真一文字に引き結んで声ひとつ上げなかった。

狙撃されたのは、所用を済ませて伏見奉行所に戻る途中。この日、近藤は馬上、他に島田魁、井上新左衛門、横倉甚五郎《よこくらじんごろう》、馬丁《ばてい》の久吉を連れていた。後方からの轟音《ごうおん》とともに、凄まじい力で背を押された近藤は、そのまま馬の背につっぷす形になった。とっさに斬《き》られたと思い、鞍壺《くらつぼ》にしがみついて馬の腹を蹴《け》った。後方を見ると篠原泰之進や加納鷲雄、阿部十郎《あべじゅうろう》といった御陵衛士の残党が、白刃をかざして民家の生垣から躍り出てきた。

「伊東一派の意趣返しか」

現場に残された四人が応戦し、島田と横倉は無事帰還したものの、他のふたりは斬り合いの果てに命を落とした。

これからはじまる薩長との戦にかまけ、油小路で生き残った篠原や加納といった者のことなど、すっかり頭から抜け落ちていた。

「すまない。近藤さん。俺が迂闊《うかつ》だった」

「お前がそんな風に言うなんて、京に上ってはじめてじゃねぇか？　いっつも仏頂面で押し黙っていたのによ」

冗談を言いながらも、右肩が痛いのか、腿《もも》の辺りに左手の爪《つめ》を食い込ませる。近藤が試衛館の昔からやっていた、痛みを逃がす方法だった。

「他のところをつねっておけばよ、痛みなんてぇものは逃げっちまうんだ」

昔、そう言っては大口を開けて笑っていたことを思い出す。腿に爪を食い込ませるくらいで逃げる痛みではなかろうが。こういう癖は、旗本になった今も抜けるものではないのだな。土方はぼんやりと思いながら、得体の知れない恐怖に覆われている。もう少し撃たれる位置がずれていたら、近藤は死んでいた。今までは守りきれると信じていたが、これから出ていく戦場《いくさば》ではおそらく目の届かないところが出てくる。攻めることと守ることを同時にする余裕はない。

またふっつりと黙り込んだ土方に、近藤は言った。

「悪い癖だ。全部自分が背負っていないと気が済まないのだな。理由がないことも起こるんだ。俺《おれ》は運がいいぜ。こうして生きているだろう」

近藤は大坂で幕医の検診を受けるため、それから二日後、伏見奉行所をあとにした。数日前に醒ヶ井の休息所からこの伏見奉行所へと床を移していた沖田も、ともに下坂することになった。

重傷の近藤を隊士の前に晒《さら》しては志気が下がる。そう案じて、駕籠《かご》を用意し、できるだけ目立たぬように出立させた。大仰な見送りも禁じた。これが今生《こんじょう》の別れではないのだ。伏見の戦で勝って、徳川慶喜の待つ大坂城に入る。近藤や沖田には、そこで会える。

ここからは、土方が指揮を執って戦うことになる。一度「なるようになれ」と捨てかけた鎧《よろい》を、また着込むような心持ちだった。近藤や沖田が生きている限り、この鎧を捨てられることはないのかもしれない。自分が新選組でやってきたのは、そういうことだったのかもしれない、とも思った。

土方とふたり、ひっそりと近藤の駕籠を見送った井上源三郎は、例のしょぼしょぼとしたまばたきをしながら呟《つぶや》いた。

「なんだか俺は、もう近藤さんには会えない気がするよ」

威勢のいいことはあまり言わないが、その代わり悲観的なことも決して言わない男であるのに、そう言って嘆息する。

「縁起の悪いことを言うな。鉄砲傷とはいえ肩だ。ああして元気なのだから大丈夫だ」

自分に言い聞かせるように、低く唱えた。


年が改まろうとしても、薩長軍と旧幕府軍は睨《にら》み合いを続けたままである。二百年以上の安泰を切り崩すことになるこの戦は、仕掛けるほうにしても容易ではないに違いなかった。

戦局が一気に動いたのは、威信回復をかけた幕府側の行動によってである。

一月三日、「薩摩討つべし」と朝廷に上申するための討薩表を掲げた旧幕府軍が、洛《らく》中《ちゅう》に進撃しようとし、鳥羽口を固める薩長軍と衝突したのだ。

開戦を告げる砲弾の音が鳥羽方面から聞こえはじめると、御香宮に詰めていた薩摩軍も伏見奉行所へと一斉に銃撃をはじめた。

冬の真っ暗な空に火花がいくつも散る。兵士たちの怒号や恐怖に引きつった声が激しい銃声に混じって吐き出され、地表から渦巻いて上がる。決死の攻撃を試みるも、たった一門しかない砲台ではまるで歯が立たない。古めかしい甲冑姿《かっちゅうすがた》の旧幕府軍とは対照的に、軍服に身を包んだ薩摩軍はブレの少ないミニエー銃を使っている。砲撃によって奉行所から火が上がり、それが風に煽《あお》られ凄まじい音を立てて、闇を抜いていった。戦をはじめたばかりだというのに、あっという間に敗戦へと傾いていく様に成す術《すべ》もない。

轟音の中で土方は、耳の奥がシンとなるのを感じた。視界からは色が抜け落ちていく。気付くと、無意識に刀を抜いていた。

「薩摩軍に突っ込む！」

自分の発した叫喚が、遥《はる》か遠くから聞こえた。衝動的に土塀をよじ登ると、後ろから凄まじい力で引きずり下ろされた。

「なにをするんだ。あんたは指揮を執っている大将だろう」

永倉新八が刀を抜いて立っている。

「決死隊は俺が引き受ける。一番組、二番組を率いていく。援護は頼んだ」

刀を白い布で手に縛り付けながら、永倉は素早く指示した。

「俺は今に至ってもどうも死ぬ気がしねぇんだ。京に来てから一度もそういう覚悟をしたことがないからさ」

面白くもなさそうに言うと、隊士を率いて土塀を乗り越えていった。

土方は援護のために、砲撃を続けた。薩摩の銃撃に比べれば、ままごとのような威力だが、永倉の決死隊に一縷《いちる》の望みを繋《つな》いだのだ。ここから戦が始まるのなら、ここを食い止めねば意味がない。それが先陣切って働いてきた自分たちの務めだ。気持ちの中で必死にそう唱えて、忘我しかけた自分を叱咤《しった》した。

刀を抜いて一気に攻め入った新選組の出現に、薩摩軍は均衡を崩した。敵の銃撃隊が持ち場を離れ後退するのが見える。接近戦になり、斬り合いになればこちらに分がある。何度も白刃の下をくぐり抜けてきたのだ。経験では新選組が遥かに上だ。

「退《ひ》くな！　撃ち方を止《や》めるな」

敵陣から呼号が響いたと同時に激しい砲撃の音が再開し、隊士のひとりがはじかれて後ろに飛ばされたのが見えた。

薩摩軍はそれをきっかけに態勢を立て直し、至近距離から決死隊を銃撃している。永倉たちは瞬《また》く間に散り散りになって、建物の陰に身を伏せるのがやっとである。そこから先には一歩も動くことができないほどの容赦ない銃撃だった。

奉行所は火に覆われ、今にも崩れ落ちそうだった。

会津藩士を率いる林権助《はやしごんすけ》が、火に照らされながら駆け寄ってくる。

「ここは退くしかなかろう」

無言でそれに頷《うなず》き、前方の決死隊に向かって「永倉、戻れ」と大呼した。永倉が這々《ほうほう》の体《てい》で戻ってくるのを見届け、隊列の後ろについて奉行所の裏から落ちる。敵に気取られぬよう潰走《かいそう》しながら、土方は言いようのない無力感を抱《いだ》いていた。負けたこと以上に、なにもできなかったことに歯がゆさを感じていた。奴《やつ》らはいつの間にここまでの戦力を蓄えたのか。全貌を現した薩長は、予想をしのぐ怪物だった。

——自分の戦ができない。

それがなにより辛《つら》かった。

下鳥羽から退陣した旧幕府軍に、追い打ちをかけるような事実が告げられたのは、次の日のことだ。

「新政府軍が錦旗《きんき》を掲げている」

錦旗というのは朝廷が認めた旗印である。刃向かえば、朝廷に弓引くことと同義、つまり逆賊になる。これまで政権の中心にあった旧幕府軍が賊軍となり、薩長が官軍となった。この日を境に、お互いの立場が逆転したのである。

原田は話を聞いて、相変わらずの短気を剝《む》き出しにした。会津藩士、旧幕軍とともに、淀城下に宿陣した夜、新選組幹部は火を囲んで暖をとっていた。それでも足下から突き上げてくる寒さは尋常ではなく、つま先や手の先がジンジンと唸《うな》っている。

「ほんの少し前まで、あいつらが賊軍だったんだ。そんな体のいい話があるか」

時勢を理解できないのかしたくないのか、この夜、原田の怒りはなかなか収まらなかった。思えば原田ほど単純に、昔ながらの英傑に憧《あこが》れていた男もいなかったのではないか。武功をあげれば末代にまで名がとどろくと信じて疑わなかった。ところが新選組は、いくら働いても京雀からは白い目で見られ続けた。薩長の志士たちが恐れられながらも英雄視される一方で、ずっと田舎者《いなかもの》の烙印《らくいん》を押され続けた。原田はいつもそこに、憤っていたのだ。

「お前はまだそんなことで怒っているのか。だから総司にまで馬鹿にされるんだ」

永倉が冷めた目で原田を振り返った。

「どっちだっていいんだ。戦の最中にそんなことで腹を立てるな。官軍だろうが賊軍だろうが、どこかよその人間が決めたことだ」

冷たくなった兵糧《ひょうろう》を先程から火にかざしては、ほおばっている。しかし錦旗の事実に動じないのは永倉ぐらいなもので、他の隊士はみな、動揺し、あからさまに志気を下げていた。旧幕軍や会津藩士といった連中はことさら顕著で、絶対に滅びることはないと信じていたものが、音を立てて崩れていくのを直視できずにいるようだ。戦場に出ても、重い甲冑を着込んで、討ち取った敵の首をぶら下げて戦う。その重さにふらついているうちに薩長の銃弾に倒れる者があとを絶たない。まるでやり方を変えないのだ。薩長の戦法から少しも学ぶことをしない。そして、日々思わぬ方向に変わり続ける世情に嘆息しているだけだ。

井上源三郎だけが、そうした幕軍を「致し方ないだろう」と擁護した。

「だって、どうもわからねぇことが多すぎるんだもの。原田が言うことも俺にゃわかる。会津と薩摩は同盟を組んで、俺たちが京に上った年に長州を追い落としたろう。それが今度は薩長だ。会津の者がそんな筋の通らねぇことを、割り切れるはずがない。どういうことだか俺にだってさっぱりわからねぇんだ。もっとわからねぇのは、諸藩の連中だ。ずっと黙って長州と幕府の争いを傍観して、いかにも幕府に従順な振りをしてさ、今やあっちが官軍になったら一気に薩長の加勢をしているらしいじゃないか。どういう了見でそういうことをするのか……」

最後のほうは情けない声になった。

「しかしよ」

永倉は、平然と手についた飯粒をさらっている。

「存外そういう連中がほとんどなのさ。自分の意見を通すどころか、まともに意見を言うこともしない。みっともよくはねぇが、世の中はどうもそういうことばかりだ」

隊士たちの話を傍らに聞きながら、土方は明日以降の采配《さいはい》を頭の中に巡らしている。転戦していくより、一気に大坂城まで戻って鳥羽方面の兵力と合流したうえで軍備を整え決戦に持ち込んだほうが得策ではないか。今のままでは無駄に死者を出すだけだ。

ふっつりと押し黙った土方を見て、井上が囁《ささや》いた。

「たまには、どれだけやったってどうにもならないときがあるんだ。押しても引いても進めないときがさ。そういうときも、それはそれで受け入れてもいいんだろうな。諸藩みたいに、痛手から逃げてうまく切り抜けてたって、なにも面白いことはねぇよ」

井上はずっと、土方の内面を見透かしたように言葉を掛けてくる人間だった。本当は武士になどなる性質ではないのだろう。剣の腕もさほどではなく、人一倍気の優しい男だ。武州で剣術を習いながら、農地を耕していたほうが性に合っていた。それを黙って、近藤や土方の夢に付き合った。

「源三郎さん。戦が終わったらしばらくは江戸で暮らしてぇな。あっちに新選組の本陣を置く。そうしたら隊士を徴用に行く手間も省ける。武州にも頻繁に顔を出せる」

「それはいいな」

江戸の気風が性に合っている永倉が、目を細めた。

「なあ、歳。そうなったらいいだろうな。武州は空気が気持ちいいんだ。俺はあそこの空気に勝るものはねぇと思ってるんだ」

目をしばたかせて井上が言った。

パチパチと火のはじける音がして、この夜も風の音だけで静かだった。具足《ぐそく》の音や、囁き合う声が間断なく聞こえたが、あとは遠くに野犬が吠《ほ》えるだけだ。

「多摩川から吹き上げてくる風に身を晒しているとな、どんな嫌なことも失《う》せていくんだ。ずっと向こうまで景色が見渡せて、広くてさ。あの土地はどの季節もいい匂いがしたっけな」

井上の言葉が、ただ静寂に漂った。


それからの戦も惨憺《さんたん》たるありさまだった。

翌五日、新選組は千両松《せんりようまつ》に布陣した。土方はみなに甲冑を捨てさせ、刀を持って接近戦に持ち込むことを指示した。まず薩長軍をギリギリまで引き寄せる。そこで、一斉射撃を浴びせ、向こうがひるんだところに斬り込む。土方は三日目にして、違うところに立っていた。横一列で銃撃を仕掛けるだけの薩長の戦を早々に崩し、乱刃戦に持ち込んで急場をしのぐしかないと策を切り換えていた。

鳥羽街道のほうから、土煙を上げて官軍が行軍してくるのが見える。

「来たぞ」

土方が押し殺した声で言うと、待ちかまえていた新選組の銃撃隊が一斉に構えた。

「いいか、ギリギリまで引き寄せろ」

隣にいる斎藤が、刀を抜きながら「長州か」と嗝く。白熊《はぐま》である。薩長土は頭にかぶるものを色分けしている。薩摩は黒。土州は赤。

「敵味方を見分けるためとはいえ、あんな気味の悪いかぶりものをつけるなんざ、俺には耐えられねぇ」

毒づく斎藤の腕には、「誠」の文字が染め抜かれた赤い羅紗《らしゃ》の袖章《そでしょう》がつけられている。

「撃て！」

命じた土方の声が、凄絶《せいぜつ》な射撃音に掻《か》き消された。長州軍がバラバラと散り、乱れていくのがはっきりと見える。目の端に井上が映った。砲《つつ》を構え、撃ち続けている姿が、まるで若武者のように凛然《りんぜん》としていた。今まで見たことのない雄々しい姿だった。

長州が後退するのを見て、新選組は一斉に斬り込んだ。斎藤や永倉が真っ先に飛び出していき、この屈指の剣客《けんかく》の前に長州の兵卒はあっけなく倒されていく。斎藤の働きは、特に凄まじかった。すべて一刀。一刀で相手を仕留めた。積年の恨みをはらすような感情的な剣ではない。自分のしてきた仕事をただ見せつける、それしかないように見えた。銃で片づく時代になっても、剣で生きてきた自分を曲げない。そういう変な意地のある男だった。

戦は、勝てるはずだった。

ところが長州の立て直しは、ここでも雷神のごとく素早かった。決死隊が半分も進まぬところで、向こうから一斉に砲撃をはじめたのだ。攻め入った新選組の隊士が、次々にはじき飛ばされていく。弾は斎藤の腕をかすめて、後ろに控えた土方の耳元を裂《さ》いた。

「一旦退け！」

遥か後方に陣取った幕軍から、「退却」という号令が連呼されている。

追撃をかわしながら淀方面へと駆けている土方は、何度も敗戦の事実を咀嚼《そしやく》しようとして、そのたびうまく飲み込めずにただ戸惑っていた。

どんなやり方も通じない。まるで隙《すき》が見えない。銃という武器の真の力も、未《いま》だ見極められずにいる。当然勝つ形勢に持ち込んでも当たり前のように負ける。

「淀城まで退け。そこで籠城《ろうじよう》し援軍を待つ」

幕軍の誰かが、前方で怒鳴る声が聞こえた。

淀城で籠城しても同じことだ。武器がなければ勝てるはずがない。

結局、一行は淀城に止《とど》まることなく、そのまま橋本まで落ち延びた。土方の意図と同じく籠城は無意味であると旧幕府軍が悟ったからではない。淀藩が裏切ったためだ。敗走してきた幕軍を前に城門を閉め、中に入ることを禁じた。このとき城主の稲葉民部大輔《いなばみんぶたいふ》正邦《まさくに》は江戸詰めで不在。城を任された家臣たちの判断だった。つい数日前まで徳川方だった者たちが戦局不利と見るや、こうして無様に寝返っていく。

「悪い夢でも見ているようだぜ」

原田が吐き捨てた。万策を尽くして戦っても勝てない。味方はどんどん敵になっていく。まさに悪夢だった。

橋本に辿《たど》り着いたときにはもう、口をきく者は誰もいなかった。それほどみなが疲弊していた。この日だけでも十人以上の隊士が死んでいる。監察方の山崎烝も銃弾を受けて重傷だった。ともかく大坂だ。大坂城に引き上げる。

土方は徐々に集まってきた幕軍、会津藩士たちとともに大坂城までの行軍の陣形を練った。

しんがりは新選組が務める。薩長からの追撃は、全部引き受けてやる。土方の申し出に、幕府も会津も黙したままだった。この期《ご》に及んで戦意を失わない新選組が、不気味だったのだろう。

軍議を終えて、輪から抜けると、それを待っていたかのようにひとりの少年が近づいてきた。

「土方先生」

怯《おび》えながら、か細い声を掛けた。まだ十二歳。井上泰助《いのうえたいすけ》という少年である。本人たっての希望でこの戦に参加していた、井上源三郎の甥《おい》だ。まだ幼い、と近藤や土方は反対したものの、どうしてもと言い張り、そのまま混乱になって戦場をついて回っている。

その泰助が、目の縁を赤くして、井上源三郎の死んだことを伝えた。

砲台を預かっていた井上は、退却の命令が出たのに持ち場から離れなかったのだという。薩長の新式銃とは比較にならぬ程点火の遅い砲にしがみついて、なんとか応戦しようと懸命だった。泰助が呼びかけても、「お前は先に行け、ここは俺が守ることになっているんだ」と言って聞かなかった。再び砲台に着火しようとして立ち上がった井上の腹部を、敵の弾が射抜いた。泰助が慌てて駆け寄ったときには、もう、息がなかった。

「なんとか首だけでも持ち帰ろうとしたのですが、とても重くてここまで耐えられず、途中通りかかった寺に埋めました」

たどたどしい口調でそう付け足した。

あんなに戦や殺生《せっしょう》が嫌いで、些細なことにも心を痛めていた男が、最後に武士らしい意地を通して死んだ。冷徹だ、鬼だと、嫌われた自分を、一貫して兄のように見守ってくれていた唯一の存在が、不可解な戦渦の中で有耶無耶《うやむや》なままに消え去った。


大坂の定宿、京屋忠兵衛に入ったのが六日。新選組の隊士は開戦前に比べると三十名ほど減っていた。戦死者と脱走者である。

薩長軍の攻撃を一手に引き受けた隊士たちには負傷者も多い。中でも、しんがりを務めてなんとかここまで辿り着いた斎藤は、身体中傷だらけである。

「斎藤、大丈夫か？　ひどい怪我《けが》だぜ」

戦の興奮が冷めやらないのだろう、同志への情をむき出しにして心配する原田に、

「うるせぇな。見るんじゃねぇよ。全部かすり傷だ」

と言って斎藤は背を向けた。

「なんだ、人がせっかく気にかけてやっているのに」

原田はふくれたが、そんな斎藤を見ながら、あの男もどうにもならないこの戦に焦《じ》れているのだろうと、土方は感じていた。

「大坂城がある。慶喜公も会津侯もいる。一万五千の幕軍が集結すれば、薩長の攻撃などどうとでもなる」

土方は声高に言って隊士たちを鼓舞して回った。

大坂城に入った土方は真っ先に二の丸に入り、近藤と沖田を見舞った。

近藤はまだ血の気の引いた青い顔をしており、沖田はたった数日会わなかっただけなのにまた痩《や》せたようだった。戦況に関して、沖田はなにも訊《き》かなかった。おそらく土方の顔色だけで察したのだろう。近藤はいかつい顔を向けて旧幕府軍と薩長軍との軍備の開きを事細かに尋ねた。

「刀や槍《やり》の出る幕がねぇ戦だ。まるで歯が立たないんだ」

土方が言ってもまだ信じがたいようで、左右に首を振って「そんなはずはねぇよ、歳。まだまだ戦えるはずだ。俺たちの力を奴らに見せつけねばならん」と蕭々《しょうしょう》と言う。現実を受け入れがたい近藤の気持ちも、わかる。新選組はぼんやりと剣術の上にだけあぐらを掻いてきたわけではなかった。薩長に間者《かんじゃ》を送り込んで、彼らの手の内を知り尽くしていたはずだった。早々と西洋の軍制も取り入れ、臨機応変に時勢に対応してきた。そして、新選組が薩長から難攻不落の一軍として恐れられていたのは、十年前でもなんでもない、たったひと月ほど前のことなのである。

「この城を明け渡したら終わりだ。大樹公を最後まで御護り申し上げるのだ。薩長が攻め入ろうとも俺たちは籠城して、明け渡しなどという辱めだけは避けなきゃならねぇ。いざとなれば、城を枕《まくら》に果てるまでだ」

近藤は、拳《こぶし》で顎《あご》をさすりながら芝居じみた言葉を口にした。官位を返上して一大名となり、みなが「上様」と呼ぶ中で、唯一近藤だけが慶喜を「大樹公」と呼んで将軍として敬っていた。「武士として」という考え方は、近藤の根っこにすっかり宿っている。思考はすべてそこを通る。一隊を率いるにはその指針が頼もしくもあったが、同時に大局を見る目を曇らせてもいた。薩長が官軍になり、自分たちが賊軍となったことにもっとも落胆したのはこの近藤ではないだろうか。原田のように憤ることもなく、「東照公に申し訳が立たない」と嘆いてうなだれた。まるで自分ひとりが、徳川の歴史を背負ってきたような言い方だった。

その近藤に比べれば、辞官納地を迫られ、実質将軍ではなくなってしまった徳川慶喜は、一時代前の沽券《こけん》などかなぐり捨てていたのだろう。

敗走してきた幕府軍、会津、桑名藩兵が大坂城に辿り着き、最後の決戦に臨もうと疲れた身体に鞭打《むちう》って戦の準備を進めていたとき、慶喜は既に一部の幕臣を引き連れて大坂城を脱していたのである。

前線で戦っている兵士を見捨てて、自分だけ逃げた。

まだ、負けと決まった戦ではなかった。兵力が大坂城に結集すれば、総勢五千の薩長軍に十分対抗できたはずだった。実際、薩長は兵力の少ないことを危惧《きぐ》し、援軍を呼ぶのに必死だった。ここで武器を整え、大坂城を根城に戦えば勝算は十分にある。土方はもちろん、会津藩士も幕臣たちもそう信じていた。

ただ、慶喜だけがそうは思えなかったのかもしれない。寝返ることなく幕府のために働いている兵の力を、軍師たちの采配を、微塵《みじん》も信用できなかったのだろう。わざわざ変装までして、警護の厳しい城を密《ひそ》かに抜け出した。七日、軍艦開陽丸で一路江戸へ逃げ帰ってしまった。

大坂城に入った翌日、その事実をはじめて聞かされ、近藤も、土方も、他の隊士も一様に呆然となった。戦の途中で大将が逃げたなどという話は今まで一度も聞いたことがない。

「二心殿《にしんでん》と言われるだけのことはある」

心変わり激しく内面がなかなか見えぬ慶喜を揶揄《やゆ》して幕臣たちが言い合っていた呼び名を、土方は敢《あ》えて口にした。口に出して罵《ののし》りたいという子供じみた衝動を押さえられなかったのだ。

「仮にも大樹公に対して、そのようなことを言うものではない」

うだった。近藤の目は虚《うつ》ろだった。こうなってもまだ、幕府の威信というものを信じていたいよ

新選組はそれから二日後の九日、大坂城を諦《あきら》めて、軍艦で江戸へと向かった。天保山《てんぽうざん》沖《おき》から順動丸、富士山丸に分乗し、海路を東へ向かう。江戸での再起を試みていたが、一度主君に捨てられた兵士たちの反応はひどく鈍い。

船中では、監察方として活躍してきた山崎烝が、伏見で受けた銃創の悪化によって死んだ。新選組を陰から支えた男が、またひとりいなくなった。近藤は傷をおして甲板に出、水葬に付された山崎が沈んでいくのを声を上げて泣きながら見送った。

斎藤の傷もまだ癒えなかったが、これは見たところ、そう深刻なものではない。江戸に着いてから治療すればすぐに戦線復帰できるだろう。斎藤はこの期に及んでもまるで動じず、自分の怪我はそっちのけで、

「剣が使えぬ戦など、つまらない。とっとと終わらせて、次に行きてぇ」

と腹立たしそうに言うばかりで、あとは寡黙を通していた。

沖田は船中でもずっと寝たきりの状態で外の風に当たることすらなかったが、船室では屯所《とんじょ》にいた頃のように冗談ばかり言っている。

「お前はなにがあっても変わらねぇな」

土方が苦笑いすると、

「私だってこう見えて変わっていっているんですよ。自分ではなんとなくわかるんだ。前よりもずっといい剣客になっている。見えることが多くなりました」

そう言った。

「剣客か。随分昔の言葉に聞こえる。俺たちは確かにそいつを目指していたのにな」

「私は、今でも目指していますよ。奥が深いんだ、剣は。時勢などよりずっと深い。だから時代とやらには影響されないんだ。時代のせいで、とか、時代が悪い、と言い訳していては、剣に対して申し訳が立たない。私のような剣客は全部が様になっていないといけないですからね」

たまに咳《せ》き込んだり熱を出したりするが、身体《からだ》の不調を口にすることはない。周囲に迷惑を掛けまいと気を遣っている、というよりは、単純にその不調をうっかり忘れている、そんな風に見える。「剣で一番になる」という夢はこの状況でも揺るがぬらしく、それをどう形にするかで未だ頭がいっぱいなのかもしれない。持病のために余命が少ない、という傍《はた》からでもわかる事実に、この男はひどく無頓着《むとんちゃく》だった。剣を極めることに比べれば、そんなことは大したことではない、とでもいうように、その精神は少しも枯れた風情《ふぜい》を見せずにいる。

先を疑っていない、ということでいえば、近藤も同じではなかったか。

「歳、江戸に着けばきっとよくなる。俺たちがこのままで終わるはずはない」

戦に負けて意気消沈しているものの、武運を信じる姿勢に変わりはなかった。あっけない敗戦と、たった半月でここまで変化した立場。土方にとっては、すべてのことが信じられなかったが、近藤が先を確信しているのなら自分もそれに従えばいい。周りがよく見えないのなら、何度でも見直してみればいいのだ。どんな状況でも進んでいけるということを、身をもって示すだけだ。

ひとり甲板に立って土方は、昔、沖田が言っていた言葉を思い出していた。

「土方さん。私は、剣の勝負に勝って、でも『負けた』と思った試合がいくつかあるんです」

いたずらを告白するように沖田は言ったのだった。

「それはね、自分の思った剣が振るえなかったときなんだ。はっきりはわからないけど、『なんか違うなぁ』って思いながらやっている。結果勝っても、それはやっぱり負けなんです。勝っても負けているのは、負けるよりずっと辛いんだよなぁ。負ければまだ学べるけど、ごまかして勝つと情けないだけだ。自分ではない剣を使っても意味がないですからね。それは勝負以前の問題かもしれないですけど」

沖田にとっての剣は、自分にとっての新選組かもしれない、と土方は思う。あれほど純然とした繋がりではないかもしれないが、きっと沖田が剣に向かうときのような気持ちで、この一隊に関わってきたのではなかったか。

自分を賭《と》して、納得してやってきたことが、周りからの評価だけで姿を変えるはずはない。

海上をなでた冷たい風が頬《ほお》に心地よい。土方は東の海を眺めていた。伏見で抱えた悔恨の残滓《ざんし》を、この船上ですべて洗い流す覚悟を決めていた。自分たちに、この先があることを、信じていた。

記憶

佐藤彦五郎の手元には、一枚の写真がある。

断髪に洋装がとても似合っている。昔から新しいものを自分なりに取り入れるのが上手《うま》い男だった。腰には刀。目つきの鋭さは変わらなかったが、写真の中でそれが、笑みをたたえている風にも、憂いを含んでいるようにも見える。それは写真を手にしたときの、彦五郎の心境によって変化する。

遠く隔たって暮らしていても、常に近くに在った男だった。

だから、もう写真でしか出会えない、という現実は未《いま》だ薄ぼけたものだ。哀しいとか、やりきれない、という感情も湧《わ》かない。ただ、不思議だった。この不思議を、一生かかっても受け入れることはできないような気が、彦五郎にはしていた。

写真を届けたのは、市村鉄之助《いちむらてつのすけ》という少年である。年の頃、十六か十七。

市村が日野宿にやってきたのは、鳥羽伏見の戦に端を発した戊辰戦争《ぼしんせんそう》が終焉《しゅうえん》を迎えてからふた月後、明治二（一八六九）年七月のことである。

御一新以降、世の中はすっかり様変わりしてしまった。

薩長が官軍として江戸に乗り込み、新政府を打ち立て、江戸を東京に改名した。あれほど攘夷《じょうい》を叫んでいた連中が異国の猿真似《さるまね》をして、まるで西洋人のような出《い》で立《た》ちで町を闊歩《かっぽ》している。あの尊皇攘夷という思想はなんだったのか。薩長が主権をとる明治政府は形ばかりで、どこにも心がないように見えた。結局、彼らは中央に進出したかっただけなのだ。それが叶《かな》えば、あとはもう往時の思想や志などこともなげに捨てるのだろう。

幕末の動乱を逃げて逃げて逃げ切った長州の桂小五郎が、木戸孝允《きどたかよし》という名で枢軸を担っているという。魁《さきがけ》となって働いた土佐の坂本龍馬も中岡慎太郎も、長州の高杉晋作も吉田松陰《よしだしょういん》も、もうこの世にはいない。薩摩の西郷吉之助は名を隆盛《たかもり》と改め、新政府への入閣を蹴《け》って薩摩藩参事になったと聞く。幕府が倒れても、せめて志を貫いた人間たちが新政府を立ち上げていれば、時代はもう少しまともなものになったろうか。

中央で政治をしている連中の影響か、市井の人々も同じように西洋主義を受け入れはじめていた。外見だけでなく、考え方や仕草までが変わり、それによって町の風景も一変した。忠義などという精神は、もう江戸の遺物でしかない。みなの気心が移ろい、古くからのものが捨て去られていく。それは幕府がなくなったことなどより、遥《はる》かに忌まわしい出来事だった。

嫌な世の中になった。

本当に薄っぺらな世の中になった。

今まであった人情や義理、信念という言葉は、住処《すみか》を失ってしまった。

「先刻からずっと、屋敷の前をうろついている者があって怖くてなりません」

納屋で仕事をしていた彦五郎に、おのぶがそう告げたのは、陽が翳《かげ》ってきた時分だった。

「物乞いか」

「さあ、それがそうでもなさそうなのですが、門前を行ったり来たりしながら中をうかがっているようで」

彦五郎は表門から出て、通りを見た。果たして男がひとりいる。ひどい身なりだった。この暑いのに綿入れを着て、しかも袖《そで》はボロボロにほつれている。

「おい、お前、なにか用か？」

思い切って声を掛けるとこちらに振り返って、その年若い男は軽い会釈をよこした。近くに寄るとすえた臭いが鼻を突く。

「土方隊長のご縁者のお宅はこちらか？」

まだ完全に声変わりしていない高い声だった。

「歳三か？　いかにもそうだが」

「佐藤彦五郎様か？」

「そうだが」

彦五郎が応《こた》えた途端、彼はその場に膝《ひざ》をついた。何事かと面食らっていると、今度は声を上げて泣きだした。

それから四半刻《しはんとき》、少年はただしゃくりあげるだけだった。なにかわけがあるのだろうと、屋敷に引き入れ無理矢理風呂《ふろ》に入れると、落ち着きを取り戻し、「先程は失礼いたしました」と板の間に額を擦《こす》り付けた。

少年は、市村鉄之助と名乗った。新選組の生き残りだという。

「私が入隊したのは、鳥羽伏見の戦がはじまる少し前のことで、ですから京での経験はあまりないのです。ただ小姓として入りましたので、京から江戸に戻るときもずっと土方先生のお世話《せわ》をさせていただきました。甲州に出兵するときもお供いたしましたので、実はこのお屋敷にも一度立ち寄らせていただいたことがございます。ただ時が経ってしまって、この辺の様子も変わってしまい、随分と迷いました。ご不審に思われたのではないですか?」

茶を持ってきたおのぶが「いいえ」と小声で言って赤くなった。

確かに以前見た顔であるような気もしたが、はっきりとした記憶はない。甲州攻めには彦五郎も同行したから、この市村とはそのとき一緒の道程を歩んだはずだった。

今から一年前のことだ。

京から引き上げてきた新選組を乗せた富士山丸は、まず横浜に入港して怪我人を病院に搬送した後、品川に入った。近藤、沖田をはじめ重傷者三十余人はそこから神田和泉《かんだいずみ》橋《ばし》にある医学所へと入り、本格的な治療を受けることになっていた。和泉橋医学所には幕医の松本良順《まつもとりょうじゅん》がいる。新選組が京にいた頃から、なにかと世話になってきた人物らしい。彦五郎も以前、隊士の徴用で江戸に来た井上源三郎から、その名だけは聞いていた。

「西本願寺に屯所《とんじょ》があったときはひどかった。考えれば、壬生にいた頃は八木の家人がなにかと世話を焼いてくれていたんだな。ところが西本願寺じゃ寺の一画をただ占拠したわけだからたちまち男所帯のすさんだありさまになって、特に病人にとっちゃ不潔きわまりない環境でさ」

人のいい笑顔で言った。

「そこへ良順先生がやってきて、病人たちを診てくれたんだ。処方の薬を飲まされて、そうしたらみなすぐによくなってな。医者などいい加減なもんだと馬鹿にしていたが、なかなかどうして、名医っていうヤツが世の中にはちゃんといるんだな」

衛生面があまりにひどいので、そのとき良順は、病室を隔て、風呂を設置し、また戸外に放置してある残飯を処分するために豚を飼うよう指導までしたという。

「もっともそれを聞いた歳三が、まだ先生が屯所にいる間に、その通りに作っちまってな。先生のほうが、歳の素早さに驚いていたっけが」

　ふふふ、と柔らかい笑い声を鼻から漏らした源三郎の顔を思い出す。

　その良順によって、江戸に戻った勇はようやっと、弾丸の摘出手術を受けたという。肩から鎖骨にかけての骨が砕けており、右手が元通りに回復するのはまず無理だということだった。本人はけれど、「そんなものは気合いでなんとでもなるさ」と楽観的なことしか言わなかったそうだ。

　船の中では冗談ばかり言っていた総司は、さすがに旅の疲れが出たのだろう、江戸に着いてからは食欲もなく、おとなしく床にいた。それでも医学所に付き添った歳三に、「次の戦場《いくさば》には必ず連れて行って下さいね」と何度も念押しする。歳三が答えに窮していると「私は新選組一番組組長ですからね」と執拗《しつよう》に繰り返した。

　勇は手術をした翌日、歳三とともに江戸城に登り、徳川慶喜公に拝謁した。この二日後に彦五郎は、歳三の三兄で医者の粕屋良順とともに、勇のもとを訪れている。傷の回復は良好のようで、勇は壮健な笑顔でふたりを迎えた。今後の新選組の身の振り方を訊《き》くと「お沙汰《さた》を待つしかない」とさばけたように言った。

「いずれ薩長は江戸に来る。そうなりゃ、一戦交えるさ。でも今は、隊士たちも久方ぶりに戦から解放されてくつろいでいる。今しばらくゆるりとして英気を養えばよい。遊びたい者もあるだろうし、親類の顔を見たい者もあろう」

勇も、試衛館に戻って、妻のツネや七つになった娘・瓊子《たまこ》と時間を過ごしていた。京でも妾宅《しょうたく》を持っていたらしいが、周斎同様、妻子のことは格別に思っていたらしく、離れて暮らしていてもなにかと気を配ることを忘れなかった。

隊士たちは日頃の憂さを晴らすかのごとく、毎晩芸妓《げいぎ》を上げて飲み騒いでいた。永倉新八などはそこで、どこの者とも知れない武士と斬《き》り合う事件まで起こしたという。みな少したがが外れていたのかもしれない。京での暮らしで強いられた緊張が、故郷に戻って解き放たれた。長らえる命ではないと誰もが知っている。それでおとなしくしていろというほうが無理な話だ。

ただ歳三だけは、隊士たちが羽を伸ばしている間も陰で動いていたということを、彦五郎はこの市村から聞かされた。

登城した折、佐倉藩士の依田学海《よだがっかい》から鳥羽伏見の様子を訊かれ、「すでに刀槍《とうそう》の時代ではござらん」と感想を述べた歳三は、そう言って終わるだけでなく、真っ先に新式銃を用意するため各所に働きかけたらしい。まずは会津藩邸に赴き、武器調達費として二千両を用立ててもらい、それを元手に装備を整えた。新選組隊士がそれまで滞在していた品川釜屋《かまや》から、新たな屯所にと旧幕府からあてがわれた鍛冶橋門《かじばしもん》外の秋月右京《あきづきうきょうのすけ》亮の元の役邸に移ってからも、そこにほとんど留《とど》まることがないほどに忙しく動いた。幕府からも軍資金を調達し、西洋の軍書を読み、元込め銃の使い方を覚えた。戦うのに効率がいい洋装を取り入れたのも、歳三がもっとも早かった。

「いずれ官軍は江戸に攻め込んでくる。そのとき鳥羽伏見での失敗を繰り返さぬようにする」

そう言って根を詰めたという。歳三は、自分たちの置かれた状況に、感傷を持ち込むことすらなかった。ただ、次に成すことを正確に見極めた。京にいた頃と少しも変わらなかった。

「本当に休む間などなかった。土方先生だけが登楼することさえなくずっと働いていました」

目の前の市村がうなだれて言った。この少年には、そこまでして完璧《かんぺき》を期す歳三が痛々しく見えたのだろう。でも、それればかりはあの男の性分だから仕方がない、と彦五郎は思っていた。人から見たらひどく無理をしているように見えても、あいつはあれで面白いと思ってやっているんだ。そうやって好きでやっていることを他人から同情されることは、あの男が一番嫌うことだ。そんなことを言いかけたが、歳三がいない今、思いを説いても詮無《せんな》い気がして口をつぐんだ。

甲州鎮撫《ちんぶ》へ赴くために、新選組が日野宿に立ち寄ったのはそれからふた月後の三月頭である。

勇はまるで大名のごとき立派な長棒引き戸の駕籠《かご》に乗り、黒の丸羽織を着て、それは堂々としたものだった。歳三は洋装姿で馬上にあり、永倉新八や原田左之助といった幹部の連中は青だたきの陣笠《じんがさ》を揃《そろ》いでかぶっていた。あとの隊士は木綿の綿入れにズボン、そこに撃剣の胴をつけて草鞋《わらじ》履《ば》きという即席の洋式部隊である。伏見では甲冑《かっちゅう》姿《すがた》で戦っていたというから、これも歳三が新たに指示したのだろう。

武州の百姓から旗本にまで出世した男たちが帰還したのである。その姿を一目見ようと、近隣から大勢の村人が押し寄せた。新選組の一行は彦五郎の屋敷でしばらくの間草鞋を脱いで、休息をとった。歳三は先を急《せ》いでいたようだったが、勇が、村人たちの歓迎ぶりを喜んで、どうしても寄っていきたいと聞かなかったのだ。

座敷に通ると勇は、「懐かしい」と笑窪《えくぼ》を浮かべながら部屋の中を見回した。

「官軍は江戸城を目指してこちらに向かっている。甲州でそれを食い止めようと、我ら甲陽鎮撫隊《こうようちんぶたい》が幕軍の先鋒《せんぽう》を担い、働くことになったのだ」

勇は頑丈そうな顎《あご》を突き出して、得意げに言う。

「甲陽鎮撫隊?」

「そういう名にした。幕府は俺たちに懸けているのさ。このたびも、五千両の軍資金を出してくれた。しかも大砲まで用意してくれた。これで甲府城を固めれば、江戸は官軍の手に落ちずに済む」

おのぶが運んできた酒を左手で干しながら、やはり勇は上機嫌だった。

「俺は最後の一戦まで、御公儀のために戦い抜く気でいる。先般拝謁した慶喜公がおっしゃったんだ。甲府城をとったら俺に十万石、歳に五万石、総司や永倉には三万石くれると約束してくれたのさ。そうなったら彦五郎さん、俺は名実ともに大名だよ」

勇はなにかを吹っ切るように無邪気だった。「噂の近藤先生にお目にかかりたい」と切願して屋敷を訪ねる近隣の若者にも快く会い、彼らが英雄に会えたと感激して涙すると、同じように感極まった面を作った。甲陽鎮撫隊に加えて欲しいと希望する者には、「ご厚意はありがたいが、みな前途のある身だ、ここは残られよ」と、声を震わせて説いていた。

——まるで老人になっちまったみたいだ。

彦五郎は勇を見ながらそう思っていた。先のことはもうあまり考えていないのだろう。今までのことだけを支えに、勇はどんどん純化していくように見えた。誰が聞いても眉《まゆ》唾《つば》ものの慶喜公の約束を鵜《う》呑《の》みにしているのも、本気で信じているというより、単に自身が戦う大義名分が欲しいだけだ。新選組局長として居続けるために、そうやって己を保っているだけだろう。

一方で歳三は、彦五郎やのぶといった身内と話すだけで、この鬼の副長として聞こえた男を一目見ようと押し掛ける若者たちに一切会おうとしなかった。歳三は、威勢のいい近藤とはまったく異なる意見をボソボソと語っただけである。

「慶喜公は確かにそうおっしゃったのだが、すでに上野の寛永寺に閉居したお方だ。江戸城から落ちるときに俺たちが護衛して、そのとき近藤さんに耳打ちしたようだが
……」

それ以上は言わなかった。先鋒で戦った旧幕府軍を大坂城に残して、とっとと自分だけ江戸に引き上げ、江戸に戻れば戻ったで、京都守護職としてあれほど働いてきた松平容保を「薩長が会津を目の敵にしているから」という理由で江戸城に登ることも禁じた徳川慶喜を、この男はどう思っていたか。

「甲州出張を申し出たとき、勝海舟は簡単に許可した。それだって、大方、厄介払いしたかっただけさ。薩長が目の敵にしている俺たちのような者が江戸にいれば、恭順の意志を固めている勝の邪魔になる。幕府は無血開城を望んでいる。徳川は、すべての責任を会津に押しつけたいのさ。賊軍の筆頭は会津。あとは会津と官軍が戦をすればいいと考えている」

「そうとわかっているのなら、お前たちが戦をすることはもうねぇだろう」

「俺たちは会津藩のお預かりだったんだよ。新選組として最後までやらなければいけないこともある。近藤さんがそれを望んでいるしな。それに薩長には鳥羽伏見の借りがある。もう一度自分の腕を試してみたい。あのまま終わりにしたんじゃ、一から作ってき

た新選組までがぼんやりしたものになる」

歳三は、緊張するでも昂揚《こうよう》するでもなく、怜悧《れいり》なままだった。己の仕事をただ最後までやることだけを考えていた。言い訳もせず、下手《へた》な建前も持たずに、結果を出すことだけに心血注いできた男だ。「最後」という言葉を口にしたが、決して終焉を意識しているわけではない。ただ、自分らしい戦を貫こうと意を決しているように見えた。

「なぁ、歳よ。この戦、俺も加勢させてもらえないだろうか」

ここで勇や歳三を、ただ、ぼんやりと景気づけて送り出すことはできない。彦五郎は気が付くとそう口走っていた。

「そういうことは言うな」

「でもな、歳。俺は、おめぇのことも、勇のことも、勝手に盟友だと思ってんだ。長いことそう思っていた。その盟友がすぐ近くで戦うっていうときに、指をくわえて見ているわけにはいかねぇんだ」

彦五郎は一度言い出したら引かないたちである。勇も歳三も反対したが、結局歳三たちが根負けする形になった。厳選した三十名ほどの人間が「春日隊《かすがたい》」と称して、甲陽鎮撫隊に続くことになった。

「いいか彦五郎さん。戦は俺たちが引き受ける。後方支援に徹して欲しい。旗色が悪くなったら、すぐに俺たちなぞ見捨てて退却するんだ」

歳三はくどいほどに繰り返して、しぶしぶ春日隊を受け入れた。勇は「ありがたいなぁ。郷里の昔馴染みはありがたい」とこれも繰り返し言って、満足そうだった。

このときの一軍に、市村鉄之助がいたことになる。が、どうしたものか、彦五郎には彼の記憶がない。もっとも逗留《とうりゆう》はほんの数時間だったし、彼らがいる間は人の出入りが激しく、隊士だけでも百人以上いたから記憶が曖昧《あいまい》なのも仕方ないだろう。

覚えているのは永倉、原田。六尺近くもある大男ふたりは、悠然と構えて火に手をかざしていた。三月というのに雪でも降りそうな寒い日だった。それから、山口次郎と名乗る男のことも、彦五郎は鮮明に覚えている。京の頃は斎藤一と名乗っていたらしい。永倉よりも上背のある体軀《たいく》と暗い目。どの輪にも加わらず、ひとり部屋の片隅に座っていた。歳三が甲州攻めの話をしていると時折こちらを見るのだが、話に加わることはない。屋敷にいる間、この男は一度も声を発することをしなかったのではないだろうか。

この隊列には沖田総司も加わっていた。ほぼ五年ぶりに会ったその姿に、彦五郎は打ちのめされた。ひどい痩《や》せ方だった。以前の半分に縮んでしまったみたいだ。こんな細い身体《からだ》で、無理してこんなところまで来たのか。

「彦五郎さん、しばらくです」

総司はそれでも昔と同じように明るいので「お前は変わらねぇなぁ」と思わず言ったら、得意そうな笑みを幼さの残る顔に浮かべた。

この若者が試衛館の塾頭だった頃は、稽古嫌《けいこ》いでまともな指南をしなかった。「剣は教えるものでも教わるものでもない。目とか耳で感じて覚えるものなんだ」謎掛《なぞか》けみたいな不思議なことばかり言う少年だった。

真っ青な顔をした目の前の総司は、それでも甲州まで行く気でいた。「また剣が振える」と張り切って、戦を勝ち抜く気でいたのだ。

歳三はしかし、ここまで連れて来ながら、これから先、総司が同道することを許さなかった。「日野まで来られたのだ、十分だろう」と歳三はすげなかった。

もしかしたら歳三は、最後にもう一度、試衛館から出稽古に来たときの道のりを総司に歩かせたかったのかもしれない。戦場までは連れていけないとわかっていたが、一瞬だけでも戦の気分を味わわせたい、と思ったのかもしれなかった。

「なぜです。せっかくここまで来たのに」

総司は食い下がったが、このときの歳三はとりつく島もなく、「駄目だ。足手まといになる」の一点張りだった。

総司は、子供のようにしゅんとうなだれていた。歳三の言葉の裏に含まれたいろんな意味を理解していたと思う。それでも、ここではぐれたらもう二度と会えないという予感があったのか、どうしても行きたいと、珍しく物わかりの悪いことを言った。

「お前は剣で一番になりたいのだろう？　今度の戦では剣は使わん。甲州まで行ったところで、お前は退屈してまた駄々をこねる」

　傍らでそのやりとりを聞いていた勇が、子供をあやすようなことを言った。下手な話の進め方が、いかにも勇らしかった。総司も勇の稚拙な台詞回《せりふまわ》しに弾《はじ》かれたように吹き出し、「何年経ってもふたりとも不器用で気が利かないなぁ」と言った。目尻には涙が溜《た》まっていた。

「ならば両先生、私に書状をください。お二方の戦いぶりを是非後学のために知りたい」

　勇の芝居口調を真似て総司が言う。

「書状など書ける状況にあるか……」

　適当に頷《うなず》いておけばいいものを、この期に及んで正直に逡《しゆん》巡《じゆん》している勇は確かに不器用なのだろう。

「書けますよ。だって京でも書いていたでしょう。ね、彦五郎さん。たくさん書状が来たでしょう？」

　彦五郎が頷くと、総司は続けた。

「なんだっていいんだ。名前が書いてあるだけでもいいんです。私は九つの頃から試衛館に住み込んで、ずっとみなと一緒に過ごしてきた。近藤先生や、永倉さんや、原田さんや、山南さんや、土方さんや。一度も離れたことがない人と離れていくのは、私にはよくわからない。ね、だから書状をください。いる、ってわかれば大丈夫なんです」

総司の、このたったひとつの願いを、ふたりが叶えることができたのかどうか……。

この夜、甲陽鎮撫隊と彦五郎率いる春日隊は日野宿を出立した。雪が降り出していた。

総司はこの後、江戸に戻って、千駄ヶ谷にある植木職人の離れに身を隠しながら、幕医・松本良順の治療を受けることになった。

そしてたぶんこの日が、三人がともに過ごした最後の時となった。


この頃、江戸城内も大変な騒ぎだったらしい。これは元号が変わった後に、彦五郎が聞いた話だ。

慶喜閉居後、主戦派の小栗上野介《おぐりこうずけのすけ》を退け、旧幕府の代表となった勝海舟は、薩長軍に恭順すべく奔走していた。平和裡《へいわり》に城を明け渡し、あとは新政府に任せる。旧幕臣の中にも薩長と最後まで戦おうとする主戦派がいたが、そういう人間の暴発を危惧《きぐ》しながらも、無血開城を推し進めていた。勝は、幕臣でありながらその枠に囚《とら》われずに国事を見ていた人物だ。長く続いた平和と安泰な世襲制ですっかり腐った幕臣たちに、内心愛想も尽きていたのだろう。西郷隆盛や坂本龍馬といった偉才と交流を持ち、旧態依然の幕府が続くことの無意味さを早くから説いていた。にわか武士の新選組が身を切る思いで受け止めた大政奉還も、勝にとっては自然の流れであったろう。

勝は、無血開城を成すために、西郷との談合を考えていた。それにはまず、西郷を会談の場に引き出さねばならない。しかし、官軍の中に飛び込んで折衝する危険な役目など、旧幕臣の誰もが尻込みするだろう。考えあぐねていた矢先、自ら役を買うと手を挙げた者があった。

山岡鉄舟《やまおかてっしゅう》。

あの山岡鉄太郎である。清河八郎が浪士組を立ち上げたとき、浪士取締役として勇や歳三たちと共に江戸から京まで上った男だ。当時はまだ二十五、六と若かった。江戸帰還後、清河との繋《つな》がりを諫《いさ》められ、長く閉門蟄居《へいもんちっきょ》の憂き目を見ていたが、この危急のときに再び表舞台へと上った。山岡は蟄居生活の挙げ句困窮を極めており、大小を借りて西郷の元に赴いたという。

西郷の駐屯している駿府《すんぷ》に出向き、彼は並み居る官軍に向かって「徳川幕府臣下、山岡鉄舟」と決然と名乗ったそうだ。その堂々とした態度には有無をいわせぬものがあった。西郷に面会し、そこで勝海舟から預かった書状を渡すと、山岡は恭順の意を切実に訴え、勝との会談を申し出た。西郷も江戸城陥落を必至とは思っていない。そこで以下の五箇条を条件として提示した。

一、江戸城の明け渡し

一、城中の兵員を向島に移す

一、兵器をすべて差し出す
一、軍艦をすべて引き渡す
一、将軍・慶喜を備前藩に預ける
山岡はほとんどの条件をのんだが、最後の慶喜の件だけは首を縦に振らなかった。仮にも将軍だった人物に、そこまでの不遇を強いるわけにはいかないと思ったのだろう。

「仮に、島津公が同じような扱いを受けたらどう思われる」

と詰め寄り、その言葉を西郷が汲《く》んで慶喜の件だけ項目から外すことを承伏したとき、山岡は男泣きに泣いたという。

勝海舟はこのときのことを日記に記している。

「山岡氏東帰。駿府にて西郷氏へ面談。君上の御意《ぎょい》を達し、かつ総督府の御内書、御処置の箇条書きを乞うて帰れり。ああ、山岡氏沈勇にして、その識高く、よく君上の英意を演説して残す所なし。もっとも以《も》って敬服するに堪えたり」

西郷も山岡の印象を、「あんなに私心のない人物は珍しい」と漏らしたという。山岡の働きは、出世のためにも功名のためにも見えなかった、と西郷は語った。ただ無心だった、と。

山岡の無心に働く姿が、西郷を動かした。最後は、幕臣の肩書きなどではなく、山岡鉄舟というひとりの男の意志が歴史を変えた。組織と個との結びつきを呻吟《しんぎん》し続けた山岡は、そういう形でひとつの答えを導き出したのかもしれなかった。

甲陽鎮撫隊暴発、の報告が勝海舟の元に寄せられたのは、まさに山岡が西郷と談合をしているさなかのことだったという。恭順の意志を示している最中、幕府側の軍が戦をはじめたのだから、勝は焦ったのだろう。すぐに山岡の元に使いを送り、「あれは幕府とは関わりない者が勝手にやったものだ」と西郷への弁明を伝えた。

「甲府城百万石を手に入れれば、近藤に十万石、土方に五万石、沖田に三万石」

慶喜公の戯言《ざれごと》に乗って、勇は甲州に戦っていた。「幕府とは関わりない者」と言われていることなど知る由もなく、城を取る気でいた。

もっとも、甲陽鎮撫隊の一行が甲府城に到着したとき、板垣退助《いたがきたいすけ》を頭目にした官軍はすでに城に入っていたのだ。勇は面会を申し入れたが、「返事は鉄砲でいたす」という官軍側の態度は軟化せず、数日間の睨《にら》み合いを経て決戦となった。歳三はこちらの兵力の少ないことを危惧し、合戦の始まる前に馬を飛ばして江戸に戻り援軍を頼んだが、そんな状態だ、幕閣が応じてくれるはずもない。激しい銃撃戦の果てに、甲陽鎮撫隊は多くの死傷者を出して、江戸への敗走を余儀なくされた。彦五郎の率いた春日隊も甲州で勇たちとははぐれ、てんでんばらばらに日野に戻った。途中、長男・源之助が新政府軍に捕らえられ、彦五郎一家も官軍に追われる身となった。

薩長の軍隊というのは、それは恐ろしいものだった。

祭りで聞くような甲高い笛を吹きながら、大挙して街道を練り歩いてくる。どの村でも、あの行列が来ると聞こえた日には、戸口に閂《かんぬき》をして、息をひそめていたものだった。そぎ袖羽織にだんぶくろを穿いた黒ずくめの格好、腰には大小を差す者あり、銃を握る者あり、足下は草鞋でザッザと進んでくる。毛付の陣笠をかぶっているからひとりひとりの表情が見えず、それが一層不気味だった。

しばらくは身をひそめていた彦五郎に赦免が出て、一旦《いったん》捕らえられた源之助が戻ってきたのは、勇たちの甲陽鎮撫隊が江戸に戻ってしばらくした頃のことではなかったか。顚末《てんまつ》を聞いた歳三が、すぐさま江戸城に入って勝海舟と面会し、

「日野宿の者たちは、私が強請して連れていっただけだから関係はない。どうか官軍に掛け合っていただけないか」

と願い出たらしかった。自分の命のほうが遥かに危ないというのに、歳三はこんな細かいところにまで気を配って奔走したのかと思ったら、彦五郎は胸苦しくなった。あの状況下では、ほとんどの人間が自分のことしか考えていなかった。他人のことを慮《おもんぱか》る余裕などどこにもなかった。同志が殺されても、感傷に浸る暇なく次に進むのが当たり前だった。当然、歳三だって同じであったはずなのに、この男はどうしたものか、戦の最中ずっと、自分が今まで受けた恩義を律儀に清算していったように見えた。

京では冷徹で通っていた、と聞く。でも、あれほど情に厚い男は滅多にいるものじゃないと、彦五郎は知っている。そしてあれほど、自分の抱《いだ》いている情を面と向かって表に出せない不器用な人間も、他には知らなかった。

官軍は江戸のすぐそばまでやってきていた。

この頃、永倉新八は、会津に渡って戦うことを決意して、勇と歳三が潜伏していた和泉橋の医学所を訪れたという。

この戦で、一番損をしたのは会津藩だ。松平容保が幕府に押しつけられて京都守護職を任されたのがすべての発端だった。賢人で知られた方だ。守護職赴任当初は、勤王の志士に関しても寛容に接したらしかった。けれどその配慮を踏みにじるように、過激派の活動は暴戻《ぼうれい》を極めていった。やむなく容保も、尊攘派の取り締まり強化を命じ、新選組まで預かっていたわけだから、官軍は目の敵にしている。会津としても薩摩に裏切られた恨みがある。会津藩士は少年兵も含めて、全員が最後の最後まで戦う決意を固めていた。

座には近藤、土方、永倉、原田、そして山口、つまり斎藤がついていた。

「俺たちは会津に行って最後の奉公をしたいと思っている。肥後守には長いこと守ってもらった。いまこそ、その恩を返すときだと思うんだ」

永倉の声がそう切り出したのが、座敷の次の間に控えていた市村鉄之助にも聞こえてきた。

「今、会津に行ってどうする？　勢いのある官軍に攻められれば先は見えている」

即座に反対したのは、歳三だった。

「いずれ会津には行く。が、軍備を整えて行かねば無駄だ。ただ漠然と行ったところで、こっちの兵糧《ひょうろう》や武器の手配を会津藩にさせては、足手まといになるだけだ」

「もうそんなこと言っている場合じゃないだろう。官軍はそこまで迫っている。ここは気持ちで行くべきだ」

「そんな無謀を働けば、お前たちも犬死にする」

「それで十分だ。細かい計算などこの戦には無用だ。やってもやっても負ける。あとは武士らしい最期を遂げるのが、俺たちがすべきことじゃないのか」

永倉の言葉に座は静まった。はじめて「最期」という言葉が出たからだ。追いつめられながらも、まだ血路が開けるとみなどこかで信じたかった。冷静な永倉はけれど、時期というものを見切っていた。しばらくは、誰もなにも話さなかった。

「永倉よ、お前はもともと松前藩の武家だからそんなことを言うのかもしれねぇが、俺は武州の百姓だ。武士らしく死ぬもなにも、そんなことは関係ねぇんだ」

新選組の副長、また寄合席格という立派な身分を持った歳三しか知らぬ市村には、思いがけないひとことだったらしい。誰もが武士として死ぬことを考えていたこの時期に、まるで見当違いな意見にも聞こえたと、市村は言った。

「死ぬとわかって戦をすることほどくだらないものはない。俺はやるからには納得のうえで事に当たりてぇんだ。武士らしい最期とかそんな体裁はどうだっていい。生き死になぞ、もともとどうにもならないものだ。総司を……」

と言いかけて、息が詰まったように言葉を切った。

「生きたくても生きられぬ奴もいる。それを、死に際だ、なんだと悠長なことを言っていてどうする」

原田左之助が「臆病者《おくびようもの》」と吐き捨てた。原田の言い分はもっともだ。武士として生きた者にとって、歳三の言葉は潔いとは言い難い。

ただ、彦五郎はその話を聞いて、ひどく安堵《あんど》したのだった。京の時代、歳三は、新選組のため、幕府のために、無私で働き続けていたのではないかとずっと案じていたからだ。自分らしくない仕事をして出世しても、歳三にはなにひとつ得るところはないのではないか。あれだけ卓抜した勘の良さと素養を持ち合わせた男が、組織のために我を殺して生きるなど酷なことだと憂いてもいた。

けれども歳三は、新選組でもやはり自分の意のままにやっていたのだ。幕府のためでも、出世のためでもなく、自分の腕を面白がって試していたのだろう。武士に憧《あこが》れてその夢を叶えたが、その武士たる形は自分のやり方で作っていった。それがわかっただけでも、彦五郎は救われた気がした。

原田に臆病者と言われても、歳三は少しも悪びれずに「臆病だからここまでやってこられたのだ」と言い置いて、席を立ったという。それでも詰め寄る永倉に、勇が「新選組局長は俺だ。それなのに俺に命令するというのが気に食わん。俺は旗本だ。お前たちは俺の家臣だぞ」と時代錯誤な癇癪《かんしやく》を起こし、この試衛館以来の面々は、袂《たもと》を分かつことになった。

斎藤一は終始無言だった。近藤が部屋を出ていった後、それに続くように斎藤も部屋から出てきたらしい。永倉が呼び止めて自分たちと一緒に来るように諭すと、斎藤は背中でそれを聞いて一瞬泣きそうな顔をした。いつもなにを考えているかまったくわからない人間だっただけに、市村は見てはいけないものを見たような気になって、思わずうつむいた。斎藤は永倉のほうを振り向かずに言った。

「俺は、生き残ることにしか興味がないんだ」

声が、ひどく寂しげだったと、市村が言っていた。

永倉たちはそれから、隊士の一部を引き連れ「靖共隊《せいきようたい》」を結成し、会津を目指した。

歳三は、斎藤に負傷者を含む一部の隊士を任せて会津に先発させ、勇とともに下総《しもうさ》流山《ながれやま》に入った。ここで武器を整え、兵士を募集し、二百人以上の兵力を蓄えた。軍事演習を重ねて隊士を万全な状態にし、少しでも早く会津を目指して松平肥後守に拝謁せんと意気軒昂だった。

しかし、時流というのは一旦背くと、もう二度と加勢してはくれぬものなのだろう。勇や歳三たちは、今までの理《ことわり》をいともたやすく押し流していく大きな濁流に飲まれていたのかもしれない。

ようよう勢いを盛り返し、先への望みが見え始めた勇たちの前に、薩摩の一軍が現れたのである。甲州敗走からたった半月後の四月の頭のことだった。

薩摩軍隊長の有馬藤太《ありまとうた》は、勇に出頭を命じた。もちろん勇は、自分が新選組局長・近藤勇だとは名乗っていない。幕臣・大久保大和《おおくぼやまと》を名乗り、官軍に刃向かう意志はないことを告げた。

「一応軍律により、問わねばならぬこともある」

このとき有馬は、大久保大和の正体を看破していたのか、どうか。面識がなければ確信できるはずはないが、勇が一介の幕臣ではないことくらいすぐにわかったのだろう。

「それでは仕度もありますゆえ、後ほど本陣にお伺いいたす」

勇はこう答え、有馬もそれを認めた。無理矢理拘引《こういん》しないのは、敵ではあってもお互いを武士として尊重し合うという流儀を重んじてのことだろう。

官軍が本営に引き上げてから、勇はすぐに歳三を呼んだという。

「歳。すまねぇが介錯《かいしゃく》をして欲しいんだ。敵に首を取られるくらいなら、ここで武士らしく切腹したほうがいい」

歳三は真っ青になってかぶりを振った。

「今ここで死ぬことはない。相手が近藤さんの正体を知らぬ限り斬られることはない。あんたは幕臣・大久保大和だ。新選組局長ではないんだ。敵陣に入ってもそれで通せ。そうすれば生き残れる」

「そんなことまでして生き残りたくはないんだよ、歳。お前は笑うかもしれないが、俺はやっぱり武士らしく死にてぇんだ。新選組局長になって、こうして旗本にまでなった。多摩の百姓の倅《せがれ》がよぉ、たった五年でここまでになったんだ。みなは出来過ぎていると言うし、自分でも夢みたいな気がしてるんだ。でもやっぱりこれは現実として、俺は、現実だってことを噛《か》みしめて終わらせたいんだよ」

よくよく考えればふたりは、武州にいた頃からまるっきり逆の性質を持っていた。純朴で夢見がちな勇と、現実的で思慮深い歳三。ふたりはひとつの物事の裏と表みたいにどこかで寄り添っていた。片方が欠ければたちまち均衡を失う。そういうことをお互い知りながらやってきたはずだった。

「ならば生きて欲しい。まだまだ武士としてやっていただくことはある。機を見て俺が迎えに行くから、とにかくそれまで身分を伏せて官軍に従うんだ。それは恥でもなんでもない」

「お前はそうして、いつも飛び抜けたところにいるんだな」

勇は、歳三の顔を見据えて嘆息した。

「俺は武士というものに憧れて、それに絡め取られた。もちろん後悔はしていない。でもおめぇは武州にいた頃は『武士しかねぇ』と言いながら、いざ武士になったら、そこから随分と超越したところにいるように見えた」

歳三はさぞ弱り切った顔をしていただろう。確かにすべてにおいて飛び抜けた男だったが、本人にその意識があるわけではないだろうから。

「俺はな、歳。お前を付き合わせてしまったんじゃねぇかと、そいつが一番気掛かりだったんだ。俺の勝手な夢を叶えるために、お前が裏に回ってどんだけ働いたろうと思うと時々やりきれなくなる。お前のほうが遥かに才があるのに二番手に甘んじて、さぞ辛《つら》かったんじゃなかろうか、ってさ」

勇が本当にそう言ったとしたら、歳三にとってこれほど辛いことはなかったのではないだろうか。無邪気な勇に引っ張られなければ、歳三は京にも上らなかったろうし、新選組を躍起になって作り上げることもなかったろう。勇がいることで手が抜けなくなる。信頼できる対象があったから、あそこまでの仕事ができた。それを「犠牲になった」など気を遣われても、そんな生やさしいことで歳三は仕事に臨んだわけではないのだ。

歳三はそれでも、なにも言わなかった。ただ、今は降伏すべきだ、とそれだけを説き続けた。最後には勇も、我を折って投降を決めた。「後悔は決してさせぬから」と歳三が念を押した。

「俺はね、近藤さん、自分ではなにもしないくせに、口先ばかりで勝手なことを言っている奴《やつ》を一番軽蔑《けいべつ》しているんだ。そういう人間に限って、『やればできた』と言う。あとになってから言うんだ。でも俺たちはちゃんと一歩を踏み出したろう。無理だと言われたことをやり遂げた。俺たちはなにも、恥ずべきことはないんだ」

そう声を掛け、有馬藤太の元に勇を送り出した。

歳三はその日のうちに、危険を押して官軍だらけの江戸に潜入した。勝海舟に会うためだった。もちろん、勇の助命を勝に請うためである。

勝はようやく西郷と面談を終え、無事開城を果たし、また世間では五箇条の御誓文が発布されたばかりである。新政府軍に対抗する勢力に助勢するのを渋ったが、それでも大久保大和の助命を嘆願する書面をしたため、歳三に託した。歳三は、ともに江戸入りした局長付きの隊士相馬主計《そうまかずえ》にそれを委《ゆだ》ね、有馬藤太に届けるよう下知《げち》した。

歳三はその後、新選組を武装解除させ、会津を目指すよう命じ、自分は島田魁、中島登、沢忠助《さわちゅうすけ》などを連れて、旧幕脱走軍に合流した。

さらに大きな兵力を得て、会津で勝って勇を迎えに行く気でいた。

勇はけれど、運が悪かった。

春日部《かすかべ》の官軍本営に出頭した後も、有馬藤太は勇を丁重に扱った。ところが総督府の中に香川敬三という役人がおり、これが勇に目を付けた。新選組の局長ではないかという疑いを、確かめようとしたのだ。

悪いことは重なるもので、この一軍の中に加納鷲雄がいた。油小路で逃げおおせた、御陵衛士の生き残りである。加納は、大久保大和と名乗る武将を一目見て、新選組・近藤勇であると証言する。それを聞いた土佐の谷干城《たにたてき》は、坂本龍馬や中岡慎太郎を殺したのは新選組だと思い込んでいるために逆上し、勇を拷問するとまで言い出したらしい。

有馬はすべての事情を知っても「仮にも相手は一大将だ」と最後まで武士として勇に相対した。春日部から板橋の本営に移送するときも、煙草盆《たばこぼん》まで用意した駕籠に乗せ、刑に処すなどもってのほかだと言い張った。

勇が刑に処されたのは、その有馬が宇都宮攻撃のために出陣している間のことだった。本営に残った香川の一存で、斬首《ざんしゅ》が決まった。

あれほど武士に憧れて、武士として生きることを願いながら、最期は咎人《とがにん》のごとく斬首だった。切腹することすら許されなかった。勇の首は、板橋に三日晒《さら》された後、京にまで運ばれて道端に晒された。ただの奸物《かんぶつ》の末路として、物見の的となった。

勇が斬首された日の話を、彦五郎は後に、勇の娘・瓊子の婿に決まっていた近藤勇五郎から詳しく聞いている。勇五郎はまだ十七か十八の少年だ。勇が捕らえられていることを知って、その姿を一目見たいと板橋へと通っていた。

「今日は立派な武将が斬られるらしい」

噂を聞いた勇五郎は、義父が刑に処せられるのではないかと察し、その日一日本営に張り付いて様子をうかがっていた。

案の如く《ごと》刑場に引き出された勇は、総髪の髷《まげ》は整えてあったものの、髭《ひげ》は伸び、亀綾《かめあや》の袷《あわせ》もくたびれており、京から帰って試衛館に立ち寄ったときの威厳はどこにも見られなかった、と勇五郎は言った。髭を剃《そ》った後、右手を摑《つか》まれて乱暴に地べたに座らされると、鉄砲傷がまだ痛むのか、少し顔をしかめた。

「やはり切腹は無理か」

後ろに控えた介錯人に、絞り出すような声でそう訊いた。

「ならん」

即座に言い捨てられると、勇は目を閉じて、一度だけゆっくり頷いた。それから、まっすぐに前を見た。たぶん、周りに集まった野次馬など目に入っていなかったろう、ずっと遠くまで見通しているような目だった。

勇は、投降を促した歳三を恨んだろうか、と彦五郎は今でも案じることがある。それから、そんなはずはない、と思い直す。歳三がどんな思いで勇を支えてきたか、それは十分にわかっていたはずだった。

定法に囚われぬやり方を通し、なかなか勇に形式張った武士になることを許さない歳三を「困った奴だ」といなしながら、この男がいなければなにひとつまともに事が成せなかったことも知っていたはずだ。

どこかに後ろめたさがあり、常に感謝があった。

そうやって勇は、歳三の才を慈しんできた。

勇はきっと後悔してはいなかった。最期がどうであれ、生きているうちは自分の意志を貫いたのだ。

「俺たちはなにも恥ずべきことはないんだ」

歳三の言葉を、首が落とされる刹那《せつな》、思い出していたはずだった。

総司はこのときまだ、千駄ヶ谷にある植木屋の一室で療養していた。

療養といったところで少しもよくならない。どんどん痩せて、次第に床から起きられなくなった。夫の林太郎について庄内にいた姉のみつが密《ひそ》かに戻って面倒を見、身の回りの世話は近所の婆《ばあ》やが請け負っていた。時折みつが襖《ふすま》を開けて中をのぞくと、大抵は海老《えび》のように丸まって寝ていたという。それでも総司はみつに気付くと急いで笑顔を作った。

「どうも寝るのが癖になってしまって、起きようと思ってもすぐに眠くなってしまうんです」

起きられない身体なのに、下手な言い訳で、それを隠そうとした。

「もう五月になるのに、近藤さんも土方さんも書状をくれないなぁ。日野で別れたのは三月だからそろそろ書状が来てもおかしくないのに」

指を折っては、なにやら数えていた。

みつのところにも、近藤が斬首に処されたという知らせは入っていたが、それを総司には告げなかった。告げればこの弟がどれほど落胆するか。それは総司の命の火を弱めることにも繫がるだろうと考えたからだった。

「近藤さんはまた無茶をしていなければいいのですが。あの人は大抵煮詰まると自棄《やけ》になる。それを土方さんが陰でうまく操っていたんですよ。近藤さんは元気かな。鉄砲の傷はよくなったでしょうか。土方さんと離ればなれになっていないといいな」

総司は毎日それればかり繰り返した。自分が死の床にあることに気付いていないわけはなかったろうが、決してそのことには触れなかった。自分の人生を振り返ることも、京の思い出話をすることすらなかったという。そういうことを敢《あ》えて口に出さないわけではなく、総司は後ろを振り返るという行為を知らずに生きていたのかもしれない。みつが、新選組での活動やそこで起こった事変を訊こうとしても、大抵は、

「どうだったっけなぁ。細かいことは忘れました」

と言うそうだ。それでいて隊士個々人のことは、細密に話をした。といってもそこは総司で、「近藤さんは背筋と肩が直角なんだ。エラと口も直角だ」とか「山南さんは爪《つめ》まで丸かった」とか「斎藤君も永倉さんも三白眼なんだけれど、斎藤君のは怖くて、永倉さんのは面白い」とか「土方さんはそうだなぁ、刃物だけど柔らかくしなる」とか、やはり意味不明なことばかりだったそうだが、そういう独特な言葉を聞くうちに、なんとなくみなの輪郭が見えてくるようで楽しかった、とみつは言っていた。

総司が亡くなる数日前、彼はみつにこんなことを言ったのだそうだ。

「姉さん。もうちょっとで剣の道がまた極められそうだ。次の場所に行けそうなんだ。稽古はしていないけれど、寝ながら考えていたらだんだん見えてきた」

総司は天才ですから稽古なぞしなくたって剣は極められるのかもしれないですね、とみつが応えると、本当に嬉《うれ》しそうに笑った。

この日、庭に黒猫が来て、総司はそれを斬ると言って刀を持って表に出たという。みつはこのとき家におらず、世話をしている婆やから後になってそのことを聞いた。ジッと猫を見た後に、総司は切った鯉口《こいぐち》をパチリと収めて、何も言わずに部屋に入った。

次の日も寝床から外を見ていて猫を見つけたらしく、同じように刀を抱いて出ていき、またなにもせずに戻ってきた。それから婆やとしばらく話して、興奮したせいか随分と咳《せ》き込んだ。少し寝たほうがいいと婆やが促すと、素直に従って安心しきった顔で床に入った。

しばらく経って、外から帰ったみつが部屋に入ったとき、総司はもう、息をしていなかった。

誰にも看取られることのない、たったひとりの死だった。

動かなくなった総司を見ながら、その日の様子を婆やから聞かされていたみつは、総司が最後に語ったという話の内容が気に掛かった。

「総司が、その猫を見た後に、興奮して語ったという話は、どんなことでした？」

「ええ、それが、私にはなんのことやらよくわからなかったのですが」

と断ってから、婆やは総司の言葉を伝えた。

「ねえ、婆や。私は猫を斬らなかったけれど、斬れなかったんじゃないんだ。斬ろうと思えばちゃんと斬れる。いつだって斬れるんだ。確かに、今は万全じゃないから、誰かに踏み込まれたらやられちゃうかもしれないけど、でももう、そういうことを恐れることもないな。私はね、一番の剣客《けんかく》を目指していたから、人と立ち合って勝つことだけをずっと考えてきたんです。でも、それだけじゃない、って最近わかってきた。大きい世界に出て、いろんな人と会って、剣を十分に使って、経験を積んで、ちゃんと自分には剣があることがわかった。頭じゃなくて、気持ちと身体ではっきりわかってきたんだよ。だからもう、争わなくてもよくなった。人と争わないといけないような迷いは、もうないな。だって自分に自信があるからね。剣を極めるということは、もう斬らなくてもよくなるということなのかもしれません。闘わなくたって、相手も自分もわかるということなのかもしれません」

総司は一気にそう言うと、興奮したことを照れたように付け加えた。

「でも、ここから先があるんでしょうけれど。私はまだ二十七ですから、これからもっと修行を積んだら、また違う景色が見えてくるかもしれないな。どんな景色だろうか。そうなったらまた婆さんにも教えてあげるよ。でもね、きっと今の話だって近藤さんや土方さんが聞いたら驚きますよ。あのふたりはまだまだここまで来ていないもの。なんて言って驚くかなぁ。先を越されたって悔しがるかもしれないよ」

とても嬉しそうな様子だった、と婆やは言った。

幸せそうだと、みつは思った。

そうやってひとつの所に辿《たど》り着けたことが、羨《うらや》ましくて仕方なかった。

ケラケラと笑ってばかりいたあの弟と、永遠に会えなくなることはわかっていた。死ぬには若すぎると悔やんでもいた。それでもみつは弟の生きた姿を、心の底から羨ましいと思っていた。

歳三はまだ北上を続けている。

江戸から抜け出した後、歳三は鴻之台《こうのだい》に集まった旧幕脱走軍と接触していた。その数二千。旧幕府、桑名、彦根の兵士たちが集結していた。かつて幕府で歩兵奉行を務めていた大鳥圭介《おおとりけいすけ》という人物が中心にいる。大鳥という男は、若い頃から軍学一筋の人物で、幕府開成所の教授方から陸軍指南にあたり、フランス軍制の伝習も受けており、銃の扱いから歩兵の進め方まで知識が豊富だった。

この一隊に合流した歳三が、「新選組副長、土方歳三」と名乗ると、大きなどよめきが起こったという。佐幕派の人間たちがもっとも姿を見たかったのは、新選組の近藤、土方だったのではなかろうか。幕臣でもなんでもないのに、自分たちの何倍もの働きを京で成し遂げた。半ば神仏でも崇《あが》めるように、歳三を扱った。

旧幕脱走軍は、前軍、後軍に分かれ北を目指す。総帥《そうすい》・大鳥圭介。前軍は会津藩士の秋月登之助《あきづきのぼりのすけ》が統率し、後軍は大鳥圭介が指揮した。歳三は前軍の参謀として軍議に加わり、隊を導いていった。

「道中、土方さんは、それはたいそうな人気で、若い隊士などなにかと話しかけて、京でのお話を聞いておりましたそうで」

市村はこの間、別行動をしていたようだが、会津若松で合流したとき、歳三に同道していた武州出身の中島登から、くどいほどに新選組に対する幕臣たちの評価を聞かされたらしい。市村は、歳三の人気の程を、自分のことのように誇らしげな表情で、彦五郎に語ってみせた。

「でも歳は、新選組では随分と恐れられていたそうじゃねぇか」

「私が入隊したのはあとのほうでしたから、その頃はそうですね……あからさまに鬼と呼ばれて恐れられておりました」

言ってしまってから、「お気を悪くされないで下さい」と市村は頭を下げた。

「隊士とは気易《きやす》く言葉を交わすことのない方でした。隊律には特に厳しく、背いたものは誰でも容赦しません。なにか気に障ると、一度目を閉じてから相手をグッと睨む。それはもう……。あの目で睨まれると、足がすくんだものです。でも官軍との戦では戦いながら旅をするようなもので、そうなると一緒に寝起きし、飯を食い、行軍し、ともに過ごす時が多くなる。身近にいると、それは情に厚い、優しいお方でした。他藩や幕府の方々も、そこに惹《ひ》かれたのではないでしょうか」

戦もうまかった。それも歳三の人気を高める大きな要因だった。

知識はあるものの一度も実戦経験がない大島は、定石に則《のっと》って事を運ぶだけで、まるで官軍に太刀《たち》打ちできない。その点歳三は、ここでも臨機応変に巧妙な采配《さいはい》を振るい、戦場に出れば「退《ひ》くな！　退くものは俺が斬る」と凄《すさ》まじい気迫で隊を仕切った。新式銃の使い方もすぐものにし、効率よい隊列の組み方まで発案して全隊を導いた。これでは歩兵奉行だった大鳥の出る幕はない。

歳三の見事な指揮によって、旧幕府軍が宇都宮城を見事陥落させたとき、大鳥は訊いたそうだ。

「土方先生は、どこで軍学を学ばれたのですかな」

「私は学がないので、勘のようなものです」

まったくその通りには違いなかったが、大鳥は半分やっかみもあるから馬鹿にされたと思ったのだろう。不愉快そうに顔を歪《ゆが》め、「今度ご教授いただきたい」と素っ気なく言い残して席を立った。この期《ご》に及んでも幕臣だった連中は、まだどこか古い威信にこだわっていた。

やっと落とした宇都宮城も、それから三日後、援軍を呼んだ官軍の攻撃を受けて、再び敵の手に落ちることになった。

歳三はその戦いのさなか、足の甲を撃たれ、隊士に担がれ、会津若松まで落ち延び、清水屋という宿屋に入った。その他、死者、負傷者多数。

市村はここで、歳三と合流したという。怪我に驚くと、「たいしたことはねぇさ。まだ負けられないからな」と明るく返した。

「せめて会津には勝たせる。まったく名の無かった俺たちを、はじめに会津藩が拾ったんだ。恩を返さねばいけねぇ」

傷が痛むのだろう。気を紛らわすためか、その日の歳三は饒舌《じょうぜつ》だった。

「官軍に勝って、会津に留まることができたら、いずれ機を見て近藤さんを呼ぼうと思っている。勝先生の書いた嘆願書を持って、相馬が官軍の総督府に入っている。あいつが近藤さんの身柄を引き取っているはずだ。追って合流する。そうすれば、志気も上がるさ」

話しながら時折腿《もも》に爪を立てた。痛みを逃がすためにやっているのだろうか？　市村は不思議な思いで、その仕草を見ていた。

歳三が療養していた間、新選組の隊長は、斎藤一が担うことになった。

この人物のことは最後までよくわからなかった、と市村は言う。寝食をともにすると自然、同志としての近さが生まれるが、新選組結成時から隊士だったというこの男には、一切その近さを感じなかったそうだ。それは誰に対しても等しい、斎藤の距離だった。

斎藤は会津で歳三に会うなり、今までの話も、歳三の傷の様子も訊かずに「次はどうすればいい？」とだけ言ったそうだ。

「大将が出来るか？」

歳三が訊くと即座に「無理だ」と答えた。

「助勤くらいならまだしも、大勢の人間を使うのは面倒だ」

新選組の連中は、どんな状況でも、まるで京にいるときの性格を崩さないのだな、と彦五郎はおかしくなった。

「頼むよ、斎藤。俺の足が治るまでの間だ」

「ならば仕方ねぇが」

斎藤は拗《す》ねたように言った。


歳三が、勇の死んだことを知ったのは、それから幾日もしない日のことだった。北上してきた会津藩士が、「官軍によって新選組局長が斬首に処された」と報告したのだ。

歳三は部屋に籠《こ》もって、誰とも口をきかなかった。

市村が外から声を掛けても、一向に返事をしない。傷の手当もある。心配になって執拗に声を掛けていると、後ろからぐいっと肩をつかまれた。そこには斎藤が立っており、彼は閉じられた襖の向こうを見透かすかのように目を細めてから市村の腕を乱暴に引っ張って、その場から引き離した。

「放っておけ」

「でも、お怪我の具合をお医者様に診ていただかないといけません」

「そんなものはどうとでもなる」

斎藤は明らかに苛《いら》ついていた。

「斬首だったといったな。切腹ではなかったのだな」

市村がうなずくと、斎藤は舌打ちをした。こういう所作が市村にはいちいち恐ろしかった。なにか言えば斬られそうな殺気が、いつも漂っている男だった。

「どうせまた、自分のせいだと思い悩んでいるんだ。鳥羽伏見で負けたのも、近藤が殺されたのも自分のせいだと思っている」

それからの斎藤は、まったく別人のように動いた。公務を面倒がる男が、隊長として見事に振る舞った。

五日後には新選組の残党を率い、松平容保に拝謁。戦況を語り、近藤の死んだことを改めて伝えた。容保も万感胸に迫る思いがあったのだろう。勇の墓をこの会津の地に建てると約束し、その後天寧寺の山中に立派な墓を建立《こんりゆう》している。

歳三も、少しだけ様子が変わってしまった。

背負っていた荷を降ろしたように、刺々《とげとげ》しさが抜け落ちた。

勇への思いや悔恨を周囲に語ることは一切なかった。そして、変わらずに仕事をし続けた。流出するものを止《とど》めようとするかのような、根を詰めた仕事ぶりだった。

療養中も一日も休まず、宇都宮城から日光へと敗走した旧幕府軍の様子を訊き、藩境である白河口から官軍を退ける方策を練った。まるで自分の隙間《すきま》を埋めていくようだったと、市村は困惑した表情のまま彦五郎に告げた。

「土方先生は蒲団《ふとん》から半身を起こして、いつも書物を読んでいらっしゃるか、紙になにか書き付けてらした。あの性格です。戦の先の先まで考えていたのでしょう。発案は相変わらず斬新で、仕事も完璧でした。自暴自棄になった様子は少しもなかった。ただ、うまく言えないのですが、以前とは違ってしまわれたように思いました。この時期、江戸から松本良順先生がいらして土方先生の治療に当たられていたんです。土方先生は松本先生に向かって、よくこうおっしゃっていた。『自分の死に場所をこの戦の中で見つけられれば本望だ』。そういう覚悟は京にいた時分から持ってらしたのかもしれませんが、決してそんなことを口外する方ではなかった。むしろ、死んで片を付けようとする武士の流儀を疎んでいた節がありました。二言目には、『死んで片が付くならはじめからやらねばいい』といつもおっしゃっていましたから。なにかこう、均衡を失ってしまわれたような気がしました」

市村の話を聞いていて、思い出したことがあった。

歳三たちが京に上って一年も経たない頃のことだ。京を訪れた蓮光寺村の名主・富沢政恕が、歳三から預かったという品物を届けてくれたことがあった。

鉢金《はちがね》と、日記帳と、書状。

「死しての後は何もお送り申し上げ奉るべく候《そうろう》よう御座なく候間、これまでの日記帳一冊」

手紙には歳三特有の滑らかな文字で、そう書かれてあった。

おのぶはそれを見て泣き出し、「なんとか帰ってくるよう説得できないものだろうか」と煩悶《はんもん》していた。けれど彦五郎は、歳三の書いた日記を読んで、死の匂いを微塵《みじん》も感じることはなかった。無論、その覚悟をもって歳三は仕事に臨んでいたのだろう。実際それからすぐに池田屋の件が聞こえてきた。危険な橋を新選組は渡っていたのだ。ただあの文面は仕事に殉じようと決めた男の覚悟であって、そのうえで、生きているのが面白くてしょうがないと思っているように、彦五郎には感じられてならなかった。まだまだ続きがあると、未知の場所に勇躍進んでいく歳三の姿を見たような気になったのだ。

市村が語る歳三の姿は、確かにそれとは違う。勇を欠いたことで、線が一本切れてしまった。この歳三という偉才を引っ張り続けた大事な糸が、失われてしまったということなのだろう。

それからふた月後の七月初旬、歳三は戦線に復帰した。

官軍に占拠された白河口奪還に失敗し、福良《ふくら》まで敗走した新選組に合流したということだった。福良は猪苗代湖畔《いなわしろこはん》にある小さな村落だ。歳三は黒羅紗《くろらしゃ》の詰め襟姿で馬上にあった。腰には大小を差し、背を反らせて、新選組の隊士を見つけると白い歯を見せた。ここには会津藩の白虎隊《びゃっこたい》も駐屯しており、十代の少年兵士たちは新選組副長の登場に沸き返った。

彼らと同じ年頃の市村は、その瞬間、誇らしくてたまらなかったらしい。

「私の隊長が土方先生なのだと思ったら、ひどく嬉しくなりまして」

首の後ろを掻《か》きながら言う。

「土方先生は闘将として格別の威厳があった。先生がなにか言えば、きっとそうなるってみな思うんです。その指揮に従っていれば間違いないという安心感がある。負けたとしてもそれは変わらなくて。あれはまことに不思議でした」

会津戦争の中でもおそらくもっとも悲惨な戦となった、母成峠《ぼなりとうげ》の戦いが今にもはじまろうという時期だった。八月十八日、新選組は二本松を固めるようにとの指令を受けて、猪苗代城下に入った。道中、歳三は独り言のように呟《つぶや》いたそうだ。

「八月十八日といやぁ、五年前も長州と戦をしていた。もっともあのときは、俺たちは御所を固めていて、長州はそこに斬り込むわけにもいかずに立ち往生して大きな戦にはならなかったが」

今はその長州からの攻撃を食い止める立場だ。

翌日、母成峠に宿陣し、二十一日、官軍と衝突。すぐに劣勢となり、ここでも敗走を余儀なくされた。官軍の威力は凄まじく、旧幕軍は厄介な魔物に魅入られたかのように、いつになってもどこまで北に上っても、負け戦から解放されずにいた。

歳三は大隊を率いて、峠の険路を会津に向かっている。途中、この一軍に斎藤一の姿がないことに気付いた。隊士たちに斎藤のことを訊き回ったが、誰もその行方を知らない。死傷者もかなり出ている。おそらく斎藤も、銃弾に倒れたのではないか、というのがみなの意見だった。隊士たちのおざなりな口調は、自分の命を繋ぐことで精一杯だという状況を如実に物語っていた。

斎藤はけれど、死ななかった。

その日の夜遅くになってひょっこり本営に戻ってきた。戦っているうちに隊からはぐれ、途中一緒になった二本松藩士とともに落ち延びたらしい。

「気が付いたときには敵に取り囲まれ、母成峠の悪路も手伝って、もう命はないと思った」

二本松藩士は今にも泣き出しそうな震え声で述懐したが、斎藤はここでもなんの説明もせず、黙って着替えをはじめた。見ると全身傷だらけで、至る所から血を流している。服も擦り切れ、大きく穴の開いたところもある。

「死んだかと思ったぞ」

歳三が声を掛けると、斎藤はそんな風体《ふうてい》だというのにいつもの無表情で、

「そんなはずはないだろう」

と吐き捨てた。

翌日、歳三と斎藤は、松平容保とともに会津若松城を目指したがここでも官軍の猛攻に遭い、敗走した塩川村で大島圭介と合流した。歳三はこの地での合議で、「援軍なくしてはこのまま負け続けるだけだ」と主張、米沢藩への協力を求めることを提案した。米沢には、単身向かう。その間、一軍の指揮は大鳥に委ねる。それも歳三の決断だった。

大鳥の戦下手《いくさべた》は、この頃には公然とした事実になっていた。誰もが大鳥に従うのを嫌がり、歳三の指示を待っている。けれどその歳三が援軍要請を決めたのなら、しばらく行動を別にするのもやむなし、と市村は思っていた。

出立の前に、歳三は斎藤を呼んで、米沢に発つことを告げた。斎藤に、新選組隊士の指揮を託す気でいたのだろう。

「ひとりで米沢へ？」

「そのほうが目立たない。援軍を呼ぶまでの間だ。伝習第一大隊は大鳥さんが指揮を執る。お前も新選組を率いてそれに従ってくれ」

「……大鳥なんざに、この俺が従えるとは思えねぇな」

斎藤はこんなときにも大人げないことを言った。それでも歳三は穏和だった。

「あの人は学者だぜ。博識で頭もいい」

「戦は学者がするものじゃない。そういうものが通用しないから面白ぇんだ」

歳三は困った顔で、側《そば》に控えた市村のほうをひょっと見たという。

「おめぇはてっきり」

声色《せいしょく》を和らげて言った。

「永倉と一緒に抜けると思ったんだが。永倉を信頼しているのは京の頃からだったろう?」

「……永倉のことはいいじゃねぇか。新選組を抜けることが、俺には考えられなかっただけだ」

「一匹狼《いっぴきおおかみ》だと思っていたが、どういう風の吹き回しだ」

皮肉ではなく、歳三は心底驚いた表情をしたという。仕事は完璧にこなしてきたが斎藤は、新選組をその精神の拠り所《よりどころ》として見出《みいだ》している風には見えなかったからだろう。

歳三の言葉を聞いて、斎藤の顔が曇っていくのが、傍《はた》で見ている市村にもはっきりわかった。

「あんたにはそう見えたのかもしれないが、そんなことでもなかったんだ」

低いかすれ声だった。

「近藤さんやら沖田やら、他の連中のこともそうだが、あんたはこれと決めた他人のことは信用するくせに、そいつらから自分が信用されているとは思えねぇんだな。完璧に采配を振るうことだけが相手を救うと思っている。采配なぞ間違っていても、自分の信じた奴がしたことなら、俺はどんな結果でも受け入れるが」

言ううちに苛立ってきたのだろう。耳の近くを飛び回る藪蚊《やぶか》を「ちくしょう」と言いながら叩《たた》き潰《つぶ》した。

歳三は、なにも言わずにジッと斎藤を眺めていた。それから膝に手をついて、ほんのわずかだが頭を下げた。

翌日、歳三はひとり出立した。

大鳥率いる大隊も、その後一旦会津を脱して仙台に行くことを決め、そこで歳三と落ち合うことになった。

ところがなにを思ったか斎藤は、大鳥と行動を共にせず、一部の人間を率いて会津に残ると言いだした。

「ここで会津を見捨てるわけにはいかない」

というのがその理由だった。大鳥は慌てて「土方君が援軍を呼びに行っている。それを待って、再度会津に戦うのだ」ととりなしたが、斎藤は「新選組での恩義をここで返す。会津城が陥落しようというときに、仮に死んだとしても新選組隊士としてここを離れるわけにはいかない」と頑《かたく》なに言い張って、会津に残った。

「生き残ることにしか興味がない」と言い続けた斎藤とは思えぬ言葉であった。斎藤の言う会津への恩義、それはきっと嘘《うそ》のない部分だろう。けれどとてもそれだけが理由だとは思えなかった、と市村は彦五郎に言う。

「どうもあの人のことは最後までよくわかりませんでしたが、ただ大鳥さんの下につくのが癪だったのではないでしょうか。土方先生のことを認めて、とても信頼していただけに、最後の戦でなにか貫きたいものがあった。会津藩お預かり新選組隊士として命を賭《と》して戦うことで、土方先生に訴えたいことがあったんじゃないかと、そんな気がするのです」

「歳と離れていてもかい？」

「はい。一緒にひとところで戦うばかりが、同志というのじゃありません。新選組に与《くみ》したことはあの斎藤一という人にとって、それは誇らしい歴史になっていたんじゃないかと思うんです。ああいう人ですから誰に感謝するわけでもありませんでしたが、身をもってそれを示そうと考えたんじゃないでしょうか。それも本当は会津藩にではない、土方先生に、その意をわかって欲しかったように思うのです」

　仙台で落ち合った旧幕軍の中に斎藤の姿がないことに気付いた歳三は、すぐに市村にわけを訊いたという。「会津に残り、新選組隊士として戦う」という斎藤の意志を伝えると、歳三はしばらく呆然《ぼうぜん》としていたが、なにか合点がいったようにひとつ頷いて、もう会津に残った一隊のことは口にしなかった。

歳三が米沢に発ってすぐ、新政府軍は会津若松城を取り囲み、容赦なく城を落とした。進退窮まった白虎隊は飯盛山《いいもりやま》に入って自決。

斎藤率いる十名余りの小隊は高久村の如来堂に立てこもり、新政府軍の砲撃を浴びて壊滅状態になった。

この後、会津藩は降伏。領地のほとんどを新政府に召し上げられ、松平容保は幽閉の身となった。

歳三は米沢藩に辿り着いたものの、ここでも反応は冷たいものだった。関所を閉ざされ、庄内に入ることも叶わない。やむなく仙台藩を目指し、旧幕府軍の軍艦・開陽丸他五隻が松島湾に停泊していることを知り、この船を率いてきた旧幕臣の榎本武揚《えのもとたけあき》とともに仙台城に入り、奥羽越列藩同盟の軍議に参加した。

ところが、仙台、長岡、新発田《しばた》ら、諸藩の藩主たちはひとりとして陥落寸前の会津を救おうとはしなかった。

とにかく恭順。新政府軍に恭順し、戦を避ける。

まだ戦おうとする歳三たちに与する者などいなかった。このとき歳三に会った仙台藩の役人は、その印象をこう書き残したそうである。

「土方に至りては斗筲《としょう》の小人《しょうじん》、論ずるに足らず」

さて、どちらのほうが小人か。ひとつ信念を貫く姿を、度量が小さいと見るほうがどうかしている。歳三が会合の席でどんな態度をとったかはわからぬが、風見鶏のような諸藩の態度に業を煮やしていたことは確かだろう。彼らの「生き延びる」は、歳三や斎藤が再三言っていた「生き延びる」とはまるっきり違う。信念を持たず保身に走り、ただ無駄に生き長らえることとは、核心を保って諦《あきら》めずに戦い続けることとは、まるで違う。

九月に入って仙台に上ってきた新選組と合流した歳三は、そのまま榎本武揚率いる旧幕艦隊に乗り込み、各地で敗走を繰り返しながら宮古《みやこ》、そして蝦夷《えぞ》の箱館《はこだて》へと渡った。

全員疲労も極限に達し、戦っては負けるという繰り返しに士気もどんどん落ちた。それでも歳三はまったく崩れた様子を見せなかった、と市村は言う。

「毎日のように戦がある。季節も厳しくなっていく。北のことです、身を切るような寒さの中での戦いでした。しかも同志は凄惨《せいさん》な死に方をする。全身に銃弾を浴びて、まるで形を止めない死体をたくさん見ました。剣の時代のような死に方ではない。誰に撃たれたのか、そんなことすらわからぬ戦でした。白刃の決戦ならまだ人が見える。この戦では人が見えなかった。とても醜い戦です。それでも土方先生は、取り乱さなかった。隊士たちにねぎらいの言葉をかけ、大丈夫だと言い続けました。この頃にはよく冗談も言った。こわばった隊士たちをほぐすようにして、京の時代は絶対言わなかった冗談まで言った」

歳三は、隊士たちひとりひとりに気を配った。疲労の激しい者、負傷をしている者には金を渡して、ここから脱するように諭した。多摩から隊に加わった斎藤一諾斎《さいとういちだくさい》という老人には三十両も渡し、脱退を促した。仙台にまで駆けつけた幕医・松本良順に対しても、「自分たちは戦うしか道はないが、あなたのような優秀な人材が無駄に死ぬことはない」と言い、江戸に送り返した。戦うべきでない者、命を繋ぐべき者をそうして少しずつ逃がしていった。

ただ歳三は、蝦夷に渡ってまで戦をすることに尻込みした旧幕臣から出た、「降伏してはどうか」という意見だけは、絶対承伏しなかったという。

「ここで降伏して助かってもしょうがない。近藤さんに合わせる顔がなくなるよ」

そう言い続けたそうだ。

「隊を束ねる立場にあったので、決して死に場所を探していたわけではなかったのだと思います。投げやりな態度も見せなかった。でも土方先生は、もういつ死んでもいいと覚悟を決めていらしたはずです。そういう形でしか、近藤先生の死を受け入れられなかったのかもしれません」

箱館に上陸する際には、隊士一同に「決して住人に乱暴を働くようなことはしないでほしい。もしそういう事実があれば処罰する」と、まるで新選組の局中法度《きょくちゅうはっと》のようなことをふれて歩いた。五稜郭《ごりょうかく》で箱館独立政権が立てられ、榎本武揚を総裁に三千人が留まることになると、歳三は陸軍奉行並《なみ》という役目を負って、大軍を指揮し続けた。

官軍は執拗だった。旧幕軍を最後のひとりまで滅すべく、春を待って蝦夷に乗り込んできた。錦《にしき》の旗が迫ってきて、いよいよ箱館での決戦がはじまろうという気配が濃厚になってきたとき、市村はひとり、歳三に呼ばれたのだそうだ。

歳三の使っていた洋式の部屋に通されて、テーブルに対座した。置かれた家具が珍しく、市村は無意識にキョロキョロと周囲を見渡した。それを歳三は温顔で眺めながら、「お前はまだ若いな」と笑った。

「実は、お前にひとつ頼みがあるんだが」

そう言って一巻の書状と、一枚の写真を市村の前に置いた。

「武州の日野に、佐藤彦五郎という者の屋敷がある。甲州に行くとき、ちらと立ち寄ったが覚えているかい？」

「はい」

「彦五郎さんへの書状と、私の写真だ。すまぬがこれを持って、日野まで届けて欲しいんだ」

市村は愕然《がくぜん》とした。官軍との最後の戦に自分も出陣して、立派に働く気でいたからだ。歳三が口実を作って自分を逃がそうとしている、ということはすぐに察しがついた。でもここまで来たのだから、最後までなんとか役に立ちたいと市村は思っていた。

「私には戦にて働きたいという希望がございます。どうぞ最後までご一緒させて下さい」

「それはならん。これは命令だ」

歳三の顔が険しくなり、叱《しか》るようにして日野行きを命じた。勢いに圧《お》されて市村が萎《しお》れると、歳三は、しばらく黙って市村を見た。それから、ゆっくりと言った。

「なあ、市村。お前はまだ十六だ。俺はその頃、まだ天然理心流にも出会っていなかった。近藤さんのことも総司のことも、まだ知らなかった。お前だってこれから先、すごいものに出会うかもしれない。なにかを決めるのはそれからでいいだろう。自分の力で、ひとつ事を成してからでも遅くはないはずだ」

旅費だといって五十両を市村に渡し、江戸まで行く軍艦に渡りをつけたからそれに乗って行け、と細かな指示を与えた。いつの間にそんな手配をしていたのだろうと、市村は挙措を失いつつもうっすらと思ったのだそうだ。

敵はすぐそこに迫っている。軍力の差を考えれば、負けは必至だろう。歳三には「降伏」という選択肢はない。となれば、果てるのもわかっている。その中で、年若い市村を死なせてはいけないと、そんなことを歳三は考えていたのか。無事に江戸に帰る手だてまで整えて、半ば強引に旅支度をさせ、市村を送り出したのか。

歳三は、五稜郭の外まで出てきて、市村を見送ったという。

まだ春浅い荒涼とした景色の中に、黒い軍服を着た歳三が、薄く笑って立った。もともと色白の顔が一層真っ白で、これが幾多の死線をくぐり抜けてきた顔だろうかと、市村は改めて思っていた。刺々しいところはどこにもない、慈愛に満ちた顔だった。

自分の写真を託したが、彦五郎に宛《あ》てた書状はこの市村という少年の紹介状である。市村本人にも、自分の思いや活躍を彦五郎に伝えて欲しい、とは言わなかったという。死ぬことを知っていたが、生きた足跡を残すことは考えていなかった。自分の生き様を人に語られる必要などないと思ったのだろう。それほどに歳三は目一杯生きたのだ。

しばらく歩いて市村が振り返ると、歳三はまっすぐに立ってこちらを見ていた。吐く息が白い。手がかじかんでくる。北の国の早春は、考えられないほどに寒かった。

未練と思いながら最後にもう一度振り返った。随分と隔たっていたが、まだ、歳三は立っていた。もう表情ははっきり見えなかったが、その顔のあたりから白い息がせわしく吐き出されるのが見えた。

――もしかしたら土方先生は泣いているのではないだろうか。

市村には、そう思えてならなかった。

枯れた木立に遮られて、とうとう歳三が見えなくなった。

日陰に入るとまだ根雪が残っている。サクサクと雪を踏む音だけが下から響いて、その音を聞いていたら市村は泣けてきて仕方がなかった。ずっと雪の中を戦ってきて、はじめて耳に聞こえた雪の音だった。


歳三はそれからひと月後の五月十一日、箱館の一本木で、敵の砲弾に倒れて死んだ。兵を率いて馬上にあり、その腹部を銃弾が貫いた。馬からどさりと落ちると、なにも言わずに果てた。

この後、旧幕軍は新政府軍に降伏。幽閉される者もいたが、みな命を奪われることなく新しい時代を生きた。この中にはあの島田魁や中島登の姿もあった。中島は戦後、幽閉された一室で「戦友絵姿」という絵を描いた。土方歳三、近藤勇、斎藤一、彼の見た隊士たちの姿が見事な絵と文章で綴《つづ》られている。彼は歳三をこう書いている。

「性質英才にして、あくまで剛直なりしが、年の長ずるに従い温和にして、人の帰すること赤子の母を慕うが如し」「三軍の衆、痛惜して鼓声没す。当世の豪傑というべし」

永倉新八は、この戦を生き残った。後に勇が斬首された板橋に、勇と歳三の墓碑を建てた。あの日別れたのは、決別ではなかったのだろう。同志の繋がりというのは、意見の相違だけで途切れるようなものではない。

永倉たちの靖共隊に加わった原田左之助は、上野の山で死んだ。会津を目指し北上している途中の山崎宿で、急に「江戸に戻る」と言い出したという。きっと妻子が気掛かりで、江戸から京に戻る気でいたのだろう。原田は単身江戸に入ったものの、すでに町は官軍だらけである。逃げ場を失い、彰義隊《しょうぎたい》に加わり、そこで銃弾を受け、死んだ。妻にも、生まれてくる子供にも、結局原田は京で別れたきり会うことはできなかった。乱暴で粗野で、その短慮を総司から四六時中からかわれ、政や思想といった難しいこと抜きに腕だけで時代を乗り切るんだと息巻いていた男だった。このとき二十九歳。まだまだ生きるはずの命だった。

誰もが死んだと思っていた斎藤一は、あの壊滅状態の如来堂を抜け出して会津藩士とともに降伏し、生き残った。維新後は名前を藤田五郎と改め、警察官になったと聞いている。この男は自分の生き残ったことをどう思ったか。その後、他の生き残りの隊士の誰とも一切連絡をとらなかった。

佐藤彦五郎の屋敷には、時折新選組の生き残りという人物がこっそりと訪ねてくる。箱館で最後まで戦った沢忠助もそのひとりだ。沢は歳三が撃たれた現場にいた人間だった。

「あのときは敵が遠かった。どこから飛んできた弾なのか……。まさか隊長が撃たれるとは思わなかったが」

随分時が経っているのに、悔しそうにうなだれた。

薩長の世の中になって、新選組は悪の筆頭に据えられている。総司の墓にしても沖田総司とは墓石に彫れず、幼名を刻んでいるくらいだ。誰もが、未だに新選組のことになると口をつぐんだ。まるで、忌まわしいものでも見るような目つきをした。

「義軍を斬った賊徒、人殺しの不逞浪士《ふていろうし》集団」

それが世間の、新選組に対する評価だった。

あまりにも酷じゃないかと彦五郎は思う。身内だから、というだけじゃない。勇や歳三は、そんな土俵で生きたわけではないと知っているからだ。あの男たちはただ武士に憧れて、自分の力で道を切り開いていっただけだ。損得考えず、激しく移り変わる時勢の中で変節せずに、これと信じた仕事をがむしゃらにやり遂げただけだった。

彦五郎はその汚名に触れるたび、まるで救いを求めるように総司の言葉を思い出す。日野から甲陽鎮撫隊が出立したあと、彦五郎の屋敷に取り残された総司は、みなの行く末を案じるおのぶに言ったのだ。

「この戦に勝つか負けるかはわかりませんが、土方さんは間違わないから大丈夫です。あの人はああ見えて、全部自分の中に理由があるんだ。理由の見つからないことはしないんだ。それは私が唯一負けているところだな。あ、これは内緒ですよ。あとで威張られるといけないから。でもね、そういう人は時勢なんかには邪魔されないんです。見た目には邪魔されていても、根っこのところは、なににも邪魔されていないんだ」

彦五郎は今も時折、道場として使っていた長屋門に立つことがある。剣を振るうことは少なくなったが、小さく開いた格子窓から射し込む光を眺めに行く。勇や歳三がいた頃は、この光の中に無尽の塵《ちり》が舞っていた。汗くさい匂いが立ちこめて、激しい気合いの声が響き、踏み込む足の振動が床を伝ってきたものだった。

みながここにたむろしていたときから、まだ十年も経っていないのだな、と思うとなんとも言えない心持ちになる。

よくあそこまでやったという崇敬と、さぞ大変な仕事だったろうという痛みと、きっとあれでよかったのだという願いと。

それでも彼らの早すぎる死が妙に辛くなるときがある。なんで幕臣が生き残って、浪士組として参加した一介の百姓や浪士が死なねばならなかったのだと、理不尽を悔やむときがある。

「彦五郎さん、俺はいずれ、武士になりてぇんだ」

「武士になるったって、お前……」

「どうやったらなれるのかはわからねぇが、それが俺の本当の夢なんだ」

試衛館の師範代を務めていた頃の勇は、無謀な夢を臆面《おくめん》もなく語っていた。

せっかく偉い旗本になって、大名行列みたいな駕籠に乗ってこの日野に帰って来たっていうのに、どうも思い出すのはなにも定まらない若い頃の面影ばかりだ。見栄を張りたがる勇などは、さぞ苦い顔をするだろう。

勇はあの頃、稽古着をビシッと着込んで厳《いか》つい顔で門人たちを見回していた。甲高い声で気合いを入れて、丁寧に稽古をつけた。

総司はたいして稽古もしないのにやって来て、気がつくと近くの子供たちと遊びに興じていた。道場に立つわけでもないのにいつでも袴《はかま》の股《もも》だちをとって細い臑《すね》をさらしていた。

「彦五郎さん、剣で一番になるには何処《どこ》へ行ったらいいのかな?」

来るたびにそう訊いて、答えあぐねる彦五郎の答えを待たずに、また外に飛び出していくのが常だった。陽気で、暢気《のんき》で、でもちょこまかと本当に落ち着きのない少年だった。

歳三はそういうふたりを、道場の隅の壁にもたれて薄く笑って見ていた。だらしない着流し姿で、懐手《ふところで》にして斜に構えている。ろくに仕事もせず、喧嘩《けんか》ばかりに明け暮れて、将来も決めず、どうなりたいという希望もなくて、まったく困った奴だった。

それでも、歳三は、石田散薬の葛籠《つづら》に剣術道具を括《くく》りつけながら、一度だけこう言ったのだ。

「なあ、彦五郎さん、俺は出会ったのかもしれないよ」

あれは確か、天然理心流を知ったばかりの頃だった。

道場の床に無数についた傷を足の裏に意識しながら、彦五郎はひとり竹刀《しない》を構える。

向こうには同じように正眼に構える影が浮かぶ。少々癖はあるが、かなりの使い手だとわかる。

青年たちは、あのとき動きはじめたばかりだった。

ようやくたったひとつの光を見つけ、襤褸《ぼろ》を着たまま剣だけ持って、揚々と京へと旅立っていったのだった。

参考文献

『新選組始末記』子母澤寛（中公文庫）
『新選組遺聞』子母澤寛（中公文庫）
『新選組物語』子母澤寛（中公文庫）
『新選組実録』相川司、菊地明（ちくま新書）
『新選組日記』木村幸比古（ＰＨＰ新書）
『新撰組顚末記』永倉新八（新人物文庫）
『新選組写真集』新人物往来社編（新人物往来社）
『坂本龍馬と明治維新』マリアス・Ｂ・ジャンセン、平尾道雄ほか訳（時事通信社）
『日野市史』（日野市史編さん委員会）
『市史余話』（日野市史編さん委員会）
『江戸お留守居役の日記』山本博文（講談社学術文庫）
『維新の青春群像』小西四郎編（文春文庫ビジュアル版）
『江戸巨大都市考』北島正元、南和男（朝日文庫）
『講座日本近世史7　開国』青木美智男・河内八郎編（有斐閣）
『幕藩制社会の展開と関東』村上直編（吉川弘文館）
『倒幕の思想　草莽の維新』寺尾五郎（社会評論社）
『幕臣列伝』綱淵謙錠（中央公論社）

『日本の歴史20　明治維新』井上清（中公バックス）
『日本歴史大系12　開国と幕末政治』井上光貞ほか編（山川出版社）
『新選組組長列伝』（新人物往来社）
『新選組戦記』（新人物往来社）
『江戸藩邸物語』氏家幹人（中公新書）
『中岡慎太郎』宮地佐一郎（中公新書）
『大系日本の歴史12　開国と維新』石井寛治（小学館ライブラリー）

解説

松田哲夫

木内昇さんの作品に最初に触れたのは『茗荷谷の猫』だった。その喩えようのない味わいに、たちまち魅了され、テレビ番組の私のコーナーで紹介させていただいた。

その翌年、早稲田大学が主催する坪内逍遙大賞の選考委員を務めていた私は、奨励賞の候補に挙がっていた木内さんを強く推薦した。幸い、多くの委員の賛同もあり、木内さんへの授賞が決定した。その時、私が選考委員会を代表して「授賞理由」の原稿を書き、授賞式当日に配布するパンフレットに掲載された。以下に、その拙文を再録する。

＊

木内昇氏は、ひっそり佇みながら、しっかりとした存在感を示している女性作家である。新人賞を受賞することも、文芸誌・小説誌に作品を発表することもなくデビューした。二〇〇八年、『茗荷谷の猫』を発表してから、注目が集まるようになった。川本三郎、北上次郎、山崎努など読み巧者たちの書評が発表されるに従って、少しずつ読者が広がっていった。

『茗荷谷の猫』という作品は、なんとも不思議な味わいの連作小説だ。時代は、幕末から昭和三十年代までにわたり、巣鴨染井、品川、茗荷谷、市谷仲之町、本郷菊坂、浅草、池袋、池之端、千駄ヶ谷といった江戸・東京の町が舞台になっている。百年の時を超えて、市井の名も無き人々の夢と挫折が交錯していく。目の前に豊かなイメージが次々と湧き出し、日常のなかにふわりと淡い幻想が入り込んでくる。

ここに収められた九つのお話には、東京の町で起こる怪異や不思議が描かれている。でも、それはおどろおどろしいものではなく、淡くてはかないものだ。その上、ここに出てくる人たちは、それぞれに風変わりな夢を追い求めている。しかし、それもいつの間にか消えていく。なんだか、お話そのものが幽霊みたいで、捕まえようとするとスルッと逃げてしまうのだ。

しかし、さらに読み進んでいくと、一見、何の繋がりもない時代や町のお話だったはずが、それぞれの間には、巧みな伏線がはりめぐらされていて、全編が微妙に絡み合っていることがわかってくる。それに加えて、内田百閒、江戸川乱歩、中原中也など、各時代の文学者へのオマージュも、この物語世界に奥行を与えている。

ところで、木内氏の作品に描かれている時代や町は、細部にいたるまで活き活きとしている。その時代にタイムスリップし、そこで見聞きしたことを自然に描写しているといった感じすらする。氏は、多くの資料を読み込み、その果てに、描く時代に自然と同化してしまう、そういう巫女的な才能の持ち主でもあるようだ。

木内氏は今後、こういった才能を遺憾なく発揮して、これまでになかった時代小説・歴史小説を書いていくだろう。しかし、それに止まらず、新しいタイプの幻想的な作品をも生み出していけるだろう。この類い希な筆力を評価して、ここに奨励賞を贈呈することに決定した。

＊

この原稿を書き終えてから、木内さんの処女作『新選組　幕末の青嵐』を読む。開巻冒頭、土方歳三のモノローグが聞こえてくる。

「疑問を抱えながら、歩くだけの毎日。どこまで歩いても、目の前には茫漠とした暗闇しかないようだった。」

未だ十八歳、薬の行商をしながら剣の修業に励む土方の鬱屈した感情が伝わってくる。しばらく読み進むと、今度は、もうすぐ十九歳になる沖田総司のぼやきが聞こえてきた。

「『お前の言うことは、わけがわからぬ』と言われることがたびたびあるのだが、どうしてうまく言葉が通じないのか、惣次郎（沖田総司）にはその理由がわからなかった。」

物事を直感的にとらえて、率直に言葉にする沖田。彼の話をまともに受け止める人は少なかったようだ。続いて、近藤勇の嘆きが聞こえてくる。

「金のことで頭はいっぱいである。試衛館を任されたはいいが、なにせ金がない。」

近藤は、二十七歳で剣術道場を任される。後に新選組局長として、「天真爛漫で物怖じしない行動と思い込み」や「ずば抜けた胆力」を高く評価されるのだが、当時は、貧乏道場のやりくりに、頭を悩ませている。

こうして、土方の独白から始まった物語では、新選組及びその関係者十六名が、入れ替わり立ち替わりクローズアップされていく。一人一人の行動を追いながら、時代背景や新選組周辺で起こった出来事が語られていく。とりわけ、この作品がユニークなのは、それぞれの人物の悩みや思い、周囲にいる人たちの人物批評といった、いわば「内面の声」がきめ細かく描かれているところだろう。次々に登場してくる人びとの内面の声が交錯していって、その響き合いの中から新選組という集団の生々しい姿が浮かび上がってくる。

木内さんは、なぜ、この物語をこういうスタイルで書こうと思ったのだろうか。それは、ここに描かれているのが、幕末という時代であり、その嵐に巻き込まれていった若者たちの集団・新選組だからだろう。この時代、幕藩体制が大きく揺らぎ、各藩の合《がっ》従連衡《しょうれんこう》も目まぐるしく、同じ攘夷思想を旗印に掲げた者同士で殺し合いが繰り返されていた。若者たちは、こういう時代の波に翻弄《ほんろう》されていく。

そうでなくても、十代後半から三十代前半の若者たちは、鋭い感受性をもって、世の中や他人に向き合っていくものだ。また、「隊の中で新たな立場と役割を負って、隊士たちは徐々に性質や関係性を変えて」もいた。だから、表向きの行動や言動だけで、その人物を評価するわけにはいかない。その内面にまで踏み込み、他者の目を通すなどしてはじめて、彼らがどのように生きて戦ったのかを明らかにすることができるのだ。斎藤一の次のような感想が、そのあたりを見事に表現している。

「どうも人間というのは厄介だ。ひとりの人物に凄まじい数の尾鰭《おひれ》がついている。ひとつの方向からだけ見ていると、とんだ見当違いをする。」

これまでの新選組物語では、手の付けられない粗暴なだけの人物と描かれがちの芹沢鴨。彼の、意外にまっとうな内面の声が聞けるなんて驚きだった。また、新選組の幹部である近藤勇や土方歳三に対する評価もさまざまである。そういう多様な評価の重なり合ったところに、それぞれの人物の実像のようなものがくっきりと立ち上がってくる。さらに、近藤、土方と試衛館からのつき合いであるメンバーの中には、芹沢鴨や伊東甲子太郎など反近藤派の人物に惹かれる者もいることがわかってくる。このあたり、終始、揺れ動いている若者たちの姿が、内面の声を通して語られていくので、とりわけ印象深い。

とはいえ、通常、視点が動いていく小説は読みづらいと言われることが多い。主格を変えてはいけないと極言する人もいるくらいだ。そういう人がこの小説を知ったら、卒倒するかもしれない。この小説では、四十三回も主格が変わっていくのだから。しかし、こういうスタイルをとりながら、小説の構造上も、ドラマの盛り上がりからも、まったく破綻はないし、読者が混乱することもない。それは、いろんな人物のモノローグを効果的に使いながら、その間には、時代の趨勢《すうせい》や新選組がらみの事件が、コンパクトにまとめられ、クールに綴られているからだろう。

木内さんは、それぞれの人物の内面にまで巫女的に憑依《ひょうい》すると同時に、幕末という時代、新選組という世界をゆったりと鳥瞰《ちょうかん》する視点をも持ち得ているのだ。だから、物語の語り手として、決してぶれることなく、事実を冷静に描いていくことができたのだろう。

こうして、物語は進行していく。そして、中盤過ぎぐらいになると、クールな叙述と内面の声という二つの要素がしだいに溶け合って、一つのなめらかな流れを形作っていく。その一つの到達地点は、藤堂平助の哀切きわまりない最期の場面である。

このあたりを境目に、物語は悲劇性を増していく。薩摩が長州と組んだ薩長連合によって、時局が大きく勤皇派に傾いていく。武士に、幕臣に、直参になりたいと願っていた近藤、土方の夢を実現し、新選組を取り立て、支えたのが会津藩だったこととの不運。なによりも武士道を大事にする彼らには、破滅への道をひたすら歩み続けるしかなかった。

しかし、一人一人の男たちにとっては、悔いのない生き方だったのではないだろうか。特に、「鬼の副長」として恐れられながら、隊士一人一人への気配りも忘れなかった土方。彼は、時代の流れや新選組の行く末について、はっきりと見通していた。その上で、「切迫した環境に身を置きながら、そのあわいで面白がって」もいた。負け戦であろうと、決して退くことなく、勝つことを見据えて前進していった。その姿が強烈に残っている。

本書を読了し、余韻に浸りながら、この世界を振り返ってみた。すると、この物語の底には、何としてでも語り遂げたいという何者かの強い意思が働いているようにも感じられた。新選組の面々の中で、こういう意思を抱き、ぶれないクールな視点を保ち続けられる語り手はただ一人、土方をおいて他にはいないだろう。だとすれば、土方が作者に憑依し、新選組の歩みを冷静に綴っていった、そんな妄想すら膨らんでいきそうになる。

そうそう、以下のような文章を読むと、沖田総司の人物観察力と独特の表現力も、この作品に反映されているようにも感じられた。

「『近藤さんは背筋と肩が直角なんだ。エラと口も直角だ』とか『山南さんは爪まで丸かった』とか『斎藤君も永倉さんも三白眼なんだけれど、斎藤君のは怖くて、永倉さんのは面白い』とか『土方さんはそうだなぁ、刃物だけど柔らかくしなる』とか、……そういう独特な言葉を聞くうちに、なんとなくみなの輪郭が見えてくるようで楽しかった。」

沖田も木内さんに憑依して、新選組の面々の個性を書き分ける上で、手助けをしたのかも知れない。そう考えてみるのも愉快じゃないか。

この作品は二〇〇四年五月、アスコムより刊行されました。

集英社文庫　目録（日本文学）

集英社文庫 目録（日本文学）

北方謙三 弔鐘《ちょうしょう》はるかなり
北方謙三 第二誕生日
北方謙三 眠りなき夜
北方謙三 逢うには、遠すぎる
北方謙三 檻《おり》
北方謙三 あれは幻の旗だったのか
北方謙三 渇きの街
北方謙三 牙
北方謙三 危険な夏―挑戦Ⅰ
北方謙三 冬の狼―挑戦Ⅱ
北方謙三 風の聖衣―挑戦Ⅲ
北方謙三 風群の荒野―挑戦Ⅳ
北方謙三 いつか友よ―挑戦Ⅴ
北方謙三 愛《いと》しき女たちへ
北方謙三 破軍の星
北方謙三 群青 神尾シリーズⅠ

北方謙三 灼光 神尾シリーズⅡ
北方謙三 炎天 神尾シリーズⅢ
北方謙三 流塵 神尾シリーズⅣ
北方謙三 林蔵の貌《かお》(上)(下)
北方謙三 そして彼が死んだ
北方謙三 波《は》王《おう》の秋《とき》
北方謙三 明るい街へ
北方謙三 彼が狼だった日
北方謙三 罅《ひび》・街の詩《うた》
北方謙三 皸《ひび》・別れの稼業
北方謙三 草莽《そうもう》枯れ行く
北方謙三 風裂 神尾シリーズⅤ
北方謙三 風待ちの港で
北方謙三 海嶺 神尾シリーズⅥ
北方謙三 雨は心だけ濡らす
北方謙三 風の中の女

北方謙三 水滸伝一～十九
北方謙三・編著 替天行道―北方水滸伝読本
北方謙三 魂の岸辺
北方謙三 棒の哀しみ
北方謙三 君に訣別の時を
北方謙三 楊令伝一 玄旗の章
北方謙三 楊令伝二 辺烽の章
北方謙三 楊令伝三 盤紆の章
北方謙三 楊令伝四 雷霆の章
北方謙三 楊令伝五 猩紅の章
北方謙三 楊令伝六 徂征の章
北方謙三 楊令伝七 驍騰の章
北方謙三 楊令伝八 箭激の章
北方謙三 楊令伝九 遥光の章
北方謙三 楊令伝十 坡陀の章
北方謙三 楊令伝十一 傾暉の章

集英社文庫　目録（日本文学）

集英社文庫　目録（日本文学）

京極夏彦　文庫版 虚言少年
京極夏彦　文庫版 書楼《しょろう》弔《とむらい》堂《どう》 破《は》曉《ぎょう》
京極夏彦　文庫版 書楼《しょろう》弔《とむらい》堂《どう》 炎《えん》昼《ちゅう》
清川妙　人生のお福分け
桐野夏生　リアルワールド
桐野夏生　I'm sorry, mama.
桐野夏生　I N
桐野夏生　バラカ(上)(下)
桐野夏生　燕は戻ってこない
久坂部羊　嗤う名医
久坂部羊　テロリストの処方
久坂部羊　怖い患者
櫛木理宇　赤と白
久住昌之　野武士、西へ　二年間の散歩
工藤直子　象のブランコ　——とうちゃんと
工藤律子　マラス　暴力に支配される少年たち

窪美澄　やめるときも、すこやかなるときも
久保寺健彦　ハロワ！
久保寺健彦　青少年のための小説入門
熊谷達也　ウエンカムイの爪
熊谷達也　漂泊の牙
熊谷達也　まほろばの疾風《かぜ》
熊谷達也　山背郷
熊谷達也　相剋の森
熊谷達也　荒《あら》蝦《え》夷《みし》
熊谷達也　モビィ・ドール
熊谷達也　氷結の森
熊谷達也　銀狼王
雲田康夫　豆腐バカ　世界に挑み続けた20年
倉本由布　ゆめ結び　むすめ髪結い夢暦
倉本由布　迷い子の櫛　むすめ髪結い夢暦
倉本由布　夢に会えたら　むすめ髪結い夢暦

栗田有起　ハミザベス
栗田有起　お縫い子テルミー
栗田有起　オテルモル
栗田有起　マルコの夢
黒岩重吾　黒岩重吾のどかんたれ人生塾
黒川祥子　誕生日を知らない女の子　虐待——その後の子どもたち
黒川祥子　心の除染　原発推進派の実験都市・福島県伊達市
黒川祥子　8050《はちまるごーまる》問題　中高年ひきこもり、七つの家族の再生物語
黒川博行　桃源
黒木あるじ　掃除屋《クリーナー》　プロレス始末伝
黒木あるじ　葬儀屋《アンダーテイカー》　プロレス刺客伝
黒木あるじ　小説　ノイズ【noise】
黒木あるじ　破壊屋《デストロイヤー》　プロレス仕舞伝
黒木瞳　母の言い訳
黒木亮　アパレル興亡(上)(下)
桑田真澄　挑む力　桑田真澄の生き方

集英社文庫　目録（日本文学）

集英社文庫

新選組《しんせんぐみ》 幕末《ばくまつ》の青嵐《せいらん》

2009年12月20日 第1刷
2024年10月16日 第7刷

定価はカバーに表示してあります。

著 者 木内《きうち》 昇《のぼり》

発行者 樋口尚也

発行所 株式会社 集英社
東京都千代田区一ツ橋2-5-10 〒101-8050
電話 【編集部】03-3230-6095
【読者係】03-3230-6080
【販売部】03-3230-6393(書店専用)

印 刷 TOPPANクロレ株式会社

製 本 TOPPANクロレ株式会社

フォーマットデザイン アリヤマデザインストア マークデザイン 居山浩二

本書の一部あるいは全部を無断で複写・複製することは、法律で認められた場合を除き、著作権の侵害となります。また、業者など、読者本人以外による本書のデジタル化は、いかなる場合でも一切認められませんのでご注意下さい。

造本には十分注意しておりますが、印刷・製本など製造上の不備がありましたら、お手数ですが小社「読者係」までご連絡下さい。古書店、フリマアプリ、オークションサイト等で入手されたものは対応いたしかねますのでご了承下さい。

© Nobori Kiuchi 2009 Printed in Japan

ISBN978-4-08-746517-4 C0193